HERANÇAS DA DITADURA NA LITERATURA BRASILEIRA CONTEMPORÂNEA

HERANÇAS DA DITADURA NA LITERATURA BRASILEIRA CONTEMPORÂNEA

MARIA ZILDA FERREIRA CURY
FABÍOLA PADILHA
CIMARA VALIM DE MELO
(ORG.)

pós-lit
PROGRAMA DE PÓS-GRADUAÇÃO EM LETRAS: ESTUDOS LITERÁRIOS

alameda

CAPES

Apoio Pós-Lit/UFMG/CAPES/PROEX.

Edição: Haroldo Ceravolo Sereza e Joana Monteleone
Projeto gráfico e diagramação: Emanuela Godoy
Capa: Bernardo Henrique de Mello - Diretor de Arte de Capa | CEO na Arklom Hub; Matheus Santana Mariani - Capista | Designer na Arklom Hub e Enzo Randazzo Silva Bilhalva - Capista Auxiliar | Designer na Arklom Hub
Revisão: Alexandra Colontini
Assistente acadêmica: Tamara Santos

CIP-BRASIL. CATALOGAÇÃO NA PUBLICAÇÃO
SINDICATO NACIONAL DOS EDITORES DE LIVROS, RJ

H459

Heranças da ditadura na literatura brasileira contemporânea / organização Maria Zilda Ferreira Cury, Fabíola Simão Padilha, Cimara Valim de Melo. - 1. ed. - São Paulo : Alameda, 2024.
382 p.

Inclui bibliografia e índice
ISBN 9786559663002

1. Literatura brasileira - História e crítica. 2. Ditadura na literatura. I. Cury, Maria Zilda Ferreira. II. Padilha, Fabíola Simão. III. Melo, Cimara Valim de.

24-94398 CDD: 869.09
CDU: 821.134.3(81).09

Meri Gleice Rodrigues de Souza - Bibliotecária - CRB-7/6439

08/10/2024 10/10/2024

ALAMEDA CASA EDITORIAL
Rua Treze de Maio, 353 – Bela Vista
CEP 01327-000 – São Paulo – SP
Tel. (11) 3012-2403
www.alamedaeditorial.com.br

SUMÁRIO

Apresentação

11 Heranças de um passado obtuso: o legado da Ditadura Militar e a ficção como acerto de contas
Cimara Valim de Melo, Fabíola Padilha e Maria Zilda Ferreira Cury

Ensaios

21 Marcas da ditadura militar em povos indígenas do Brasil: narrativas contra-antropológicas
Cimara Valim de Melo

61 *Iracema, uma transa amazônica:* ditadura, colonialidade e memória
Rejane Pivetta de Oliveira
Cláudia Luiza Caimi

85 Luto e resistência em *Mulheres que mordem*, de Beatriz Leal
Maria Zilda Ferreira Cury
Fabíola Padilha

117 Memórias de um desaparecimento em *Nem tudo é silêncio*, de Sonia Regina Bischain: as implicações de um luto interdito

Gínia Maria Gomes

143 Crônicas publicadas durante a ditadura militar: notas sobre Antonio Callado e Rubem Braga

Jaime Ginzburg

159 Anistia e cobrança: relendo Rubem Fonseca

Daniel R. Bonomo

183 Arquivar a história, arquivar a si mesmo: ditadura e escrita de si ficcional

Mônica Gama

211 Relatos autobiográficos e romances de mulheres sobre a ditadura

Eurídice Figueiredo

241 Tempo passado, marcas presentes: ditadura e violência de gênero em alguns romances brasileiros do século XXI

Cristiane da Silva Alves

267 O estranhamento como ética da representação em *O corpo interminável*, de Claudia Lage

Dayane de Oliveira Gonçalves

285 A sobrevivência da "Torre" em lembranças, traumas e afetos

Elcio Loureiro Cornelsen

315 A sujeição do corpo subversivo: autoritarismo, gênero e sexualidade no conto "A negra Zuleika", de Bernardo Kucinski
Weverson Dadalto

343 Enterrar os corpos, enterrar o legado da ditadura em páginas de literatura
Luciana Paiva Coronel

371 **AUTORES PRESENTES NA EDIÇÃO**

APRESENTAÇÃO

Heranças de um passado obtuso: o legado da Ditadura Militar e a ficção como acerto de contas

Para Jacques Derrida, em textos como *De quoi demain* e *Spectres de Marx*, o herdeiro é sempre enlutado, e a herança é algo que não se escolhe. Assim, é-se herdeiro à revelia. Mas, segundo o filósofo, pode-se assumir a herança, a ela dizer um sim, por ela se responsabilizar, assumi-la criticamente como sua. A ditadura civil-militar que teve lugar no Brasil entre os anos de 1964 e 1985 revelou-se como um dos eventos mais traumáticos da história nacional, ao romper com a democracia: seja por sua longa duração, seja pela violência que a caracterizou. Sobretudo depois da promulgação do Ato institucional nº 5 (AI 5), em 1968, recrudesceram as medidas discricionárias com sequestro, prisão, tortura e morte de muitos dissidentes, desaparecimento de presos políticos, exílios forçados, suspensão dos direitos políticos. O clima de terror que caiu sobre a sociedade brasileira fez desse período de trevas evento singular a repercutir até os dias atuais, com seus efeitos traumáticos a ameaçar constantemente os direitos e as conquistas da redemocratização – ameaça tributária, em grande medida, da tentativa de negação de nossa herança histórica. Vivemos como se herdeiros não fôssemos desse passado que não passa e que se furta à memória por mecanismos torpes a engendrar um esquecimento manipulado. Contudo, a presença espectral dos tempos sombrios corporifica-se em lampejos que nos alertam dos iminentes perigos que nos rondam.

De acordo com Márcio Seligmann-Silva (2022, p. 226), a violência promovida pela ditadura no Brasil extrapola o período ditatorial, pois ela se faz valer até hoje, para além da violência simbólica e jurídica, de modo que práticas como as de tortura e de desaparecimento continuem a persistir. Certamente essa reverberação traumática – visível no avanço da extrema direita no Brasil, cujo êxito resultou no governo de Jair Bolsonaro, marcado pelo autoritarismo e pela militarização do aparelho estatal, e na tentativa de golpe de estado em 8 de janeiro de 2023, orquestrada por apoiadores do candidato derrotado no último pleito presidencial com financiamento de empresários – explica o grande número de obras ficcionais que se ocupam da ditadura nas últimas décadas. Juntam-se a elas textos ensaísticos, de caráter autobiográfico e/ou documental, também explorados nos ensaios aqui apresentados.

Os textos que abrem a publicação tratam dos reflexos da ditadura civil-militar aos povos indígenas, bem como a sua representação pela literatura e pelo cinema, "Marcas da ditadura militar em povos indígenas do Brasil: narrativas contra-antropológicas", de Cimara Valim de Melo, acolhe um conjunto textual engajado na documentação do trauma provocado na região amazônica, englobando os entrelugares narrativos produzidos por Davi Kopenawa, Bruce Albert, Alcida Ramos e Eliane Brum. A partir das conexões entre escrita e testemunho, reflete sobre o papel da produção contemporânea na elaboração do passado como tributo, memória e ativismo socioambiental, valendo-se da perspectiva contra-antropológica presente na produção etnográfica a partir dos anos 1970. Já "*Iracema, uma transa amazônica:* ditadura, colonialidade e memória", de Rejane Pivetta de Oliveira e Cláudia Luiza Caimi, promove um estudo comparado entre literatura e cinema, pelo qual é acessado o filme *Iracema, uma transa amazônica*, dirigido por Jorge Bodanzky e Orlando Senna, em suas conexões com o romance *Iracema*, de José de Alencar. A denúncia da devastação da Amazônia e da violação aos direitos dos povos da floresta à época do regime ditatorial é descortinada ao longo da análise, pela qual um mapa sócio-histórico do país é revelado, incluindo as graves consequências das políticas de desenvolvimento e colonização do território pelo governo militar.

Os dois ensaios seguintes possuem o "luto" como elemento chave em sua construção ao se debruçarem sobre romances escritos por mulheres no século XXI, as quais se cruzam com a História do Brasil ao concentrarem suas narrativas nos efeitos da repressão militar à sociedade brasileira. Em "Luto e resistência em *Mulheres que mordem*, de Beatriz Leal", Maria Zilda Ferreira Cury e Fabíola Padilha enveredam pelo diálogo entre as ditaduras argentina e brasileira ao explorar o luto em suspensão pelo desaparecimento, bem como a violência simbólica experienciada pelos familiares das vítimas, estampada na ficção pós-ditatorial. O diálogo estende-se também às intersecções entre literatura e cinema, em vista de que são chamados à cena documentários e filmes cujo enfoque se concentra na corporificação da prisão, da tortura e do luto pelo viés feminino, entrelaçando realidade histórica e matéria ficcional. De modo semelhante, "Memórias de um desaparecimento em *Nem tudo é silêncio*, de Sonia Regina Bischain: as implicações de um luto interdito", de Gínia Maria Gomes, investiga a questão do desaparecimento no romance contemporâneo, explorando, nesse aspecto, o papel da elaboração do luto e sua suspensão frente à ausência do corpo — desaparição que atua como sombra no romance de Bischain, acrescida de tantas outras perdas experienciadas em espaços periféricos, invisibilizados pelo regime militar. Os marcos históricos presentes no romance são investigados, a fim de se compreender a atmosfera repressiva que imperou entre as décadas de 1960 e 1980.

A narrativa curta é também escrutinada nesta obra, tanto pelo viés da crônica quanto pelo olhar acerca da contística brasileira. Por um lado, "Crônicas publicadas durante a ditadura militar: notas sobre Antonio Callado e Rubem Braga", de Jaime Ginzburg, serve como guia para o exame das correlações entre literatura e ditadura militar. São palcos de análise os textos "Entrevista imaginária" e "Tortura, a missa negra do regime – À espera das tábuas da lei do Deus armado", de Antonio Callado; "Os piores crimes...", "Vitoriosos e vencidos", "Furte-se, general!", "A política e o tédio" e "Os IPMs e o Sr. Juscelino", de Rubem Braga. Em cada um deles, críticas contundentes são desveladas, possibilitando a ressignificação da experiência ao mesmo tempo que a avaliação do horror assentado nas ações do Estado sobre aqueles que ousavam se postar em seu caminho. Por outro lado, "Anistia e cobrança: relendo Rubem Fonseca", de Daniel R. Bonomo, relaciona a obra do referido escritor ao pós-ditadura e, em especial, ao bolsonarismo no Brasil atual, promovendo, para isso, uma leitura do conto "O Cobrador" sob um olhar diacrônico. A perspectiva histórica é perseguida no estudo a partir de uma abordagem contextual sobre o plano estético da obra, mobilizando seus aspectos simbólicos para alcançar o aprofundamento político-ideológico da narrativa, na contramão da ideologia fomentada pelo militarismo.

A escrita de si como arquivo da história e do trauma é outro caminho crítico seguido, sendo tomado como base das investigações de dois ensaios aqui apresentados. Em "Arquivar a história, arquivar a si mesmo: ditadura e escrita de si ficcional", de Mônica Gama, o eixo de análise concentra-se em obras produzidas a partir dos anos 2000, nas quais a transfiguração da experiência narrada pela reelaboração ficcional da matéria histórica é dado que impacta a produção de narradores-autores. As obras *Em liberdade* (1981), de Silviano Santiago, *O lugar mais sombrio*, de Milton Hatoum, *Não Falei* (2017), de Beatriz Bracher, *O corpo interminável* (2019), de Claudia Lage, e *Trilogia Infernal*, de Micheliny Verunschk, fazem parte da pesquisa bibliográfica empreendida, pela qual a escrita de si revela-se como rastros do outro. Em "Relatos autobiográficos e romances de mulheres sobre a ditadura", por sua vez, Eurídice Figueiredo contempla um vasto conjunto literário contemporâneo, no qual a produção literária de autoria feminina sobre a ditadura apreende narrativas em que se enovelam o testemunhal, o ficcional e o memorialístico. Escritoras de diferentes gerações, cujas experiências de vida transitam entre os períodos do regime e da redemocratização, ganham visibilidade neste trabalho, que destaca o envolvimento de autoras com a resistência, seja pela participação política, seja pela produção escrita, em um embate contra o autoritarismo e o silenciamento, que se reflete na conquista de espaços antes restritos aos homens.

Ainda quanto à abordagem de questões de gênero por meio da literatura, três ensaios ganham destaque. Primeiramente, "Tempo passado, marcas presentes: ditadura e violência de gênero em alguns romances brasileiros do século XXI", de Cristiane da Silva Alves, examina romances brasileiros recentemente publicados sob a ótica de mulheres que experienciaram o período ditatorial e a passagem do tempo, repercutindo a resistência feminina em seus processos de escrita e memória. Entram nessa concepção os romances *Sob os pés, meu corpo inteiro*, de Marcia Tiburi, *A importância dos telhados*, de Vanessa Molnar, e *Depois de tudo tem uma vírgula*, de Elizabeth Cardoso, que compõem o *corpus* de análise. A seguir, "O estranhamento como ética da representação em *O corpo interminável*, de Claudia Lage", de Dayane de Oliveira Gonçalves, percorre a referida obra com um olhar sobre a ética da representação, concentrando-se no papel do narrador e no modo como ética e estética são acessadas na narrativa para a construção de uma leitura alternativa da história. Enquanto campo de possibilidades, a narrativa é percebida em sua capacidade de potencializar as ruínas do passado, que não quer ser esquecido e é resgatado pela memória. Além deles, o ensaio "A sobrevivência da 'Torre' em lembranças, traumas e afetos", de Elcio Loureiro Cornelsen, discorre sobre testemunho e resistência na obra *A Torre: O cotidiano de mulheres encarceradas pela ditadura*, de Luiza Villamêa. Tomando como base os estudos sobre encarceramento político e memória da violência, em diálogo com as realidades da Alemanha Oriental e do Brasil, são cotejadas narrativas de mulheres militantes políticas confrontadas por aparelhos repressores, cujo poder de intimidação e silenciamento gerou dissidência e morte, mas também resistência contra uma violência oficializada e solidariedade entre as vítimas da "Torre".

Os ensaios que fecham o presente livro debruçam-se sobre a obra de Bernardo Kucinski, um dos mais respeitados escritores brasileiros no que diz respeito à referência ao período da ditadura no Brasil pela ficção. Em "A sujeição do corpo subversivo: autoritarismo, gênero e sexualidade no conto 'A negra Zuleika', de Bernardo Kucinski", Weverson Dadalto propõe o imbricamento entre corporeidade, violência, masculinidade e autoritarismo pela análise do conto em questão, originalmente publicado em *Você vai voltar pra mim e outros contos*. Tendo em vista as agressões sofridas pelo corpo feminino sob o peso de hierarquias opressivas utilizadas pelo regime ditatorial, a análise alerta não apenas para o reforço da masculinidade heterossexual normativa e a sustentação da violência de gênero durante a ditadura militar, mas também para caminhos de recrudescimento do autoritarismo e da retomada da violência militarizada no tempo presente, promotoras da opressão e da afirmação de comportamentos machistas, misóginos e homofóbicos, entre outras intolerâncias. Por fim, "Enterrar os corpos, enterrar o legado da ditadura em páginas de literatura", de

Luciana Paiva Coronel, fecha a edição com o tema dos desaparecidos políticos da ditadura, pelo qual são revolvidos os escombros do autoritarismo sob o viés da memória literária. Para isso, o recorte de análise concentra-se nas obras *K., relato de uma busca,* de Bernardo Kucinski, e *Antes do passado:* o silêncio que vem do Araguaia, de Liniane Haag Brum, com atenção à produção de sentidos que paira sobre a ausência dos corpos e a presença da morte, ambas sombras que não se deixam dissipar. A visão delineada pelo estudo chama a atenção ao papel político da literatura, cujas forças se somam à causa da democracia, da liberdade de expressão e da reparação histórica frente ao sombrio legado produzido pela repressão militar no Brasil — país que ainda carece de um acerto de contas com o próprio passado.

A partir do exposto, a presente publicação pretende ser um momento de reflexão crítica sobre a produção artístico-cultural, em particular a literária e a cinematográfica, tomando como direção o que defende Eurídice Figueiredo (2017) já a partir do título de seu fundacional estudo sobre o período: a literatura é um arquivo da ditadura, uma forma de intervenção neste momento de perigo. Se a memória bloqueada impede a elaboração do trauma social, a literatura, por sua vez, pode potencialmente contribuir com a importante tarefa de combater o negacionismo e o revisionismo históricos, assumindo com responsabilidade a herança acolhida. Sendo "um modo específico de testemunho" (Felman, 2014, p. 129), a literatura assume a condição legatária que, afinal, deveria ser a de todos nós – em nome dos que foram silenciados e impedidos de prosseguir no combate ao inimigo, e em nome também dos que lutam por verdade e justiça, para que as gerações de hoje e de amanhã possam viver melhor.

Cimara Valim de Melo
Fabíola Padilha
Maria Zilda Ferreira Cury

Junho de 2024

Referências

FELMAN, Shoshana. *O inconsciente jurídico*: julgamentos e traumas no século XX. Tradução de Ariani Bueno Sudatti. Prefácio de Márcio Seligmann--Silva. São Paulo: Edipro, 2014.

FIGUEIREDO, Eurídice. *A Literatura como arquivo da ditadura brasileira*. Rio de Janeiro: 7 Letras, 2017.

SELIGMANN-SILVA, Márcio. *A virada testemunhal e decolonial do saber histórico*. Campinas: Editora da Unicamp, 2022.

ENSAIOS

Marcas da ditadura militar em povos indígenas do Brasil: narrativas contra-antropológicas

Cimara Valim de Melo[1]

"[...] corpos vivos em uma Terra viva.
A gente não pode incidir sobre a Terra como se a gente
fosse uma máquina retroescavadeira".

Airton Krenak (2021)

---

1 Professora de Letras do Instituto Federal de Educação, Ciência e Tecnologia do Rio Grande do Sul (IFRS). Doutora em Estudos de Literatura (UFRGS), com pós-doutorado realizado junto à University of Bristol (2024) e ao King's College London (2014). Contato: cimara.valim@gmail.com.

Introdução

Em um tempo no qual o mais-que-humano se torna essencial à percepção das relações naturezacultura, e o olhar decolonial sobre o passado recente do Brasil clama pela reescrita da história sob lugares-outros de fala, compreender as cicatrizes deixadas pelo Estado brasileiro nas sociedades indígenas é mais que um dever, é um modo de empreender justiça com os povos originários do Brasil. Afetada diretamente pela ideologia desenvolvimentista que imperou nos "Anos de Chumbo" da Ditadura Militar — a qual traz como símbolos, no Governo Médici, a construção da Rodovia Transamazônica (Ramos, 1998, p. 204) e, no Governo Geisel, o projeto de mineração RadamBrasil (Instituto Socioambiental, 2019; RadamBrasil, 1978) —, a população autóctone amarga a memória do trauma, vivido em suas múltiplas faces. Seja pela devastação de seus ecossistemas, pela violação de direitos humanos fundamentais ou pelas consequências da dominação colonialista que definiu as políticas públicas governamentais do período, a situação experienciada pelos povos indígenas, durante e após o regime civil-militar instaurado entre 1964 e 1985, ilustra o lugar marginal por estes ocupado. Sua posição de "estrangeiros nativos" (Brum, 2013) revela uma cidadania diferenciada, com direitos sociais deficientes (Lehnen, 2013), cujas bases estão fundamentadas no projeto colonizador eurocêntrico e escravista ao qual a América Latina foi submetida ao longo de séculos, provocando espaços simbólicos de contestação.

Ao representar a "cidadania diferenciada" — que "trata alguns brasileiros como se não fossem cidadãos porque, por razões que nada têm a ver com sua cidadania nacional, a eles são negados esses direitos" (Holston, 2013, p. 56) — e a "cidadania insurgente" — que "implica um projeto particular de justiça social e fomenta uma imaginação democrática específica, centrada na equiparação" (Holston, 2013, p. 50) —, a literatura torna-se potente arquivo da ditadura, como bem observa Eurídice Figueiredo (2017). Aqui compreendido em sentido amplo, a abarcar relatos testemunhais, (auto)biográficos, narrativas etnográficas e investigativas, manifestos, crônicas, cartas e diários, entre outros textos em que o ato de narrar se torna matéria relevante ao imbricamento entre memória e história, o literário assume a força insurgente de um coletivo que insiste em existir oficialmente, resiste à opressão e busca se fazer ouvir, especialmente a partir da Constituição promulgada em 1988, marco legal da conquista de direitos pelos povos originários no Brasil.

Assim, "rever e repensar o passado" (Figueiredo, 2017, p. 41), reconstituí-lo e digeri-lo canibalisticamente pela escrita, acaba por produzir um efeito catártico e de reparação histórica, a fim de que o inumano jamais seja esquecido ou repetido. Se é fato que a emergência do Estado desenvolvimentista (Fonseca, 2015) no Brasil ditatorial ceifou o exercício de direitos, comprometeu a igualdade e a justiça social, premissas à cidadania, os povos da floresta têm buscado formas de resgate da ancestralidade e de reconstrução do *bien-vivir*.[2] Elemento presente em sua mundovisão, ilustrado pela "fricção com a vida" proposta por Ailton Krenak (2021, p.4), o *bien-vivir* estabelece um contraponto com as violências causadas pela economia armamentista-extrativista e pelo nacionalismo intervencionista promovido pelo Estado no Brasil da segunda metade do século XX:

> Tirar petróleo, furar plataforma continental, devastar a Floresta Amazônica, caçar ouro para todo lado, toda essa cosmovisão constituída de um Planeta cheio de concreto, viadutos, pontes, rodoviárias, metrôs. Essa parafernalha toda é uma ofensa ao corpo da Terra. A Terra respira (Krenak, 2021, p.20).

Nesse sentido, este estudo se depara com um conjunto textual engajado na documentação do trauma provocado pela Ditadura Militar nos povos indígenas da região amazônica, representado pelos entrelugares narrativos produzidos por Davi Kopenawa, Bruce Albert, Alcida Ramos e Eliane Brum. A partir desses rastros, e em sintonia com o teor testemunhal da literatura escrutinado por Seligmann-Silva (2005, p. 87), pelo qual se dá a conjunção entre experiência e história, procuramos refletir sobre o papel da literatura contemporânea na elaboração do passado como tributo e memória, tomando como base a premissa de que "não se pode esquecer o que foi perpetrado", é preciso rememorar "na esperança de que não ocorram novas catástrofes" (Figueiredo, 2017, p. 35).

---

2 Também conhecido como *nhandereko* (guarani), *suma qamaña* (aymara) e *ousumak kawsay* (kíchwa).

Da narrativa antropológica à etnografia literária: entrelugares em *A queda do céu*

Eu, um Yanomami, dou a vocês, os brancos,
esta pele de imagem que é minha.

Davi Kopenawa e Bruce Albert (2015, p. 66)

Antropologistas brasileiros e estrangeiros com estudos etnográficos vinculados a povos indígenas da Amazônia realizados a partir dos anos 1970 foram testemunhas do processo de silenciamento da pesquisa acadêmica ao longo da Ditadura Militar. Suas narrativas são elementos importantes e necessários à restituição memorialística da repressão vinculada a povos indígenas, visto que produzem interpretações ignoradas pela história oficial. De modo mais específico, o olhar estrangeiro sobre a situação dos povos indígenas à época da Ditadura Militar brasileira contrasta com o *status quo* da academia em cursos de Humanidades nos anos de 1960, muitos dos quais já penalizados pela intervenção do Estado em suas atividades, como observamos no relato pessoal de Eduardo Viveiros de Castro (2014, p. 149, grifo nosso):

> Ao ler as *Mitológicas*, fiquei fascinado com Lévi-Strauss, com os mitos indígenas, mas sobretudo fiquei fascinado porque *eu não sabia* — no sentido forte de "saber", como algo mais do que "ter notícia"— que existiam índios no Brasil. Eu estava no terceiro ano de Ciências Sociais e a Sociologia que se ensinava na universidade *simplesmente ignorava a existência de índios no Brasil*. A tal da "burguesia nacional", a classe operária e o enigmático campesinato definiam a estrutura social brasileira e o horizonte da Revolução. Índio, literalmente, não existia. [...] *O índio não era um personagem político. Os índios eram fósseis vivos, seres arcaicos, exóticos, bizarros, estranhos, belos e/ou repugnantes como animais selvagens.*

A confissão de Viveiros de Castro corrobora a compreensão das profundas dificuldades vividas pelos povos indígenas do Brasil dado o apagamento sofrido nos níveis político, acadêmico e sociocultural. Tal invisibilidade, diga-se de passagem, vem de um processo colonizador barbárico e escravocrata instaurado no Brasil desde 1500, resultando, como ilustrado por Lévi-Strauss (1957,

p. 45) em *Tristes Trópicos*, em uma espécie de "horror de qualquer alusão aos indígenas e mais geralmente às condições primitivas do interior", preconceito hegemônico característico de uma elite que criava o tipo "brasileiro de exportação", sem "conhecimento do estado real do seu país".

> Fiquei, pois, muito surpreendido quando, durante um almoço a que Víctor Margueritte me havia levado, ouvi, da boca do embaixador do Brasil em Paris, a "nota" oficial: "índios? Ai! meu caro senhor, já desapareceram há muitos lustros! Oh! é uma página bem triste, bem vergonhosa, da história do meu país. Mas os colonos portugueses do século XVI eram homens ávidos e brutais. Como censurar-lhes ter participado da rudeza geral dos costumes? Êles agarravam os índios, amarravam-nos às bocas dos canhões e estraçalhavam-nos vivos, a tiros. Foi assim que os destruíram, até ao último."

Lévi-Strauss não apenas descobrira, nos anos passados no Brasil, a existência indígena como também identificara a presença institucionalizada da barbárie, que não se resumia ao século XVI, como a ele narrado. Em pleno século XX, era para alguns "passatempo favorito [...] recolher nos hospitais as roupas infectadas dos variolosos, para pendurá-las com outros presentes ao longo dos caminhos ainda frequentados pelas tribos". O triste cenário em muito remonta-se a uma política genocida no Estado brasileiro, reavivada após o Golpe de 64, e que se espelha na história colonial dos povos sul-americanos. No caso do Brasil, houve o extermínio de em torno de 90% da população indígena até o século XVII (Churchill, 1999, p. 433), a qual passou de aproximadamente 2.5 milhões de habitantes em 1500 a menos de 200 mil em meados do século XX, com dezenas de grupos extintos em áreas de expansão agrícola, pastoril e extrativa (Ribeiro, 1954,1957; Davis, 1978).

Quase quarenta anos depois da primeira publicação de *Tristes Trópicos* e ao passo do período de redemocratização no Brasil, Lévi-Strauss (1993, p. 7), atento à causa yanomami fomentada por Davi Kopanawa e Bruce Albert, destaca o simbolismo contido em "Xanawa: o ouro canibal e a queda do céu"

(Kopenawa, 1990a), trabalho conjunto que culminou, vinte anos depois, na publicação seminal *La chute du ciel: paroles d'un chaman yanomami*.[3]

> Formulada nos termos de uma metafísica que já não é a nossa, tal concepção de solidariedade e de diversidade humana, bem como de sua mútua implicação, impressiona em sua grandeza. Apresenta-se como um símbolo. Com efeito, cabe a um dos últimos porta-vozes de uma sociedade em vias de extinção, juntamente a tantas outras, enunciar os princípios de uma sabedoria da qual poucos de nós compreendem que depende também a nossa própria sobrevivência.[4]

As noções de solidariedade e diversidade cultural estão no cerne da voz yanomami. Por ela, o "Outro por excelência", traduzido pela imagem histórica dos povos nativos para o Ocidente (Lévi-Strauss, 1999, p. 14), assume um novo sentido — é agora "o branco" que ocupa tal lugar. Essa mudança de perspectiva vai ao encontro da necessidade observada por Cornelia Eckert (1994, p. 7), em um momento de "autocrítica do passado e do presente", pelo qual a antropologia se des/reconstrói: não como uma ciência da alteridade, pela construção de um discurso sobre o outro, mas de um diálogo com o outro, caracterizando uma antropologia reflexiva, dialógica (Eckert, 1994, p. 16). Em seu papel de crítica cultural, de construção polifônica, a pós-antropologia abre espaço "para criações e construções literárias que independem de definições do que seja arte, literatura, ciência ou história", dada a "literaridade da antropologia" (Peirano, 1987, p. 253-254) e o consequente redimensionamento político-estético do texto, em sua interlocução autor-leitor, eu-outro.

---

3 Originalmente publicada em francês, a obra teve traduções para o inglês em 2013 [*The Falling Sky: Words of a Yanomami Shaman*] e para o português em 2015 [*A queda do céu: palavras de um xamã yanomami*] e constitui-se uma das mais importantes narrativas sobre a vida e o imaginário yanomami pela perspectiva do xamanismo, ao mesmo tempo em que pode ser lida, conforme Bill McKibben (2013), como uma crônica da violência onipresente no processo de colonização da Amazônia.

4 No original: "Formulée dans les termes d'une métaphysique qui n'est plus la nôtre, cette conception de la solidarité et de la diversité humaines, et de leur mutuelle implication, frappe par sa grandeur. Il y a là comme un symbole. Car c'est à un des derniers porte-parole d'une société en voie d'extinction de notre fait, avec tant d'autres, qu'il appartient d'énoncer les principes d'une sagesse dont nous sommes encore trop peu nombreux à comprendre que dépend aussi notre propre survie."

Como representação desse dialogismo, o depoimento de Kopenawa, transcrito e traduzido por Albert, abre a edição *Yanomami: a todos os povos da Terra* (Ação pela Cidadania, 1990) e é representativo da resistência indígena às violências sofridas ao longo da Ditadura e intensificadas na década de 1980. A edição histórica, posterior à promulgação da Constituição de 1988 e ao relatório *Roraima: o aviso da morte* (Ação pela Cidadania, 1989), procurou oferecer "a versão dos próprios yanomami sobre os acontecimentos que os afetam" (Ação pela Cidadania, 1990, p. 9). As palavras de Kopenawa ecoam ainda mais fortemente no fechamento da edição, com a carta "A todos os povos da Terra": "O governo não está nos respeitando. Ele pensa em nós como animais." (Kopenawa, 1990b, p. 43). O desabafo yanomami converge com as observações de Lévi-Strauss de *Tristes trópicos*, e o trabalho integrado entre Kopenawa e Albert dá indícios dos caminhos-outros tomados pelos estudos contra-antropológicos, há tempo previstos por Lévi-Strauss (1966, 126): "A antropologia sobreviverá num mundo em mudança deixando-se perecer para renascer em novos moldes".

Na esteira do etnólogo francês, Viveiros de Castro observa o sujeito indígena e suas corporeidades sob uma visão para além do olhar dicotômico natureza x cultura. Como resultado, a publicação "A construção da pessoa nas sociedades indígenas brasileiras" (Seeger; Da Matta, Viveiros de Castro, 1979) procura "repensar a antropologia com os olhos dos índios brasileiros" e, com isso, clama pela renovação teórica, considerando as peculiaridades dos povos autóctones sul-americanos e suas corporalidades em termos de identidades sociais e materialidades simbólicas. A conjunção pós-humana naturezacultura (Buell, 2011; Haraway, 2003; Braidotti, 2018) está no centro desse ecossistema e rege a ancestralidade indígena, cujas cosmologias contribuem para "dissolver a antinomia" (Seeger; Da Matta; Viveiros de Castro, 1979, p. 13), de modo a "atualizar os incontáveis devires-outrem que existem como virtualidades de nosso pensar", em direção a uma epistemologia contra-antropológica multinaturalista (Viveiros de Castro, 2015, p. 61).

As perspectivas contra-antropológicas e pós-etnográficas possibilitam novos olhares sobre a produção indígena e indigenista e o descortinar sobre as marcas da repressão militar nos povos originários do Brasil. A contra-antropologia, como resposta ao perspectivismo proposto por Viveiros de Castro (2014), traz consigo um modo de pensar mais-que-humano na relação eu-outro, para além dos binarismos dialéticos. A abordagem epistemológico-política definidora do perspectivismo possui como implicações a inexistência de pontos de vista privilegiados e totalizadores — isso porque "o perspectivismo é uma contra-antropologia e uma antropologia contra o Estado" (Viveiros de Castro, 2014, p. 157), configurando-se como vértice de uma "alter-antropologia índígena" (Viveiros de Castro, 2015, p. 21).

Albert aponta a "contra-antropologia histórica" como base de *A queda do céu*, especialmente no capítulo homônimo, que contempla os conflitos do "mundo branco" (Kopenawa; Albert, 2015, p. 543) trazidos pela voz do xamã, cuja narrativa é construída em suas viagens distantes do território de origem, em um percurso dialógico eu-outro, oralidade-escrita, que retoma o narrador benjaminiano em sua capacidade artesanal de contar, de "intercambiar experiências" (Benjamin, 1997, p. 198) e de incorporar o narrado "à experiência dos seus ouvintes" (Benjamin, 1997, p. 201). Seu périplo socioambiental e político, iniciado na década de 1970, concomitantemente ao início dos estudos etnográficos de Albert no Norte do Brasil, traz a memória dos efeitos devastadores do desenvolvimentismo militarista aos povos indígenas, sentidos com a construção de rodovias realizadas em territórios indígenas, das consequentes epidemias e do incentivo à mineração, além do trabalho de reconhecimento aéreo da Funai, que culminou com promulgação de diversos decretos, entre 1977 e 1978, a dividir o território yanomami em um "arquipélago de 21 ilhas, cercadas por corredores de cinco a trinta quilômetros de largura, destinados à colonização (Albert, 2015, p. 523).[5]

Justamente ao registrar em suas pesquisas de campo as marcas deixadas pelas rodovias no coração da Amazônia, os caminhos de Albert cruzam-se aos

5 Bruce Albert, já mestre em Antropologia pela Université de Paris V e leitor ávido de Lévi-Strauss, inicia suas pesquisas junto aos povos yanomami em 1975, ao Norte do Brasil. A oportunidade, conta Albert (2013, p. 427), surge pela Universidade de Brasília, que iniciava à época um projeto de pesquisa sobre os reflexos da Perimetral Norte e da Transamazônica no Norte do país. Em 1979, participa da publicação da proposta de criação do "Parque Indígena Yanomami", em conjunto com a Comissão Pró-Parque Yanomami (CCPY, 1979).

de Kopenawa em 1978, época em que este atuava como intérprete da Funai, e aproximam-se pelo ativismo socioambiental vinculado às campanhas pela legalização do território yanomami: "no decorrer de diferentes episódios que marcaram a luta em defesa dos direitos yanomami nas décadas de 1980 e 1990, que se formaram, entre Davi Kopenawa e mim, a estima e a cumplicidade que constituem a base do projeto que desembocou na redação deste livro" (Albert, 2015, p. 529). Ali estão as bases para o projeto pós-antropológico empreendido em *A queda do céu*, cuja continuidade é percebida em *O espírito da floresta* (2023).

Mais que um testemunho autobiográfico, *A queda do céu*, em sua grandiosidade corpórea-textual, age como uma conjunção entre a narrativa antropológica e a etnografia literária. Seu entrelugar reside na complexidade de uma obra aberta a infinitas possibilidades, configurando-se, em seu conjunto narrativo – vinte e quatro capítulos divididos nas três seções "Devir outro", "A fumaça do metal" e "A queda do céu" –, como um painel histórico, socioambiental, memorialístico e estético. Dele, emerge uma complexa "elaboração literária" (Albert, 2015, p. 546), na qual se sobrepõem processos de (re)criação oralidade-escrita, feitos de múltiplas vozes, em meio às quais ouvimos os "grandes xamãs", os "espíritos" da terra-floresta, o "sopro de vida", mas também "o sopro dos humanos" e a destruição causada pelos "brancos que desmatam a floresta" (Kopenawa; Albert, 2015, p. 471-472).

Fruto de décadas de trabalho derivado de gravações em fita-cassete produzidas em diferentes momentos – o primeiro conjunto, de 1989 a 1992, a começar pelas gravações de Kopenawa enquanto hóspede de Alcida Ramos em Brasília (Albert, 2015, p. 541); o segundo, de 1993 a 2011 –, que se unem a uma série de intertextos, *A queda do céu* pode ser lida, sobretudo, com uma narrativa testemunhal derivada da experiência pessoal do contato, a qual coloca em destaque o ponto de vista dos povos originários sobre o processo histórico da colonização. Das palavras do xamã às do antropólogo, o caminho se dilui, e a experiência fluida da coletividade sobrepõe-se pela linguagem híbrida e plurivocal constituída nesse entremeio narrativo, definido por Albert (2015, p. 542) como contra-antropológico: "uma espécie de contra-antropologia histórica do mundo branco, a partir da comparação de esferas culturais que, em suas viagens, ele percebera como pontos de embate".

O resultado é uma narrativa profundamente pessoal e crítica, cuja perspectiva histórica — visualizada especialmente na seção "A fumaça do metal", em que vêm à tona as memórias da ditadura militar e suas marcas aos povos yanomami — demonstra uma preocupação que transcende a posição indigenocentrada: a de um cataclismo que prefigure o "destino de nosso mundo, invadido pelas mortíferas dos minérios e combustíveis" (Albert, 2015, p. 547). Dentre as imagens recobradas do passado, sobressai-se o papel da Funai às políticas de contato empreendidas ao longo do regime civil-militar: "no posto da Funai, eu só trabalhava, sem dizer uma palavra, esforçando-me para seguir as ordens que me davam" (Kopenawa, Albert, 2015, p. 282). A hegemonia cultural imposta pelo branco sobre o indígena também é explícita: "Por que não imitar os brancos e virar um deles? Eu só queria uma coisa: parecer com eles." (Kopenawa, Albert, 2015, p. 282). Em "O tempo da estrada", doenças e destruição são ilustradas com detalhes, entre partidas e chegadas: "Preocupados, os de *Werihi sihipi u* se perguntavam o que aqueles forasteiros tinham vindo fazer na terra deles. [...] Algum tempo depois, seu grande homem adoeceu e morreu de repente. Em seguida, todos os moradores da casa começaram a arder em febre" (Kopenawa; Albert, 2015, p. 296). Epidemias de sarampo e malária tornaram-se rotina na região à medida que a estrada era rasgada, como observamos nas lembranças entristecidas de Kopenawa:

> Eu ficava pensando em tudo isso, quando estava sozinho no posto da Funai. Isso me atormentava e me entristecia. Dizia a mim mesmo: "Os brancos rasgam a terra da floresta. Derrubam as árvores e explodem as colinas. Afugentam a caça. Será que agora vamos todos morrer das fumaças de epidemia de suas máquinas e bombas? Eu já sabia que essa estrada só iria nos trazer coisas ruins. Ninguém nos tinha avisado antes de as obras começarem" (Kopenawa; Albert, 2015, p. 305).

A violência não dá trégua. Aos que resistiam à invasão, como no caso dos waimiri-atroari, restava a intervenção do Exército, com seus "militares enfurecidos": "Eu tinha ouvido a gente da Funai contar que, para abrir o trecho que liga Manaus a Boa Vista, os soldados tinham atirado nos waimiri-atroari e jogado bombas em sua floresta" (Kopenawa; Albert, 2015, p. 306). Suas vozes não são ouvidas, suas terras são violadas sem pudor. Os chamados "homens do governo" não informaram, não perguntaram, "não explicaram quase nada". Ao narrador-testemunha, fica a memória de uma dolorosa ausência: "tinham mandado trabalhar bem longe, em Iauaretê. De modo que, certo dia, as máquinas chegaram à floresta sem que nenhuma palavra as tivesse precedido" (Kopenawa; Albert, 2015, p. 306).

Da estrada ao garimpo, o leitor é levado, em "Comedores de terra" e "O ouro canibal", a compreender o significado do termo "genocídio" aos povos da floresta durante e após a Ditadura Militar. "Como em um cenário de guerra" (Kopenawa; Albert, 2015, p. 335), a aparição dos garimpeiros, com seus motores e espingardas a espantar a caça da região (Kopenawa; Albert, 2015, p. 337), além de cavar "por toda a parte grandes fossas ladeadas de montes de cascalho", deixando os igarapés "cheios de lama amarelada, sujos de óleo de motor e cobertos de peixes mortos", em busca da "poeira brilhante" (Kopenawa; Albert, 2015, p. 337). O pedido de ajuda ao governo ecoa no vazio:

> Assim que retornamos a Watoriki, chamei pelo rádio o delegado da Funai em Boa Vista, para contar a ele nossa viagem. Expliquei que já havia garimpeiros demais na floresta para podermos expulsá-los sozinhos. Voltei a lhe pedir ajuda e, com urgência, antes que fossem tantos no rio. Depois, as luas foram passando, sem eu receber nenhuma palavra da cidade (Kopenawa, Albert, 2015, p. 340).

Em meio à denúncia de inúmeras violências sofridas pelos povos da floresta, encontramos, na trama de palavras que compõe *A queda do céu,* a síntese político-teórico-metodológica presente na proposta de ontologia cosmológica que embasa os desafios mais-que-humanos da literatura pós-etnográfica (Oliveira, 2020). Com isso, somos levados, na era do Antropoceno, a uma pós-antropologia, pela qual o encontro eu-outro redefine a concepção de alteridade e produz cartografias críticas. A produção de uma literatura às avessas, pela qual perspectivas se invertem, papéis são remodelados e insurgências tomam corpo, revela sua força político-representacional na contemporaneidade, bem como seu hibridismo e sua abertura a diferentes lugares de fala.

Pela perspectiva intercultural e dialógica, essencial à compreensão da alteridade, literatura e antropologia encontram-se (Geertz, 1983; Clifford; Marcus, 1986; Peirano, 1991), fazendo-se críticas e autocríticas. A visão pós-antropológica de produção de conhecimento é analisada por Clifford e Marcus (1987, p. 4), que percebem na literatura um caminho à compreensão da "desintegração do 'homem' como *telos*" e, por sua vez, a expansão do olhar pela composição estético-ideológica da linguagem, explorada "nas áreas da crítica de textos, história cultural, semiótica, filosofia hermenêutica e psicanálise". A tal visão, acrescentamos, nas últimas décadas, a dimensão quântica da antropologia (Kirby, 2011, 2018), em que são desconstruídas "hierarquias políticas da diferença" a partir do intrincamento entre modos de ser e de conhecer. Nesse percurso, a textualidade ganha força, já que atua polimorficamente à suplementaridade naturezacultura e ao consequente intrincamento autor-leitor (Kirby, 2018, p. 375). A partir de tal prisma, a literatura, enquanto memorial, assume um papel político essencial à reconstrução dos vestígios do regime civil-militar ao mundo-ontologia-cosmologia dos povos originários do Brasil.

Literatura-antropologia como arquivo: as narrativas de Alcida Ramos

> *Com os Sanumá aprendi a admirar - embora nem sempre a imitar - a sabedoria da relativização de verdades e mentiras [...] Como num espelho, vi refletida neles a minha própria imagem de intransigência face a expectativas frustradas, de impaciência com ritmos lentos, de irritabilidade com a falta de sossego, de espanto com minhas próprias dúvidas sobre as minhas próprias reações. [...] Não é à toa que sanïma dïbï, "seres humanos", são eles e só eles!*
>
> Alcida Ramos (1990a, p. 11-12)

Em uma entrevista concedida a Terry Turner, representante da American Anthropological Association (AAA), Kopenawa menciona o papel de Alcida Ramos e Bruce Albert na projeção intercultural da causa yanomami. Em um contexto histórico de intensificação do garimpo a partir da divulgação do projeto RadamBrasil (1978) pelo Governo Militar, seu relato destaca o papel da escrita à sobrevivência dos povos indígenas:

> Só há dois antropólogos [que nos apoiam], um que não é brasileiro, chamado Bruce [Albert] e uma outra, chamada Alcida [Ramos]. Esses antropólogos vieram nos ajudar. Deram-nos seu apoio escrevendo relatórios e divulgando-os. Bruce fala a nossa língua e nos ajuda muito. Ele trabalha para os yanomami, ajuda os Yanomami e divulga muitas notícias a respeito da sua situação. Bruce visita a nossa região [Yanomami orientais] e Alcida vai para Auaris [Yanomami setentrionais] (Kopenawa; Albert, 2015, p. 530).

A voz de Davi Kopenawa remonta a um tempo-chave para a compreensão das marcas do regime civil-militar aos povos da floresta e de sua representação pela narrativa testemunhal. Após a divulgação indiscriminada pelo governo da presença de "rochas potencialmente econômicas" (RadamBrasil, 1978, p. 106) na região amazônica, a intensificação do garimpo ilegal e de empresas extrativistas gerou a chamada "corrida pelo ouro", televisionada nos anos 1980 e responsável pela entrada de mais de 40 mil garimpeiros (Rupp, 2023) nas terras ao norte do Rio Negro. Sua expulsão deu-se apenas a partir de 1992, com a promulgação da Constituição de 1988 seguida pelo processo de demarcação de terras indígenas, não sem antes ter sido motivo de denúncia e pressão internacional, em muito por conta das narrativas produzidas por ativistas, artistas, jornalistas e antropólogos.

Como o relato de Kopenawa aponta, Ramos tem participação fundamental na construção da memória yanomami, com um legado que carrega consigo os atravessamentos literatura-antropologia em tempos de repressão militar. Em 1974, Ramos e seu esposo Kenneth Taylor (*apud* Valente, 2017, p. 180) realizaram um estudo no qual destacavam um território praticamente "não penetrado pelos neobrasileiros da região", em sua maioria com fauna e flora e população indígena em estado natural, sendo a BR-210 "a primeira entrada maciça de brancos no território Yanomami". Em 1975, ambos participaram da equipe enviada pela Funai para um levantamento das condições locais com o avanço da rodovia (Valente, 2017, p. 182). Além da quase total inexistência do trabalho governamental e da maioria da assistência nas mãos de missões católicas, foi encontrado, em diversas comunidades indígenas, um cenário de redução das atividades de caça e agricultura de subsistência, desnutrição, doenças infectocontagiosas, altos índices de mortalidade, orfandade, prostituição e exploração sexual. Nesse sentido, Valente revela o papel do Exército em relação às violências sofridas pelos povos indígenas à época, registradas por Ramos e Taylor:

> A Funai não tinha nenhuma ação da área e toda a assistência era prestada pela prelazia de Roraima. Vários jovens índios passaram a prestar serviço militar no batalhão de engenharia e construção do Exército. [...] O descontrole em Roraima e em especial os contatos frequentes entre operários e Yanomami não tardaram em ceifar vidas. A comissão verificou que, a partir da chegada das primeiras turmas de trabalhadores da Perimetral à Região do Catrimani, em abril de 1974, os atendimentos médicos na missão Consolata explodiram, de cerca de 150 a duzentos atendimentos por mês para 450 a quinhentos. [...] Mas o quadro mais completo sobre o impacto da Perimetral na saúde dos índios yanomami só começou a ser visualizado a partir de outubro de 1975 pelo casal de antropólogos Alcida Rita Ramos e Kenneth Taylor (Valente, 2017, p. 183-184).

Com um trabalho extenso de imersão em diferentes subgrupos yanomami e levantamentos de campo realizados na região, Ramos e Taylor tomaram conhecimento dos "altos números da mortalidade causada pelas doenças trazidas pelas obras da Perimetral" (Valente, 2017, p. 185), gerando um confronto direto entre os antropólogos e a Funai. Como agravante, Ramos e Taylor (1968) já haviam apresentado anteriormente alternativas para a criação de um Parque Yanomami. A proposta, rejeitada pela Funai à época, foi pioneira para o reconhecimento e a proteção do território yanomami, contribuindo a campanhas internacionais, a exemplo das ações empreendidas pela Survival International (Hemming, 2003, p. 494), bem como à refutação de teorias conspiratórias que procuraram, nas décadas seguintes, questionar a própria existência desses povos, a exemplo do livro *A farsa Ianomâmi* (Menna Barreto, 1995).

Como se não bastasse, o Governo Militar trouxe à tona, pelo projeto RadamBrasil, as recentes descobertas de urânio, na área yanomami, "sob o controle do Ministério de Minas e Energia e do Departamento de Nacional de Produção Mineral" (Valente, 2017, p. 189). A exposição midiática das riquezas minerais presentes no território e as alegações tanto do governo de Roraima quanto do Governo Federal em anúncios à imprensa – tais quais "acompanhando urânio há sempre ouro", "uma área rica como essa não pode se dar ao luxo

[sic] de conservar meia dúzia de tribos indígenas atravancando o seu desenvolvimento" e "'os poucos índios' poderiam ser retirados das áreas descobertas" (Valente, 2017, p. 189) – provocaram uma verdadeira corrida de garimpeiros ilegais e de empresas mineradoras à área, ainda não registrada como território indígena à época.

De acordo com Valente (2017, p. 191), "em 1976, a atividade do casal Alcida-Taylor em território yanomami começou a incomodar os militares da Funai. O casal estava produzindo testemunho de grande valor histórico sobre a mortandade provocada pela Perimetral Norte", além de atuar na contenção de garimpeiros invasores. Com isso, "em maio de 1976, Taylor já não era mais contratado pela Funai". No mesmo ano, foi determinada a expulsão do casal da área por conta da "atuação negativa juntos aos índios yanomami" (Valente, 2017, p. 193), gerando a suspensão do Plano Yanoama. A catástrofe da região yanomami, por milhares de garimpeiros, foi televisionada e assistida pelos brasileiros na década de 1980, não sem antes ter sido devidamente documentada por Ramos e Taylor (1979) em "The Yanoama in Brazil", quando estes já haviam partido para o exílio no Reino Unido. O documento não apenas denuncia a negligência da Funai com um relato contundente, acompanhado por imagens fotográficas da Perimetral Norte a cortar a floresta amazônica à época, como também detalha as consequências das ações do governo para a crise socioambiental instaurada na região:

> Durante o governo Médici, o órgão oficial de proteção aos índios, a FUNAI (Fundação Nacional do Índio) não fez nada para tentar evitar ou minimizar os efeitos nocivos da construção da estrada. Nenhuma equipe foi enviada à frente dos trabalhadores da estrada para tentar uma campanha de vacinação que pudesse proteger os índios contra doenças letais, como sarampo, coqueluche, tuberculose e resfriado comum, antes da chegada dos trabalhadores (Ramos; Taylor, 1979, p. 7).[6]

6 "During the Medici administration, the official agency for the protection of the Indians, FUNAI (National Indian Foundation) did nothing to try to prevent or minimize the harmful effects of the road building. No teams were sent ahead of the highway workers to attempt a vaccination campaign that could protect the Indians against such lethal diseases as measles, whooping cough, tuberculosis and the common cold, before the arrival of the workers" (tradução nossa).

A experiência vivida por Ramos e Taylor torna-se arquivo do processo colonialista de dominação exploratória incentivado e financiado pelo Estado Brasileiro ao longo do regime civil-militar a partir do Programa de Integração Nacional (PIN), assim como da censura e da repressão àqueles que, preocupados com a vida dos povos indígenas, se colocassem no caminho. Em entrevista, Alcida Rita Ramos (2017) conta que sua base antropológica, em grande parte, foi obtida no Museu Nacional do Rio de Janeiro. Em sua narrativa de vida, menciona que, quando já vinculada à Universidade de Brasília (UnB), em 1977, "houve um recrudescimento militar. A polícia invadiu o campus, aconteceu aquela tragédia toda outra vez" (Ramos, 2017) e, com isso, decidiram pelo autoexílio no Reino Unido, por onde permaneceram por quatro anos.

Ramos (1998, p. 270) observa o ano de 1978 como o início de uma nova fase para o indigenismo no Brasil – é ali que muitos movimentos concomitantes tomam forma e força, seja pelas artes, pelo jornalismo, pela antropologia, pelo ativismo político ou religioso. A fotógrafa Claudia Andujar, a jornalista Memélia Moreira, os antropólogos Darcy Ribeiro, Eduardo Viveiros de Castro e Beto Ricardo, além dos ativistas e escritores Ailton Krenak e Eliane Potiguara, são alguns exemplos dessa integração em prol dos povos indígenas. Ainda em 1978, houve o questionamento do "projeto de Emancipação do Índio" orquestrado pelo então Ministro do Interior Rangel Reis e pelo general Ismarth Araújo com base em uma "política agressiva de integração" advinda do Governo Geisel, a qual é denunciada nos Cadernos da Comissão Pró-Índio (Caldarelli, 1979). O projeto, pensado como forma de regulamentar a "plena integração na comunhão nacional" prevista no Estatuto do Índio (Brasil, 1973) sancionado no Governo Médici, não chega, contudo, a ser implementado devido à resistência nacional e internacional.

Em termos acadêmicos, *Hierarquia e simbiose: relações intertribais no Brasil,* publicado por Ramos em 1980, dá conta de três estudos interculturais vinculados a povos indígenas sanumá/maiongong, maku/índios do rio e guarani/kaingang pelo viés da "assimetria" em face das relações de dominação-sujeição, a fim de "denunciar e desmistificar a ficção do Índio generalizado" (Ramos, 1980, p. 4), na busca pela desconstrução de estereótipos. Para isso, são resgatadas narrativas cosmogônicas, que levam à discussão política sobre "o que une e o que move" a diversidade indígena. Contudo, é em *Memórias sanumá: espaço e tempo em uma sociedade yanomami* (1990), que ensaio, testemunho e crônica se encontram, e a autora propõe uma etnografia ao avesso, pela qual a subjetividade da experiência vivida se integra ao exercício da memória e aos "tempos da narrativa" (Ramos, 1990a, p. 13). Nele, observamos os registros dos anos de pesquisa vividos entre 1968 e 1974 e, como uma segunda camada textual, os de 1989 sobre o mesmo tempo-espaço, provocando um contraponto memorialístico: "tempos diferentes mas simultâneos reportando-se a uma mesma narrativa" (Ramos, 1990a, p. 14). A textualidade, assim, busca um caminho do meio entre literatura e antropologia, atenta aos "recursos retóricos permitidos à literatura, mas negados a uma disciplina que dizem ser 'positiva'".

Para além de seu valor estético, é o papel da memória que se destaca na narrativa de Ramos, segundo a qual "o exercício da memória e da retrospecção tem razões que a razão realista desconhece." (Ramos, 1990a, p. 14). Ainda no início de seu relato etnográfico-testemunhal, ela mostra a sua lucidez em relação às inevitáveis supressões, aos sentidos "que fogem à capacidade da expressão escrita", enfim, ao poder da representação, pelo qual a "experiência transmuta-se em impressões subliminares" (Ramos, 1990a, p. 14) em sua busca incessante pelo "entendimento do outro".

Sua narrativa, como entrelugar textual literatura-antropologia, torna-se um imbricamento de gêneros. Em uma primeira camada, é nítida sua composição autobiográfica, pois a narradora insere-se, pela etnografia, nos fatos apresentados. Na busca por compreender o outro — na obra em questão, o povo yanomami pelas memórias Sanumá —, ela empreende, enquanto sujeito, uma viagem pelas memórias pessoais no tempo histórico da Ditadura Militar. Em segundo lugar, o testemunho é resgatado, e com ele, a responsabilidade social com o passado, a resistência política, bem como a integração entre literatura e história, estética e ética, de modo a subverter o cânone: "O narrador testemunhal pode ser examinado como um narrador em confronto com um senso de ameaça constante por parte da realidade" (Ginzburg, 2015, p. 2). O exercício de interpretação empregado por Ramos, o qual muitas vezes está vinculado a considerações de ordem política, ética moral, aviva a memória da repressão militar sobre a experiência indigenista:

A tragédia dos yanomami começou, portanto, com a abertura da estrada Perimetral Norte em 1973 e continua com levas gigantescas e ininterruptas de garimpeiros numa das maiores corridas do ouro da história contemporânea do país. [...] Em 1985, Auaris abrigava um pelotão do Segundo BEF e é um dos locais previstos para a instalação do Projeto Calha Norte (Ramos, 1990a, p. 64).

Em sua contranarrativa ao discurso colonialista sobre os yanomami, propagado nos anos 1970 sob diversas formas, Ramos faz uma contundente crítica a respeito do sensacionalismo e do exotismo que acabavam por transformar os povos indígenas em "atração de zoológico" (Ramos, 1990a, p. 318), ou pior, por demonizá-los sob o rótulo da "horripilante cultura Yãnomamõ [Yanomami]", comparada a uma "tropa de babuínos" (*Time*, 1976 *apud* Ramos, 1990a, p. 304). Isso gerou, inclusive, denúncias juntamente ao Instituto Indigenista Interamericano, em Puyo, no Equador, em 1981. Nesse sentido, Ramos (1990, p. 318) questiona: "O que terão os Yanomami para inflamar dessa maneira a imaginação de brancos e brancas? Bruce Albert acha que é uma *nostalgie de l'exotism*".

A narrativa de Ramos expõe o modo como as imagens estereotipadas, pejorativas e, até mesmo, erotizadas produzidas sobre povos indígenas foram aproveitadas tanto pelo governo militar quanto pela mídia: "Quanto mais os Yanomami aparecem como ferozes, imorais e pagãos, mais fácil é justificar a sua sujeição, medida que é tida como necessária pelos poderes constituídos para se chegar a tais riquezas." (Ramos, 1990a, p. 319) Em sua resposta à "crônica de uma cultura construída em torno de persistente agressividade", escancara um círculo vicioso envolvendo uma publicidade pejorativa dos yanomami, justamente enquanto eram "alvo de levantamento por parte dos militares, como medida preliminar para lhes retalhar o território" (Ramos, 1990a, p. 304). A "responsabilidade política, ética e social" do antropólogo é mencionada na obra, que revolve ruínas por meio de diferentes objetos de memória:

> Retomar os diários de campo, os registros de entrevistas, fotos, fichas e outros momentos congelados de um pedaço muito especial da minha história de vida foi como abrir um flanco desprotegido a nostalgia, a consciência de que o que foi nunca mais se repetirá. Eu mudei, os Sanumá também e, a mais imponente de todas as mudanças, o cerco da invasão de milhares de garimpeiros aperta-se cada vez mais em volta deles (Ramos, 1990a, p. 11).

Nesse processo de coleta de resíduos do passado empreendido pela memória, é formado um "valioso acervo daquilo que de outro modo se extinguiria" (Padilha; Ginzburg; Martinelli Filho, 2023). A subjetividade auxilia na (re)escrita da experiência vivida, "fonte a que recorreram todos os narradores (Benjamin, p. 198) e à qual a narradora recorre manualmente, como o narrador benjaminiano, pois é justamente da experiência transformada em memória que retira o que conta. Ao transitar entre autoficção, relato etnográfico e testemunho, revela uma face apagada da história, que precisa vir à tona. A paralisia, denunciada pela autora, é característica da situação-limite vivida com a proibição de retorno às regiões de sua pesquisa de campo e expulsão do território pela Funai (Valente, 2017, p. 191).

> No processo de reescrever o material da tese de doutorado, muitas vezes flagrava-me absorta por horas nos diários de campo com a desculpa de catar uma migalha qualquer de informação que viesse como detalhe estratégico esclarecer algum ponto da análise. *O misto de prazer e angústia que essa volta imaginária ao campo precipitava punha-me paralisada ante o texto a ser escrito.* [...] Essa ambigüidade da memória, esse estar lá sem se estar lá, foi o refrão que acompanhou os oito meses que levei para orquestrar a primeira parte do livro. (Ramos, 1990a, p. 11-13).

A utilização da linguagem conotativa e de recursos intertextuais é recorrente na narrativa de Ramos ao trazer à tona a relatividade do trabalho etnográfico, cujos dados "criam imagens indígenas à imagem dos etnógrafos que constroem esses dados" (Ramos, 1990a, p. 21). Como exemplo dessa problemática, temos a referência à parábola indiana "Os cegos e o elefante": "não só há cegos tateando patas e tromba do que seria um elefante invisível, como, de fato, tal elefante nem chega a existir" (Ramos, 1990a, p. 21). A subjetividade narrativa corrobora a (des)construção de alteridades etnográficas, fazendo do relato de experiência base de tal resgate, cuja gênese se assenta em seus diários de campo.

A experiência transfigurada em memória é, para Figueiredo (2017, p. 167), considerada uma espécie de arquivo, do qual a literatura se apropria pela narrativa do trauma, muitas vezes sob a forma de relatos autobiográficos", os quais desencadeiam o "fluxo da memória", levam a "repensar o período da ditadura" e, consequentemente, promovem "um balanço, a nível individual e coletivo". Essas "narrativas de si", de "vidas escritas, vidas vividas" (Figueiredo, 2022), trazem consigo a relação interétnica eu-outro e passam pelas intersecções entre literatura e etnografia, elementos essenciais à compreensão das marcas do regime civil-militar aos povos indígenas no Brasil, não apenas por conta de ações perpetradas durante os anos da ditadura, que contribuíram à invasão de seus espaços e ao massacre a suas populações, mas também de comportamentos etnocidas que até hoje infligem prejuízos aos povos da floresta, comprometendo o seu *bien-vivir.*

Outros trabalhos ensaísticos dão sinais da mescla ficcional presente na produção de Ramos, pela qual percebemos a relação simbiótica entre literatura e antropologia. Entre eles estão "Pulp fictions of Indigenism" (Ramos, 2001) e "Vozes indígenas: o contato vivido e contado" (1990b) – ambos com utilização do campo estético na interpretação da realidade dos povos da floresta. Além deles, o contato, suas consequências e narrativas são analisados em *Pacificando o branco,* organização conjunta de Ramos e Albert (2002), no qual há o resgate da memória vinculada aos conflitos de defesa territorial, à censura sofrida pelo indigenismo e às tentativas de apagamento e reescrita da história sob a ótica colonial. O xamanismo, nesse sentido, faz-se veículo de resistência e representação, visto que a verbalização acaba por transgredir a censura histórica. A "abordagem analítica integrada" enfatizada pelos organizadores contribui à inversão de papéis captada pela escrita contemporânea, a qual passa a acolher novos lugares de fala, a partir das dimensões histórica, política e simbólica presentes nas interpretações do contato. Por novas perspectivas narrativas, revelam-se "verdadeiros dispositivos não apenas de representação, mas de domesticação simbólica e ritual da alteridade dos brancos e de seus poderes nefastos" (Albert, Ramos, 2002, p. 10), levando-nos à ideia de "pacificação às avessas". Por ela, espelhismos são produzidos, seja por meio de "uma antropologia da antropologia dos outros" oriunda da crise da alteridade (Augé, 1994, p. 10), seja por "uma nova perspectiva que passa pelo entrecruzamento observador- observado (Albert, Ramos, 2002, p. 11) e, inevitavelmente, pela memória do contato, produtora de inúmeras narrativas, como as resgatadas na quarta e última parte do volume, "Cosmologias e histórias".

É importante salientar a participação de Ramos no meio digital, com as colunas Autorais e Desassossegos no Blog da Biblioteca Virtual do Pensamento Social (BVPS), pela qual entrelaçam-se narrativa etnográfica, autobiografia e crônica ensaística. As memórias de cinco décadas passadas avivam-se ao sabor dos detalhes, como observado em "Fogo", que recompõe a vida junto aos Sanumá (yanomami), enquanto "Neil Armstrong pisava na Lua, quicando no vazio" (Ramos, 2024), ou em "Renascença indígena", texto que resgata os os bastidores de *Pacificando o branco*:

> Quando Bruce Albert e eu concebemos o conteúdo do que viria a ser *Pacificando o Branco*, tínhamos em mente contrabalançar nossa grande frustração por estarmos naquele momento proibidos de entrar nas áreas indígenas devido à recrudescência do regime militar. Era o fim dos anos 70, início dos 80. Como recorte geográfico, selecionamos, justamente, a região à qual não podíamos voltar: *o norte da Amazônia brasileira alvo de projetos militares, em especial, a faixa de fronteira afetada pela construção da rodovia Perimetral Norte. Era como se, simbolicamente, voltássemos à área.* O recorte temático foi, apropriadamente, o impacto do contato forçado sobre os vários povos indígenas daquela enorme faixa de fronteira (Ramos, 2023).

Ramos também conta histórias de sua participação no ativismo indígena, em contato direto com líderes como Davi Kopenawa, Álvaro Tukano, Marcos Terena e Ailton Krenak. "Nos tempos da Nova República pós-ditadura, por fortuna, hospedei líderes indígenas que vinham a Brasília travar suas batalhas políticas pelos corredores do poder federal" (Ramos, 2023). Foi em sua casa que Kopenawa presenciou, pela primeira vez, em 1989, as imagens televisionadas do garimpo ilegal nas terras yanomami, o que o levou a gravar seu primeiro relato, posteriormente utilizado por Albert para a construção conjunta de *A queda do céu* (2015). A análise crítica de autores indígenas contemporâneos também está presente em suas colunas, a exemplo de "Renascença indígena", que discute a produção literária de Kaká Werá, Daniel Munduruku, Eliane Potiguara, Julie [Trudruá] Dorrico e Ailton Krenak.

Reportagem, literatura e pós-etnografia: o *Banzeiro* de Eliane Brum

Precisamos, mais do que nunca,
desembarcar de nós mesmos na floresta profunda
para iniciar o longo processo de amazonização.

Eliane Brum (2021, p.393)

O meio digital também é caro à "jornalista-em-devir-de-antropóloga" Eliane Brum, como Mauro Almeida (2023, p. 792) a denomina. Ao observar que "a desestruturação do sujeito é a experiência antropológica fundamental", Almeida pontua a "desformação" como constante na obra *Banzeiro òkòtó: Uma viagem à Amazônia Centro do Mundo* (2021), pela qual a escritora-ativista empreende uma trajetória pós-etnográfica na busca de si-outro: "O movimento de me esvaziar de mim para alcançar uma outra pessoa e me deixar habitar pelas palavras produzidas por essa outra experiência de existir e só então empreender o caminho de volta, exige um grande esforço para se completar tanto na partida quanto no retorno" [...]" (Brum, 2021, p. 60-61).

Com residência em Altamira desde 2017 – quando se mudou de São Paulo para a mais violenta cidade da Amazônia e a região mais atingida pelo desmatamento da floresta, epicentro do impacto causado pela hidrelétrica Belo Monte (Brum, 2019) –, a vida de Brum tem sido dedicada à narrativa documental e ao ativismo socioambiental, presentes em seu espaços de opinião. Além do site oficial[7] da escritora e da coluna no Jornal *El País*[8], é recorrente a sua participação na plataforma Sumaúma[9], da qual é fundadora, dividindo espaço com Talita Bedinelli e Ana Maria Machado, entre outras escritoras engajadas à ecocrítica. Nesse sentido, em termos de representação das consequências do governo militar à vida indígena, Eliane Brum merece atenção especial.

Em coluna à Revista *Época*, onde atuou de 2009 a 2013[10], Brum (2013) faz uma interessante analogia sobre o modo como os povos indígenas (não)

---

7 http://elianebrum.com/biografia/

8 https://brasil.elpais.com/autor/eliane-brum/

9 https://sumauma.com/

10 As colunas da escrita em meio digital podem ser acessadas em seu site oficial: http://elianebrum.com/colunas/.

são vistos e considerados enquanto parcela da sociedade brasileira. Segundo ela, a dificuldade historicamente existente para serem reconhecidos como pertencentes ao Brasil "criou uma espécie de xenofobia invertida, invocada nos momentos de acirramento dos conflitos", "algo que poderíamos chamar de "estrangeiros nativos":

> É um curioso caso de xenofobia, no qual aqueles que aqui estavam são vistos como os de fora. Como "os outros", a quem se dedica enorme desconfiança. No processo histórico de estrangeirização da população originária, os indígenas foram escravizados, catequizados, expulsos, em alguns casos dizimados. Por ainda assim permanecerem, são considerados entraves a um suposto desenvolvimento. [...] Os indígenas só seriam genuinamente indígenas se aceitassem pacífica e silenciosamente o gradual desaparecimento de seu povo, sem perturbar o país com seus insistentes pedidos para que a Constituição seja cumprida. Aí já há uma pista para o que alguns setores da sociedade brasileira entendem como identidade "verdadeira": ser índio seria, quando não desaparecer, ao menos silenciar (Brum, 2013).

A ideia de que "Quando os indígenas levantam a voz, a voz não seria sua. Seria de um outro, a quem emprestam o corpo" (Brum, 2013) é característica da dominação imposta à etnicidade indígena, cujo corpo é marcado por estereótipos de comportamentos e relações socioculturais forçadamente perpetuados pelo discurso colonizador. Além disso, mesmo décadas após o fim da Ditadura Militar, é perceptível a continuidade do discurso que ainda vê o indígena como alguém "de fora", para o qual não há espaço para resistência dentro da Amazônia, espaço tantas vezes refém da doutrina de integração e segurança nacional. O caso dos protestos mundurukus "no canteiro de obras da hidrelétrica de Belo Monte", documentado por Brum (2013), ilustra a estratégia desenvolvimentista ainda presente na realidade amazônica, sem preocupação com as "condicionantes socioambientais" e "sem a devida escuta dos indígenas" – estratégia semelhante à utilizada pelo regime para violar o corpo da floresta e de seus habitantes:

> Ao denunciar uma suposta apropriação do corpo simbólico dos indígenas por outros, o que se revela, de fato, é a frustração porque esse corpo não se deixa expropriar e manipular pelas elites como antes. Porque apesar de todas as

> violências, há uma voz que ainda escapa – e que demanda o reconhecimento de seu corpo-terra, de seu pertencimento. Aquele que é visto como o de fora se torna um incômodo quando diz que é parte (Brum, 2013).

A violência aos povos indígenas pós-ditadura não passa ilesa por Brum. Ela faz referência não somente aos mais de quinhentos assassinatos a indígenas somente em dez anos de governo Lula-Dilma, mas também ao próprio Relatório Figueiredo, documento histórico essencial para a compreensão da condição indígena no Brasil do século XX. O documento "que se acreditava perdido e que foi descoberto no final de 2012" comprova que "o corpo dos indígenas era território a ser violado, como violada foi a sua terra" (Brum, 2013).

O livro *Banzeiro òkòtó: Uma viagem à Amazônia Centro do Mundo* (2021), representa o desvelar da crise humanitária vivida por conta da pandemia de Covid-19 e da omissão governamental dos últimos anos frente ao garimpo ilegal e ao desmatamento em solo indígena. Em uma narrativa híbrida, imersa em imbricamentos discursivos – com intertextos recorrentes, a exemplo da carta "Carta para viver", escrita em conjunto com a jornalista inglesa Jan Rocha (Brum, 2021, p. 141) – Brum interpreta o Brasil amazônico por meio de suas fissuras, das feridas deixadas na floresta por governos, empresas e sociedade em geral. A "Amazônia é o centro do mundo", diz a autora (Brum, 2021), intitulada "mulher-floresta" por Pedro Sanches (2021) em artigo para a *Amazônia Real*. Neste centro reside "a Terra do Meio", "mosaico composto de 10 milhões de hectares de áreas de proteção", sob ataque constante e "invadidos com persistência" (Brum, 2021, p. 30):

> [...] a Terra do Meio abriga de três reservas extrativistas (Riozinho do Anfrísio, Rio Iriri e Rio Xingu), uma estação ecológica que leva seu nome, a Área de Proteção Ambiental Triunfo do Xingu, o Parque Nacional da Serra do Pardo, as terras dos povos originários Asurini, Araweté, Parakanã, Arara, Mebêngôkre Kayapó, Xipaya, Kuruaya e Mebêngôkre Xikrin, além de isolados.

Pela narrativa de Brum, a voz dos povos amazônicos é ouvida, mas também o seu silenciamento. Um exemplo é a figura do Velho Araweté, imóvel "no centro de convenções de Altamira, agarrado ao seu arco e às suas flechas, [que] viveu com seu povo a certeza de que o fim do mundo havia chegado" com o nome de "Belo Sun"[11] (Brum, 2021, p. 340). Outros fins e suas dores, já experienciados, são narrados e nomeados pelos povos amazônidas; "Belo Monte" é apenas um deles:

> O Xingu e suas gentes já não são os mesmos. Às margens do Ipixuna, os Araweté sentem o adoecimento de rios e de igarapés dia após dia. Primeiro a água virou mercadoria, agora é o ouro. Outros povos pegam o microfone para contar que Belo Monte arrasou a Volta Grande do Xingu, secando seu presente e convertendo seu futuro em fumaça. Alertam que, se o projeto de mineração de Belo Sun for liberado, o mundo de hoje acabará. Os Yudjá são um desses povos. Chamados de "Juruna" pelos brancos, eles hoje reaprendem a própria língua com seus parentes do Alto Xingu e retomam o direito de se autonomear: Yudjá (Brum, 2021, p. 340).

Brasil, construtor de ruínas (2019), publicado no primeiro ano do governo Bolsonaro e antes da pandemia de Covid-19, dialoga com *Banzeiro òkòtó*, trazendo complementaridade ao olhar narrativo dentro do período 2019-2023, no qual o país viveu a retomada do militarismo como política governamental. Na obra, a memória apresenta-se em sua função catártica, "capaz de se infiltrar furtivamente para chacoalhar o muro" (Sa'di e Abu-Lughod *apud* Brum, 2019). O testemunho de um país "em convulsão" traz a floresta amazônica como "um corpo para exploração", dentro do qual os povos da floresta são "entrave a um tipo de desenvolvimento que nega sua existência e seu modo de vida" (Brum, 2019, p. 61). A violação do território amazônico amplia-se com o resgate da repressão: "Para a ditadura militar, a floresta era também um corpo a ser violado e torturado" (Brum, 2019, p. 72).

Mais especificamente em relação à usina de Belo Monte, Brum relata: "Belo Monte é também uma obra que a ditadura militar tentou fazer, mas não conseguiu, devido à resistência dos povos indígenas do Xingu e dos movimentos sociais da região de Altamira, no Pará, no passado um dos mais organizados da Amazônia"(Brum, 2019, p. 67). Assim como em outras construções a

---

11 Empresa mineradora, vinculada ao grupo financeiro canadense Forbes & Manhattan, que teve concessão firmada com o Instituto Nacional de Colonização e Reforma Agrária (INCRA) em 2021 para projeto de mineração de ouro na região do Xingu (Cardoso, 2024).

implicar desmatamento, desproteção a povos indígenas e impacto climático, "era na floresta, bem longe das capitais do centro-sul do Brasil" (Brum, 2019, p. 68), que o preço era pago. "Como justificar que milhares de famílias foram expulsas de suas casas, terras e ilhas ou 'removidas forçadamente', sem nenhuma assistência jurídica, muitas delas assinando com o dedo papéis que eram incapazes de ler?" (Brum, 2019, p. 77). Por questões como o caso de Belo Monte, visualiza-se a continuidade de práticas fortalecidas com a Ditadura Militar e que insistem em persistir no século XXI. O embate paradoxal entre ruptura e permanência produz, no século XXI, a metáfora do espelho:

> O Brasil da segunda década do século XXI é uma criatura que se estranha no espelho. O que vê não forma um rosto que possa reconhecer, mas estilhaços de faces que formam algo ao qual não consegue dar nome. Poucas coisas são mais aterradoras do que a impossibilidade de nomear aquilo que vemos. Mais ainda quando é seu o que desconhece – ou repudia (Brum 2019, p. 82).

A perspectiva narrativa de Brum coloca-se corporalmente ao lado dos indígenas na luta pela Amazônia" (Brum, 2021, p. 18). Para ela, ao trafegar pela memória da ditadura, a Transamazônica possui papel distinto na exploração do chamado "deserto verde" (Valente, 2017; Brum, 2021) e estabelece uma relação quase que obscena do Governo Militar com a natureza – de desrespeito, invasão, mutilação:

> O marco da construção da Transamazônica, obra megalômana que simbolizou "a conquista deste gigantesco mundo verde", é emblemático da relação fálica dos generais com a floresta. Emílio Garrastazu Médici (1905-85) foi presidente do Brasil durante o período mais sangrento da ditadura, quando mais de 8 mil indígenas e centenas de opositores brancos foram mortos e outros milhares torturados. Em 1970 o ditador foi a Altamira para celebrar o início da construção da estrada e produzir imagens da conquista da Amazônia para a imprensa submissa aos generais. O ato simbólico de Médici para marcar o poder do homem sobre a natureza, tão típico da modernidade, foi a derrubada de uma castanheira de mais de cinquenta metros de altura. Nesse gesto, é possível pensar numa alusão ao poder do regime sobre os corpos que, naquele momento, eram massacrados nos porões até serem esvaziados também eles de sujeito. É fundamental assinalar o especial sadismo reservado às mulheres durante as sessões de tortura, seguidamente estupradas pelos agentes do Estado (Brum, 2021, p. 28).

A violação da Amazônia lembra, para Brum, a do corpo feminino – uma terra que, de acordo com a autora, continua a ser violada, em especial com a política Bolsonarista experienciada no Brasil de 2019 a 2022, negligente a mais uma crise histórica sofrida pelos yanomami (Brum, 2023). Daí a necessidade da escrita como lócus de resistência, de produção de entrelugares:

> Entrelugares é meu lugar de fala. Entrelínguas e entrelinguagens é meu existir. Aos poucos vou me tornando transmundos, translínguas e translinguagens. [...] Minha escrita se faz por atravessamentos — de campos de conhecimento, de experiências, de geografias, de gentes, de sensibilidades, de tempos. De corpos. Minha escrita é transcrita (Brum, 2021, p. 416-417).

A experiência de "ser outro", vivida e transformada pela escrita, provoca uma etnografia às avessas: "Somos os porquinhos-da-índia desses povos outros" (Brum, 2021, p. 416-417). Ao observar e ser observada, a narradora percebe os múltiplos espelhismos que levam à compreensão do tamanho da degradação sofrida pelos povos-floresta, sentida pelas corporeidades narradas: "Tudo o que conseguimos narrar é uma outra experiência de existir atravessada pelo nosso corpo." (Brum, 2021, p. 333). Nesse percurso, toma a contra-antropologia como base de sua escrita (Brum, 2021, p. 334), produzindo um mosaico narrativo, em que as memórias se encontram com nomes como Thais Mantovanelli, Guilherme Heurich, Pai Rodney de Oxóssi, Jorge Pozzobon, Tânia Stolze Lima, Manuela Carneiro da Cunha, Marcio Goldman, Eduardo Viveiros de Castro, William Balée, Donna Haraway, Bruce Albert e Lévi-Strauss, juntamente a pensadores indígenas, como Ailton Krenak e Davi Kopenawa. *A queda do céu*, nesse sentido, é um potente intertexto, que atravessa as memórias da escritora.

No universo entre o visível e o invisível construído no conjunto narrativo que compõe *Banzeiro òkòtó*, são inúmeros os elementos simbólicos utilizados, dentre os quais estão o "fim do mundo" como meio, "povos-floresta", "rios voadores", "entremundos", "onça", *on the river,* "a amazônia é mulher", "a fera que é humana", "amazônia centro do mundo", "caravelas da descolonização" – os dois últimos, ideias que coabitam a proposta de inversão do olhar pela mirada decolonial. "Se queremos deslocar as centralidades, a linguagem também precisa mudar". É preciso viver o "longo processo de amazonização", "compreender a floresta com seus corpos", desabafa Brum (2021, p. 392).

Assim, Brum faz da literatura arquivo documental; no percurso antropofágico jornalismo-antropologia, traz como marca a sua própria forma de narrar, em um processo de "contrainvasão" de um território que os violenta a todo momento (Brum, 2021, p.334). Nos relatos resgatados e produzidos, fica nítida a transformação das ações governamentais desde a Ditadura Militar, de uma atitude opressora e violenta para a completa omissão em face das consequências do desenvolvimentismo desenfreado em território amazônico. Antropofagicamente, ela também procura deglutir o discurso "de humanes que são natureza" (Brum, 2021, p. 24), como o de Kopenawa sobre a desmemória característica do brancocentrismo: "os brancos têm a cabeça cheia de esquecimento", "não percebem "a terra como um ser que tem coração e respira" (*apud* Brum, 2021, p. 23).

Considerações finais

Toda essa destruição não é nossa marca, é a pegada dos brancos,
o rastro de vocês na terra.

Davi Kopenawa Yanomami (2011)

Frente aos percalços históricos observados em termos de direitos humanos e responsabilidade socioambiental na Amazônia brasileira durante e após o período ditatorial, o encontro entre literatura e (contra)antropologia produz um caminho de resistência e memória. Nesse horizonte, a "palavra líquida", em seu movimento fluido, é "água que escorre entre os dedos"; é arma discursiva, força política e literária, "cascata que cai" (Potiguara, 2023, p. 97) em direção à escuta do outro. Enquanto interlocutores no processo de escrita de si-outro, autores indígenas e não indígenas – a exemplo de Davi Kopenawa, Bruce Albert, Alcida Ramos e Eliane Brum, aqui observados – têm contribuído para o narrar ecocrítico sobre a opressão sofrida pelas culturas dos povos originários no período da Ditadura Militar. As histórias coletadas, provenientes de experiências intercambiadas e incorporadas à memória, ativam o narrador benjaminiano, aproximando oralidade e escrita.

A memória surge não apenas como reconstrução desse passado, mas também como denúncia e resistência, fortalecida pelo papel das narrativas testemunhais. No caso dos povos originários, inúmeras foram as tentativas de expor ações genocidas da Ditadura Militar, seja pelos próprios povos indígenas, por artistas, ativistas, jornalistas ou antropólogos (Hemming, 2003; Survival International, 1990) – sendo um dos primeiros registros de alcance internacional o artigo anônimo *The Politics of Genocide Against the Indians of Brazil* (1975). Para além do conceito de genocício, referido por Brum como eco a inúmeras outras vozes na luta em prol dos povos indígenas, ressaltamos o de etnocídio contra as "minorias étnicas indígenas" (Viveiros de Castro, 2015). Os termos etnocídio e genocídio relacionam-se a práticas históricas e fazem referência à negação do outro (Jaulin, 1970), seja por imposição, destruição cultural ou extermínio. Contra tais violências, e no sentido de questionar falsas verdades propagadas pela Ditadura Militar, as narrativas aqui trazidas dão acesso a subjetividades vilipendiadas, vitimadas por inúmeros apagamentos, mas que insurgem da terra-floresta no século XXI.

Elas podem ser lidas como arquivo das violações aos direitos indígenas em território brasileiro, mesmo após a promulgação da Constituição de 1988, que garante, em seu Capítulo VIII, o reconhecimento e o respeito aos povos indígenas, concedendo-lhes o usufruto de seu território (Brasil, 1988). Em seu compromisso ético-político, abrem caminho para que as vozes dos povos originários, com seus lugares de fala e mundovisões próprios, possam ser ouvidas, bem como reconstruída a "dimensão orgânica e plural" da alteridade (Bakhtin, 1990, p. 404). A conquista de espaços de fala, que transcendam o olhar colonialista, também passa por novos modos de construção textual, necessários à representação da naturezacultura e do outro-mais-que-humano em sua dimensão pós-humanista e pós-antropológica; como resultado, temos uma estrutura híbrida em termos estéticos, pela qual se sobrepõem literatura, etnografia, história e política.

Nesse sentido, Antonio Candido, um dos primeiros críticos literários brasileiros a avançar nas relações entre literatura e antropologia, questiona em *Literatura e sociedade* a falácia antropocêntrica (Candido, 2006, p. 52) e chama a atenção à ideia de relatividade das culturas, presente em à *La Pensée Sauvage* (Lévi-Strauss, 1962): o "primitivo revela uma capacidade de racionalização e de observação sistemática maior que a do civilizado". Se, por um lado, há a proposição de uma "antropologia da literatura", dentro da qual se insere a noção de *blurred genres* (Peirano, 1991, p. 39; Geertz, 1983), por outro, a literatura também se apropria da antropologia enquanto objeto de análise para oferecer possibilidades à representação de questões socioambientais e históricas. Assim, abrem-se caminhos à crítica literária da antropologia, cujo olhar atenta-se às narrativas que emergem do trabalho etnográfico, enquanto palco a ecos e ressonâncias dialógicas entre enunciados e gêneros (Bakhtin, 2003 p. 300) e, com tal imbricamento, à representação da alteridade.

Seguindo o pensamento de Figueiredo (2017, p. 44), observamos que "a ficção não é sinônimo de fantasia e de imaginação: trata-se, antes, de uma estratégia ordenadora da linguagem a fim de criar uma narrativa legível, compreensível." A esse respeito, as narrativas aqui observadas funcionam como um "arquivo literário" (Figueiredo, 2017, p.46) repleto de objetos de memória, em que a experiência traumática se transforma em objeto estético — desenhos, gravações, fotografias, cartas, relatórios, notícias, entrevistas, documentos jurídicos, livros —, rastros textuais de experiências individuais e coletivas que envolvem os povos originários do Brasil com relação ao período da Ditadura Militar e às suas consequências.

A ilusão de "conquista da Amazônia", "de uma natureza hostil, selvagem", "uma terra sem homens para homens sem terras", reforçada à época em publicidade empresarial – a exemplo de "Para unir o Brasil, nós rasgamos o inferno verde", da construtora Andrade Gutierrez e "A Amazônia já era" da companhia Netumar (Veiga, 2022) –, transformou-se, com o projeto desenvolvimentista perpetuado pelo Governo Militar, em uma das maiores ações de degradação socioambiental já executadas pelo poder público, trazendo como consequência desmatamento, fragmentação da floresta e escalada do impacto pela facilidade de acesso: "a floresta ainda fica de pé, mas perde a biodiversidade", aponta Filipe França (*apud* Veiga, 2022). A partir da construção das estradas, o projeto extrativista tomou forma no governo Geisel, desencadeando a instalação indiscriminada de zonas de garimpo, ainda hoje uma problemática aos povos originários. A memória do trauma, que resiste em brotar nesse tronco contextual de destruição e morte, subjaz à sombra da história oficial, com suas narrativas testemunhais e (auto)biográficas, a descortinar negações e apagamentos.

Se "toda carreira etnográfica principia em 'confissões', como aponta Lévi-Strauss (*apud* Kopenawa; Albert, 2015, p. 512)", a literatura se apropria de tais narrativas em seu percurso ecocrítico, revelando seu alcance pós-etnográfico (Oliveira, 2020). Em sua capacidade de abarcar diferentes gêneros e perspectivas a partir da experiência vivida, a narrativa desterritorializa-se, revelando insurgências frente a um "mundo genocida e opressor" (Krenak, 2018). Meio século após a construção da Transamazônica, fica evidente que o período da Ditadura Militar durou, de fato, muito mais do que os vinte e um anos contabilizados desde 1964, constatação feita por Marcia Paraquett (2015, p. 17) para a obra *Caminhando e cantando: memória da ditadura brasileira.* As décadas subsequentes a esse triste período da história brasileira revelam as marcas do genocídio, acompanhado de "etnocídio, extermínio cultural" (Brum, 2021, p. 77), "ecocídio" (Brum, 2021, p. 114). Os povos da floresta foram violentados "à bala e por epidemias provocadas em diferentes regiões do país por estarem no caminho do projeto de exploração da Amazônia e de outros ecossistemas. [...] E ainda assim, os indígenas resistiram." (Brum, 2021, p. 78).

A memória da Ditadura Militar sobre os povos indígenas expõe, para além das cicatrizes escancaradas pela memória individual e coletiva, a capacidade de regeneração e resistência, em contraponto ao paradoxo da cidadania no Brasil. Conforme Holston, "Não há dúvida de que a cidadania insurgente rompe fórmulas estabelecidas de governo, de concepções de direito e de hierarquias de lugares e privilégios sociais" (2013, p. 71). A insurgência indígena, contudo, luta com e pela narrativa de si-outro, produzindo, com base no *bien-vivir*, novos caminhos ao humano. Isso porque o pensamento indígena desestabiliza a visão ocidental e capitalista do mundo: na era do Antropoceno, inverte a lógica tradicional do observador e do observado, indicando a necessidade de uma contra-antropologia, que também se reflete no despontar de uma literatura às avessas, pela qual a oralidade redefine a escrita, a realidade relativiza a ficção, colonialismos são reterritorializados pelo pensamento decolonial, e a floresta pulsa em sua humanidade.

Na experimentação ontológica do sensível capturada pelas cosmopráticas indígenas, Viveiros de Castro (2014, p. 152-154) destaca a centralidade do "humano", aqui considerado em sua não excepcionalidade atrelada à humanidade inerente à natureza, ou seja, o humano reside na continuidade "ontológica com os demais existentes do universo" (Viveiros de Castro, 2014, p. 161). Com isso, toma forma o "perspectivismo ameríndio" (Viveiros de Castro, 2014, p. 154-155), enquanto expressão maior da alteridade e em sua função duplamente política: "O perspectivismo é uma contra-antropologia e uma antropologia contra o Estado (Viveiros de Castro, 2014, p. 157), em sua capacidade de capturar o ponto de vista do outro e de se colocar como outro para a compreensão de si. É por essa perspectiva que se sobressaem as narrativas aqui apresentadas, tomadas como matéria literária e irrevogavelmente atreladas à memória individual e coletiva, pela qual passado e presente entrelaçam-se, e o *continuum* naturezacultura produz uma saída possível ao humano.

Dado que Kopenawa identifica a cabeça cheia de esquecimento da parte dos brancos, lutar contra o apagamento é crucial como modo de reparação, e a literatura, em sua função memorial, possui papel relevante para a recuperação e representação das marcas da Ditadura Militar nos povos indígenas do Brasil. Na longa "disputa política sobre as centralidades", a "Amazônia Centro do Mundo"(Brum, 2021, p. 373) merece, por justiça histórica, ser ouvida.

Referências

AÇÃO PELA CIDADANIA. *Yanomami*: a todos os povos da terra. São Paulo: CCPY, Cedi, Cimi, NDI, 1990. Acervo do Instituto Socioambiental. Disponível em: https://acervo.socioambiental.org/acervo/documentos/yanomami-todos-os-povos-da-terra. Acesso em: 15 fev. 2024.

AÇÃO PELA CIDADANIA. Roraima: o aviso da morte. [Relatório]. São Paulo: CCPY, CEDI, CIMI, 1989. Acervo do Instituto Socioambiental. Disponível em: https://acervo.socioambiental.org/acervo/documentos/roraima-o-aviso-da-morte. Acesso em: 09 abr. 2024.

ALBERT, Bruce. *Postscriptum*: Quando eu é um outro (e vice-versa). *In*: KOPENAWA, Davi; ALBERT, Bruce. *A queda do céu*: palavras de um xamã yanomami.Trad. Beatriz Perrone-Moisés. São Paulo: Companhia das Letras, 2015.p.512-549. Disponível em: https://leiaarqueologia.files.wordpress.com/2017/08/davi_kopenawa___bruce_albert_-_a_queda_do_c_u.pdf. Acesso em: 05 fev.2024.

ALBERT, Bruce; RAMOS, Alcida Rita Ramos. *Pacificando o branco*: cosmologias do contato no norte-Amazonico. Marseille: IRD Éditions, Imprensa oficial, EDUNESP, 2002. Disponível em: https://horizon.documentation.ird.fr/exl-doc/pleins_textes/divers20-06/010044874.pdf. Acesso em 13 fev. 2024.

ALMEIDA, Mauro. Banzeiro, rebojo. *Afro-Ásia*, n. 67, 2023, p. 792-800. Disponível em: https://periodicos.ufba.br/index.php/afroasia/article/view/55010/29595. Acesso em: 21 abr. 2024.

AUGÉ, Marc. *Le sens des autres: actualité de I'anthropologie*. Paris: Fayard, 1994.

BAKHTIN, Mikhail. *Questões de literatura e estética: a teoria do romance*. Tradução de Aurora Fornoni Bernardini *et al*. 2. ed. São Paulo: Hucitec; UNESP, 1990.BAKHTIN, Mikhail. *Estética da criação verbal*. Tradução: Paulo Bezerra. São Paulo: Martins Fontes, 2003.

BENJAMIN, Walter. O narrador: considerações sobre a obra de Nikolai Leskov. *In*: BENJAMIN, Walter. *Magia e técnica, arte e política*: ensaios sobre literatura e história da cultura. São Paulo: Brasiliense, 1994. p. 197-221.

BRAIDOTTI, Rosi. *The Posthuman*. Cambridge: Polity Press, 2013.

BRASIL. *Constituição da República Federativa do Brasil de 1988*. Brasília, 5 out. 1988. Disponível em: http://www.planalto.gov.br/ccivil_03/constituicao/constituicao.htm. Acesso em 02 fev. 2024.

BRASIL. Lei nº 6.001, de 19 de dezembro de 1973. [Dispõe sobre o Estatuto do Índio]. *Diário Oficial da União*, Brasília, 21 dez. 1973. Disponível em: https://www.planalto.gov.br/ccivil_03/leis/l6001.htm. Acesso em: 24 abr. 2024.

BRUM, Eliane. Índios, os estrangeiros nativos. *Época*, São Paulo, 15 ago. 2013. Disponível em: https://epoca.globo.com/colunas-e-blogs/eliane-brum/noticia/2013/07/indios-os-estrangeiros-nativos.html. Acesso em: 21 fev. 2024.

BRUM, Eliane. *Brasil*: construtor de ruínas. Porto Alegre: Arquipélago, 2019.

BRUM, Eliane. *Banzeiro òkòtó*: uma viagem à Amazônia Centro do Mundo. São Paulo: Companhia das Letras, 2021.

BRUM, Eliane..Como chegamos aos 570 pequenos indígenas mortos por negligência do governo Bolsonaro. *Sumaúma*, Altamira, 21 jan.2023. Disponível em: https://sumauma.com/como-chegamos-aos-570-pequenos-indigenas-mortos-por-negligencia-do-governo-bolsonaro/. Acesso em 13 fev. 2024.

CALDARELLI, Carlos Eduardo (ed.) *Cadernos da Comissão Pró-Índio*, São Paulo, Global/Comissão Pró-Índio, n.1, 1979. https://cpisp.org.br/wp-content/uploads/2019/02/A_questao_da_emancipacao.pdf. Acesso: 24 abr. 2024.

CANDIDO, Antonio. *Literatura e sociedade.* 9.ed. Rio de Janeiro: Ouro sobre Azul, 2006.

CARDOSO, Rafael. MPF pede que contrato de mineração na região do Xingu seja anulado. *Agência Brasil*, Rio de Janeiro, 06 fev. 2024. Disponível em: https://agenciabrasil.ebc.com.br/justica/noticia/2024-02/mpf-pede-que-contrato-de-mineracao-na-regiao-do-xingu-seja-anulado. Acesso em: 25 abr. 2024.

CCPY. The Commite for the Creation of the Yanomami Park. Yanomami Indian Park: Proposal and Justification. *In*: ARC; IWGIA; SI. *The Yanoama in Brazil 1979*. Document 37. Copenhagen: IWNGIA Document, 1979. p. 99-171. Disponível em: https://www.iwgia.org/images/publications/0183_37_Yanoama.pdf. Acesso em: 09 fev.2024.

CHURCHILL, Ward. Genocide of native populations in South America. *In*: Charny, Israel W. (ed.). *Encyclopedia of Genocide.* [S.l.]: ABC-CLIO, 1999. p. 433-434. Disponível em: https://archive.org/details/encyclopediaofge0000unse/page/432/mode/2up. Acesso em: 09 abr. 2024.

CLIFFORD, James; Marcus, George (org.). *Writing Culture*: The Poetics and the Politics of Ethnography. Berkeley: CliffThe University of California Press, 1986.

DAVIS, Shelton H. *Vítimas do Milagre*: o desenvolvimento e os índios do Brasil. Tradução: Jorge Alexandre Faure Pontual. São Paulo: Zahar, 1978. Acervo do Instituto Socioambiental. Disponível em: https://acervo.socioambiental.org/sites/default/files/documents/b2l00008.pdf. Acesso em: 14 fev 2024.

ECKERT, Cornelia. A Antropologia na atualidade. *Anos 90*, Porto Alegre, n.2, maio 1994. Disponível em: https://lume.ufrgs.br/bitstream/handle/10183/32027/000253491.pdf?sequence=1. Acesso em: 11 abr. 2024.

FIGUEIREDO, Eurídice. *A literatura como arquivo da ditadura brasileira*. Rio de Janeiro: 7Letras, 2017.

FIGUEIREDO, Eurídice. *A nebulosa do (auto)biográfico*. Porto Alegre: Zouk, 2022.

FONSECA, Pedro Cezar Dutra. Desenvolvimentismo: a construção do conceito. Texto para Discussão, n.2103, I*nstituto de Pesquisa Econômica Aplicada* (IPEA), Brasília, jul. 2015. Disponível em: https://repositorio.ipea.gov.br/bitstream/11058/4580/1/td_2103.pdf. Acesso em: 07 abr.2024.

GEERTZ, Clifford. *Local Knowledge*: Further Essays In Interpretive Anthropology. New York: Basic Books, 1983.

GINZBURG, J. Linguagem e trauma na escrita do testemunho. *Revista Conexão Letras*, Porto Alegre, v. 3, n. 3, 2015. DOI: 10.22456/2594-8962.55604. Disponível em: https://seer.ufrgs.br/index.php/conexaoletras/article/view/55604. Acesso em: 17 abr. 2024.

HEMMING, John. *Die If You Must*: Brazilian Indians in the Twentieth Century. Londres: Macmillan, 2003.

HOLSTON, James. *Cidadania insurgente*. São Paulo: Companhia das Letras, 2013. Disponível em: https://ddcsufabc.wordpress.com/wp-content/uploads/2014/04/cidadania-insurgente-partes-3-e-4.pdf. Acesso em: 06 abr. 2024.

INSTITUTO SOCIOAMBIENTAL. *O garimpo na Terra Indígena Yanomami*. Widgets Socioambientais. 2019. Disponível em: https://widgets.socioambiental.org/pt-br/node/675. Acesso em: 06 abr. 2024.

JAULIN, Robert. *La paix blanche*: introduction à l'ethnocide, Paris, Seuil, 1970

KIRBY, Vicki. *Quantum Anthropologies*: Life at Large. Durham: Duke University Press, 2011.

KIRBY, Vicki. Quantum Anthropology. *In*: BRAIDOTTI, Rosi; HLAVACKOVA, Maria (ed.). *Posthuman Glossary*. London: Bloomsbury. ProQuest Ebook Central, 2018. Disponível em: https://antropost.wordpress.com/wp-content/uploads/2019/05/posthuman-glossary.pdf. Acesso em: 19 mar. 2024.

KOPENAWA, Davi. Xawara: O ouro canibal e a queda do céu. [Entrevista cedia a] Bruce Albert. *In*: Ação pela Cidadania. *Yanomami:* a todos os povos da terra. São Paulo: CCPY, Cedi, Cimi, NDI, 1990a. p.11-15. Acervo do Instituto Socioambiental. Disponível em: https://acervo.socioambiental.org/acervo/documentos/yanomami-todos-os-povos-da-terra. Acesso em: 09 abr. 2024.

KOPENAWA, Davi. Xawara: A todos os povos da terra. Carta de Davi Kopenawa Yanomami. *In*: Ação pela Cidadania. *Yanomami*: a todos os povos da terra. São Paulo: CCPY, Cedi, Cimi, NDI, 1990b. p.43-46. Acervo do Instituto Socioambiental. Disponível em: https://acervo.socioambiental.org/acervo/documentos/yanomami-todos-os-povos-da-terra. Acesso em: 09 abr. 2024.

KOPENAWA, Davi; Albert, Bruce. *A queda do céu*: palavras de um xamã yanomami.Trad. Beatriz Perrone-Moisés. São Paulo: Companhia das Letras, 2015. Disponível em: https://leiaarqueologia.files.wordpress.com/2017/08/davi_kopenawa___bruce_albert_-_a_queda_do_c_u.pdf. Acesso em: 05 fev.2024.

KOPENAWA, Davi; ALBERT, Bruce. *O espírito da floresta*. Trad. Rosa Freire d'Aguiar. Companhia das Letras, 2023.

KRENAK, Airton. *Caminhos para a cultura do bem viver*. Transcrição e organização: Bruno Maia. Rio de Janeiro: [s.n.], 2021. Disponível em: https://www.biodiversidadla.org/Recomendamos/Caminhos-para-a-cultura-do-Bem-Viver. Acesso em: 07 abr. 2024.

KRENAK, Ailton. Somos índios, resistimos há 500 anos. Fico preocupado é se os brancos vão resistir. [Entrevista cedida a] Christiana Martins. Expresso, Paço de Arcos, 19 out. 2018. Disponível em: https://expresso.pt/internacional/2018-10-19-Somos-indios-resistimos-ha-500-anos.-Fico-preocupado-e-se-os-brancos-vao-resistir. Acesso em: 14 fev. 2024.

LEHNEN, Leila. *Citizenship and Crisis in Contemporary Brazilian Literature*. New York: Palgrave Macmillan, 2013.

LIMA, Luciana. Construção de rodovias na região Amazônica no governo militar matou cerca de 8 mil índios. *EcoDebate*: Plataforma de informação, artigos e notícias sobre temas socioambientais, São Leopoldo, IHU On-line, 26 set. 2013. Disponível em: https://www.ecodebate.com.br/2013/09/26/construcao-de-rodovias-na-regiao-amazonica-no-governo-militar-matou-cerca-de-8-mil-indios/. Acesso em: 20 abr. 2024.

MCKIBBEN, Bill. Foreword. *In*: KOPENAWA, Davi; Albert, Bruce. *The falling sky*: words of a Yanomami Shaman. Tradução: Nicholas Elliot; Alison Dundy. Cambridge (MA); Londres: Belknap Press, 2013.

LÉVI-STRAUSS, Claude. *Tristes trópicos*. Tradução: Wilson Martins. São Paulo: Anhembi, 1957. Disponível em: https://edisciplinas.usp.br/pluginfile.php/7538736/mod_resource/content/1/51870690LEVI-STRAUSS-Claude-Tristes-Tropicos.pdf. Acesso em: 08 abr.2024.

LÉVI-STRAUSS, Claude. *Anthropology*: Its achievements and future. Current Anthropology, v.7, n.3, 1966, p. 124-127.

LÉVI-STRAUSS, Claude. *La Pensée sauvage*. Paris : Plon, 1962.

LÉVI-STRAUSS, Claude. Presentation. *In*: *Chroniques d'une Conquête*, Ethnies, n. 14, 1993, p. 5–7.

LÉVI-STRAUSS, Claude. Entrevista: Claude Lévi-Strauss, aos 90. [Entrevista cedida a] Beatriz Perrone Moisés. *Revista de Antropologia*, São Paulo, USP, v.42, 1999. Disponível em: https://www.scielo.br/j/ra/a/nTLSd6mt-6GjHyqw9Z6XHSZc/. Acesso em: 09 abr. 2024.

MENNA BARRETO, Carlos Alberto L. *A farsa Ianomâmi*. Rio de Janeiro, Biblioteca do Exército, 1995.

OLIVEIRA, Eduardo Jorge. Literaturas pós-etnográficas: uma leitura de A queda do céu. *Brésil(s)*, n.3, dez. 2020. Disponível em: http://journals.openedition.org/bresils/8842. Acesso em: 23 abr. 2024.

PADILHA, Contexto; GINZBURG, Jaime; MARTINELLI FILHO, Nelson. Editorial. *Contexto*, Vitória, v.1, n. 43, 2023. Disponível em: https://periodicos.ufes.br/contexto/article/view/40911. Acesso em: 17 abr. 2024.

PARAQUETT, Marcia. Apresentação. *In*: PARAQUETT, Marcia; SIQUEIRA, Domingos Sávio. *Caminhando e contando*: memória da ditadura brasileira. Salvador: UDUFBA, 2015. Disponível em: https://repositorio.ufba.br/bitstream/ri/31866/1/caminhando-contando-RI.pdf. Acesso em: 23 abr. 2024.

PEIRANO, Mariza. O encontro etnográfico e o diálogo teórico. *Anuário Antropológico/85*, Laranjeiras, 1987. Disponível em: http://www.marizapeirano.com.br/artigos/o_encontro_etnografico_e_o_dialogo_teorico.pdf. Acesso em: 11 abr. 2024.

PEIRANO, Mariza. *Uma antropologia no plural:* três experiências contemporâneas. Brasília: UnB, 1991. Disponível em: http://www.marizapeirano.com.br/textos/uma%20antropologia%20no%20plural-tres%20experiencias%20contemporaneas.pdf. Acesso em: 12 abr. 2024.

POTIGUARA, Eliane. *O vento espalha a minha voz imaginária*. Rio de Janeiro: Grumin, 2023.

RADAMBRASIL. *Levantamento de recursos naturais*. Rio de Janeiro, n.18. ago.1978. Disponível em: https://edepot.wur.nl/479875. Acesso em: 14 abr. 2024.

RAMOS, Alcida Rita; TAYLOR, Kenneth. *Sugestões para a criação de um parque indígena no território dos índios Yanoama no Norte do Brasil*. Rio de Janeiro, 6 dez. 1968. Disponível em: https://acervo.socioambiental.org/acervo/documentos/sugestoes-para-criacao-de-um-parque-indigena-no-territorio-dos-indios-yanoama-no. Acesso em: 09 fev. 2024.

RAMOS, Alcida Rita; Taylor, Kenneth. The Yanoama in Brazil. *In*: ARC; IWGIA; SI. *The Yanoama in Brazil 1979*. Document 37. Copenhagen: IWNGIA Document, 1979. p. 03-98. Disponível em: https://www.iwgia.org/images/publications/0183_37_Yanoama.pdf. Acesso em: 09 fev.2024.

RAMOS, Alcida Rita. *Hierarquia e simbiose*: relações intertribais no Brasil. São Paulo, HUCITEC/INL-MEC, 1980, 246 p.

RAMOS, Alcida Rita. *Memórias sanumá*: espaço e tempo em uma sociedade yanomami. São Paulo: Marco Zero, 1990a. Disponível em: https://etnolinguistica.wdfiles.com/local--files/biblio%3Aramos-1990-memorias/Ramos_1990_MemoriasSanuma.pdf. Acesso em: 17abr.2024.

RAMOS, Alcida Rita. Vozes indígenas: o contato vivido e contado. *Anuário Antropológico/87*, Tempo Brasileiro: Brasília, UnB, p.117-143, 1990b.

RAMOS, Alcida Rita. *Indigenism*: ethnic politics in Brazil. Madison: University of Wisconsin Press, 1998.

RAMOS, Alcida. Pulp Fictions of Indigenism. Alcida Rita. *Série Antropologia,* v.301. Brasília: UnB, 2001. Disponível em: https://acervo.socioambiental.org/sites/default/files/documents/K1D00034.pdf. Acesso em 07 fev.2024.

RAMOS, Alcida. *Entrevista com Alcida Rita Ramos*. [Entrevista cedida a] Celso Castro. Fundação Getulio Vargas: Centro de Pesquisa e Documentação de História Contemporânea do Brasil. Vídeo. Canal FGV no Youtube. 2017. Disponível em: https://www.youtube.com/watch?v=HPsiRd8R-X1g. Acesso em: 17 fev. 2024.

RAMOS, Alcida. Renascença indígena [Coluna Autoriais]. *BVPS*: Blog da Biblioteca Virtual do Pensamento Social, Brasília, 29 set. 2023. Disponível em: https://blogbvps.com/2024/02/20/desassossegos-coluna-de-alcida-rita-ramos/#more-12164. Acesso em: 18 abr. 2024.

RAMOS, Alcida. Fogo! [Coluna Desassossegos]. *BVPS*: Blog da Biblioteca Virtual do Pensamento Social, Brasília, 19 jan. 2024. Disponível em: https://blogbvps.com/2024/02/20/desassossegos-coluna-de-alcida-rita-ramos/#more-12164. Acesso em: 18 abr. 2024.

RUPP, Isadora. Como o garimpo foi expulso da terra Yanomami em 1992. *Nexo Jornal* [Ponto.Futuro], São Paulo, 24 jan.2023. Disponível em: https://www.nexojornal.com.br/expresso/2023/01/24/como-o-garimpo-foi-expulso-da-terra-yanomami-em-1992. Acesso em: 20 abr. 2024.

SANCHES, Pedro Alexandre. A luta da mulher-floresta Eliane Brum contra o fim do mundo. *Amazônia Real*, Manaus, 03 dez. 2021. Disponível em: https://amazoniareal.com.br/mulher-floresta-eliane-brum/. Acesso em: 25 abr. 2024.

SEEGER, Anthony; DA MATTA, Roberto; VIVEIROS DE CASTRO, Eduardo. A construção da pessoa nas sociedades indígenas brasileiras. *Boletim do Museu Nacional*, Rio de Janeiro, n.32, maio 1979. Disponível em: http://www.etnolinguistica.org/pessoa:index. Acesso em: 08 abr. 2024.

SELIGMANN-SILVA, Márcio. Testemunho e a política da memória: o tempo depois das catástrofes. *Projeto História*: Revista do Programa de Estudos Pós-Graduados de História, São Paulo, v. 30, n. 1, 2009. Disponível em: https://revistas.pucsp.br/index.php/revph/article/view/2255/1348. Acesso em: 23 abr. 2024.

VALENTE, Rubens. *Os fuzis e as flechas*: história de sangue e resistência indígena na ditadura. Coleção Arquivos da Repressão no Brasil. Companhia das Letras, 2017.

VEIGA, Edison. Transamazônica: 50 anos entre ufanismo e desastre ambiental. *DW*, Berlin, 27 set. 2022. Disponível em: https://www.dw.com/pt-br/transamaz%C3%B4nica-50-anos-entre-o-ufanismo-e-o-desastre-ambiental/a-63242643. Acesso em: 20 abr.2024.

VIVEIROS DE CASTRO, Eduardo. *Metafísicas canibais*: elementos para uma antropologia pós-estrutural. São Paulo: Cosac Naify, 2015.

VIVEIROS DE CASTRO, Eduardo. Contra-antropologia, contra o Estado: uma entrevista com Eduardo Viveiros de Castro. [Entrevista cedida a] Paulo Bull. *Revista Habitus*, IFCS-UFRJ, Rio de Janeiro, v.12, n.2, 2014. Disponível em: https://revistas.ufrj.br/index.php/habitus/article/view/11445. Acesso em: 09 abr.2024.

YANOMAMI, Davi Kopenawa. [Carta]. *In*: RICARDO, Beto; RICARDO, Fany (ed.) *Povos Indígenas no Brasil 2006-2010*. São Paulo: Instituto Socioambiental, 2011. Disponível em: https://acervo.socioambiental.org/acervo/publicacoes-isa/povos-indigenas-no-brasil-2006-2010. Acesso em: 23 abr. 2024.

Iracema, uma transa amazônica: ditadura, colonialidade e memória

Rejane Pivetta de Oliveira[1]
Cláudia Luiza Caimi[2]

Uma terra tão rica quanto esta não pode se dar o luxo de deixar meia dúzia de tribos de índios entravar seu desenvolvimento.

(Cel. Fernando Ramos Pereira, governador do Território de Roraima. *Jornal de Brasília*, 1 mar. 1975)

Acho que vocês deveriam sonhar a terra, pois ela tem coração e respira.

(Davi Kopenawa. Entrevista a F Watson. *Survival International*, Boa Vista, jul. 1992)

1 Doutora em Letras, professora da graduação e do PPG Letras da Universidade Federal do Rio Grande do Sul (UFRGS), pesquisadora CNPq. E-mail: rejane.pivetta@ufrgs.br

2 Doutora em Letras, professora da graduação e do PPG Letras da Universidade Federal do Rio Grande do Sul (UFRGS). E-mail: claudialuizacaimi@yahoo.com.br

Amazônia e ditadura: território de tensões

Iracema, uma Transa Amazônica, filme de 1974, dirigido por Jorge Bodanzky e Orlando Senna, combina elementos documentais e ficcionais para mostrar a devastação da floresta amazônica e a miséria das populações nativas à época da ditadura militar (1964-1985), quando poucas eram as imagens disponíveis sobre a realidade desse território isolado do Brasil. O filme segue a jornada de Iracema, uma jovem indígena que deixa sua aldeia para morar na cidade, onde é levada à prostituição como consequência direta das políticas de desenvolvimento e colonização da Amazônia promovidas pelo governo militar. A abordagem realista, destacando os efeitos desastrosos do "progresso", contém elementos de ficção reveladores da perspectiva de sujeitos esquecidos da história, cuja cultura e força de trabalho são submetidas aos interesses das elites controladoras do capital.

Iracema, personagem mítica do romance de Alencar, ressurge no filme de Bodanzky não mais como matriz da identidade nacional, mas sim como a promessa degradada de uma nação promissora. As imagens são carregadas de memória histórica, pondo em tela a formação social e cultural do Brasil, desde os tempos coloniais ao presente da ditadura - tudo isso apresentado sob um pano de fundo comum de violências, destruição e exploração que perduram até os dias de hoje. O filme expõe a ferida colonial constitutiva do processo histórico brasileiro, trazendo à memória a devastação dos recursos naturais e o apagamento dos povos originários, resultantes dos projetos de modernização capitalista. A ação é desenvolvida a partir da relação entre Iracema e Sebastião Silva, conhecido como Tião Brasil Grande, um caminhoneiro gaúcho que negocia a retirada das árvores derrubadas para a construção de estradas com madeireiras ilegais, que proliferam na região. Tião encarna a figura do explorador que vê a Amazônia e seu povo apenas como recursos a serem consumidos.

A narrativa expõe a ideologia modernizadora e ufanista do regime militar, na esteira do Plano de Integração Nacional (PIN), anunciado em 1970 pelo general Médici. Sob a justificativa do desenvolvimento nacional, o Plano fomentou a exploração da floresta, atraindo investimentos privados para favorecer setores da agricultura, pecuária, mineração e indústria. Nesse contexto, a Doutrina de

Segurança Nacional também foi invocada para garantir a soberania em áreas consideradas vulneráveis à influência estrangeira e também à subversão interna.[3]

A colonização da Amazônia como parte da política de integração e segurança nacional não levou em conta os impactos ambientais, sociais e culturais sobre o território e suas populações originárias. O próprio governo via a Amazônia como uma terra "vazia" a ser ocupada. Além disso, a violação dos direitos humanos sofrida pelas comunidades nativas nesse período não foi alvo de interesse sequer do próprio estado brasileiro, passado o período ditatorial. Até dezembro de 2014, o tema não havia sido tratado por nenhuma comissão de direito à memória, numa clara política de esquecimento. Só nesta data o relatório final da Comissão Nacional da Verdade (CNV), instalada pela presidenta Dilma Rousseff no ano de 2012, inclui um capítulo sobre os indígenas. Com o objetivo de apurar e esclarecer a sociedade sobre as graves violações de direitos humanos praticadas no Brasil entre 1946 e 1988[4], a CNV traz em seu relatório informações e revelações sobre atividades, órgãos e procedimentos da repressão política, locais e autoria de crimes, incluindo a apuração das violências cometidas a setores sociais marginalizados, como camponeses e populações indígenas. No caso específico deste último grupo, o relatório deixa patente tanto as omissões do estado quanto sua participação ativa nas violações sistêmicas que acarretaram expropriação, invasão e exploração ilegal de terras, além das incontáveis mortes que configuram a ação genocida do regime ditatorial.[5]

---

3 Na repressão à Guerrilha do Araguaia, entre 1972 e 1974, o governo militar combateu grupos de oposição escondidos na selva amazônica, valendo-se, para isso, da cooptação de muitos indígenas, forçados a atuarem como guias para as Forças Armadas.

4 O período abarca a promulgação, em 1946, da Constituição que restabelece direitos democráticos após o regime ditatorial do Estado Novo e a Constituição de 1988, conhecida como "Constituição Cidadã", que consolida direitos civis e institucionais após a ditadura militar de 1964, introduzindo a preocupação com a proteção ambiental e reconhecendo os direitos dos povos originários em relação às suas terras e à preservação de sua cultura e organização social.

5 É difícil estimar o número exato de indígenas mortos pela ação da ditadura militar brasileira, devido à falta de registros oficiais detalhados e à natureza frequentemente encoberta das operações militares e políticas na época. O relatório final da Comissão Nacional da Verdade (CNV, 2014, p. 205) diz que "foi possível estimar ao menos 8.350 indígenas mortos no período de investigação da CNV, em decorrência da ação direta de agentes governamentais ou de sua omissão". No entanto, esclarece que "O número real de indígenas mortos no período deve ser exponencialmente maior, uma vez que apenas uma parcela muito restrita dos povos indígenas afetados foi analisada e

Muitos povos indígenas sofreram perseguições, torturas e mortes durante a ditadura, como parte de uma política mais ampla de supressão de direitos e controle territorial, sob o pretexto de garantir a segurança nacional e o desenvolvimento econômico. O relatório da CNV demonstra, com base em documentos e depoimentos de sobreviventes, uma parcela do que foi perpetrado contra as comunidades nativas, evidenciando a repetição de práticas comuns durante a colonização, como a captura e o aprisionamento de indígenas para o trabalho forçado nas lavouras. Tal é o caso da construção de uma cadeia em território Krenak, conhecida como "Reformatório Krenak", no final dos anos 1960, após AI-5. A instituição funcionou como área de confinamento para os Krenak, onde eram maltratados e obrigados a trabalhar no desmatamento e plantio de terras, juntamente com povos de outras etnias que para ali foram levados na condição de prisioneiros. Em depoimento à CNV, o ancião Oredes Krenak relata suas memórias, descrevendo a violência praticada pelas mãos dos militares:

> Bater era normal para eles. Se o índio tentava se justificar por alguma acusação, batiam com cassetete grande, depois jogavam na prisão. Não podiam nem perguntar por que estavam sendo punidos. Também batiam de chicote. Algemavam o preso dentro da cadeia e ele não podia falar, argumentar. Ameaçavam com arma. Os mais antigos contam que quando matavam um índio, jogavam no rio Doce e diziam pros parentes que tinha ido viajar. Quando estavam muito debilitados, jogavam no hospital. A gente não sabia se estavam mesmo no hospital ou se foram massacrados ou morreram de fome, sede. A gente não via morrer aqui, era quando estavam no hospital. Até a década de 1980 nosso povo sofreu bastante com os militares (CNV, 2024, p. 245).

O relatório aponta, segundo denúncia do sertanista Antonio Cotrim Soares, enviada ao Tribunal Russell II[6], em 1974, que o reformatório funcionava

---

que há casos em que a quantidade de mortos é alta o bastante para desencorajar estimativas" (id., ib.), como é o caso dos Guarani Kaiowá, do Mato Grosso do Sul e do Paraná.

6 Tribunal criado em 1973 para investigar e julgar violações dos direitos humanos e crimes cometidos em países da América Latina sob regimes militares autoritários. O objetivo principal era documentar e expor essas violações, promover a conscientização

como um campo de concentração para onde eram "enviados os índios revoltados com o sistema explorador e opressivo da Funai" (CNV, 204, p. 244). A comparação a um campo de concentração reflete a ocorrência de atos de brutalidade e violação de direitos, conforme revelam documentos históricos, como o Relatório Figueiredo[7], que detalha massacres, torturas e abusos sistemáticos contra os povos originários, presos em seus próprios territórios. Esses atos tinham o objetivo de abrir espaço para projetos de desenvolvimento, resultando em diversas invasões e ataques para a exploração das terras indígenas. Uma das populações mais afetadas por essas investidas foi a dos Yanomami. Em 1970, uma expedição militar chamada Radam mapeou áreas promissoras de recursos minerais, dando início a uma corrida de garimpeiros que expôs os Yanomami a doenças, resultando em um número significativo de mortes, além de violências físicas e psicológicas – história que podemos acompanhar no testemunho de Davi Kopenawa, em *A queda do céu* (2015), como adiante retomaremos. A esse respeito, chama atenção o depoimento de Jarbas Passarinho, um dos protagonistas do regime militar, que reconheceu, em 1993, o genocídio praticado não só contra os Yanomami, como em relação a outras etnias:

> Logo que o Projeto Radam evidenciou a presença de ouro no subsolo, e a Perimetral Norte levou o acesso até a terra milenarmente ocupada pelos Yanomami, que aconteceu? A morte de mais de 50% da tribo de Catrimani, causada por gripe e doenças, que não são mortais para nós, mas o são para índios não-aculturados. Não foi só nessa tribo, mas em várias outras, onde se deu a presença dos garimpeiros. Eles poluíram os rios com mercúrio, afastaram a caça pelo barulho, provocaram a fome e a desnutrição dos índios, enquanto contra nós avolumava-se a acusação de que praticávamos o genocídio. Não era exagerada a denúncia (PASSARINHO, *apud* CNV, 2014, p. 210).

---

internacional sobre as condições de vida e os abusos sofridos pelos povos latino-americanos e contribuir "para inaugurar uma forma, até aquele momento inédita (...) de estratégia para a emancipação humana e de mobilização política e cultural" (TOSI; FERREIRA, 2014, p. 23).

7 Relatório encomendado em 1967 pelo Ministério do Interior, com mais de 7.000 páginas e 30 volumes, redescoberto em novembro de 2012, que "denuncia a introdução deliberada de varíola, gripe, tuberculose e sarampo entre os índios" (CNV, 2024, p. 207).

O trabalho da CNV não esgota as investigações, há muito a ser revelado a respeito do desfecho desastroso das políticas governamentais da ditadura em relação aos povos indígenas. O livro de Rubens Valente, *Os Fuzis e as Flechas* (2017), contribui para iluminar algumas dessas histórias desconhecidas do público. Trata-se de um trabalho de investigação jornalística, baseado em pesquisa meticulosa, incluindo uma vasta gama de documentos históricos, entrevistas, visitas, relatórios de organizações internacionais e arquivos governamentais, muitos dos quais pouco explorados anteriormente. O livro traz à tona alguns dos impactos devastadores das intervenções do governo militar sobre os indígenas, frequentemente vistos como obstáculos ao progresso e ao desenvolvimento nacional, sendo alvos de uma política de estado que visava à sua subjugação e até mesmo à sua extinção física. Valente chama atenção para o papel desempenhado pelo Serviço de Proteção aos Índios (SPI) e pela Funai (Fundação Nacional dos Povos Indígenas), que o sucedeu, mostrando como esses órgãos estavam alinhados às políticas do regime militar, muitas vezes trabalhando para facilitar objetivos contrários aos de proteção para os quais foram criados.

As poucas políticas públicas favoráveis às comunidades nativas nos anos 1970 eram geralmente fruto de denúncias de abusos que ganhavam repercussão internacional. Essas iniciativas surgiam como respostas às pressões de movimentos ambientalistas, principalmente europeus. No entanto, muitas dessas políticas ou permaneciam apenas no papel ou eram desviadas por agentes públicos corruptos, circunstância que o filme não deixa passar em branco. Em uma das cenas, Tião conversa com moradores à beira da estrada, que se queixam da participação de agentes do INCRA na grilagem de terras e na intimidação dos posseiros, forçados a entregar os pequenos lotes de onde tiravam seu sustento aos grandes fazendeiros, beneficiários das concessões governamentais.

O projeto de construção de estradas pelo vasto território amazônico alterou radicalmente a paisagem e as condições de vida na região, facilitando a invasão de terras por colonos, madeireiros, garimpeiros e agricultores. Essa política de colonização fundada na abertura de rodovias ganha impulso entre os anos de 1970 e 1973, sendo a Transamazônica seu principal emblema. Com um trajeto de cerca de 4 mil quilômetros, ligando o Brasil de Leste a Oeste, passando pelos estados da Paraíba, do Piauí, Maranhão, Pará e Amazonas, a BR

230, como oficialmente é chamada, não levou em conta as diversas comunidades indígenas que seriam atingidas por seu traçado.

A construção da Transamazônica[8] deixou um rastro de destruição e massacres. Segundo Rubens Valente (2017, p. 87), citando o sertanista Francisco Meireles, cerca de 6 a 8 mil indígenas viviam, em 1970, no curso da rodovia, das "tribos Juruna, Krenakarore, Asurini, Parakanã, Rikbaktsa, Suruí, Karajá e Kayabi". Também os Arara tiveram seu território cortado ao meio, o que os levou a viver em fuga constante, resultando na "desagregação social e no seu isolamento em pequenos grupos" (CNV, 2014, p. 230). A Transamazônica foi uma das iniciativas mais devastadoras para os povos da floresta, "que sofreram a violência e o desmatamento como a outra face do modelo de desenvolvimento e integração levado a cabo pelos militares" (CNV, 2014, p. 137). Nesse sentido, o filme de Bodanzky e Senna é um testemunho das consequências desastrosas da política econômica durante a ditadura, no bojo de um projeto colonialista de desenvolvimento que põe em tela as contradições das "grandezas do Brasil" sob a tutela militar.

"A estrada é o tempo, o passado é contramão"

Entre as canções da trilha sonora de *Iracema, uma transa amazônica* está "Máquinas Humanas", de Bartô Galeno, de onde extraímos o verso que dá título a esta seção. Trata-se de uma música romântica, que compara a existência humana a um veículo, o qual se encontra estacionado na "garagem solidão", pois carece do amor como combustível. Durante o tempo em que a música é executada, o caminhão se desloca pela Transamazônica; dentro dele estão Tião e Iracema, "correndo mundo". A câmera foca em Iracema, que olha pensativa pelo retrovisor, enquanto a paisagem à beira da rodovia vai ficando para trás. A imagem abre para o exterior e o que vemos são vastas áreas de floresta com árvores derrubadas e queimadas, uma imagem de destruição produzida pelas "máquinas humanas" insensíveis.

---

8 Povo waimiri-atroari, que teve suas terras invadidas pela rodovia BR-174, que liga Manaus a Boa Vista. Estima-se que cerca de um terço da população waimiri-atroari foi dizimada entre 1972 e 1975, resultado direto da violência instigada por militares e empreiteiras encarregadas da obra (CNV, 2014).

Realizado em pleno período ditatorial, precisamente na atualidade histórica do Brasil de 1974, quando o regime militar completava dez anos, sob forte censura e repressão, o filme não trata diretamente da ditadura. No entanto, mergulha fundo no modelo de desenvolvimento implementado na região, dele derivando, em chave crítica, o argumento e as estratégias narrativas do filme. À época, os militares faziam uso da propaganda para dissimular e normalizar o estado de exceção, vendendo o otimismo do "milagre econômico brasileiro". Interessado nas crescentes oportunidades de ganhar dinheiro, Tião deixa de transportar madeira, um trabalho difícil e pesado, para carregar gado, negócio mais vantajoso, depois que a floresta cedeu lugar aos campos. Tião viaja pela Transamazônica carregando suas mercadorias e sonhos de riqueza e, entre um e outro trecho, muitas são as vidas e histórias à beira do caminho. À exemplo de um *road movie*, os encontros ao longo do percurso determinam os rumos da narrativa, situando cada personagem em sua jornada. Os destinos de Tião e Iracema se cruzam em um lugar de passagem, uma das tantas boates de Belém, que surgem para atender à demanda por entretenimento de trabalhadores migrantes, comerciantes e motoristas, atraídos pelas promessas de mão de obra e oportunidades de negócios. O interior da boate é simples: pinturas *naïf* cobrem parte das paredes de madeira, a luz fraca cria uma atmosfera de penumbra e casais dançam ao som de uma música brega. A maquiagem excessiva, as roupas apertadas e minúsculas das mulheres não deixam dúvida de que ali se desenvolve uma outra economia, a da prostituição.

O filme não explica de que modo Iracema foi parar naquele lugar. Para compreendermos como isso se dá, é preciso recuperarmos a jornada de Iracema, atentando para a complexidade da montagem fílmica, que articula uma heterogeneidade de signos e níveis narrativos, a despeito da sucessão linear dos acontecimentos apresentados na diegese. Na cena de abertura, sobre uma tela preta, inscrevem-se os créditos, acompanhados pelo som de um motor, que progressivamente aumenta de volume, até aparecer a imagem de um barco navegando por canais em meio à floresta, em direção ao rio. Dentro dele estão Iracema e sua família, alimentando-se de peixe e farinha; a dada altura, o barco para em uma comunidade para fazer o carregamento de cestos de açaí, uma das principais fontes de renda da população ribeirinha. Na sequência seguinte, assistimos à venda do fruto, realizada em troca de garrafas de cachaça, por imposição do comprador, sem possibilidade de negociação. Em diversos momentos e de diferentes ângulos, a câmera fixa a frase "Graça a Deus" que batiza o barco, escrita na cabine em letras garrafais; ao mesmo tempo, ouvimos uma transmissão de rádio, em que a voz de um locutor comunica avisos de utilidade pública, convite para festas e comerciais. Claramente, a locução do rádio e o letreiro são narrativas que se sobrepõem às imagens, conferindo um sentido complexo à representação, a partir do jogo entre o dizível e o visível.

Na chegada a Belém, durante a festa do Círio, a personagem fica deslumbrada com a efervescência e a profusão de mercadorias do mercado público, logo misturando-se à procissão de Nossa Senhora de Nazaré, onde se perde. As tomadas acompanham o movimento contínuo da multidão, a câmera captura *close-ups* das expressões faciais dos fiéis, de diferentes origens sociais e culturais. Iracema é absorvida pelo clima de devoção, alimentado por rezas, cânticos e preleções religiosas. Pelo microfone, o padre louva o povo da terra, que tanto honra a padroeira, chamada de "mãe protetora"; a homenagem à grandeza da Santa é digna do empreendimento feito por "Nós, os pioneiros da avançada pelas matas adentro, num esforço de integração nacional, num esforço de aproveitamento das riquezas naturais desta terra ainda virgem" (Bodanzky; Senna, 1980, 22min55s). Em outra tomada, ouvimos a transmissão pelo rádio da entrevista ao vivo do Coronel Douglas Faria à Rádio Liberal, na qual ele afirma que "tudo decorre na mais perfeita ordem, com toda a tranquilidade", agradecendo a cooperação do povo (Bodanzky; Senna, 1980, 26min04s). As imagens da procissão, capturadas simultaneamente às vozes que saem pelos dispositivos de comunicação, criam uma distância entre o que é dito e o que é visto. O evento religioso exibido na tela é acompanhado pelas falas aliciantes das autoridades religiosa e militar ouvidas pelo microfone, em um jogo revelador dos artifícios que controlam o modo como a representação é percebida.

Do encantamento da menina ingênua perdida na multidão da festa do Círio de Nazaré à cena em que aparece caminhando pelas ruas movimentadas de Belém, usando uma roupa justa, sandália de salto alto e cigarro entre os dedos, o destino de Iracema parece seguir uma trajetória linear e inevitável, indo da pureza da selva à corrupção da cidade. No entanto, a visão dessa realidade à primeira vista homogênea é perpassada pelos efeitos de contraste. No percurso de Iracema e Tião pela Transamazônica, uma paisagem de devastação e miséria vai se descortinando aos olhos do espectador, em franca dissonância com o discurso otimista de Tião em relação ao desenvolvimento econômico e ao futuro promissor do Brasil. Na interação com os habitantes locais, as falas de Tião revelam seu ímpeto em aproveitar as possibilidades de riqueza da Amazônia. O discurso do personagem faz eco à propaganda enaltecedora do regime da ditadura, vista nos decalques colados no caminhão. No para-choque, lemos estampada a frase "Do destino, ninguém foge" – espécie de fatídico que carrega não uma sentença divina, mas uma condição histórica. Em um dos adesivos do para-brisa está o *slogan* "Brasil, ame-o ou deixe-o", sugerindo um patriotismo extremado, que serve para justificar a repressão contra os opositores do regime. De fato, a propaganda foi usada como uma grande máquina de controle ideológico, para despertar sentimentos de ufanismo e confiança na nação, na tentativa de convencer o povo da "predestinação do Brasil ao sucesso", conforme analisa Carlos Fico (2024, p. 28).

Ao mesmo tempo que ironiza os mecanismos do discurso construído pelo aparelho de propaganda do Estado, fundado nas aparências do crescimento econômico que influi diretamente na adesão da sociedade ao regime militar, o filme é pontuado por uma nota de desolação. A narrativa fílmica constroi a imagem de uma terra sem lei, nas cenas em que vemos incêndios na floresta, extração de grandes árvores, boates sujas e escuras nas periferias de Belém ou na beira das estradas, acampamentos rudimentares de trabalhadores. Destruição, subjugação e pobreza preenchem as cenas durante a jornada de Tião e Iracema.

Quanto mais o caminhão avança pela Transamazônica, mais perceptível e dramática é a situação dos moradores que margeiam a estrada. A decadência é o mote que se contrapõe à propaganda apresentada nos *outdoors* e no discurso de Tião. As histórias dos moradores nativos incorporadas ao filme relatam uma vida dura, de muito trabalho e pouca recompensa. A riqueza produzida não fica na comunidade, é capturada por grupos de empresários vindos de outras regiões. Entre tantas falas do filme que podem ser recuperadas para ilustrar o desamparo, destacamos o diálogo final entre Tião e Iracema. Ela pede dinheiro a ele, Tião responde: " - Que é isso? Tu tá pedindo dinheiro agora pra homem?

E tu não te vira aqui? Tu não tá te virando, não? Que que tu tá fazendo aqui?" Iracema responde: "Tou pegando carona, me virando dum lado pro outro, caminhando pela transamargura" (Bodanzky; Senna, 1980, 1h33seg09s).

A Iracema do filme pouco tem a ver com a outra Iracema, a do romance de Alencar, de onde ela provém. A relação entre Iracema e Tião reencena, mais de um século depois, a união entre Iracema, a virgem dos lábios de mel, e Martim, o colonizador português. A proposta dos diretores de documentar a história brasileira dos anos 1970, com referência ao romance de Alencar, expõe a relação conflitiva entre dois momentos históricos, marcados pelo simbolismo da nação. Se, em Alencar, Iracema representa o vínculo de identidade com a terra originária, segundo uma visão idealizada e mítica do passado, Bodanzky e Senna oferecem um retrato cru do impacto da modernização e da exploração sobre as terras e a cultura indígenas. A Iracema de Alencar é a personificação do Brasil paradisíaco e harmonioso, já em Bodanzky e Senna, Iracema é a habitante de um paraíso perdido, fruto de uma integração violenta à sociedade dos brancos. Em comum, está o sofrimento das personagens – enobrecido, no caso da Iracema de Alencar; reduzido à degradação, no caso da Iracema dos cineastas. A primeira sofre a solidão e o rompimento com a sua nação tabajara, restando-lhe a morte após dar à luz a Moacir, o filho da dor, mas encontra redenção na memória do mito. A trajetória da segunda expõe a face implacável da assimilação capitalista que leva à exclusão e ao apagamento da história.

Dessa forma, parece se repetir, em chave diversa, o que Alfredo Bosi (1992, p. 179) chamou de "complexo sacrificial" ao detectar, na Iracema de Alencar, a aceitação do risco de sofrimento e morte, "como se sua atitude devota para com o branco representasse o cumprimento de um destino". Desse modo, continua Bosi, a nobreza de Iracema é a "nobreza dos fracos", que "só se conquista pelo sacrifício de suas vidas", em "combinação com a franca apologia do colonizador" (Bosi, 1992, p. 179). Na leitura de Bosi, Alencar submete a representação da sociedade colonial dos séculos XVI e XVII a um tratamento antidialético, uma vez que neutraliza os conflitos entre o invasor e o nativo. Contrariamente, o filme dá forma às contradições do "Brasil grande", mostrando os limites do discurso ufanista em meio à decadência, à destruição e ao autoritarismo.

Nesse contexto, a experiência de Iracema não escapa à lógica patriarcal, no interior de uma sociedade que subjuga e exclui os sujeitos que não se adaptam aos moldes impostos para uma mulher da sua raça. Iracema deixa para trás sua herança indígena, na tentativa de se ajustar à vida "numa cidade feita toda contra ela", antecipando a trajetória de marginalização e negação da condição subjetiva que veríamos pouco depois na história de Macabéa, contada em *A hora da estrela*, romance de 1977, de Clarice Lispector. Apesar do destino que parece sucumbir às circunstâncias opressivas, há na representação de Iracema uma estética que diz algo além de sua miséria. Se é inevitável reconhecer o caminho de degradação de Iracema, isso não significa que o filme reduza a personagem a um destino final, pois Iracema se mostra na inteireza de sua humanidade. Pequenos gestos de delicadeza e sensibilidade captados pelo olhar atento da câmera redimem a personagem da brutalização, mostrando, na face visível do corpo usurpado, a expressão de uma subjetividade: seja na alegria espontânea de um banho de rio; na melodia de uma canção que serve de comentário aos dramas interiores da personagem; nas vezes em que Iracema pronuncia seu nome, quando Tião insiste em chamá-la de Jurema; nas paradas para descanso do caminhão, quando ela se entretém com uma revista de fotonovela, mesmo que nunca tenha aprendido a ler; ou na expressividade do seu rosto, quando sorri, chora, se mostra incomodada ou reflexiva.

Ao construir uma narrativa pela disjunção entre os planos das imagens, dos sons e das ações da diegese, o filme acolhe contradições históricas e sociais, recusando as equivalências diretas à realidade. Ainda que vinculado ao gênero documentário, o filme não se limita à representação realista, uma vez que reconfigura a percepção da realidade, ao marcar ironicamente a distância entre o discurso do "milagre econômico" e a precariedade geral que se mostra nos rostos e paisagens. Ismail Xavier (2004) reforça essa ideia ao demonstrar a estratégia do filme em misturar estilos e gêneros, produzindo uma dimensão de realidade a partir da ficção, instituidora do enredo e da performance das interações com a população autóctone. Os diálogos do filme seguem uma roteirização mínima, muitas cenas são improvisadas, a câmera frequentemente segue os personagens de perto, capturando suas falas e o ambiente de maneira espontânea. Produzido com baixíssimo orçamento, o filme incorpora a precariedade na sua própria forma, adotando características estéticas típicas do cinema marginal. Os sujeitos que ocupam a cena são justamente aqueles excluídos pelas grandes produções do mercado, que se conformam aos apelos comerciais. No contexto em que a força do capital atua em aliança com o poder autoritário, o filme exibe suas próprias estratégias de organização, produzindo um efeito irônico de distanciamento das técnicas de manipulação ideológica da ditadura.

A inserção em cena de pessoas comuns, instigadas à palavra e à ação pelo ator Paulo César Pereio, no papel de Tião, subverte a representação, destituindo a suposta separação entre cena teatral e reação espontânea. Para Xavier, a encenação do registro documental oferece uma perspectiva crítica para o filme na sua condução formal, uma vez que a imagem internaliza a incongruência entre a performance do ator e a falta de jeito das pessoas que com ele contracenam e não dominam o jogo da representação. Esse é o caso de Edna de Cássia, cuja atuação como Iracema "se converte em citação de si mesma, de sua condição de origem, enquanto tenta ser outra coisa" (Xavier, 2004, p. 83). No jogo entre encenação e vida, o filme faz coincidir o seu método de filmagem, invasivo do cotidiano local e controlador da ação segundo as regras da ficção, com a assimetria do poder no plano político da ditadura. Desse modo, na lúcida análise de Ismail Xavier, "a dominação não é apenas tema do discurso, ela é princípio organizador, a lógica do próprio processo projetada na cena visível" (Xavier, 2004, p. 83).

Podemos dizer, a partir de Jacques Rancière (2012a), que o filme elabora um outro "destino das imagens", contrariando a estética publicitária da ditadura, que determinava como as coisas deveriam ser interpretadas. Pensador da política e da imagem, Rancière dedicou algumas de suas análises ao cinema, centradas no aspecto substancial de sua filosofia: o modo como estética e política se relacionam nas representações. O filósofo lembra que há diversas maneiras de o cinema expressar sua orientação política, para além dos temas tradicionalmente colocados dentro desse enquadramento, tais como desigualdades, exploração, violência, autoritarismo – tudo, enfim, o que configure formas de injustiça e dominação. Nas palavras de Rancière (2012b, p. 147),

> Uma situação social, porém, não basta para fazer arte política, nem a evidente simpatia pelos explorados e esquecidos. De hábito, acredita-se que é preciso acrescentar um modo de representação que torne essa situação

> inteligível como efeito de certas causas e a mostre como produtora de formas de consciência e de afetos que a modifiquem. Pede-se, portanto, que os meios formais da obra obedeçam à preocupação com as causas que é preciso mostrar às inteligências e com os efeitos sobre as sensibilidades .

Iracema, uma transa amazônica situa o espectador exatamente nessa perspectiva das imagens não como o imediatamente visível, mas um conjunto de operações, "relações entre o todo e as partes, entre uma visibilidade e uma potência de afetos que lhe é associada, entre as expectativas e aquilo que vem preenchê-las" (Rancière, 2012a, p. 11-12). Conforme já apontado, o filme justapõe as instâncias sonora e imagética. É no modo como a montagem articula esse descompasso e a fricção entre uma e outra que repousa o aspecto fundamental da obra, pois é nesse desencontro que se estrutura a rede de sentidos. A retórica oficial grandiloquente, reverberada na fala zombeteira de Tião Brasil Grande, inevitavelmente se desmoraliza ao ser rebatida pelas imagens que escapam ao seu ordenamento. A tensão instaurada advém do choque que associa a devastação ao redor à modernização prometida, passando ao largo da proteção ambiental e dos direitos socioambientais de povos indígenas e comunidades tradicionais da Amazônia. Nesses termos, o filme produz o que Rancière (2012a) denomina de "alteração da semelhança" , por meio de uma montagem que rompe com as simetrias da representação, ou seja, um conjunto de operações que instituem uma outra forma de ver e interpretar, a partir da distância. O espectador é levado a perceber as imagens como uma ordem de relações, e não na sua semelhança imediata.

O choque entre o natural e a performático faz com que o filme exceda a simples exposição da miséria, da exploração da floresta e do trabalho humano; Iracema não é apenas a mulher indígena sexualmente aviltada na cena da ficção. Ela é protagonista da experiência bruta vivida na realidade. Essa é a verdade que o filme torna visível, ao trazer para a cena imaginária vidas humildes que nunca foram vistas como dignas de desempenharem um papel na história. O filme organiza uma outra paisagem visual, trazendo para dentro da representação os sujeitos descartados pelo sistema, vistos na crueza de suas vidas, numa visão face a face. Dessa forma, introduz uma fissura na imagem homogênea da realidade mostrada na publicidade oficial, empenhada em reforçar o imaginário de uma nação sem conflitos, supostamente habitada por um povo ordeiro, cordial e trabalhador, vivendo em perfeita harmonia. Esse aspecto marca a posição dissonante do filme em relação ao mundo previamente formatado, sem margem para interpretações divergentes. Ao desacomodar as coisas de seus "devidos lugares", o filme de Bodanzky e Senna constitui-se em um testemunho da alteridade.

Será preciso, no entanto, que o filme deixe entrever brechas, linhas de fuga por onde seja possível salvar a memória do outro. Voltemos à cena final, a fim de indagarmos para onde o filme faz convergir o artifício das imagens. Sentada em frente a um prostíbulo à beira da estrada, Iracema conversa e bebe alegremente de uma garrafa de cachaça, que passa de boca em boca. Ao longe, um caminhão boiadeiro vem se aproximando - é Tião, que estaciona para interagir com as "primas". Ele não reconhece Iracema, que aparece com o cabelo desgrenhado, a falta de um dente, a roupa suja. Quando ela se apresenta, Tião não esconde sua decepção com o estado de decadência da menina que havia conhecido no esplendor dos seus 15 anos de idade.

Tião está a caminho do Acre, o ponto mais a oeste da Transamazônica, para onde se expande a fronteira do progresso. Ele não para de se vangloriar das oportunidades de riqueza, sem interesse no que as mulheres têm para lhe contar. Enquanto ele fala, a câmera se volta para as prostitutas, que exibem os seios e levantam os vestidos curtos, de maneira despudorada, como se entregassem tudo o que têm, sem esperarem mais nada além das poucas migalhas que o sistema lhes reserva. Tião se afasta em direção ao caminhão e é seguido por Iracema, que lhe pede "cinco contos". Sem dar o dinheiro, Tião dirige-se a ela de maneira proverbial: "Vence na vida quem mais caminha" (Bodanzky; Senna, 1980, 1h34min). A fala cínica de Tião e a imagem de Iracema, com seu corpo franzino, maltratado e com apenas um dos pés calçado, não poderiam ser mais causticamente discrepantes. Por fim, Tião embarca no seu caminhão, tomando o rumo da estrada que se estende no horizonte; a câmera se mantém fixa, enquanto o caminhão vai lentamente se afastando. Tião prossegue em sua viagem, embalado pelas promessas de futuro, sem desconfiar que o sonho de um Brasil grande pode se dissolver no rastro da nuvem de poeira deixada na estrada. Nesse jogo de oposições entre as imagens, os sons e os discursos, o filme desvela o regime de manipulação e dominação imposto pela ditadura, indo na contramão do futuro glorioso que move a máquina do progresso. Ao mesmo tempo, faz ver os vínculos entre modernidade e colonização.

A ditadura como projeto neocolonial

O projeto colonizador da ditadura exposto no filme pode ser analisado à luz das contribuições do sociólogo peruano Aníbal Quijano (2005), segundo o qual a colonização não se encerrou com a independência dos países da América Latina, mas se transformou e continua a exercer uma profunda influência sobre as estruturas sociais, políticas e econômicas. O autor apresenta a ideia de que a relação capital/trabalho potencializa a exploração pela variável raça, ou seja, ocorre uma racialização na divisão global do trabalho, cabendo aos povos colonizados as posições mais marginalizadas. Nesses termos, a inviabilização da existência dos indígenas no ambiente amazônico repete o processo de ocupação das costas brasileiras nos dois primeiros séculos da chegada dos portugueses.

Quijano (2005) define a "colonialidade" como a lógica que sustenta a hierarquização, a dominação e a universalização promovidas pela civilização ocidental desde o advento da modernidade até os dias atuais. Essa lógica estabelece um padrão normativo hegemônico que abrange aspectos estéticos, culturais e epistemológicos, sendo reconhecido como a matriz civilizatória imposta a toda a humanidade. O controle administrativo da produção e do trabalho, fundamentado na racionalidade do homem branco europeizado, estabeleceu que, por mérito natural, os segmentos racialmente identificados seriam os que se sacrificariam em nome da expansão econômica do mercado capitalista. Pagando com sua vida, liberdade e autonomia, esses segmentos geraram lucro e excedente produtivo, que enriqueceram a elite europeia e, posteriormente, a brasileira.

A colonialidade foi o modelo de desenvolvimento seguido pelo regime militar, com apoio em campanhas publicitárias massivas pautadas por "visões sobre o futuro positivo do Brasil, fundadas desde o período colonial" (Fico, 1997, p. 121-122). No filme, Tião Brasil Grande, homem branco do Sul, incorpora a ideologia expansionista do regime militar. Ele se permite explorar riquezas e desfrutar dos benefícios reservados aos colonizadores, contando com a complacência das camadas mais humildes, prática reminiscente da subordinação racial adotada durante a colonização portuguesa do Brasil. Tião Brasil Grande, ao excluir a natureza do processo civilizatório, alinha-se ao projeto de colonialidade predatório das riquezas naturais, como fica evidente logo no início do filme, quando o personagem afirma: "A natureza não é mãe, não cria nada, natureza é meu caminhão, natureza é a estrada" (Bodanzky; Senna, 1980, 1h17min). O objetivo é concentrar o máximo de poder nas mãos de uma pequena casta detentora de capital empreendedor, em detrimento de um conglomerado crescente de indivíduos subordinados aos seus interesses. Uma das estratégias desse controle é acusar os grupos subalternizados de falta de inteligência ou então de preguiça. No filme, por diversas vezes, Tião refere-se a Iracema como "burra". Frases como "O povo é ignorante" ou "Só não se dá bem neste país quem não sabe se virar" são frequentemente ouvidas da boca de Tião.

Se é evidente a associação do projeto econômico de exploração do regime ditatorial com a colonialidade, como temos visto até aqui, a violência impetrada por ele é retratada no filme a partir das consequências ecológicas e epistemológicas na vida dos povos originários que, por epidemias, exploração econômica ou por sedução em relação a outra forma de existência – que para eles sempre será miserável – são catastróficas. Neste contexto, Davi Kopenawa (2015, p. 407) adverte que os Yanomami "começaram a rejeitar os dizeres de seus antigos como se fossem mentiras e foram aos poucos se esquecendo deles [...]. Por quererem possuir todas as mercadorias, foram tomados de um desejo desmedido. Seu pensamento se esfumaçou e foi invadido pela noite".

O alerta de Kopenawa, intérprete da Funai durante os anos 1970, de que o esquecimento de quem se é leva à derrocada da existência, podemos acompanhar na trajetória de Iracema. No diálogo que tem com Tião, negociando o preço do programa de prostituição, enquanto tomam banho no rio, ela afirma que é branca: "- não sou índia, não", sou branca, brasileira" (Bodanzky; Senna, 1980, 45min59s). Hierarquizar a população em categorias raciais foi o eixo determinante para impor a hegemonia branca europeia aos demais continentes como padrão classificatório universal da população, conforme desenvolve Quijano (2005). Esse padrão foi preliminar para atribuir devidamente os papéis e nivelamentos às raças não-europeias no emergente modo de produção capitalista. Para Iracema, cabe pouco nesse universo neoliberal, dominado pelo poder branco. Sua mercadoria – seu corpo - é barata e condenada a uma validade muito exígua, o que fica bem caracterizado na fala de Tião Brasil Grande, dirigindo-se a Iracema: "Quem quiser ter carreira tem que ser esperto, quantos anos você tem?" – Quinze". "– Senão você não chega nem aos dezesseis" (Bodanzky; Senna, 1980, 44min13s). Como vemos no final do filme, Iracema não tem mais "carreira" aos dezesseis anos.

A inferioridade epistêmica é um argumento constante utilizado por Tião para proclamar a inferioridade social e biológica de Iracema e dos povos que habitam a região. A ideia racista preponderante desde o século XVI de "falta de inteligência" dos sujeitos nativos foi e é tão determinante quanto o extermínio físico. O epistemicídio foi projeto estratégico, visando ao banimento de todo repertório cultural e simbólico cultivado e transmitido desde a ancestralidade milenar. Essa violência epistêmica é um exercício do poder que produz a invisibilidade do outro, expropriando-o de sua possibilidade de representação e de autorrepresentação. Trata-se do apagamento, da anulação e da supressão dos sistemas simbólicos, de subjetivação e representação que o outro tem de si mesmo, bem como de suas formas concretas de representações e registro de suas memórias e experiências, como analisa Isoppo (2023).

A experiência de Kopenawa, relatada em *A queda do céu*, evidencia o impacto violento da colonialidade sobre as formas de identificação. Em determinado período de sua juventude, ele diz ter renegado sua identidade Yanomami e buscado ser como os brancos: "Não parava de pensar: 'aqui não tenho mais ninguém. Quero desaparecer, bem longe daqui, na terra dos brancos. Quero viver com eles e virar um deles...Virar branco – eu não pensava em outra coisa' (Kopenawa, 2015, p. 281). No testemunho de sua vivência nos postos da Funai, no início dos anos 70, aos poucos ele vai se dando conta de que os "brancos" só usavam sua capacidade tradutória e força de trabalho para adentrar ainda mais fundo a floresta e colocar em risco de vida os povos que viviam mais isolados:

> Agora, eles tinham resolvido abrir uma de suas estradas até o meio de nossa floresta, e suas doenças iriam com certeza devorar os que tinham

> sobrevivido. Eu ficava pensando em tudo isso, quando estava sozinho no posto da Funai. Isso me atormentava e me entristecia. Dizia a mim mesmo: "Os brancos rasgam a terra da floresta. Derrubam árvores e explodem as colinas. Afugentam a caça. Será que vamos todos morrer das fumaças de epidemia de suas máquinas e bombas?" Eu já sabia que essa estrada só iria nos trazer coisas ruins (Kopenawa, 2015, p. 305).

A experiência de Kopenawa entre os brancos deu a ele a consciência da destruição da selva e de seus habitantes indígenas, possibilitando um retorno ao conhecimento Yanomami através do xamanismo e da sua casa de espíritos "no peito do céu", formada pelos *xapiris*. São esses seres espirituais que abrem o pensamento do xamã para defender a floresta e denunciar os perigos que o gesto destruidor representa não só para os povos da floresta, mas para todos os habitantes do planeta. Kopenawa retoma a episteme do seu povo, fruto de um saber cosmológico adquirido graças ao uso de alucinógenos, para alertar e questionar a noção de progresso e desenvolvimento defendida por aqueles que ele chama de "povo da mercadoria".

> Na sua língua, os brancos falam em proteger a natureza. Na nossa que é a dos espíritos, falamos do poder mental de Omama. (...) sem ele a terra desapareceria e seus habitantes com ela. O alerta que se grita é para evitar que ocorra uma nova queda do céu (Kopenawa, 2015, p. 496).

O testemunho de Kopenawa (2015, p. 392) põe em xeque o comportamento de Tião Brasil Grande, revelando o quanto ele tem de ingênuo, por desprezar a natureza e os modos de vida locais, seduzido pela ilusão do "Brasil do futuro". O saber xamânico, ao destacar a passagem entre o transe, o sonho e as lutas conscientes, propõe fluxos comunicantes que nos fazem perceber a grandeza do cosmos e a interdependência entre as várias dimensões de percepção, visando preservar a vida na Terra, "antes que os brancos acabem arrancando do solo até as raízes do céu". Se o filme de Bodansky e Senna documenta o início da expansão do capital no território amazônico, oferecendo uma compreensão desse projeto colonialista, a obra de Kopenawa nos alerta e propõe uma relação diferente com os recursos naturais, sugerindo uma forma de conhecimento integrada com a natureza para evitar "a queda do céu".

Kopenawa se propõe a ensinar aos não indígenas a viverem em harmonia com a natureza e a se desprenderem de concepções autodestrutivas de mundo, fundamentadas no capitalismo. Ele sugere desenvolver outro tipo de relação com o conhecimento, por meio do xamanismo, oferecendo uma nova forma de significar a relação com o planeta e uma possibilidade de conhecimento que não depende, necessariamente, da técnica. O xamã afirma que sua formação e relação com a terra e o território vão além da dicotomia entre natureza e cultura. Essa relação se estabelece na memória e na imaginação, cultivada no convívio com os seus e no acesso ao sonho e ao transe. Uma memória muito antiga, revisitada por diversas gerações. O xamanismo implica uma escolha, um pacto vital com essa memória ancestral ao longo da vida. Para o xamã, a memória acessa o cosmos, funcionando como um cérebro expandido que conecta as informações dos saberes antigos.

Sabemos que as políticas de memória e esquecimento são aliadas a projetos políticos. Márcio Seligmann (2022), em *A virada testemunhal e decolonial do saber histórico*, propõe que "As políticas de esquecimento precisam ser enfrentadas, já que elas sustentam quadros de memória que balizam a repetição da exploração e violência" (2022, p. 19). Acolher um saber que se baliza na memória ancestral é conectar-se com a vida e com a possibilidade de sobrevivência dos povos cada vez mais à mercê da destruição e das mudanças climáticas causadas pela ascensão capitalista. O sentido da memória formulado por Kopenawa vincula-se à possibilidade de futuro, um "futuro ancestral", como formula Ailton Krenak (2022), trazendo a perspectiva de um futuro que não está além, pois sempre esteve presente, desde os tempos imemoriais. Essa ideia é justamente contrária à experiência do tempo na modernidade, sentido como aceleração e projeção de um futuro auspicioso, conquistado com os sacrifícios do presente. Nisso se funda o otimismo esperançoso e crente de um "Brasil Grande", patrocinado pela ditadura e constante desde os primeiros tempos da colonização nos discursos dos cronistas e viajantes, que chamam a atenção para a exuberância da natureza, o clima ameno, a extensão e fertilidade das terras, a abundância das riquezas minerais do Novo Mundo – uma verdadeira *Visão do Paraíso*[9]. O mito

9 Título do livro de Sérgio Buarque de Holanda, publicado em 1959, que examina como as visões edênicas e as fantasias de um paraíso terrestre moldaram a percepção

edênico é justamente aquele que serve às ficções de fundação de romances nacionais como *Iracema*, de José de Alencar, tema examinado por Doris Sommer (1991) em obras de escritores latino-americanos, revelando como suas narrativas ajudaram a moldar concepções de nação, raça e gênero, ao mesmo tempo que promoveram a ideia de uma identidade nacional coesa.

As consequências desse imaginário falacioso da realidade sociocultural e econômica obscurecem as duras realidades da colonização, como a violência contra os indígenas e a exploração dos recursos naturais, matéria do filme *Iracema, uma transa Amazônica*. Justamente os perigos de um futuro grandioso é o que nos lembra a cena final do filme, à qual voltamos, para enfatizar uma pequena zona de sombra sobre o brilho do progresso que ela deixa entrever. Enquanto o caminhão de Tião desaparece no horizonte, um simples gesto faz a história se desviar da rota do "país que vai pra frente". Iracema atravessa a rodovia e sai pelo canto da tela. De fora do enquadramento da imagem ouvimos as vozes das prostitutas, que permanecem invisíveis à margem da rodovia. Na corrida desenfreada pela conquista das riquezas da terra, Iracema faz um movimento na contramão. No caminho que traça uma linha reta e inevitável rumo ao futuro, uma saída à margem acontece, instaurando uma fissura na marcha do progresso. Antes que o caminhão desapareça na estrada, Iracema retira-se da cena, a câmera não acompanha seu movimento, abandona-a à própria sorte, sem complacência.

O filme não oferece alternativa aos mecanismos de dominação e posse. Parece não haver saída para Iracema, cujo corpo se confunde com a floresta devastada, dada à exploração até o esgotamento. É no plano dos procedimentos estéticos e políticos que o filme propõe uma outra relação com a história, expondo a sua própria operação de não fazer coincidir o olhar e a ação, o dentro e o fora da tela, o visível e o dizível. Esse jogo cinematográfico interroga sobre os perigos que rondam o mundo da floresta e dos povos que nela habitam face a ideologias autoritárias do passado e do presente, que destroem a memória da terra e impedem a continuidade da vida. Iracema não cabe na cena de futuro desenhada pela modernidade colonial. No entanto, essa figura ausente é aquela

europeia do Novo Mundo, sendo determinantes no processo de desenvolvimento histórico e cultural do Brasil.

que o filme traz à memória na forma de uma cisão, apelando para a criação de novas imagens que não se deixem reconhecer nem reconciliar, para que uma transformação possa ser feita.

* Nota: Esse artigo foi finalizado no mês de maio de 2024, em Porto Alegre, durante a maior enchente enfrentada pelo estado do Rio Grande do Sul, consequência das mudanças climáticas. Neste mesmo mês, faleceu Paulo César Pereio, aos 84 anos, ator que interpretou o personagem Tião no filme aqui analisado, a quem rendemos a nossa homenagem.

Referências

BODANZKY Jorge; SENNA, Orlando. *Iracema, uma transa amazônica*. Brasil, 1980, 90min.

BOSI, Alfredo. *Dialética da colonização*. São Paulo: Companhia das Letras, 1992.

BRASIL. Comissão Nacional da Verdade. Relatório da Comissão Nacional da Verdade. Brasília: CNV, 2014. Disponível em: https://www.cnv.gov.br/images/pdf/relatorio/Volume_I_Prelatorio_e_Exec_Sumario.pdf. Acesso em: 10 maio 2024.

FICO, Carlos. *Reinventando o otimismo*: ditadura, propaganda e imaginário social no Brasil. Rio de Janeiro: Ed. da Fundação Getúlio Vargas, 1997.

HOLANDA, Sérgio Buarque de. *Visão do paraíso*: os motivos edênicos no descobrimento e colonização do Brasil. São Paulo: Companhia das Letras, 2010.

ISOPPO, Rodrigo Schames. *Da ocupação à retomada*: cartografando processos de subjetivação em território urbano. Tese doutorado, UFRGS, 2023. http://hdl.handle.net/10183/264310

KOPENAWA, Davi; ALBERT, Bruce. *A queda do céu*: palavras de um xamã Yanomami. São Paulo: Companhia das Letras, 2015.

KRENAK, Ailton. *O futuro ancestral*. São Paulo: Companhia das Letras, 2022.

QUIJANO, Aníbal. Colonialidade do poder, eurocentrismo e América Latina. In: LANDER, Edgardo (org.). *A colonialidade do saber*: eurocentrismo e ciências sociais. Perspectivas latino-americanas. Buenos Aires: CLACSO, 2005, p. 227-278.

RANCIÈRE, Jacques. *O destino das imagens*. Tradução de Mônica Costa Netto. Rio de Janeiro: Contraponto, 2012a.

RANCIÈRE, Jacques. *As distâncias do cinema*. Tradução de Estela dos Santos Abreu. Rio de Janeiro: Contraponto, 2012b.

SELIGMANN-SILVA, Márcio. *A virada testemunhal e decolonial do saber histórico*. Campinas, SP: Ed. Unicamp, 2022.

SOMMER, Doris. *Ficções de fundação*: romances nacionais da América Latina. Tradução de Gláucia Renate Gonçalves e Eliana Lourenço de Lima Reis. Belo Horizonte: Editora da UFMG, 2004.

TOSI, Giuseppe; FERREIRA, Lúcia de Fátima Guerra (org.). *Brasil, violação dos direitos humanos - Tribunal Russell II*. João Pessoa: Editora da UFPB, 2014.

VALENTE, Rubens. *Os fuzis e as flechas*: história de sangue e resistência indígena na ditadura militar. São Paulo: Companhia das Letras, 2017.

XAVIER, Ismail. Iracema: o cinema-verdade vai ao teatro. *Revista Devires*, Belo Horizonte, v. 2, n. 1, p. 71-85, jan./dez. 2004.

Luto e resistência em *Mulheres que mordem*, de Beatriz Leal

Maria Zilda Ferreira Cury[1]
Fabíola Padilha[2]

Qualquer poder reconhece um limite,
e diante de qualquer poder existe
uma possibilidade de resistência.

Pilar Calveiro (2013)

---

1 Maria Zilda Ferreira Cury é doutora em Literatura Brasileira pela USP. Realizou estágio pós-doutoral na Sorbonne Nouvelle, na UNICAMP e na USP. É professora titular de Teoria da Literatura e professora associada de Literatura Brasileira na Universidade Federal de Minas Gerais. Contato: mariazildacury@gmail.com

2 Fabíola Padilha é doutora em Letras: Estudos Literários pela UFMG. Realizou estágio pós-doutoral na USP (2017/2018), sob a supervisão de Jaime Ginzburg, e na UFMG (2023/2024), sob a supervisão de Maria Zilda Ferreira Cury. É professora associada de Literatura Brasileira e de Teoria da Literatura na Universidade Federal do Espírito Santo. Contato: fabiolapadilha27@gmail.com

"O real precisa ser ficcionado para ser pensado" (Rancière *apud* Figueiredo, 2017, p. 7). Eurídice Figueiredo usa como epígrafe, no seu fundamental livro sobre a literatura que figura a ditadura civil-militar de 1964, esse trecho tirado de *A partilha do sensível*, de Jacques Rancière. Tal ponto de partida é relevante para se entender como a ficção ressignifica, nas suas tramas, os traumas decorrentes do evento. Iluminador, neste sentido, é o título do livro da pesquisadora: *A literatura como arquivo da ditadura brasileira*. Tomando a palavra arquivo no seu sentido de suplemento da história, Eurídice Figueiredo evidencia, no amplo levantamento e nas significativas análises de narrativas sobre período tão trevoso de nossa sociedade, como a ficção rearticula os documentos, impõe-lhes novas interpretações ao trazer para a frente da cena vozes silenciadas pela violência ditatorial, reinventadas na sua força enunciativa, exercendo o que outros críticos chamaram "[...] função vicária de recomposição de simulacros explícitos da história" (Vecchi; Di Eugenio, 2020, p. 2-3). Também Márcio Seligmann-Silva, refletindo sobre a tarefa do testemunho numa cultura como a nossa, marcada por ciclos de catástrofes, diz ser importante e um desafio a assunção da visão traumática da história:

> trata-se de abandonar o registro dos fatos e o próprio arquivo e seu poder arcôntico de dizer onde está e o que é a verdade. Trata-se de assumir a visão traumática da história e a necessidade de inscrever a violência a contrapelo da lei do arquivamento – que é também a lei do esquecimento da violência (Seligmann-Silva, 2022, p. 169).

Tais breves reflexões têm como corolário a afirmação de que, se a literatura complementa o discurso da história sobre determinado período, sobretudo tem com relação a ele caráter suplementar, no sentido de a ele impor nova conformação, que rearranja as peças para seu entendimento, exercendo um papel memorial ético contra o esquecimento e o negacionismo, insistindo na impossibilidade de um discurso totalizador sobre o acontecido.

> [...] em um contexto marcado por conflitos [...] a obra de arte pode interiorizar os conflitos e elaborá-los como experiência estética. A obra de arte, ao provocar choques, perturbações, transtornos de percepção, estará evocando o necessário estranhamento que deve reger as condições de

> percepção da realidade social, uma vez que esta se constitui como antagônica, dotada de impasses não resolvidos que se potenciam constantemente (Ginzburg, 2017, p. 131).

Chama a atenção o expressivo número de obras ficcionais sobre a ditadura no panorama da literatura brasileira contemporânea. A proliferação dessa produção, além de evidenciar, de maneira muito acentuada, a constituição e consolidação de uma importante vertente do romance brasileiro do século XXI, responde à necessidade de ativação da "máquina de guerra cultural" contra uma política que

> não só destrói a incipiente democracia deste país, além do próprio solo em que vivemos, mas também reverte projetos de emancipação de classes, de etnias outrizadas e de subjetividades não heteronormativas. Como nos anos de resistência durante a ditadura de 1964-1985, novamente a cultura é chamada para ativar seu teor político e de resistência (Seligmann-Silva, 2022, p. 24).

No interior dessas publicações, cumpre registrar o crescimento significativo, nos últimos anos, de obras de autoria feminina.[3] Aleatoriamente, e sem a pretensão de uma lista completa, vejam-se como exemplos *Sob os pés meu corpo inteiro*, de Marcia Tiburi (2018), *Volto semana que vem*, de Maria Pilla (2015), *O corpo interminável*, de Claudia Lage (2019), *Azul corvo*, de Adriana Lisboa (2010), e *Antes do passado*: o silêncio que vem do Araguaia, de Liniane Haag Brum (2012) – os dois últimos sobre a Guerrilha do Araguaia –, *Não falei*, de Beatriz Bracher (2004), *Nem tudo é silêncio*, de Sonia Regina Bischain (2010), *Depois de tudo tem uma vírgula*, de Elizabeth Cardoso (2021), *A importância dos telhados*, de Vanessa Molnar (2020), além da extraordinária *Trilogia infernal*, de Micheliny Verunschk (2018), e de *No fundo do oceano, os animais invisíveis*, de Anita Deak (2020), ambas produções vinculando ditadura às questões de posse da terra e de autoritarismo paterno, sendo que a trilogia de Verunschk dá especial destaque aos trabalhos da

3 Mais contemporaneamente, também a presença destacada de personagens femininas tem sido marcante mesmo em ficções sobre a ditadura em romances de autoria masculina, como é o caso de *K – relato de uma busca* (2011) e *Júlia, nos campos conflagrados do Senhor* (2020), ambos de Bernardo Kucinski, e *A resistência* (2015), de Julián Fuks.

Comissão Nacional da Verdade. Tais textos de publicação mais recente, depois de tantos anos de oficialmente terminada a ditadura, pertencem a um contexto em que novas temáticas literárias e avanços no ordenamento jurídico já são observados e se fazem sentir na sociedade brasileira. Eles aliam às denúncias sobre e às figurações do período ditatorial questões relativas a outros traumas e violências que marcam – desde sempre – a sociedade brasileira, mas que tiveram suas práticas potencializadas durante os anos de ditadura: o nacionalismo excludente, o patriarcalismo, a misoginia, o patrimonialismo, a homofobia, o racismo e tantos outros. Formalmente, essas obras também se inserem em tendências escriturais contemporâneas que apresentam misturas de gêneros discursivos, fragmentação do enredo e da linguagem, tão própria ao relato do trauma, presença de narradores pouco confiáveis. Situando essas mudanças como exigência da figuração do próprio regime ditatorial no Brasil, Jaime Ginzburg fala também em "renovações de linguagem e rupturas com valores tradicionais" (Ginzburg, 2017, p. 447), como alternância de pessoas verbais, descentramento e divisão do foco narrativo, ruptura com a tradição do realismo na relação com a matéria mais propriamente histórica. Ginzburg registra ainda como essas obras exigem um maior trabalho reflexivo do leitor quando colocam em suspeição a sua própria possibilidade de testemunho. Igualmente para a crítica literária desdobra-se este dever memorialístico/ético de reflexão sobre esse conjunto literário:

> A memória da ditadura militar brasileira se impõe como um problema fundamental para a crítica literária. Em um país em que as heranças conservadoras são monumentais, e as dificuldades para esclarecer o passado são consolidadas e reforçadas, o papel de escritores, cineastas, músicos, artistas plásticos, atores e dançarinos pode corresponder a uma necessidade histórica. Enquanto instituições e arquivos ainda encerram mistérios fundamentais sobre o passado recente, o pensamento criativo pode procurar modos de mediar o contato da sociedade consigo mesma, trazendo consciência responsável a respeito do que ocorreu (Ginzburg, 2007, p. 43-44).

Mulheres que mordem, de Beatriz Leal (2015), foi o romance escolhido para ser analisado neste ensaio, muito embora pretenda-se chamar à cena outros textos ficcionais e fílmicos, alguns mais propriamente documentais ou testemunhais *stricto sensu*, para um diálogo que contemple as relações entre o que se convencionou chamar de realidade histórica e a matéria ficcional, sempre com o sentido suplementar brevemente exposto na introdução.

O enredo do romance entrelaça a vida de quatro mulheres e realiza-se na Argentina e no Brasil. Há duas personagens masculinas que também têm suas vidas relacionadas às dessas mulheres. O foco narrativo alterna-se entre todas elas, em temporalidades diferentes, o que contribui para o caráter fragmentário do texto. Embora se encontrem fortuitamente, para essas personagens, sobretudo para as mulheres, tais relacionamentos se revelam mais desencontros do que encontros possibilitadores de laços afetivos, uma vez que suas verdadeiras identidades permanecem desconhecidas reciprocamente.

A narrativa começa com Elena, mulher argentina, casada com um militar ligado aos órgãos de repressão da ditadura. Foi levada ao casamento mais por imposição social do que por amor ao marido a cujo autoritarismo inconscientemente se curvou:

> Quando conheceu Ramiro, Elena também se apaixonou. Não por ele, mas por ela novamente, pela forma como ele a enxergava por trás dos olhos castanhos. Elena se apaixonou também pela ideia de poder ser amada pelo resto de sua vida por alguém que satisfizesse as expectativas de sua mãe, de sua avó e das vizinhas. Ramiro impressionava e isso bastava para o coração ameno de Elena. Ela só teria que aprender a conviver com a disciplina, que já tinha contaminado os passos de Ramiro. Para lidar com isso, Elena começou a contar (Leal, 2015, p.16).

A opressão sobre a mulher, sobre o corpo feminino, já se coloca, pois, de saída com a apresentação da primeira personagem feminina, que atrela seus atos quotidianos – aí incluída até a própria mastigação – ao ritmo dos passos disciplinados do marido. Às voltas com a imposição da maternidade, descobriu um tumor que a obrigou à retirada do útero. Até aquele momento, a personagem considerava que o ato de gerar um filho proporcionava uma "sensação de perpetuidade". Contudo, a inviabilidade de conceber "com seus próprios genes" leva-a à aquiescência à oferta feita pelo marido de adoção de uma menina. Antes da histerectomia, a personagem acreditava que tinha o livre arbítrio sobre a decisão de gerar ou não uma criança: "Elena podia controlar se queria ou não ter filho" (Leal, 2015, p. 6).

Decisão que não foi facultada a Clara, militante política de oposição à ditadura militar argentina, que, grávida, foi encarcerada, seviciada e teve um dos filhos gêmeos sequestrado e submetido à adoção ilegal. E é justamente esse bebê, uma menina, que será entregue a Elena pelo marido, Ramiro García de Los Ríos, militar responsável pelo sequestro da filha de Clara – tornada, então, sua filha adotiva – e pelo assassinato, sob tortura, da militante logo após o parto. O desaparecimento forçado de Clara conduz Rosa, sua mãe, a uma busca incansável pelo seu paradeiro, nutrida da esperança, mesmo que conscientemente falsa, de encontrá-la ainda com vida, mesmo sabedora da violência extrema que a matou.

Esse entrelugar insuportável, essa espera, essa morte sem corpo foi uma das perversidades mais abjetas dos regimes militares ditatoriais que tiveram lugar no chamado Cone Sul entre as décadas de 1960 e 1980 (Cury, 2020). O "desaparecido político" é presença/ausência que fantasmaticamente assombra como um não-corpo as famílias que tiveram algum dos seus entes queridos preso e morto nos porões das ditaduras e cujo corpo nunca lhes foi devolvido.

A personagem Rosa vive essa situação de espera em suspensão, em um luto interminável que não tem possibilidade de se completar.

> É como se a cidade sempre me prometesse algo, e eu na espera. Há muitos anos, quando eu ainda nem imaginava o pesadelo que a minha vida se tornaria, a minha espera era pelo Jorge. Seu retorno para casa, se pagaríamos as contas no fim do mês. Espera pelo ônibus, pela fila no mercado. Depois, minha espera começou a ser pela Clara. A volta dela pra casa. A opinião dela sobre qualquer decisão que eu tomava. Até o dia em que eu comecei a esperar pelo pior. Como um presságio. Esperar pelo dia em que Clara não voltaria mais. Depois esperar pelo seu retorno. Esperei cinco anos até o telefone tocar (Leal, 2015, p. 38).

Muitas narrativas contemporâneas figuram situações semelhantes – *O corpo interminável*, de Claudia Lage, *K – relato de uma busca* e o conto "O velório", de Bernardo Kucinski, *Sob os pés meu corpo inteiro*, de Marcia Tiburi, *Antes do passado*, de Liniane Brum. A psicanalista Maria Rita Kehl, num ensaio significativamente denominado "Mães coragem"[4], diz que há fenômenos no mundo com denominações impronunciáveis, talvez pelo horror que evocam:

> Este é o caso de pais e mães que perdem seus filhos. Qual o nome disso? Quem perde os pais é órfão/órfã. Quem perde o cônjuge é viúvo/viúva. Mas, a perda de um filho não se chama nada. É algo que não deveria acontecer. Evoca uma dor única, impossível de transmitir com precisão a quem nunca a sentiu. [...] Que dizer, então, das mães de filhos assassinados? (Kehl, 2023, p. 71).

Prossegue a psicanalista fazendo o elenco de mulheres que tiveram seus filhos e/ou outros familiares sequestrados e assassinados pela ditadura brasileira, cujos corpos não foram entregues às famílias. Mães que não desistiram de exigir o reconhecimento do Estado pelos crimes que cometeu. Tal luta, sobretudo de mulheres que desassombradamente enfrentaram os ditadores, se repetiu na Argentina, no Chile, no Uruguai e em outros países do Cone Sul. A personagem do romance de Beatriz Leal emblematicamente a elas se reporta. Veja-se a semelhança da fala da personagem com a reflexão feita pela psicanalista:

> A sociedade em que cresci é injusta com as mulheres, uma vez que estabeleceu que nós somos definidas tendo como critério as pessoas que nos rodearam. Quando perdi meus pais, fiquei órfã. Quando perdi o Jorge, fiquei viúva. E quando perco minha única filha, numa perda inconclusa e inconcreta, eu fico o quê? A loucura se instala na pessoa quando ela está buscando respostas para definir a si mesma (Leal, 2015, p. 59).

A quarta "mulher que morde" é Laura, filha legítima de Clara, adotada por Elena e neta de Rosa. No presente da narrativa, é uma jovem que imigrou com seu pai para o Brasil, após a morte de Elena.

> Laura nasceu em Buenos Aires, ou assim diz sua certidão de nascimento. Foi criada no abastado bairro da Recoleta até os dez anos de idade. Sua mãe faleceu quando Laura tinha oito e, então, dois anos após tentar lidar

4 Trata-se do prefácio para o livro sobre mães de desaparecidos políticos organizado por Carla Borges e Tatiana Merlino, *Heroínas desta história*: mulheres em busca de justiça por familiares mortos pela ditadura (2019).

> com a perda, seu pai recebeu uma oferta para trabalhar na embaixada da Argentina no Brasil e, em 1987, os dois se mudaram para Brasília (Leal, 2015, p. 20).

Apesar da vida confortável de que desfruta, a personagem sente que algo lhe falta, embora não saiba exatamente de que sente falta, sem poder definir o vazio que melancolicamente a domina. Cumpre registrar a similaridade do sentimento da personagem de uma falta cuja origem não é capaz de localizar àquele dado no testemunho de Victoria Donda. Essa última, em livro testemunhal autobiográfico, narra como, já adulta, soube ter nascido numa prisão argentina e ter sido sequestrada, logo após o nascimento, e entregue pelo tio militar a um casal para adoção. Em dado momento de seu relato diz:

> Embora ainda incapaz de encontrar a razão pela qual algo sempre parecia sobrar ou faltar na minha vida cotidiana, cada vez sentia com mais força que alguma coisa em mim ansiava por sair, que minhas inquietações não podiam reduzir-se a conflitos próprios da adolescência (Donda, 2009, p. 73).[5]

Desde o primeiro excerto em que aparece a personagem Laura, o leitor se dá conta de que se trata de alguém que foi sequestrada nas mesmas condições. A expressão "ou assim diz sua certidão de nascimento" é estratégia que lança dúvida sobre sua procedência. Filha de militante política que, como ocorreu com tantas outras crianças argentinas durante a ditadura, foi encaminhada para adoção de famílias de militares.

A narrativa, construída de modo fragmentário, sem linearidade cronológica, abarca diversos gêneros discursivos: os capítulos referentes a Elena e Laura são conduzidos por um narrador em terceira pessoa, dotado de onisciência, que vai pontuando para o leitor os cruzamentos de destinos dos personagens. Já os capítulos dedicados a Rosa são estruturados em forma de cartas que ela envia a Roberto, antigo namorado de Clara e pai biológico de Laura. Roberto foi para o Brasil para tentar, num outro país, escapar ao seu passado marcado

---

5 "Aunque todavía incapaz de encontrar la razón por la que siempre algo parecia sobrar o faltar en mi vida cotidiana, cada vez sentía más que algo en mí empujaba por salir, que mis inquietudes no podían reducirse a conflictos propios de la adolescencia" (tradução nossa).

violentamente pela repressão ditatorial: "Talvez por estar longe, o conformismo me cai melhor do que em você. Talvez porque você é mãe ou talvez porque a minha saudade toda da Clara eu resolvi engarrafar e jogar no mar. É por isso que eu fugi pra cá" (Leal, 2015, p. 111). O recurso ao discurso epistolar para compor a personagem Rosa é significativo da busca de escuta que caracteriza o relato dos que sofreram o trauma da separação violenta de um ente querido, cujo corpo não lhe foi dado velar, cujo vazio da perda permanece sem remissão possível. Daí a insistência de Rosa nas cartas que remete a Roberto, mesmo sem resposta, como um pedido de socorro de um náufrago:

> Olá Roberto,
>
> Não consigo identificar a razão do seu silêncio. Se foi o fato de eu pedir que você me falasse sobre a Clara, se foi a notícia concreta sobre sua morte, minha redenção em assinar os papéis que resultaram no atestado de óbito, ou o que. O negócio é que, enquanto eu não encontrar paz, não pararei de te escrever. Como disse, você é a única liga viva que eu tenho estabelecida com a minha Clara. Se eu tivesse coragem, me mudava, como você (Leal, 2015, p. 37).

O enlutado, vítima do trauma, tem a urgência da narração, precisa de uma escuta que se revela, ao fim e ao cabo, uma denúncia que extrapola a dimensão familiar, do indivíduo, da mãe que sofreu a perda da filha, para abarcar a sociedade. É o que pontua Seligmann-Silva no comentário a texto de Primo Levi:

> [...] podemos caracterizar, portanto, o testemunho como uma atividade elementar, no sentido de que dela depende a sobrevida daquele que volta do Lager (campo de concentração) ou de outra situação radical de violência que implica esta necessidade, ou seja, que desencadeia esta carência absoluta de narrar. Levi nesta passagem coloca as expressões "aos outros" e "os outros" entre aspas. Este destaque indica tanto o sentimento de que entre o sobrevivente e "os outros" existia uma barreira, uma carapaça, que isolava aquele da vivência com seus demais companheiros de humanidade, como também a consequente dificuldade prevista desta cena narrativa (Seligmann-Silva, 2008, p. 102).

A reflexão sobre o sobrevivente do campo de concentração vale para aqueles que "sobreviveram" ao desaparecido político: ocorre uma necessidade de partilha do acontecimento traumático da perda, ao mesmo tempo que, contraditoriamente, há a impossibilidade de narrar. O imperativo da fala, *pari passu* ao desejo de escuta, torna o sobrevivente do trauma um ser melancólico. No caso, Rosa, que vive o vazio da perda, a dúvida sobre a morte da filha e a persistência do trauma como ferida sempre aberta; embora tais condições possam ser generalizadas para o enfrentamento social do trauma, trabalho de luto necessário para que o país se reconcilie minimamente com seu passado.

Já os capítulos concernentes à personagem García de Los Ríos encenam sessões de terapia, com diálogos diretos entre o personagem e sua terapeuta. Este desvio da voz do militar, filtrada pelas perguntas da analista, insere no texto a dimensão interna do torturador, sua condição de agente violento da repressão e, ao mesmo tempo, o modo banal – para falar com Hanna Arendt – com que admite as maldades perpetradas em nome da ditadura. Ressalta-se no texto a violência da tortura, mas sobretudo a do estupro, que vem justificada pela visão possessiva do corpo da mulher, revelando também uma das faces mais violentas do machismo:

> O senhor torturava mulheres?
>
> *Sim.*
>
> Estuprava?
>
> *Sim, era um dos itens da lista que cumpríamos.*
>
> Você estuprava burocraticamente...
>
> *Não tinha como não estuprar quando havia mais agentes comigo. Era o que era feito, simplesmente. Não se questionava. Não tentei não fazer. Mas imagino que se eu não estuprasse junto, viraria piada no centro. Seria ou bicha ou comunista* (Leal, 2015, p. 77).[6]

6 A autora grafa em itálico as falas do torturador, opção que será respeitada aqui em todos os trechos citados.

Dialogando com Arendt, Maria Rita Kehl analisa a banalidade do mal como aquela maldade exercida pelo sujeito com a consciência limpa, com a justificativa de estar apenas "cumprindo ordens", muito embora cumpri-las pudesse ser também um pretexto para exercer a própria maldade. Diz ela:

> Sim, a burocracia. Ela cria uma tal rede de pequenas atividades – assinar papeis, carimbar selos, consultar superiores, catalogar acusações... – entre a captura de um judeu inocente e sua execução, que nenhum dos sujeitos envolvidos a cada etapa sente-se responsável pelo crime que ajudou a ser cometido. [...] Como pode um guarda não abrir a porta da cela para enfiar ali seu prisioneiro, culpado ou inocente, e como poderia não trancafiar o sujeito depois? Como pode um carrasco não continuar torturando um homem amarrado e pendurado de ponta-cabeça, depois de ter lhe dado apenas alguns choques elétricos para que ele denunciasse seus companheiros? Que culpa lhe poderia ser atribuída se, por azar ou fraqueza, o sujeito morresse? (Kehl, 2023, p. 10).

Eis aí a banalidade do mal. Nas sessões com a terapeuta, essas questões são colocadas para García de Los Ríos:

> Essa era a sua função? Matar?
>
> *Não. Minha função era torturar. Havia os milicos que pilotavam os helicópteros. Aqueles que atiravam caras no mar. Tinha os que fuzilavam. Minha especialidade era conseguir informação. Fui recomendado pra atuar na operação pelo pessoal da inteligência. Eu sabia as perguntas certas a fazer. Sabia métodos de fazer os rebeldes falarem.*
>
> Você sentia prazer em torturar?
>
> *Eu sentia prazer em conseguir as informações. Eu chegava no campo e pegava a lista dos dados que o pessoal da inteligência precisava. Depois pensava em quais presos poderiam me passar as informações e ia atrás deles. Isso me dava prazer. Produtividade.*
>
> E a parte da tortura?
>
> *A parte da violência física era um efeito colateral. A parte chata e burocrática, que todo o trabalho tem. Que nem quando você tem que preencher a guia do convênio* (Leal, 2015, p. 51-52).

O ato de torturar requer o não reconhecimento do torturado como um ser humano semelhante ao agente. Para a aplicação desumana da violência, é preciso que o agente *desumanize* seu alvo, a fim de que o algoz possa levar suas ações atrozes às últimas consequências, sem ser abalado por qualquer constrangimento de ordem moral ou ser acometido de qualquer sentimento de piedade que o faça hesitar ou recuar diante do sofrimento alheio. É preciso, pois, objetificar o torturado, destituí-lo de sua familiar humanidade: "A violência [...] é a destruição da essência de alguém, de sua humanidade, para transformá-lo na desumanidade de uma coisa" (Chaui, 2017, p. 133). Na narrativa, o prazer sádico obtido com o emprego da tortura é assumido por García de Los Ríos, na confissão que faz à terapeuta:

> *No final de tudo, eles ficam todos iguais. Tanto tempo em cativeiro, todos ficam iguais, morrem iguais, ocorre alguma forma de simbiose que você já não diferencia mais uma pessoa da outra, é como se fossem animais, pálidos, magros e famintos, loucos pela libertação ou pela morte. Ou pelos dois. Nus. Ninguém mais é humano depois de meses de tortura. Aí você desapega um pouco* (Leal, 2015, p. 53).

Maria Rita Kehl diz que também o torturador é afetado pela tortura que, no entanto, está longe de ser prática "desumana"; antes, é prática inscrita como admissível no seio da sociedade onde ela é exercida:

> Sejamos sensatos: se a possibilidade de gozar com a dor do outro está aberta para todo ser humano, por outro lado a tortura só existe porque a sociedade, explícita ou implicitamente, a admite. Por isso mesmo, porque se inscreve no laço social, não se pode considerar a tortura desumana. Ela é humana: não conhecemos nenhuma espécie animal capaz de instrumentalizar o corpo de um indivíduo da mesma espécie, e além do mais gozar com isso, a pretexto de certo amor à "verdade" (Kehl, 2010, p. 130).

Marilena Chaui, em suas reflexões sobre "como e por que a tortura determina a impossibilidade da política" (Chaui, 2017, p. 129), considera um paradoxo presente na engrenagem perversa do suplício físico com finalidade política:

> [...] o que o torturador deseja da "coisa" é que ela atue como "gente": uma coisa é inerte, passiva e silenciosa, mas o torturador deseja que a

"coisa" sofra, grite, confesse, fale. Eis a insanidade da situação de tortura. Deseja-se que, por meio da dor e da degradação, um ser humano vire coisa, e, ao mesmo tempo, que permaneça como gente para que reconheça no torturador um outro ser humano, pois, se esse reconhecimento não existir, não pode haver confissão, não pode haver capitulação, portanto, não pode haver admissão do poder do torturador" (Chaui, 2017, p. 134).

Na narrativa, o prazer sádico obtido com o emprego da tortura é assumido por García de Los Ríos, numa confissão perversamente misógina e machista dirigida à sua terapeuta:

> [...] *a sensação de controle, em conseguir as informações, com as mulheres era ainda mais prazerosa. Você tirar informações de uma mulher, que normalmente resistem mais que os homens, com métodos que você está aplicando e controlando, é um jogo de sedução. É prazeroso mesmo* (Leal, 2015, p. 78-79).

Roberto Vecchi e Alessia Di Eugenio, no texto "A dupla cicatriz: a ditadura brasileira e a vocalização feminina da memória traumática de Ana Maria Machado" (Vecchi; Di Eugenio, 2020), propõem um recorte temático específico na extensa produção literária contemporânea que figura o período da ditadura civil-militar de 1964. A dupla cicatriz a que os autores se referem no título de seu ensaio diz respeito à ferida ainda aberta da ditadura que marca a sociedade brasileira (e latino-americana) e àquela outra, a das vozes femininas na sua urgência de inscrever-se e tornar-se audíveis na sua especificidade em relatos sobre período tão sombrio de nossa história. Defendem os autores a importância da dimensão de gênero como agente na constituição e na defesa de uma memória feminina sobre um tempo traumático, uma leitura alternativa da história, uma "outra escrita", uma poética de restituição, moldada pela resistência e denúncia:

No caso das memórias traumáticas femininas, os vazios e esquecimentos tomam também uma dimensão de gênero: a dificuldade e a possibilidade de lembrar e contar devem ser relacionadas com a condição e consideração históricas das mulheres. Também nas lutas clandestinas contra a ditadura as mulheres sofreram formas de machismo e discriminação (Teles, 1999); a afirmação de suas memórias de protagonistas exigia não apenas o ajustamento do quadro social da memória, mas também uma radical revolução feminista, pela afirmação do próprio papel e da própria fala no espaço social e político nacional, já que, de fato, o surgimento do feminismo brasileiro está inseparavelmente ligado à experiência da ditadura (Pinto, 2003) (Vecchi; Di Eugenio, 2020, p. 2-3).

Vários romances sobre a ditadura ou até alguns que têm o momento ditatorial como pano de fundo mostram situações de opressão de gênero: *Trilogia infernal*, de Micheliny Verunschk, *Sob os pés meu corpo inteiro*, de Marcia Tiburi, *Mar azul*, de Paloma Vidal, *O corpo interminável*, de Claudia Lage.

De Los Ríos, o assassino de Clara, no texto de Beatriz Leal, se refere de modo discriminatório à jovem militante, expressando desprezo pela sua atividade profissional registrada, inclusive, no diminutivo:

> *Pelo que me contaram quando passei a tomar conta do campo onde ela tava, é que ela era uma das cabeças das uniões universitárias, que escrevia e editava aqueles jornalecos da esquerda peronista estudantil. Devia ser mais uma jornalistinha arrogante do cacete. Pelo menos era o que contavam. Decidiram esperar os filhos dela nascerem pra que, depois de parir, a gente pudesse aplicar métodos mais rigorosos pra ela começar a falar. Ela não falava. Nunca ouvi sua voz* (Leal, 2015, p. 89-90).

Em muitos desses textos, também o corpo da mulher prisioneira é vitimado com formas especialmente perversas de tortura. Tais situações são igualmente relatadas nos depoimentos testemunhais de ex-militantes, presentes em documentários – como *Que bom te ver viva*, de Lucia Murat, e *A torre das donzelas*, de Susana Lira – e filmes – como *Deslembro*, de Flávia Castro, e *Argentina 1985*, de Santiago Mitre. Em quase todas essas produções, os traumas advindos das separações violentamente forçadas exibem interrupções de projetos de vida e de atuação política, famílias para sempre enlutadas, mulheres traumatizadas pela tortura.

Interessante recurso, mostrando o imbricamento entre realidade e ficção, é acionado em *Argentina 1985*. A trama figura o julgamento histórico em que foram levados ao banco dos réus os ditadores e outros militares argentinos, com a reprodução de depoimentos de pessoas que foram presas e torturadas. Quase ao final do filme, quando o promotor termina sua peça de acusação, mesclam-se às imagens dos atores imagens fílmicas documentais do próprio julgamento, fotos dos nele envolvidos, introduzindo nessa mistura de ficção e realidade um elemento perturbador para o espectador que é instado a refletir sobre o poder da ficção em sua tarefa de "pensar o real".

Tal mistura também causa efeito enriquecedor no documentário *Que bom te ver viva*. O filme é composto com depoimentos de mulheres que sofreram prisão e tortura pela ditadura brasileira. A esses junta-se a encenação de um depoimento feito por uma atriz. Ao misturar as duas esferas, ficcional e não-ficcional, *Que bom te ver viva* aproxima o espectador pela conexão com a personagem ficcional e com a reflexão sobre os relatos das mulheres "sobreviventes" da ditadura. A personagem ficcional tece um fio de ligação entre os vários relatos e é com ela que o filme termina, com seu depoimento que, vicariamente, "costura" as vozes das depoentes. É assim o ficcional que, mais uma vez, exerce função de reflexão sobre o real traumático.

O título do livro de Beatriz Leal, *Mulheres que mordem*, remete à maneira como as quatro mulheres – Elena, Rosa, Clara e Laura – enfrentam as dores e os sofrimentos que pavimentam suas trajetórias, arrastando-as a um destino que não escolheram, comandado por forças masculinas determinantes para os rumos da vida de cada uma delas. O enfrentamento dessas forças catalisa diferentes formas de resistência, representadas no romance pelo verbo morder. A relação entre morder e resistir foi, aliás, apontada por Gínia Maria Gomes (2020, p. 155) em seu artigo "À sombra da ditadura: tortura, desaparecimento e exílio em *Mulheres que mordem*, de Beatriz Leal": "As respectivas mordidas podem ser vistas como metáfora de resistência: de Elena, às agruras do casamento; de Rosa, à angústia da espera; de Clara, à resistência à tortura; e de Laura, ao aflorar do recalcado".

Aprofundando um pouco mais os possíveis significados do verbo morder no âmbito do romance, entendemos que essa resistência assoma como uma resposta às ações deflagradoras dos descaminhos que ditaram o traçado da existência das quatro mulheres, ações que configuram violência de gênero e política experienciada, de modos e graus variados, pelas personagens. É dessa específica violência a exclusiva responsabilidade, por exemplo, tanto da ruptura permanente, irremediável, dos laços familiares entre Rosa, Clara, Roberto e Laura, decorrente do assassinato da militante presa e do subsequente sequestro, seguido de adoção ilegal, de sua filha, como da "solução" encontrada por García de Los Ríos para satisfazer o desejo de Elena de se tornar mãe e de "impressionar as vizinhas" (Leal, 2015, p. 17), a realização desse desejo, não é ocioso lembrar, condicionada ao cometimento de um crime bárbaro. A brutal morte de Clara constitui, portanto, para a economia da narrativa, a violência maior, a partir da qual outras modalidades de violência de gênero e política são aplicadas.

A reação de cada uma dessas mulheres em face dos desdobramentos ocasionados por essa brutalidade encontra um correlato na alusão à ferocidade pressuposta na semântica do verbo morder, evidenciando a não passividade das personagens, situadas numa relação de poder totalmente assimétrica. Assim, Clara, nas mãos do torturador García de Los Ríos, mordia "compulsivamente" as bochechas, mantendo um silêncio tenaz durante as sessões de suplício físico: "*Em vez de gritar, parecia que ela mordia cada vez mais forte, sangrava a boca dela, de murros que ela levava, mas também das mordidas de dor que ela dava. [...] Ela não falava. Uma hora, duas horas, batendo, choque, ela não falava*" (Leal, 2015, p. 90). Já Laura, obrigada a abandonar seu país de origem, após a morte de Elena, sua mãe adotiva, e a se instalar com o pai no Brasil, sente "uma linha de distância" entre eles: "Faltava a peça do quebra-cabeça, a liga" (Leal, 2015, p. 21). Como mencionado anteriormente, Laura pressente em sua história uma zona incógnita, uma lacuna indevassável. Esse incômodo repercute no gesto talvez atávico de destruir, com uma excessiva força mandibular, não a parte interna das bochechas, como fazia sua mãe biológica ao ser torturada, mas suas escovas de dentes, deixando "marcas de *mordidas caninas animais* no plástico que sustenta as cerdas" (Leal, 2015, p. 44, grifos nossos). Ao leitor, essa compulsão da personagem fornece mais um índice de sua filiação; no entanto, a simbolização de uma herança traumática que cai sobre a personagem, à revelia como toda herança, aponta para a impossibilidade de superação do trauma social causado pela ditadura e sua repetição estrutural, mesmo que o sujeito/herdeiro seja inconsciente de suas origens. Quanto à Elena, como já demonstrado, a personagem aquiesce à vida conjugal com um militar não sem resistência, uma vez que "deveria aprender a conviver com a disciplina, que já tinha contaminado os passos de Ramiro" (Leal, 2015, p. 16). A estratégia criada para suportar as condições do novo estatuto social e de tudo aquilo que ele implica, tendo em vista a união com um militar a serviço da ditadura argentina, assoma no hábito de "contar quantas mordidas dava em cada mastigada", além de calcular a quantidade de passos que Ramiro necessitava dar para ir de um ponto a outro da casa: "[...] ela sabia que ele precisava, invariavelmente, de 59 passos para chegar do quarto à cozinha" (Leal, 2015, p. 17). Contar suas mastigadas e os passos do marido era um modo de Elena "evitar pensar nas origens da própria filha" (Leal, 2015, p. 49), um mecanismo de autodefesa que a esquivava do confronto com uma verdade insondável e sórdida demais. No que concerne à Rosa, é justamente a persistência de sua busca pela verdade sobre o paradeiro de Clara, num primeiro momento, e pela localização da neta, num segundo momento, a tônica de sua resistência, cujo desmedido esforço reverbera na mania, cultivada desde muito jovem, de roer as unhas. No presente da narrativa, a onicofagia denota provavelmente a necessidade de aliviar a carga emocional excessiva gerada pela tensão dos episódios envolvendo Clara e Laura. Em todos os casos arrolados, a ação de morder evoca algum mecanismo de sobrevivência, alguma tentativa de não sucumbir às forças masculinas, ao mesmo tempo que sugere potências selvagens – "marcas caninas animais" – nesse vigoroso ato de resistência. Essa potência selvagem, associada à capacidade de resistir, também repercute na imagem das plantas carnívoras que estampam a capa e metade da quarta capa do livro. A ilustração, assinada por Julio Silveira, mostra, com cores vibrantes, exemplares estilizados do gênero *nepenthe*, um tipo de planta carnívora cujo formato lembra uma vulva.

De modo geral, podemos reconhecer, nos romances testemunhais que abordam as ditaduras do Cone Sul cujas narrativas recuperam a atuação direta ou indireta de mulheres militantes da oposição política, a delegação da voz daquelas que subsumiram nas mãos dos carrascos e não tiveram o registro de seus bravos combates e das iniquidades a que foram submetidas devidamente documentados: "Historicamente o feminino é visto como subalterno e analisado fora da história, porque a sua presença, embora constatada muitas vezes, não é registrada, diluindo-se na homogeneidade do todo unitário, e não nas suas particularidades" (Colling, 1997, p. 94). Pertencente a essa linhagem de romances testemunhais, *Mulheres que mordem* veicula essas vozes, concebendo personagens não como entidades confinadas tão somente ao perímetro restrito do universo ficcional que lhes dá régua e compasso, mas, considerando uma projeção mais ampla, como uma coletividade silenciada por injunções ideológicas de tendências autoritárias, machistas e misóginas que culminaram em apagamentos históricos. É notória, nesse sentido, a ausência do artigo "as" no título, antes do substantivo "mulheres". Não se trata *das* mulheres que mordem, mas *de* mulheres que mordem. A opção da autora, ao abdicar da partícula restritiva e adotar a indeterminação, produz um efeito metonímico que amplifica o alcance representativo dessas quatro personagens, o que também é reforçado pela imagem das nepenthes que estampam a capa e a quarta capa do livro, com suas ramificações múltiplas e tentaculares. Elena, Rosa, Clara e Laura incorporam o coletivo "mulheres" e suas diversificadas maneiras de resistir às opressões masculinas figuradas no romance.

Na narrativa, o recurso à fragmentação reproduz isomorficamente a ruptura dos laços existentes entre as personagens. Mas a fragmentação diz sobretudo de laços que teriam sido possíveis entre elas e que, contudo, foram violentamente impedidos de florescer pela ditadura, o que confere um tom melancólico ao texto.

A prisão ilegal e o assassinato de Clara pelos militares desencadeiam em sua mãe Rosa uma sequência de lutos, evidenciando a violência simbólica a que estiveram sujeitos os familiares das vítimas do terrorismo de estado durante a ditadura militar argentina (1976-1983). No caso dos desaparecimentos forçados de mulheres a situação foi ainda mais grave. A maioria delas era bastante jovem e estava, portanto, em idade fértil. Às sevícias e iniquidades cometidas contra elas, somam-se as atrocidades perpetradas contra as grávidas, que, quando não abortavam durante as sessões de tortura, tinham seus bebês arrebatados de seus braços, antes de serem mortas. Estima-se que, na Argentina, aproximadamente quinhentos bebês de presas políticas tenham sido sequestrados. Esses bebês eram entregues à adoção clandestina, vendidos ou deixados em instituições de caridade. Essa terrível situação impõe uma sobreposição de sofrimentos aos familiares dessas mulheres. Além de terem de lidar com a angústia causada pelo desaparecimento de seus corpos e pelo desconhecimento das condições em que foram assassinadas, as famílias eram surpreendidas com a descoberta da existência de um neto ou uma neta extraviado/a, habitando um destino incerto, longe de sua família biológica.

Hebe Bonafini[7], líder das Mães da Praça de Maio, instituição que ajudou a fundar, em 1977, e que se encontra ativa até os dias de hoje, explica o gesto simbólico de partilha do luto nas reuniões públicas realizadas periódica e diligentemente pelas mães e avós da Praça de Maio, gesto que também se reveste de uma dimensão notadamente política:

> Isso que fazemos aqui toda quinta tem uma dupla função: advertir o governo que fica aí em frente de que não esqueceremos nossos filhos e netos, mortos pela ditadura, mas também de nos reunirmos e partilharmos a dor de quem nunca pode experienciar um funeral digno e uma despedida diante de um corpo presente (Bonafini *apud* Dunker, 2023, p. 19).

Inúmeras narrativas, documentários e filmes se ocupam da temática do sequestro de bebês perpetrado pela ditadura argentina, tal frequência explicada pela pressão política de grupos da sociedade civil, como os das "madres" e "abuelas" que corajosamente exigiam dos ditadores argentinos que assumissem as mortes de seus filhos e indicassem o paradeiro de seus netos nascidos na prisão. A participação dessas mães/avós é, por exemplo, mencionada por Julián Fuks em *Procura do romance* (2011). Também a busca pela verdade sobre a origem do irmão adotivo é ficcionalizada pelo mesmo autor em *A resistência* (2015) como sendo a de uma criança arrancada por militares dos braços maternos logo após o parto. Nos dois romances, ambos com fortes traços autobiográficos, encenam-se os vários exílios impostos à família e a melancolia de uma vida que "poderia ter sido", não fosse o imperativo da vinda dos pais para o Brasil imposta pela ditadura argentina.

Registre-se como de grande impacto, inclusive no Brasil ainda sob a ditadura, o filme *A história oficial* (1985), escrito e dirigido por Luis Puenzo, um dos primeiros filmes políticos a ser feito na Argentina após a queda de Leopoldo Galtieri, em 1983, último ditador do regime militar argentino. No filme, Alicia, professora de História, vem a descobrir que a filha que adotara era

---

7 Hebe Bonafini foi líder do movimento das Mães da Praça de Maio e faleceu em 20 de novembro de 2022, aos 93 anos. Ela teve dois filhos e uma nora sequestrados pelo regime militar argentino (1976-1983). (https://memorialdaresistenciasp.org.br/noticias/hebe-de-bonafini-uma-vida-dedicada-a-memoria-e-justica/)

uma das muitas crianças sequestradas de mães assassinadas pela ditadura e que fora "dada" ao marido para adoção pelos militares, que o faziam, o mais das vezes, a colaboradores do regime, como foi também ficcionalizado em *Mulheres que mordem*. Em *A história oficial*, Alicia se assenhora de informações sobre a filha no contato que teve com as mulheres argentinas que reclamavam pelos corpos de seus filhos, pelo paradeiro de seus netos nascidos nas prisões da ditadura argentina. Eram *Las locas de la Plaza de Mayo*, como as denominou o regime de Rafael Videla, para desacreditá-las. Os impasses a que a personagem do filme se vê sujeitada na sua vida familiar têm repercussão na sua atividade como professora, pois acaba colocando em xeque a sua visão sobre o discurso da historiografia como sendo "a verdade dos fatos" e seu papel como docente no contexto violento da ditadura[8].

No já referido *Mi nombre es Victoria*, de Victoria Donda (2009), livro classificado como autobiografia e testemunho, "la mujer más joven en ocupar una banca en el Congreso de la Nación nos cuenta su historia", como nos informa a quarta capa. Neste testemunho de vida, a jovem deputada relata como, já adulta e ainda chamando-se Analia, em virtude de seu trabalho junto à associação das "Abuelas de Plaza de Mayo", soube que seus pais biológicos foram mortos pela ditadura argentina. Seu pai foi entregue aos militares pelo irmão, responsável este último pela tortura e morte de sua mãe, "asesinada en uno de los 'traslados', conocidos más tarde como 'vuelos de la muerte'", 15 dias depois de ter-lhe dado à luz na ESMA, a temível escola da Marinha argentina para a qual foram levados muitos presos pela ditadura.

Na narrativa de Leal, após cinco anos vivendo um luto em suspensão pelo desaparecimento forçado de Clara, Rosa é convocada a reconhecer o que seriam os restos mortais e ter, portanto, certificada a morte da filha: "Notificaram a morte de Clara e terei que fazer o reconhecimento do corpo amanhã" (Leal, 2015, p. 11). Abalada pela triste notícia, ela se debate entre "a crueza da realidade" e "o vazio da busca terminada" (Leal, 2015, p. 11). A perversidade da situação se agrava em função de os restos mortais que se lhe apresentaram para

8 De passagem, registre-se que a atriz que desempenhou o papel da professora no filme, Norma Aleandro, pouco antes da filmagem, havia recém-chegado do exílio a que se vira forçada pela ditadura argentina.

reconhecimento, já em estado avançado de deterioração, poderem ou não ser os de sua filha. A procura por seu paradeiro, contraditoriamente, imprimia sentido à vida. Não havendo confirmação do óbito, apesar do tormento pelo estado de indefinição, subsistia uma centelha de esperança de ainda encontrá-la viva. Encerrar as buscas, após comprovada sua morte, significava ter de aceitar a separação definitiva, o que ela rejeitava: "Não quero que minha busca acabe. [...] se a busca não me proporciona uma Clara viva, ela não tem por que cessar" (Leal, 2015, p. 11-12). Rejeição que, de certa forma, ressoa uma consigna das Mães da Praça de Maio: "Aparición con vida. Con vida los llevaran, con vida los queremos", um brado que emerge como um legítimo protesto contra o assassinato de seus filhos.

No documentário *Nostalgia de la luz*, dirigido por Patricio Guzmán (2010), no deserto do Atacama, no Chile, astrônomos esquadrinham os céus com um telescópio gigante na pesquisa de galáxias distantes muitos anos luz de nosso planeta. Arqueólogos, por seu turno, aí se debruçam sobre o solo recolhendo vestígios de civilizações pré-colombianas. As areias do mesmo deserto são também esquadrinhadas por mulheres em busca de restos de ossos de seus entes queridos, violentamente assassinados pela ditadura chilena, que, no Atacama, manteve uma prisão para os resistentes ao regime de Pinochet e que em suas areias espalhou o que restou dos corpos.

> Como explicar que os ossos humanos são iguais a certos asteroides? Como explicar que o cálcio de nossos ossos é o mesmo cálcio encontrado nas estrelas? – pergunta-se Patricio Guzmán. Como explicar que as estrelas recém-nascidas se formam com nossos próprios átomos depois que morremos? Como explicar que no Chile, o principal centro astronômico do mundo, sessenta por cento dos assassinatos da ditadura ainda não foram esclarecidos? Como é possível que os astrônomos chilenos olhem para as estrelas que estão a milhões de anos luz no passado e que nas escolas não seja possível ler nos livros o que se passou no Chile há apenas 30 anos? Como explicar que um sem número de corpos enterrados pelos militares foram desenterrados e atirados no mar? Como explicar que o trabalho de uma mulher que busca com as próprias mãos no deserto é parecido com o trabalho de um astrônomo? (Guzmán, 2010).

As mulheres "que mordem" do documentário de Guzmán recusam-se a interromper a busca. Mesmo depois de encontrar partes dos ossos do filho, uma delas se recusa a desistir alegando que, quando o levaram, seu corpo estava inteiro e assim queria enterrá-lo dignamente, para minimamente ter direito ao seu luto.

O luto é um "processo lento e doloroso" (Freud, 1915) vivido ao mesmo tempo íntima e coletivamente. A dor da perda de um ente querido costuma ser amparada por uma rede solidária formada por familiares, amigos, companheiros e conhecidos, que confortam o enlutado. O ritual da morte – velório, sepultamento – insere a ausência no âmbito de uma comunidade, que pode ressignificar o sentido da vida a partir da experiência alheia com a perda. Porém, no caso dos desaparecimentos forçados, o luto fica restrito ao espaço íntimo da dor daquele que perdeu a pessoa de sua estima, daquele que, estorvado dos rituais fúnebres com a presença do corpo, vive a incerteza gerada pelo desconhecimento de seu paradeiro e o desamparo suportado pela falta de "compaixão coletiva" (Catela, 2001, p. 148): "A categoria *desaparecido* representa esta tripla condição: *a falta de um corpo, a falta de um momento de luto e a falta de uma sepultura*" (Catela, 2001, p. 150, grifos da autora).

Recuperar o corpo do desaparecido possui um significado que ultrapassa a esfera do luto individual, acarretando consequências que afetam toda a comunidade. A devolução dos restos mortais anula instantaneamente a condição de desaparecido. Opera-se aí uma espécie de morte retroativa: movimento anacrônico e paradoxal, em que é preciso matar simbolicamente o morto para que seu óbito seja oficialmente reconhecido, para que, no âmbito privado, os familiares tenham finalmente direito ao luto e para que, num espectro mais amplo de consequências, a morte confirmada propicie o acesso à verdade acerca dos crimes cometidos pelos militares e, em decorrência disso, possa haver reivindicação por justiça e punição para os criminosos.

A perda de um ente querido abre uma ferida difícil de ser nomeada, como difícil também é saber que parte do enlutado soçobrou, submergiu junto com quem partiu. Veja-se nesse sentido o que diz Victoria Donda, no depoimento sobre os avós paternos que não pôde conhecer, avós que carregaram a dor de terem a nora e o filho assassinados e "desaparecidos" pela ditadura argentina, ainda mais com o concurso efetivo e direto do outro filho militar ("tuve dos hijos – respondió [fala do avô paterno] –. Uno está muerto por haber sido montonero. El outro está muerto para mí, por haber sido un asesino", Donda, 2009, p. 52). Ela fala de uma perda irreparável, de uma dor sem consolo possível:

> O sofrimento de meus avós paternos durante todos aqueles anos é, hoje, também o meu, e toda minha vida deverei carregar a culpa inexplicável de não ter podido conhecê-los. Talvez exista esse "outro lado" a partir do qual podem ver-me e saber que estão bem, a partir do qual podem escutar-me pensando neles e saber que os conheço sem tê-los conhecido, a eles como a meus pais, e que apesar de todos as intenções que foram feitas para que meus laços de sangue me fossem sempre desconhecidos, hoje pude recuperar aquilo que me constitui, meu passado e minhas origens, dos quais eles fazem parte (Donda, 2009, p. 63).[9]

Judith Butler argumenta que, se somos seres constituídos em termos de uma relacionalidade que implica o atravessamento do outro em nós, com base em laços indissociáveis, a perda de alguém comporta igualmente a perda de uma parcela de si e, portanto, o desmoronamento da autoconsciência dos limites que confinavam um ilusório "eu", que é então surpreendido em sua fragilidade e em seu suposto saber. No luto,

> [...] algo sobre o que somos nos é revelado, algo que delineia os laços que mantemos com os outros, que nos mostra que esses laços constituem o que somos, laços e elos que nos compõem. Não é como se um "eu" existisse independentemente aqui, e então simplesmente perdesse um "você" ali, especialmente se o apego ao "você" é parte do que compõe o "eu". Se eu perco "você", nessas condições, não apenas passo pelo luto da perda, mas torno-me inescrutável a mim mesmo. Quem "sou" eu, sem você?" (Butler, 2023, p. 42).

---

9 "El sufrimiento de mis abuelos paternos durante todos aquellos años hoy es también el mío, y toda mí vida deberé cargar con la inexplicable culpa de no haber podido conocerlos. Quizás exista ese "otro lado" desde donde puedan verme y saber que están bien, desde donde puedan escucharme pensar en ellos y saber que los conosco sin haberlos conocido, a ellos como a mis papás, y que a pesar de todos los intentos que se han hecho para que mis lazos de sangre me fuesen para siempre desconocidos, hoy he podido recuperar aquello que me constituye, mi pasado y mis orígenes, de los que ellos son parte" (tradução nossa).

Em *Mulheres que mordem*, talvez essa seja a razão de a personagem Rosa preferir não cessar as buscas. Insistir em descobrir pistas sobre o paradeiro da filha corresponde também a, como mencionado, imprimir sentido à própria vida: "Se pudesse escolher, escolheria buscar sempre, pois parece que toda a razão da minha existência agora é procurar" (Leal, 2015, p. 12). Rosa experienciou sucessivas perdas ("[...] já perdi muita gente, a Clara, o Jorge...", (Leal, 2015, p. 12) e acumulou lutos de naturezas diversas que marcaram seu histórico de ausências. Entretanto, a perda da filha, sobretudo a carência total de informações sobre seu destino, por longos anos, a expôs a uma vulnerabilidade inédita, jamais experimentada: "Por mais controladora que uma mãe possa conseguir se fazer, a verdade por trás da maternidade é a falta de controle. Ter de conviver com a ignorância sobre qual foi a história do fim da vida da própria filha é o cúmulo da falta de controle para uma mãe" (Leal, 2015, p. 12-13). O desamparo e a mortificação "desafiam a própria noção de que somos, nós mesmos, autônomos, e de que estamos no controle" (Butler, 2023, p. 43).

De Clara, não restaram mais do que ossos. Mas os ossos não carregam traços evidentes do que um dia fora um corpo com identidade única. O *reconhecimento* de restos mortais, de fragmentos desprovidos da matéria que os revestiu moldando-lhes uma forma irrepetível, configura, assim, um paradoxo. A devolução dos ossos oblitera a aparência familiar do morto, aprofundando sua ausência ao não consentir a identificação imediata do que dele restou: "[...] eles trouxeram uma caixa com restos mortais de alguém, que poderiam muito bem ser ou não ser da Clara" (Leal, 2015, p. 27). A própria palavra "corpo", comumente empregada para nos referirmos ao que resta após a destituição do que animava a estrutura orgânica com suas pulsações, traduz "o átimo que converte cada célula operária da vida em matéria inerte, exigindo uma imediata adequação vocabular compatível com a mudança de estatuto. Como escreve Adriana Lunardi, no prólogo de seu romance *Corpo estranho* (2006): 'Tudo sofre uma reforma lexical abrupta; novos vocábulos reverberam uma frieza técnica inesperada em nossa língua, e de repente até a mais querida das pessoas passa a ser chamada de o corpo' (2006, p. 7)" (Trefzger, 2023, p. 9).

A oficialidade do óbito enseja em Rosa o desejo de saber mais sobre a vida da filha, de conhecer aspectos incógnitos de sua personalidade, numa tentativa de locupletar a ausência definitiva com o trabalho de reconstituição de sua história. Como uma reação à violação e degradação do corpo de Clara, reduzido a um punhado de ossos que nem seguramente seriam os dela, Rosa vai em busca de impressões esparsas, gravadas na memória daqueles com quem a militante conviveu, recolhendo essas lembranças para, somando-as às suas próprias recordações, recompor, simbolicamente, o retrato/corpo da filha:

> Eu gostaria muito de montar o complexo quebra-cabeça que era a personalidade da minha filha. Eu só a conheço pelas lentes da visão de mãe. [...] ouvir sobre como ela era como mulher, como profissional, determinada, enfim, sem ser filha, me dá uma espécie de orgulho, um misto de excitação com curiosidade e idolatria. É como se eu fosse fã da Clara e precisasse cada vez mais de informações para aumentar minha coleção (Leal, 2015, p. 25-26).

A imagem do quebra-cabeças remete à estrutura do romance com personagens que, embora partilhem ligações visceralmente profundas, nunca têm suas verdadeiras identidades expostas umas para as outras. Rosa quer traçar um retrato da filha como necessidade de preencher o vazio que seu desaparecimento irreversivelmente ocasionou. Situação semelhante apresenta-se em muitas narrativas sobre a ditadura. No romance *K – relato de uma busca*, de Bernardo Kucinski, o velho pai procura num álbum de família os retratos da filha desaparecida, numa busca de preenchimento de lacunas sobre o que lhe escapou da biografia dela. Os retratos são também importantes, nesse sentido, em *A resistência*, de Júlian Fuks, em que o narrador neles procura rastros da identidade do irmão adotivo e da condição exilada da família. Mas são onipresentes, espécie de "gatilhos" ficcionais, em *O corpo interminável*, de Claudia Lage. Nesse romance, a insistência do filho em desobedecer ao avô que trancara num armário as fotos da mãe, também ela desaparecida política, aponta para o vazio interminável do enlutado e a impossibilidade de restituição do corpo materno. Do retrato póstumo de Clara feito pela mãe em *Mulheres que mordem*, desta vez retrato tomado num sentido metafórico, faz parte um traçado que busca revestir de coragem e heroísmo a história da participação política da filha:

> Acatei a explicação do advogado. Se eu for parar pra pensar, começo a imaginar que uma mulher torturada nas condições de Clara não teria como calcular a melhor forma de se enforcar, no caso de ter sido realmente um suicídio. Mas, a essa altura, que diferença faz? Por um lado, senti um certo orgulho de pensar na possibilidade de que aqueles trogloditas talvez não afogaram Clara até sua morte. Prefiro acreditar na versão de que foi ela que controlou seu próprio fim (Leal, 2015, p. 45-46).

O suicídio, na situação limite em que se encontra o torturado, mais que uma desistência da vida, significa uma resistência: não falar, não entregar os companheiros de luta, retomar o domínio sobre o próprio corpo, arrancá-lo do arbítrio violento do torturador.[10]Páginas adiante, o leitor, por seu turno, se dá conta de que a morte de Clara ocorreu sob tortura e de que seu pretenso suicídio foi forjado pelos policiais para que fossem isentados de culpa pela morte da prisioneira. Mas também fica sabendo da resistência heroica da personagem que, mesmo sob o sofrimento intenso da tortura, não falou, não forneceu as informações desejadas pelos algozes. Pela "confissão" de García de Los Ríos à terapeuta, sabe-se que ele não só foi o responsável pela morte, como também pelo sequestro da criança que adotaria como filha:

> *Não percebi que hora ela morreu. A gente tava aplicando muitos métodos, ela já tava toda arrebentada. Foram umas três horas de tortura, intensa. A gente tava com muita raiva. Deixamos ela viva, ela pariu os bebês no nosso hospital, com médicos nossos, e ela não falava. Ela não falava. Uma hora, duas horas, batendo, choque, ela não falava. A gente não parou. Não sei qual foi a hora que ela morreu. Depois mandamos os cabos lidarem com o corpo. Eles devem ter simulado um enforcamento suicida, algo assim, que era como a gente tinha que responder pro pessoal da inteligência quando sem querer morria alguém que não podia, alguém que tinha muita informação* (Leal, 2015, p. 90-91).

Se, por um lado, em que pese a dificuldade de aceitar a morte de Clara, a realidade dos restos mortais forneceria, em princípio, condições de finalmente Rosa elaborar seu luto; por um outro lado, a tomada de consciência da

---

10 Situação análoga ocorre na narração do suicídio da desaparecida política em *K – relato de uma busca*, de Bernardo Kucinski (CURY, 2020).

existência de uma neta impõe à Rosa uma nova busca e, por conseguinte, um novo luto. Um luto, porém, diferente do experimentado em relação à Clara, pois se trata, neste caso, de um luto pela perda da neta viva e dispersa, após um breve período de contato com ela, muito embora ignorante de sua verdadeira identidade. Sendo filha de Clara, Laura poderia, de certa forma, significar uma espécie de compensação para a dor da perda da filha desaparecida, com o afeto redirecionado à neta, cuja existência seria uma continuidade natural de Clara, um elo familiar indissolúvel, o que no direito se diz "ex-generationes".

> A defesa da família como societas naturalis que assegura formas institucionais de reprodução da espécie e de manutenção e desenvolvimento dos filhos tem um vasto fundamento no direito. É a chamada potestas ex generatione ou ex natura. Mas, ao mesmo tempo, é de se afirmar que os filhos não pertencem aos pais já que, ainda que menores, são pessoas dotadas de direitos e deveres que devem ser respeitados (Cury, 2006, p. 675).

Os poucos contatos com a neta, por não saber-se sua avó, não dão a Rosa o pouco conforto que a filha de Clara, sua continuação, poderia propiciar. A personagem tem consciência da situação sem saída em que se encontra, de luto interminável, sem remissão possível:

> Como se o ponto alto e mais aterrorizante do pesadelo fosse também o ponto que liberta, que faz você acordar ou poder abrir uma outra janela de sonho. Mas, pra mim, não sei que alívio o fim da busca pode proporcionar. Se pudesse escolher, escolheria buscar sempre, pois parece que toda a razão da minha existência agora é procurar. E se a busca não me proporciona uma Clara viva, ela não tem por que cessar (Leal, 2015, p. 12).

O desaparecimento forçado[11] impõe, pois, um luto inconcluso. Se o corte entre vida e morte é suspenso pela indeterminação mesma dos fatores que

11 Na Argentina, o desaparecimento forçado é um ato infracionário tipificado nos artigos 210, bis, e 144, bis, alínea 1ª (folhas 60-61), bem como na Lei nº 24556, do Código Penal argentino, que corrobora a Convenção Interamericana sobre o Desaparecimento Forçado de Pessoas. Já o Brasil, apesar de, em 2016, ter ratificado e internalizado a Convenção Interamericana sobre o Desaparecimento Forçado de Pessoas, ainda não prevê o desaparecimento forçado como crime no seu Código Penal. Um projeto de lei para criminalizar os casos de desaparecimentos forçados foi aprovado no Senado em

geraram a mudança de estatuto, pelo ocultamento do corpo e pela sonegação de informações precisas acerca da localização do morto, o presente se vê aprisionado a um passado suspenso, tornando também suspenso o luto e impedindo, assim, o natural avanço em direção ao futuro.

Essa forma de violência extrema, que mata e faz desaparecer o corpo, é decorrência direta da maneira como os militares assassinos lidavam com as vítimas de suas atrocidades durante a ditadura (e aqui nos referimos não somente à ditadura argentina, mas a todas as ditaduras latino-americanas, que, importa salientar, lançaram mão da prática indiscriminada da tortura e do desaparecimento de corpos contra seus adversários políticos).

Assim como a inviolabilidade física é transgredida sem entraves e impedimentos, aplicada com graus inimagináveis de brutalidade, também o descarte de corpos padece de um infame tratamento: a ocultação de cadáveres, às custas do sofrimento incomensurável dos familiares e amigos da vítima, que se veem inviabilizados de efetuar as exéquias de seu ente querido e impossibilitados de elaborar o luto, participa da objetificação das vítimas. O desaparecimento de corpos é uma estratégia deplorável usada pelos assassinos para fraudar seus crimes a fim de omiti-los. Sem corpo não há crime. O corpo, ou o que dele resta, carrega as marcas da violência que arrebatou a vida que o animava e contém, portanto, as digitais dos métodos de degradação infligidos. Uma lógica iníqua determina que a necessidade de apagamento dos rastros da eliminação prepondera sobre o direito legítimo ao sepultamento dos mortos: "O direito ao luto seria uma condição universal de precariedade compartilhada por todo vivente" (Dunker, 2023, p. 277-278).

Idelber Avelar, na leitura que faz de *A cidade ausente* (1992), de Ricardo Piglia, sob a perspectiva do trabalho de luto, assim se refere sobre a arte do relato:

> A tarefa que a arte do relato enfrenta seria, então, oferecer restituição sabendo perfeitamente que toda restituição é impossível. Fazer do reco-

2013 (PLS 245/2011), mas se encontra parado na Câmara dos Deputados. Mais recentemente, em 2020, um outro projeto de lei foi apresentado à Câmara, cuja proposta restringe a tipificação de crime a desaparecimentos forçados que tenham envolvimento ou anuência de agentes de Estado. Até o momento, esses projetos de lei encontram-se engavetados.

> nhecimento da impossibilidade de restituição o seu gesto mais restitutivo. O relato se converte na única instância afirmativa no interior de um vazio abismal de perdas (Avelar, 2003, p. 145).

Mulheres que mordem, assim como os vários textos de diversos gêneros a que fizemos breves remissões, reencenam – na precariedade consciente de suas dicções – as vozes dos desaparecidos, restituem – na mutilação sempre sofrida de sua carne – os corpos dos torturados, acolhem a espera interminável das famílias e apontam a realidade ainda violenta de sociedades interminavelmente não reconciliadas com seu passado.

> A ditadura da Argentina, os desaparecidos e as cerca de 500 crianças sequestradas e adotadas por famílias de militares e policiais da década de 1970 são reais. As Avós da Praça de Maio também são. O resto é ficção. [NA] (Leal, 2015, p. 115).

Assim termina o livro de Beatriz Leal, uma sorte de *post scriptum* que afirma a condição de "resto" do ficcional na sua relação sempre contraditória com o real. Resto que na sua precariedade afeta o real.

Voltamos, então, à citação de Rancière com a qual abrimos o ensaio. "O real precisa ser ficcionado para ser pensado" (Rancière, 2009, p. 58). E tomamos o verbo pensar numa dupla significação. Pensar guarda um sentido hoje em dia pouco usual, qual seja o de aplicar um penso, um curativo em uma ferida. "As grandes mãos da sombra evangélicas pensam / As feridas que a vida abriu em cada peito". É esse o uso que faz Manuel Bandeira nos versos de "Crepúsculo de outono", poema de *A cinza das horas* (Bandeira, 1993, p. 125).

A literatura sobre a ditadura não pensa, nesse primeiro sentido, a ferida do trauma que a ditadura causou na sociedade brasileira e que repercute e ressoa nos dias atuais com suas cicatrizes abertas. Tal significação não serve à literatura sobre a ditadura, uma vez que ela não acalma, não cura as dores individuais e sociais, não exerce função catártica de finalização do luto dos nossos traumas enquanto sociedade, enquanto país, não promove uma cura para as feridas ainda vivas dos tempos ditatoriais.

Ao contrário, a ficção sobre a ditadura pensa o real num segundo sentido do verbo: o de sobre ele refletir para exibi-lo como chaga aberta, como forma de fletir-se sobre o corpo afetado pela dor e pela violência da ditadura, dor e violência que não podem ser esquecidas ou negadas. Aponta a literatura o trauma e seus restos, o hiato deixado pelos corpos desaparecidos e insepultos e seu luto interminável. A literatura pensa a ditadura, reflete sobre ela – no sentido de que sua reflexão exibe a violência estrutural da sociedade brasileira, aponta a falta, exibe a ferida que ainda lateja.

Referências

AVELAR, Idelber. *Alegorias da derrota*: a ficção pós-ditatorial e o trabalho de luto na América Latina. Trad. Saulo Gouveia. Belo Horizonte: UFMG, 2003.

BANDEIRA, Manuel. Crepúsculo de outono. *In*: BANDEIRA, Manuel.. *Poesia completa e prosa*. Rio de Janeiro: Nova Aguilar, 1993, p. 125.

BUTLER, Judith. *Vida precária*: os poderes do luto e da violência. Trad. Andreas Lieber. Belo Horizonte: Autêntica, 2023.

CALVEIRO, Pilar. *Poder e desaparecimento*: os campos de concentração na Argentina. Trad. Fernando Correa Prado. São Paulo: Boitempo, 2013.

CATELA, Ludmila da Silva. *Situação-limite e memória*: a reconstrução do mundo dos familiares de desaparecidos da Argentina. São Paulo: Hucitec, Anpocs, 2001.

CHAUI, Marilena. A tortura como impossibilidade da política. *In*: CHAUI, Marilena. *Sobre a violência*. Organização: Ericka Marie Itokazu e Luciana Chaui-Berlinck. Belo Horizonte: Autêntica, 2017, p. 127-135. (Escritos de Marilena Chaui; v. 5)

COLLING, Ana Maria. *A resistência da mulher à ditadura militar no Brasil*. Rio de Janeiro: Record; Rosa dos Tempos, 1997.

CURY, Carlos Roberto Jamil. Educação escolar e educação no lar: espaços de uma polêmica. *Educação e Sociedade*. Campinas, v. 27, n. 96, Especial, p. 667-688, out. 2006.

CURY, Maria Zilda Ferreira. *Non habeas corpus:* direito ao corpo na ficção de Bernardo Kucinski. *In*: GOMES, Gínia Maria (org.) *Narrativas brasileiras contemporâneas*: memórias da repressão. Porto Alegre: Polifonia, 2020, p. 39-62.

CURY, Maria Zilda Ferreira. Memória e resistência: figurações da ditadura na literatura brasileira contemporânea. *In*: OLIVEIRA, Rejane Pivetta de; THOMAZ, Paulo C. *Literatura e ditadura*. Porto Alegre: Zouk, 2020, p. 59-72.

DONDA, Victoria. *Mi nombre es Victoria*. Buenos Aires: Sudamericana, 2009.

DUNKER, Christian. *Lutos finitos e infinitos*. São Paulo: Planeta do Brasil, 2023.

FIGUEIREDO, Eurídice. *A literatura como arquivo da ditadura brasileira*. Rio de Janeiro: 7 Letras, 2017.

FREUD, Sigmund. Luto e melancolia. In: FREUD, Sigmund. *Artigos sobre metapsicologia*. Trad. Themira de Oliveira Brito, Paulo Henriques Britto e Christiano Monteiro Oiticica. Rio de Janeiro: Imago, 1999, p. 89-104.

GINZBURG, Jaime. Memória da ditadura em Caio Fernando Abreu e Luis Fernando Verissimo. *O eixo e a roda*, Belo Horizonte, v. 15, p. 43-54, 2007.

GINZBURG, Jaime. Escritas da tortura. In: GINZBURG, Jaime. *Crítica em tempos de violência*. 2 ed. São Paulo: Editora da Universidade de São Paulo, 2017, p. 441-459.

GOMES, Gínia Maria. À sombra da ditadura: tortura, desaparecimento e exílio em Mulheres que mordem, de Beatriz Leal. *In*: GOMES, Gínia Maria (org.). *Narrativas brasileiras contemporâneas:* memórias da repressão. Porto Alegre: Polifonia, 2020, p. 133-157.

KEHL, Maria Rita. Tortura e sintoma social. *In*: TELES, Edson; SAFATLE, Vladimir (org.). *O que resta da ditadura*: a exceção brasileira. São Paulo: Boitempo, 2010, p. 123-132.

KEHL, Maria Rita. Melancolia e criação. *In*: FREUD, Sigmund. *Luto e melancolia*. Tradução de Marilene Carone. São Paulo: Cosacnaify, 2012, p. 8-20.

KEHL, Maria Rita. A ironia e a dor. *In*: KUCINSKI, Bernardo. *Voce* vai voltar pra mim e outros contos. São Paulo: Cosac Naify, 2014, p. 15-18.

KEHL, Maria Rita. *Tempo esquisito*. São Paulo: Boitempo, 2023.

LEAL, Beatriz. *Mulheres que mordem*. Rio de Janeiro: Íma, 2015.

NOSTALGIA de la luz. Direção: Patricio Guzmán. Produção: Jutta Krug, Renate Sachse, Meike Martens, Cristóbal Vicente. França, Alemanha, Chile, Espanha, EUA: Atacama Productions, Blinker Filmproduktion, Westdeutscher Rundfunk (WDR), 2010. 1 DVD.

RANCIÈRE, Jacques. *A partilha do sensível*: estética e política. Trad. Mônica Costa Netto. São Paulo: Editora 34, 2009.

SELIGMANN-SILVA, Márcio. *A virada testemunhal e decolonial do saber histórico*. Campinas: Editora da Unicamp, 2022.

TREFZGER, Fabíola Simão Padilha. Violência de gênero, ditadura militar brasileira e testemunho em *O corpo interminável*, de Claudia Lage. *Cadernos do IL*, [S/I], n. 64, 137-153, 2023. Disponível em: https://seer.ufrgs.br/index.php/cadernosdoil/article/view/128399. Acesso em: 2 abr. 2024.

VECCHI, Roberto; DI EUGENIO, Alessia. A dupla cicatriz: a ditadura brasileira e a vocalização feminina da memória traumática de Ana Maria Machado. *Estudos de Literatura Brasileira Contemporânea*, Brasília, n. 60, 2020, p.1-10. https://doi.org/10.1590/2316-4018609.

Memórias de um desaparecimento em *Nem tudo é silêncio*, de Sonia Regina Bischain: as implicações de um luto interdito

Gínia Maria Gomes[1]

A repressão no período da ditadura alcançou essa população, já tão sofrida e abandonada pelos governantes, pois essas pessoas que se mobilizavam eram vistas como perigosas, tachadas de comunistas e subversivas.

(Sonia Regina Bischain)

1 Professora Titular de Literatura Brasileira no Instituto de Letras da Universidade Federal do Rio Grande do Sul. Realizou estágio pós-doutoral pela Paris III – Sorbonne Nouvelle (2009 e 2019-2020). Organizou os livros: *Narrativas brasileiras contemporâneas*: memórias da ditadura (2020) e *Vozes da resistência:* ecos ditatoriais na literatura brasileira contemporânea (2021). E-mail: giniagomes@gmail.com

Nota introdutória

O aparelho do Estado ditatorial a partir de 1970 centralizou suas ações nos DOI-Codi, os quais se expandiram por todo o país. Porém, o sistema repressor também atuava em outros locais, como nos DOPS – esses, com atividades há várias décadas, apenas mantiveram suas ações repressivas – e nos centros clandestinos de tortura – como a "Casa da Morte". As torturas violentas e sistemáticas tinham por objetivo obter informações com vistas a realizar outras prisões e, assim, asfixiar a resistência. Muitos prisioneiros políticos morreram nessas sessões, vítimas de pancadas, "choques elétricos", "pau de arara", "cadeira do dragão", "afogamento" "inserção de insetos em seus corpos" (Arquidiocese, 1985, p. 32-35; Teles, 2020, p. 391), entre outras práticas, que não raro eram combinadas entre si, para que o resultado da tortura fosse mais eficiente. Um número expressivo de prisioneiros foram mortos sob tortura.

Para justificar tais mortes à opinião pública e às famílias, os militares criavam versões falaciosas: tiroteio, suicídio, tentativa de fuga ou sequestro. Para se prevenir contra eventuais denúncias, os corpos eram entregues aos familiares em caixões lacrados (Gaspari, 2014, p. 167). As autópsias e os atestados de óbito eram forjados por médicos coniventes com os ditadores. A partir de 1971, a situação se modificou e os corpos daqueles que eram mortos em sessões de tortura passaram a ser desaparecidos. Assim, com o corpo sumido, a violência ficava encoberta, os crimes silenciados e os rastros apagados. Ao assumir o II Exército, o general Humberto de Souza Mello não deixa dúvidas quanto a esse procedimento: "Matem os terroristas, matem os carteiros que entregam suas cartas. Os familiares, os amigos, seja o que for" (Gaspari, 2014, p. 389). Os corpos assassinados eram enterrados anonimamente em valas clandestinas de cemitérios, atirados de helicópteros em lagos, rios e no mar, ou eram incinerados. Com essa prática, as buscas dos familiares eram frustradas.

O tema do desaparecimento é recorrente no romance contemporâneo. Aqueles que perdem uma pessoa querida, cujas especificidades de sua morte ignoram, sofrem com essa ausência que os atormenta. Não recuperar o corpo significa a impossibilidade de realizar a cerimônia fúnebre, essencial para a elaboração desse trauma. São vários os romances da contemporaneidade em que a desaparição de um ente querido atormenta os vivos. Cabe referir alguns: *Nem tudo é silêncio* (2010), de Sonia Regina Bischain, Antes *do passado:* o silêncio que vem do Araguaia (2012), de Liniane Haag Brum; *Estive lá fora* (2012), de Ronaldo Correia Brito; *Mar azul* (2012), de Paloma Vidal; *K. – Relato de uma busca* (2014), de Bernardo Kucinski; *Ainda estou aqui* (2015), de Marcelo Rubens Paiva; *Mulheres que mordem* (2015), de Beatriz Leal; *Palavras cruzadas* (2015), de Guiomar de Grammont; *O irmão alemão* (2015), de Chico Buarque; *Outono* (2018), de Lucília Garcez; *O corpo interminável* (2019), de Claudia Lage; *Júlia*: nos campos conflagrados do Senhor (2020), de Bernardo Kucinski; *Sobre o que não falamos* (2023), de Ana Cristina Braga Martes; e *O congresso dos desaparecidos* (2023), de Bernardo Kucinski. Com exceção do último título, em que as vítimas da desaparição retornam do além e decidem organizar um Congresso para se encontrarem, os outros apresentam familiares cujas vidas foram marcadas por essa ação macabra. Alguns deles ficcionam o tema da busca. Nesses casos, alguém da família atribui-se a empreitada de buscar o corpo de uma mãe, de um pai, de um(a) filho(a), de um marido desaparecido, realizando verdadeiros périplos pelos labirintos dos centros repressivos com vistas a resgatá-lo(a), ou mesmo para saber as circunstâncias da morte do parente. Todos buscam o consolo de encontrar o corpo para realizar o ritual fúnebre e, com isso, efetuar o luto. Essa elaboração é fundamental para que a ferida deixe de sangrar e que passem a divisar um futuro. Não viver o luto é permanecer sofrendo por um corpo insepulto, o que acontece com as personagens dos romances que tratam de uma desaparição. Mesmo os descendentes do familiar, que não conviveram com ele(a), continuam obsedados pela ausência.

O romance *Nem tudo é silêncio*, de Sonia Regina Bischain, também está centrado em uma desaparição. O diferencial em relação às outras narrativas é que as personagens residem em um bairro da periferia, desassistido das autoridades governamentais, onde as drogas e a criminalidade têm lugar, e a violência se instaurou desde os primórdios. É também o espaço em que a comunidade se organiza para reivindicar melhorias junto ao poder público: "Nos anos 1970 e 1980, surgiram nas periferias diversos movimentos, por creches, contra a carestia, pela educação, saúde, comissão de loteamentos clandestinos, entre outros" (Bischain, 2020, p. 220). Organiza-se igualmente para a realização das festas, em que há a participação de todos. É ainda o espaço da solidariedade, quando pessoas em extrema dificuldade não ficam desamparadas, graças às ações sobretudo de algumas mulheres.

A narrativa é conduzida através dos diários de quatro mulheres – Aisha, Jacira, Iara e Ritinha -, abrangendo tempos diversos. "Tempos primeiros – fragmentos" apresenta os diários de Aisha e de Jaci. A história de Jacira, uma criança indígena violentada, tem início no século XIX. Ela não sobreviveu ao parto, e é por isso que Jaci é criada por Aisha e Kinah. Quando suas duas mães morrem, ela se transfere para o Rio de Janeiro, movida pelo "[...] sonho de morá na capital, de arrumá um emprego, quem sabe até casá?" (Bischain, 2017, p. 32). Isso ocorre no início do século XX. Atemorizada com os acontecimentos violentos que se sucederam à obrigatoriedade da vacina – que ocorreram entre 10 e 16 de novembro de 1904 – ela se desloca para São Paulo, onde conhece Juvenal, com quem se casa. Com a modernização da cidade, as pessoas pobres foram transferidas para a periferia, o que Jaci relata. É um espaço sem infraestrutura e com um transporte precário, que lhes dificulta o movimento. "Memórias de Iara" está quase ao final do romance. Iara se detém principalmente no desaparecimento de Henrique, seu filho primogênito, e na desestruturação da família, decorrente dessa situação fatídica.

Os outros diários são de Ritinha, esposa de Henrique, e abarcam várias fases de sua vida. "Tempo presente" abre o romance, e centra-se nos dias atuais, quando Ritinha transformou-se em cuidadora da sogra. Ela já é uma mulher aposentada, que se debate com os problemas cotidianos. "Memórias de Ritinha – infância" e "Memórias de Ritinha – adolescência" são capítulos presididos pelo olhar de uma criança, o que tem como principal implicação não ter uma interpretação mais abrangente dos acontecimentos. Neles, a ditadura aparece através da execução de um homem no matagal em frente a sua casa. Ela atemoriza-se ao presenciá-la, mas não tem a compreensão clara do que se sucedeu, de que se trata de mais um dos atos de violência praticados pelo Esquadrão da Morte. "Memórias de Ritinha – outros tempos", "Memórias de Ritinha – tempos de luta" e "Memórias de Ritinha – tempos de medo" reportam-se à jovem adulta, que tem uma noção mais ampla dos fatos, uma consciência das injustiças, que se organiza para conseguir melhorias no bairro e que, inclusive, passa a fazer militância política junto com Henrique. "Reflexões de Ritinha" é escrito em um tempo posterior, pois alguns acontecimentos são submetidos ao seu olhar corrosivo. "Epílogo" trata da internação de Iara (diálogo com a recepcionista) e do sentimento de vazio após seu enterro. Fecha o romance o capítulo intitulado "Pós escrito", formado por um poema e vozes que parecem ser de crianças se referindo à loucura de Ritinha.

Nesses relatos, cujo recorte temporal é amplo, a violência é recorrente e permanece no presente da narrativa, quando o local se torna ainda mais perigoso e somente é visitado pelos políticos em períodos de eleições. Durante a ditadura militar, à violência do Estado contrapõem-se ações de resistência, as quais acontecem no próprio bairro. Mesmo a militância pacífica, que ali realizam, é observada de perto pelos agentes. Diante do arbítrio, eles não se calam. Porém, o Estado repressor procura silenciar suas vozes dissidentes. O clima de terror pode ser constatado tanto na vigilância extremada dos agentes repressores nas manifestações políticas, quanto através de eventos históricos, que dão visibilidade às práticas bárbaras do poder ditatorial. Apesar da repressão, muitos jovens ousam resistir. Entre eles está Henrique, que parece ter se destacado na luta, tanto que é preso e desaparecido. O ensaio pretende contemplar dois aspectos: a militância dos jovens durante os anos de chumbo e as implicações de seu desaparecimento para uma esposa e uma mãe, questões que são centrais no romance.

A presença da ditadura no romance: entre repressão e resistência

O romance tem dois capítulos que abarcam especificamente o período ditatorial: "Memórias de Ritinha – tempos de luta" e "Memórias de Ritinha – tempos de medo", porém, em outros também estão presentes lembranças de episódios ou comentários sobre esse período. Alguns eventos históricos permitem localizá-los nas décadas de 1970 e 1980, e marcam a linha temporal dos capítulos, permitindo situar a personagem nessas décadas.

Em "Memórias de Ritinha – tempos de luta", diversos episódios históricos são referidos[2], como a construção da ponte Rio-Niterói (Bischain, 2017, p. 97), executada entre janeiro de 1969 e março de 1974. Aqui, é estabelecida a moldura temporal de uma época em que o arbítrio era regra: depois do AI-5 (promulgado em 13 de dezembro de 1968), o período repressivo assume uma face mais hedionda.

A conquista do tricampeonato mundial de futebol (Bischain, 2017, p. 97), cuja final foi em 21 de junho de 1970. O governo se apropriou da euforia geral que tomou conta do país com o objetivo de veicular propagandas ufanistas. A marchinha de Miguel Gustavo dava o tom de uma imagem de um país sem dissensões. E, escondendo as divergências, procurava também esconder a barbárie dos porões, a realidade das torturas, dos assassinatos e dos desaparecimentos.

A ascensão de Allende ao poder no Chile (Bischain, 2017, p. 98) – eleito em 4 de novembro de 1970 – é inferida das boas notícias enviadas pelos exilados; sob esse governo democrático, o país passou a ser uma rota importante para os desterrados brasileiros. A referência imediata são as notícias desalentadoras que chegam desse país (Bischain, 2017, p. 98): são informações sobre a violência em curso, com prisões, mortes e desaparecimentos "das pessoas engajadas no Governo da Unidade Popular" (Bischain, 2017, p. 98). Apesar da censura, a narradora tem conhecimento da violência que se sucede ao golpe, o qual já inicia com o bombardeio do Palácio de La Moneda, seguindo-se a sua invasão e suicídio de Allende. Essas notícias são importantes, porque mostram o terror não apenas no Brasil, mas na América Latina, que está sendo palco de sucessivos golpes.[3]

O culto na Catedral, oficiado pelo Cardeal, que foi compartilhado por um pastor luterano, um pastor metodista e um rabino[4] (Bischain, 2017, p. 99)

---

2 Alguns episódios não foram considerados, como a greve de fome de Bob Sands (Bischain, 2017, p. 100), que teve início em 01 de março de 1981, durou sessenta e seis dias e culminou com sua morte em 5 de maio, pois optou-se por aqueles que mostravam a repressão no Brasil e no Chile (referido em três ocasiões).

3 O golpe militar no Uruguai aconteceu em 27 de junho de 1973. Menos de três meses depois foi o do Chile. Sobre esse país, a narradora ainda se refere a um protesto contra o general Augusto Pinochet, que deixou um saldo de mortos e feridos (Bischain, 2017, p. 101). Ora, isso mostra o quanto o Estado repressor estava atuante.

4 Participaram da cerimônia ao lado de D. Paulo Evaristo Arns, o rabino Henry Sobel e o reverendo Jayme Wright (Bischain, 2020, p. 221).

– os dados referidos permitem depreender que se trata da homenagem ao jornalista Wladimir Herzog, que se realizou em 31 de outubro de 1975, assassinado nas dependências do Doi-Codi. Em 24 de outubro, ele foi a esse centro com vistas a prestar esclarecimentos sobre suas ligações com o PCB. Aí chegando, foi torturado e assassinado, porém, a versão oficial foi a de que teria se suicidado; inclusive, os agentes repressores montaram a farsa, fazendo circular na imprensa uma foto do suposto suicídio. No entanto, alguns indícios permitiram desmontar a versão oficial, descobrindo a verdade: o assassinato.

A invasão da universidade (Bischain, 2017, p. 100); não há especificação sobre qual universidade foi invadida. Supõe-se que a referência seja à Unicamp, invadida em 1981. Em *As universidades e o regime militar* (2014), Rodrigo Patto Sá Motta mostra o quanto essas invasões foram um mecanismo de repressão durante a ditadura, e que costumavam ser bastante violentas, muitas vezes até deixando um saldo de mortos. Como os estudantes eram extremamente combativos, desafiando o poder repressor, esse meio foi utilizado com frequência. Algumas, como a UnB, sofreram várias invasões.

A censura ao show de Joan Baez, que se realizaria no teatro Tuca, em São Paulo, 23 de maio de 1981. Isto ocorreu poucos minutos antes de iniciar (Bischain, 2017, p. 102-103). O teatro estava sob ameaça de invasão caso a cantora "subisse ao palco para cantar" (Bischain, 2017, p. 103). Apesar da proibição, ela entoou 3 músicas, sem microfone; e o público que lotava o teatro cantou "Pra não dizer que não falei de flores", de Geraldo Vandré, canção que havia se tornado o hino da resistência. A censura às diferentes manifestações culturais – canções, peças teatrais, shows, livros etc. – foi bastante rigorosa.

Um último marco histórico do capítulo é a alusão ao governo Figueiredo (1979-1985), que assume o compromisso de restabelecer a democracia. Seu nome não é mencionado, porém duas de suas frases polêmicas o identificam: tanto aquela em que afirma "que prefere cheiro de cavalo a cheiro de gente" (Bischain, 2017, p. 103), e uma específica sobre a abertura, quando declara "que prende e arrebenta quem não estiver de acordo" (Bischain, 2017, p. 103).

"Memórias de Ritinha – tempos de medo", por sua vez, traz poucas alusões históricas. Uma delas refere-se a acontecimento de 1979: Ana Maria "se enfiou dentro do carro que transportava o corpo do marido, evitando que sumissem com o corpo" (Bischain, 2017, p. 109). Trata-se de Ana Dias, que, com esse ato, defendeu o corpo de Santos Dias do desaparecimento. Apenas o nome de Ana Maria aparece. No entanto, os principais aspectos do evento estão registrados, o que permite reconhecê-lo historicamente.

Outro dado histórico é o da "celebração litúrgica" (Bischain, 2017, p. 109) pelo recebimento das cinzas de frei Tito e dos restos mortais do estudante Alexandre Vannuchi Leme, que, enterrado como indigente em vala clandestina de cemitério em Perus, foi desaparecido, tendo permanecido nessa condição por algum tempo, até seu corpo ser localizado. Na realidade, somente os termos "frei" e "estudante" são mencionados, mas a homenagem conjunta aos dois, as informações sobre o translado das cinzas do religioso e a localização do corpo do jovem permitem o reconhecimento. A cerimônia realiza-se em 25 de março de 1983. Ainda que ela tenha se sucedido nessa data, é importante lembrar que a prisão e a tortura a que ambos foram submetidos ocorreu no período de maior repressão da ditadura (um em 1969 e o outro em 1973). Frei Tito foi torturado por Sérgio Paranhos Fleury no DOPS e depois na Oban. Apesar de ter sobrevivido, e depois ter ido para o exílio, os fantasmas desse trauma nunca foram superados, e ele se suicidou. Alexandre Vannucchi foi torturado por Carlos Alberto Brilhante Ustra no DOI-CODI. Fleury e Ustra estão entre os mais cruéis torturadores do Estado repressor.

Há ainda que considerar a menção ao Esquadrão da Morte nos dois capítulos. Consta que ele era composto por oito membros e teria Fleury como chefe. Ele, por ser considerado necessário ao aparelho repressivo, era protegido pelo sistema, o que frustrava todas as iniciativas para coibir as ações criminosas. Embora fosse uma organização paramilitar, seus agentes pertenciam aos órgãos estatais, como Fleury, delegado do DOPS. A referência a essa organização no romance é mais um dado que contribui para apresentar o clima de horror instaurado pelo Estado terrorista. No capítulo "Tempos de luta", fala-se sobre a continuidade de uma ação rotineira: "[...] o esquadrão da morte continua matando homens no bambuzal, não sei se são 'bandidos' ou 'terroristas' (como eles chamavam os executados). [...] No dia seguinte à execução, como de costume, aparece um caminhão para buscar o corpo" (Bischain, 2017, p. 97). A outra menção é no capítulo "Tempos de medo", momento em que observa a disseminação da violência: "O Esquadrão da Morte está atuando livremente, sequestrando e matando indiscriminadamente pessoas atuantes, suspeitas ou mesmo parentes de suspeitos" (Bischain, 2017, p. 106).

Cabe lembrar que esse período ditatorial começa sob a presidência de Emílio Garrastazu Médici. Denominados "anos de chumbo", ficaram marcados pela violenta repressão às vozes divergentes. Passa por Ernesto Geisel, que manteve as mesmas práticas, com as quais, inclusive, ele mesmo estava de acordo, o que fica evidente em conversa com o amigo Dale Coutinho: "Oh Coutinho, esse negócio de matar é uma barbaridade mas tem que ser... Sabe que agora pegaram o tal líder e liquidaram com ele, não sei qual o nome dele" (Barcellos, 2019, p. 9). E chega ao general João Batista Figueiredo. Os capítulos se situam no período mais truculento da ditadura, em que aprisionamentos, tortura e desaparecimentos eram rotina, passa pela anistia, cuja lei é sancionada por Figueiredo em 28 de agosto de 1979, no primeiro ano do seu governo, culminando com a passagem do poder aos civis. No entanto, essa transmissão foi através de eleições indiretas, o que frustrou aqueles que foram para as ruas no movimento pelas Diretas Já. Porém, há que ressaltar que, não obstante o último presidente militar ter se comprometido com a abertura, episódios de violência como tortura e desaparecimentos, censura a atividades artísticas ainda vigoravam. Ou seja, o aparato repressivo continuava operando.

É em tal ambiente de terror que se situa a militância de jovens que vivem na periferia. É ali que eles realizam um movimento de resistência. O grupo é apresentado colando cartazes. Apesar de o ato ser aparentemente inofensivo, eles têm a consciência de serem vigiados de perto: "Os 'home' vem atrás, de veraneio sem placa, marcando nossos rostos, intimidando, ameaçando; [...]" (Bischain, 2017, p. 97). Nos cartazes e faixas estão as programações políticas e sociais: "convocações de assembleias, de greves, de passeatas ou simples convites para nossas festas na praça" (Bischain, 2017, p. 97). "Assembleias", "greves" e "passeatas" mostram o grau de comprometimento desses jovens com a militância. Cabe ressaltar que o engajamento não se restringia exclusivamente ao circuito do bairro. Referindo-se especialmente a si e à amiga Elisa, Ritinha comenta a participação das duas em manifestações de várias categorias de trabalhadores: de "piquetes em portas de bancos" (Bischain, 2017, p. 98); de eleições em fábricas, quando "passa[vam] a noite de plantão fiscalizando o local de apuração" (Bischain, 2017, p. 99). A despeito de o comentário não incluir outros integrantes do grupo, provavelmente eles se dividiam para realizar esse tipo de atividade de resistência.

Outra ação é a frequência aos cultos religiosos organizados pelo Cardeal. Sabe-se que se trata de Dom Paulo Evaristo Arns, que realizou uma efetiva resistência durante a ditadura militar. Ele foi uma referência importante, sobretudo, no apoio às famílias dos desaparecidos, que tinham nele uma âncora de sustentação. A primeira menção deixa explícito que abrir as portas da Catedral é uma atividade recorrente: "O Cardeal mais uma vez abriu as portas da Catedral e fomos chegando" (Bischain, 2017, p. 95). A expressão "mais uma vez" não deixa dúvidas quanto à frequência dessas cerimônias. Lotar a igreja e a praça, tornando obrigatório o recurso do alto-falante para que também os que ficaram do lado de fora pudessem acompanhar a "celebração", mostra o número expressivo de participantes desses cultos, que extrapolam o caráter religioso, transformando-os em atos políticos.

A narradora chama a atenção para a presença de "infiltrados" e de "policiais armados", o que ressalta a vigilância de que eram objeto: "[...] agentes da repressão gravando tudo, fotografando nossos rostos. Policiais armados ameaçando invadir, cavalaria em volta da praça para nos intimidar. Fecharam a porta do metrô" (Bischain, 2017, p. 95). O exemplo também deixa evidente o quanto aqueles que faziam qualquer tipo de resistência estavam sendo vigiados de perto pelos agentes infiltrados e ameaçados pelos policiais com o ostensivo aparato militar. É interessante fazer algumas observações sobre o papel dos infiltrados. Estes representaram uma estratégia fundamental para os órgãos repressores obterem informações sobre os militantes das diversas células de esquerda, muitos dos quais foram vítimas desses agentes. "Fleury compartilhou com o CIE, que haveria de infiltrar-se em quase todas as siglas de esquerda" (Gaspari, 2014, p. 355). Eram infiltrados(as) jovens que poderiam ser confundidos(as) com estudantes. Por isso, a preocupação de Ritinha e de seus amigos não era infundada, pois sabiam dos riscos que estavam correndo, fosse em decorrência desses agentes, fosse dos policiais que ostensivamente os ameaçavam.

Referindo-se a uma outra cerimônia que teve lugar na Catedral, após a qual os participantes seguem "em passeata pelo centro da Cidade" (Bischain, 2017, p. 100), Ritinha reitera que eles estão atentos à possibilidade de os agentes infiltrados causarem algum tumulto para justificar ações repressivas: "O esquema dos agentes é sempre o mesmo, provocar brigas e tumultos durante as manifestações. É a deixa para que os policiais entrem em ação com porretes e bombas de gás lacrimogêneo e de efeito moral" (Bischain, 2017, p. 100). Os jovens participam desses atos com a consciência de que devem se precaver para não caírem em cilada. Refletindo sobre sua própria militância, Sonia Bischain (2020, p. 220) observa: "Era como se estivéssemos sendo perseguidos em tempo integral, com a infiltração de agentes em todos os nossos movimentos e encontros."

É nesse período de extrema repressão que Henrique, namorado e depois marido de Ritinha, exerce sua atividade de resistência. Poucas informações são dadas sobre suas ações, o que é comentado em mais de uma ocasião é sua frequência a reuniões (Bischain, 2017, p. 74; p. 87; e p. 92). Mas não há maiores especificações sobre esses encontros, assim como nada é dito sobre a organização a que ele estava vinculado. Provavelmente ele frequentava algum curso na universidade. Há duas referências explícitas em relação ao mundo estudantil: a primeira é uma menção a uma viagem para o nordeste, com vistas a participar de "um encontro de estudantes" (Bischain, 2017, p. 97); a outra é um comentário sobre seu desejo de "reestruturar o movimento estudantil" (Bischain, 2017, p. 106). Alguns dos eventos históricos referidos permitem situar sua atuação durante os "anos de chumbo", ou seja, entre 1969 e 1974/1975. Considerando que qualquer atividade era monitorada de perto por agentes repressores, certamente ele estava no radar desses observadores. Isso se comprova quando ele é detido, passando uma noite na prisão. Nessa prisão fica evidente que identificaram nele alguém comprometido com a militância.

O capítulo "Memórias de Ritinha – tempos de medo" apresenta a repressão do período de forma ainda mais explícita: "o movimento estudantil foi desarticulado" (Bischain, 2017, p. 106) – sobre o qual comentou-se antes; as manifestações eram submetidas a atos de violência; prisões, torturas e desaparecimentos eram recorrentes; a censura impedia a circulação de notícias. A alusão à desestruturação do movimento estudantil é um dado muito importante, pois a investida do Estado contra as organizações estudantis e contra as universidades foi avassaladora, o que se comprova com o Decreto-Lei 477, sancionado em 26 de fevereiro de 1969. Segundo Rodrigo Patto Sá Motta (2018), o Decreto atingiu sobretudo os estabelecimentos de ensino superior. Além dele, foram instaladas as Agências de Segurança e Informações (ASI) nas universidades, "órgãos que eram vinculados às reitorias e tinham o papel de vigiar a comunidade universitária" (Motta, 2018, p. 95).

É nesse contexto de extrema repressão e de estrito monitoramento dos estudantes, que "Henrique está querendo reestruturar o movimento estudantil [...]" (Bischain, 2017, p. 106). Embora não se saiba se ele fez articulações no sentido de reestruturá-lo, o fato é que ele é novamente preso e, na sequência, é desaparecido. Sua desaparição provavelmente ocorreu entre 1974 e 1975. A data não é precisada, porém, no capítulo "Reflexões de Ritinha", ela se refere ao atestado de óbito do marido: "Passados mais de vinte anos, o governo, por decreto, emite o atestado de óbito" (Bischain, 2017, p. 120). A observação de Ritinha permite situar seu desaparecimento entre 1974 e 1975, porque a Lei n. 9140, que reconhece "como mortos os desaparecidos" (Bischain, 17, p. 120) durante a ditadura militar, é de 4 de dezembro de 1995.

Os eventos históricos apresentados em *Nem tudo é silêncio* situam a militância de Henrique entre 1969 e 1974/1975, depois da promulgação do AI-5. Os poucos dados de sua atuação política permitem deduzir que ela estivesse atrelada ao movimento estudantil universitário. Considerando que a partir da promulgação do Decreto-Lei 477 e da instalação das ASISs junto às reitorias das universidades, os estudantes estavam sendo vigiados de perto, ele certamente era um dos monitorados. Sua primeira detenção é um indício de que ele era um alvo, e ter sido liberado em nada minimiza a gravidade da situação. Preso novamente, ele é desaparecido. Sabe-se que às prisões seguiam-se as torturas, extremamente violentas, que implicavam diferentes estratégias para causar o máximo sofrimento. A violência muitas vezes levava os torturados ao óbito. Em outras, quando já não tinham mais nada a extrair do prisioneiro, executavam-no sumariamente e seu corpo era desaparecido sem deixar rastros. Certamente também Henrique foi barbaramente torturado e morto em circunstâncias encobertas pela desaparição, que, constatada, inaugurou o movimento de busca realizado pela esposa e pela mãe.

O óbice da cerimônia fúnebre: uma ferida aberta

A máquina desaparecedora do Estado terrorista ceifou muitas vidas. Vidas de quem ousou se contrapor às arbitrariedades do autoritarismo vigente. Fazer desaparecer militantes políticos presos se tornou regra. Com essa estratégia sonegavam seus corpos às famílias, que se deparavam com o impedimento de enterrar seus mortos. E enterrar os mortos é um direito inalienável do ser humano. Referindo-se a *Antígona*, ao conflito entre família e Estado sobre o enterro de Polinices, Vladimir Safatle (2010, p. 239) afirma que não realizar esse ato "[...] só pode significar não acolher sua memória através de rituais fúnebres, anular os traços de sua existência, retirar seu nome." Jeanne Marie Gagnebin (2010, p. 185) ressalta a importância da cerimônia fúnebre para a realização do luto:

> Aqueles que não conseguimos enterrar, os desaparecidos, não são somente fonte de tristeza e de indignação porque não podemos lhes prestar uma última homenagem. Não sabemos como morreram nem onde estão seus restos – e isso nos impede, a nós todos, mesmo que especialmente a seus familiares e amigos, de poder viver melhor no presente.

Não efetuar esse rito traz implicações sérias às vítimas de uma desaparição: impedidos de sepultar os seus, são acometidos de um sofrimento impossível de ser aplacado. O luto em suspenso é responsável pela dor sem remissão, a qual acarreta a paralisia de suas vidas. Esse é o drama que vivem os familiares de desaparecidos políticos. Janaína de Almeida Teles (2010, p. 269) reporta-se sobre o quanto o desconhecimento em relação ao destino de uma pessoa tem consequências funestas para os familiares:

> A inexistência de um corpo ou de uma notícia a respeito da morte aumentava o desespero dos familiares, tornando impossível o esquecimento. O silêncio introduzido pelo terror do *desaparecimento* cria uma situação sem um fim, perpetuando a tortura que é vivenciar a ausência de seus corpos e de informações.

Em *Nem tudo é silêncio*, quando Henrique não retorna para casa, Ritinha intui o pior – como ele já havia sido detido anteriormente, ela certamente estava em estado de alerta. Na tentativa de lhe trazer algum consolo, Celso apresenta-lhe razões para ele não ter retornado, argumentando que "[...] isto já aconteceu outras vezes [...]" (Bischain, 2017, p. 106). No entanto, suas palavras não conseguem minimizar sua apreensão: "– Celso, eu estou com uma sensação horrível. Vamos telefonar para a Cúria" (Bischain, 2017, p. 107). Esse é o ponto de partida das buscas: "O Cardeal em pessoa se empenha em localizar e visitar prisioneiros, indicar advogados, tranquilizar as famílias" (Bischain, 2017, p. 107). A referência à Cúria e ao Cardeal deixa subentendido o nome de Dom Paulo Evaristo Arns, que representou um verdadeiro baluarte para os familiares dos desaparecidos que a ele recorriam em busca de ajuda. A desaparição desencadeia a desordem na normalidade estabelecida anteriormente – o termo "tsunami", usado por Gabriel Gatti (2011, p. 217) para representar essa ruptura, é muito apropriado para falar das vítimas de um desaparecimento. À constatação da catástrofe, os familiares inauguram o movimento de buscas.

No que concerne à Ritinha, seu ponto de partida é o Cardeal. Entretanto, as minúcias de seu périplo não são reveladas. Ainda que não faça o detalhamento dos seus passos, tem-se a ideia de que foi uma busca bastante abrangente, porém sem sucesso: "Nenhuma notícia concreta sobre Henrique" (Bischain, 2017, p. 107). As informações a que tem acesso são divergentes, por isso não lhe possibilitam encontrá-lo. Ainda, "Nenhum órgão oficial nos dá informações a respeito de seu paradeiro" (Bischain, 2017, p. 107). Acompanhada de Celso, que lhe ampara nesse momento inicial, persegue as pistas que lhe são apresentadas, mas nada conseguem. Diante disso, Ritinha mostra-se desconsolada: "Eu me sinto perdida, não sei mais onde procurar" (Bischain, 2017, p. 107).

Em uma delegacia, é negado que ele tenha estado no local. Inclusive, o delegado lhe abre a possibilidade de olhar os "registros": "Pode checar, não há nenhum registro de prisão de seu marido" (Bischain, 2017, p. 108). O trecho é importante, pois mostra que muitas prisões "ocorriam sem ordem judicial e, muitas vezes, de modo clandestino" (Brasil, 2014, p. 305). Os aprisionados tanto poderiam ser colocados em uma prisão regular ou em um centro clandestino (entre os vários que existiam, a Casa da Morte, em Petrópolis, é o mais conhecido), sem nenhum registro que atestasse onde ele se encontrava.

> Outra estratégia utilizada pelos órgãos de repressão para evitar o controle judicial do cumprimento das exigências legais relativas à custódia dos presos era movimentar as pessoas sob a guarda sem a devida comunicação do ato à Justiça. Isso se dava tanto com transferências entre unidades militares formais como em deslocamentos envolvendo centros clandestinos de detenção e prisão (Brasil, 2014, p. 321).

As estratégias utilizadas pelo Estado repressor dificultavam as buscas dos familiares, que realizavam verdadeiros périplos pelas prisões em busca do parente desaparecido. Essa foi a trajetória de Ritinha. A resposta do delegado revela que sonegar informações era rotina. Certamente foi a mesma que recebeu em muitas prisões onde procurou o marido. Embora os meandros dos seus percursos não sejam apresentados exaustivamente (essa ida à delegacia é o único mencionado), sua afirmação de que não sabe mais "onde procurar" permite inferir que ela percorreu todos os locais possíveis, e que sua busca foi bastante abrangente.

Aspecto importante é seu temor "pela sua própria vida [...]" (Bischain, 2017, p. 108). Seu sentimento não é infundado, pois, além de esposa de Henrique, ela também faz militância política. Ela tem consciência de ser seguida pelos "mesmos agentes" (Bischain, 2017, p. 108), reconhecendo em tal ação uma forma de intimidá-la. Por conseguinte, seu temor não é descabido, tendo sido, inclusive, advertida: "Um parente próximo que trabalha na polícia, me disse para eu tomar cuidado, os homens estão na minha cola" (Bischain, 2017, p. 108). Não obstante a ameaça explícita, ela não se constrange e segue buscando: "Não vou desistir de procurar" (Bischain, 2017, p. 108). No entanto, apesar de seu intenso movimento, ela permanece sem saber o que se sucedeu: "passados dois anos, nenhum esclarecimento sobre o que aconteceu" (Bischain, 2017, p. 109).

No capítulo "Reflexões de Ritinha", a personagem faz mais algumas considerações sobre sua luta para encontrar o marido. Mais uma vez a amplitude de sua procura é posta em evidência, pois se desdobra na participação em "comissões de familiares de desaparecidos" (Bischain, 2017, p. 111). Tais comissões realizaram algumas ações, como o "processo contra a União" (Bischain, 2017, p. 111). A despeito dessas intercessões, nada conseguiram apurar, sequer as "circunstâncias das mortes" (Bischain, 2017, p. 111). "As mais de mil ossadas encontradas em valas clandestinas nos cemitérios de São Paulo foram levadas para exames de DNA, em Campinas. Identificaram alguns dos desaparecidos, depois ficamos anos sem receber nenhuma informação" (Bischain, 2017, p. 111). Henrique não estava entre as ossadas identificadas. Por isso, a cerimônia fúnebre permanece em suspenso, assim como a de outros desaparecidos: "Não pudemos velar nossos mortos, não tivemos acesso aos arquivos do Exército" (Bischain, 2017, p. 111).

A lembrança do recebimento do atestado de óbito e da indenização vem acompanhada de uma reflexão cáustica sobre a dor desencadeada pela desaparição, impossível de ser aplacada: "Como se uma quantia em dinheiro pagasse e apagasse toda a dor. [...] Quem vai curar a dor que dentro dela quebrou o elo entre presente e passado e de nós duas roubou o futuro?" (Bischain, 2017, p. 112). No trecho, ela inclui a sogra, Iara, então com Alzheimer. Muito interessante é a expressão "roubou o futuro"! Essas palavras apontam para a consciência da sua precariedade no presente da narrativa, para os próprios talentos que não se realizaram. A jovem, participante ativa na comunidade, que dava aulas para analfabetos na favela próxima, tem seu caminho interrompido pela catástrofe da desaparição do marido. As promessas que se vislumbravam nessa mulher cheia de vida, com o olhar aguçado para o coletivo, não se concretizaram. O desaparecimento de Henrique é responsável por ela ter se transformado em uma mulher melancólica, sem projetos próprios, que se faz cuidadora da sogra. Morar com ela é também resolver sua situação econômica precária: "Eu morando num pequeno apartamento, pagando aluguel e condomínio, com uma aposentadoria que perde a cada ano seu poder aquisitivo..." (Bischain, 2017, p. 15).

Assumindo os cuidados com a velha (apenas nos capítulos finais se saberá que se trata de Iara, mãe de Henrique), Ritinha abandona sua participação nas comissões: "Tive que cuidar da velha, cada dia mais adoentada e abandonei as comissões, mas sempre me dão notícias, me telefonam" (Bischain, 2017, p. 111). Sem horizonte, ela passa a se concentrar na sogra, nas idas aos médicos, postos de saúde, bancos, preocupando-se em resolver situações cotidianas. A cena de abertura do romance é muito significativa: Ritinha está imersa no caos em que se transformou a casa da velha. Um espaço extremamente precário, onde impera o lixo, a desordem, a sujeira: "Lixo de uma vida jogado pelo chão. Cozinha, sala, três quartos, banheiro, em todos os cômodos a mesma desordem" (Bischain, 2017, p. 14). Ao dispor-se a limpá-la, ela encontra fragmentos do seu passado: "Aos poucos vão surgindo muitas histórias aqui vividas" (Bischain, 2017, p. 13). Entre os objetos que encontra em meio a esses escombros estão "cartas", "um velho diário", fotografias, entre outros destroços espalhados pela casa.

As duas personagens que foram diretamente atingidas pelo desaparecimento de Henrique passam a conviver na mesma casa, porém estão isoladas em seus respectivos mundos. Iara, com Alzheimer, não reconhece Ritinha, sua nora. Mergulhada em seu passado, a sogra fala o tempo todo. Em sua fala fragmentada, ao voltar-se para o presente, ela expressa seu aborrecimento pela presença da "estranha" em sua casa, sem perceber que se trata de Ritinha, por quem, antes de ser acometida pela doença, demonstrava afeto. No diário de Iara, escrito enquanto estava saudável, ela deixa evidente que a desaparição do primogênito destruiu toda a família: imersa nas buscas, o filho caçula, sentindo--se "abandonado", envolveu-se com drogas. Iara se mostra consciente de que o desaparecimento do primogênito determinou a desagregação familiar: "Era um menino tão bonzinho! Depois que Henrique desapareceu, Lucas foi ficando cada vez mais rebelde. A gente saindo o tempo todo à procura de notícias de Henrique. Edson só estudando para o vestibular, acho que Lucas se sentiu abandonado" (Bischain, 2017, p. 124). À tentativa de Ritinha de conversar, ele reage agressivamente: "– Se mete com a sua vida, vai procurar seu marido! – ele respondeu a ela" (Bischain, 2017, p. 124). Endividado, os traficantes executam o irmão do meio, com quem foi confundido, pois eles eram muito parecidos.

O movimento que a desaparição instaura modifica a ordem familiar, deixando Lucas desamparado. Em tal conjuntura, as drogas têm o acesso liberado. Iara perde os três filhos: um é desaparecido pelo Estado repressor; o outro é executado por traficantes; e o caçula foge ao se deparar com o assassinato do irmão, o qual havia sido endereçado a si. O desaparecimento do primogênito é responsável pela catástrofe que assolou a família. Sem o corpo do filho, a cerimônia fúnebre não se realiza, o que se constitui em óbice para a elaboração desse trauma. Ritinha considera que ela talvez ainda tenha a expectativa de encontrá-lo, "porque sem corpo, sem velório, ela não acreditou na sua morte"

(Bischain, 2017, p. 113). O trauma não foi elaborado, apesar da escrita do diário. Essa escrita não é curativa, e Iara sucumbe. A desconexão entre presente e passado certamente decorre da não assimilação da "experiência traumática", a qual, de acordo com os estudos de Márcio Seligmann-Silva (2003, p. 48), "[...] é aquela que não pode ser assimilada enquanto ocorre." E essa mãe não conseguiu elaborar sua perda, à qual se somou a dos outros filhos, tornando-lhe insuportável encarar o presente. Assim, a separação de si se impõe, conforme reconhece Ritinha ao recordar o recebimento da indenização, quando afirma que nenhum dinheiro poderia compensar a quebra do "[...] elo entre presente e passado" (Bischain, 2017, p. 112) que acometeu a sogra.

Enquanto Iara adoece, Ritinha transforma-se em uma mulher melancólica, sem "um futuro". Não há nenhum comentário sobre sua profissão, sobre ter seguido algum curso universitário. Apenas é dito que ela está aposentada e que sua aposentadoria perde anualmente o poder aquisitivo. Esse silêncio sobre seu trabalho permite inferir que ele não propiciou satisfação pessoal. O desaparecimento do marido parece tê-la deixado estagnada, fazendo das buscas para encontrá-lo o *moto condutor* da sua vida. No presente, os cuidados com a velha impedem a continuidade de sua participação nas comissões. Essas eram fundamentais, pois significavam a interlocução com pessoas que vivenciavam uma circunstância similar, o que contribuía para sua estabilidade emocional.

Também no plano afetivo Ritinha não consegue refazer sua vida. Ela se lembra de que se transformou em objeto de disputa entre alguns homens. Eles teriam feito uma aposta "para [...] ver quem 'pegava' primeiro a viúva do subversivo" (Bischain, 2017, p. 112). Tal descoberta faz irromper o sentimento de estar sendo desrespeitada. Em seguida, ela prossegue: "Eu estive precisando de um ombro, de apoio, não de problemas. Problemas tive de sobra estes anos todos." (Bischain, 2017, p. 112). Sua expectativa de encontrar problemas em relacionamentos encobre suas dificuldades internas de se relacionar. Ao afirmar que os homens estão apenas interessados em sexo – "Para esses homens só sexo era importante, não tem carinho, não tem amor, não tem companheirismo" (Bischain, 1917, p.112) – ela, na realidade, está deslocando a questão. O recurso ao deslocamento é uma forma de proteger-se, porque evita o confronto com seus próprios temores. O problema é ela e não os homens, é sua dificuldade de ir em direção ao outro, a qual decorre da desaparição do marido, que lhe deixou um vazio que não pode ser preenchido. Por isso, há que se considerar a culpa como uma possibilidade não descartável, embora isso não esteja explícito no texto. É um sentimento que aflora em muitas vítimas de um desaparecimento, que não conseguem entregar-se ao prazer, em qualquer de suas manifestações – inclusive, esse sentimento é verbalizado por personagens de outros romances.[5] Elas agem como se estivessem traindo o familiar. Em Ritinha, talvez se possa descobri-la em sua impossibilidade de estabelecer novos vínculos afetivos. Eurídice Figueiredo (2017, p. 94) ressalta o sofrimento dos familiares decorrente da ausência do corpo e do desconhecimento do que aconteceu ao familiar, alertando para o "sentimento de culpa" que neles irrompe: "A espera, misturada à angústia, prolonga o sofrimento e desencadeia o sentimento de culpa. O desaparecido torna-se um fantasma que continua habitando o mundo mental dos vivos". Também Gagnebin (2010, p. 185) discorre sobre o quanto não saber das circunstâncias da morte e ignorar onde se encontram os restos mortais do desaparecido traz implicações sérias aos vivos: "Não sabemos como morreram nem onde estão seus restos – e isso nos impede, *a nós todos,* mesmo que especialmente a seus familiares e amigos, de poder viver melhor no presente". É esse o real impedimento de Ritinha, seja para sua realização profissional, seja afetiva.

Gatti (2011) reflete sobre o quanto a condição ambivalente do desaparecido afeta sobremaneira os familiares. O pesquisador recorre à definição das Avós da Praça de Maio para mostrar essa ambivalência: "A condição de 'desaparecido' é construída a partir do que se ignora sobre ele (seu cativeiro, sua morte, o destino dos seus restos mortais e, nos casos dos que estiveram em campos de concentração e não foram identificados, quem eram). O que se ignora, a

5 A personagem Sofia, de *Palavras cruzadas*, de Guiomar de Grammont, é atravessada pela culpa. Em diferentes circunstâncias ela se manifesta: "Sofia sentia culpa, mesmo sem motivo" (Grammont, 2015, p. 56); "Uma culpa fina e constante a trespassava, por ter sobrevivido, por estar no mundo e poder aproveitar os momentos felizes" (Grammont, 2015, p. 205). Também Ângela, personagem de *Outono* (2018), de Lucília Garcez, sente-se culpada, sobretudo no início do seu relacionamento com Francisco: "Fui assolada por uma culpa aterrorizante. Parecia que um castigo assombroso recairia sobre mim. [...] Eu me sentia como se tivesse cometido um crime e corresse perigo de ser descoberta" (Garcez, 2018, p. 146).

negação, é o que o define".[6] (Gatti, 2011, p. 63). A absoluta inexistência dos rastros, do que decorre a ignorância do que lhe aconteceu, e a negação do corpo. Gatti (2011, p. 63) é enfático: "É um ausente presente. É, não está, porque o desaparecimento se conjuga apontando a permanência de um estado impossível: [...] o desaparecimento forçado de pessoas inventa uma instabilidade perpétua, uma espécie de limbo permanente".[7]

Aprofundando suas reflexões, Gatti (2011, p. 155) mostra que uma desaparição impõe feridas imunes à cicatrização: "Feridas sem fim. Mas feridas abertas que não fecham. Feridas para as quais não há linguagem que funcione confortavelmente: não existe uma maneira literal de explicar essa dor surda e permanente"[8], a que o estudioso recorre, aponta para o trauma. Márcio Seligmann-Silva (2003, p. 49), refletindo sobre a experiência traumática, também se refere ao termo "ferida": "[...] a história do trauma é a história de um choque violento, mas também de um *desencontro*, com o real (em grego, vale lembrar, "trauma" significa ferida)". As observações de Gatti dialogam com as de Seligmann-Silva (2000, p. 84). Ambos evidenciam a dificuldade de elaboração de tal experiência: "O trauma é justamente uma *ferida* na memória", insubmissa à narração; ainda, é caracterizado pela "incapacidade de *recepção* de um evento que vai além dos 'limites', para nós, algo *sem-forma*" (Seligmann-Silva, 2000, p. 84).

É o que acontece com Ritinha: submersa no sofrimento causado pela desaparição, sucumbe a uma vida sem projetos. Mesmo o reconhecimento da morte dado pelo atestado de óbito, não permite que ela supere esse estado de "instabilidade perpétua". O desaparecimento do marido constitui-se em uma "ferida aberta", que não cicatriza, daí continuar reverberando ao longo de sua vida. Em razão disso, sua ausência torna-se presença, aguçando o sofrimento

6 "La condición de 'desaparecido' está dada por lo que de él se ignora (su cautiverio, su morte, el destino de sus restos y, en los casos de quienes transitaron los campos de concentración y no fueron identificados, quiénes eran). Lo que se ignora, la negación, es lo que lo define" (tradução nossa).

7 "Es un ausente presente. Es, no está, pues la desaparición se conjuga apuntando a la permanencia de un estado imposible: [...] la desaparición forzada de personas inventa un estado de inestabilidad perpetua, una suerte de limbo permanente" (tradução nossa).

8 "Heridas en fin. Pero heridas abiertas, que no cierran. Heridas para las que no hay lenguage que funcione cómodo: no cabe literalidad para dar cuenta de ese dolor sordo y permanente" (tradução nossa).

constantemente renovado. Ele se presentifica em alguns momentos marcantes de sua vida. Um deles é o show censurado de Joan Baez. Proibida de cantar, ela desce do palco e entoa três músicas no meio da plateia embevecida: "Olhei para Elisa, ela estava tão encantada quanto eu" (Bischain, 2017, p. 103). Nesse momento emocionante, o marido ausente se impõe: "Fiquei pensando em Henrique, ele teria adorado estar aqui conosco. Meu querido Henrique, quanta saudade eu sinto de você!" (Bischain, 2017, p. 103).

Uma cena muito importante se realiza no presente da narrativa, em "Reflexões de Ritinha". Nela a "ferida aberta" se expõe de forma contundente. Isso ocorre ao encontrar um bilhete escrito por Henrique, que estava no meio do diário de Iara. Ao reconhecer a letra do marido, ela é imediatamente impactada: "Meu coração dá um salto, minhas mãos tremem" (Bischain, 2017, p. 119). O pequeno papel é tão mais importante ao considerar que Henrique "[...] nunca gostou de escrever, dizia ser perigoso, melhor guardar na cabeça. Para ele, qualquer papel virava um documento e comprometia, colocava em perigo a vida de pessoas inocentes. [...] Abro o papel emocionada" (Bischain, 2017, p. 119). O bilhete traz palavras lindas sobre ela e, ao final, ele se diz apaixonado. A reação da narradora é física: "Termino de ler, lágrimas correm pelo meu rosto" (Bischain, 2017, p. 120). Suas lágrimas são sintomáticas do quanto o corpo está prenhe de memórias. Aleida Assmann (2011, p. 265) argumenta que tais memórias são mais confiáveis: "Nesse sentido, pode-se caracterizar o trauma como uma escrita duradoura no corpo, oposta à recordação". Segundo a pesquisadora, o trauma que se revela no corpo é de difícil tradução: "Palavras não podem representar essa ferida memorativa do corpo. Ante o trauma, a linguagem comporta-se de forma ambivalente" (Assmann, 2011, p. 278). O corpo traduz sua dor. A ferida continua aberta. Gagnebin (2010, p. 185) mostra o quanto a reconciliação com o passado é necessária para que o sofrimento possa ser resgatado: "Esse passado que insiste em perdurar de maneira não reconciliada no presente, que se mantém como dor e tormento, esse passado não passa".

O passado da desaparição afeta as duas personagens. É um passado que, ao se imiscuir no presente, lhes impõe um sofrimento avassalador. Dom Paulo Evaristo Arns (2011, p. 12) se reporta à dor irresgatável das vítimas de um desaparecimento:

> Não há ninguém na Terra que consiga descrever a dor de quem viu um ente querido desaparecer atrás das grades da cadeia, sem mesmo poder adivinhar o que lhe aconteceu. O "desaparecido" transforma-se numa sombra que ao escurecer-se vai encobrindo a última luminosidade da existência terrena.

As palavras de Arns são eloquentes. Afigura-se que as duas personagens não resistem a uma dor insuportável e se desconectam da realidade. Em Iara, desde a abertura do romance, é apresentada como alguém doente. Em Ritinha, a doença está transparente no parágrafo que fecha o romance: "– Lá vai a doida varrida, a biruta, a lelé da cuca, a noia. Lá vai ela, a mulher que fala sozinha. Que louca! Afinal, alguém entende o que ela diz?" (Bischain, 2017, p. 130). Considerada louca pelas crianças (e/ou passantes?), esta cena espelha uma brincadeira infantil, quando Ritinha e os amigos provocavam uma mulher que parecia não estar em seu juízo perfeito (Bischain, 2017, p. 130). Esse trecho permite concluir que ela também não escapa do destino cruel da desconexão. Destino esse decorrente da não elaboração do trauma, que se presentifica na vida dessas personagens, que, atormentadas por fantasmas do passado, sucumbem. Sem o corpo, o ritual fúnebre não se realiza, o luto permanece em suspenso e a ferida aberta, sangrando.

Nota conclusiva

Nem tudo é silêncio dá visibilidade à periferia. Sonia Regina Bischain (2020, p. 217) é moradora da Vila Penteado, em São Paulo, por isso conhece de perto as lutas realizadas pelos moradores por melhores condições de vida, assim como a resistência política que se realizou no bairro no período ditatorial, das quais a escritora participou. Esses movimentos não são estanques. Referindo-se a uma dessas lutas, ela lembra do que sofreram em determinada circunstância: "Em 1978, recolhemos 1,5 milhão de assinaturas contra a excludente política econômica do governo. Nessa época, os prefeitos biônicos enxergavam a população como adversária e inimiga, então éramos reprimidos violentamente, pelos guardas-civis metropolitanos" (Bischain, 2020, p. 221). A mesma violência se estendia a "Outros movimentos, como os de moradia, dos negros e dos homossexuais, também foram considerados ameaçadores à segurança nacional e foram alvos de repressão e vigilância" (Bischain, 2020, p. 221). As palavras da escritora evidenciam que a periferia sofreu com as práticas arbitrárias, então normatizadas. Imagina, enquadrarem tais movimentos como "ameaçadores à segurança nacional"!

O Estado estava atento, seja às organizações dos moradores, seja aos protestos políticos. Havia uma vigilância estrita a todas as manifestações. Em qualquer delas, agentes estavam presentes, gravando e fotografando os participantes durante esses eventos. Também tinham uma atuação mais ostensiva quando "pegavam" as jovens e as entregavam aos pais em suas casas. No caso da escritora, em uma ocasião, seu pai foi chamado a uma delegacia, o que fez sua mãe, atemorizada, queimar todos os seus papéis (Bischain, 2020, p. 220).

Essas situações permitem concluir que os moradores da periferia que tinham alguma militância estavam sendo monitorados, mesmo quando participavam de atividades fora do bairro. Bischain refere-se a ter ido a dois cultos na Igreja da Sé (um em homenagem a Vladimir Herzog e o outro pelo traslado das cinzas de Frei Tito e restos mortais de Alexandre Vannuccchi Leme) e ao velório de Santos Dias. Os agentes repressores estavam atentos a essas cerimônias, tentando, inclusive, impedir que se realizassem. A vigilância ostensiva tinha por objetivo intimidá-los.

Bischain (2020, p. 223) revela que a escrita de seus livros é decorrente de seu desejo de preservar as memórias de sua própria experiência: "Minha intenção, ao escrever, foi registrar essa vivência, criando personagens fictícios que vivem uma situação histórica real. Meus livros contam essas histórias". Em *Nem tudo é silêncio*, a autora ficcionou sua história, atribuindo a suas personagens algumas situações que vivenciou. Essas vivências pessoais somadas às inventadas compõem uma história pungente. Através dos diários de Ritinha e de Iara, ela reconstituiu uma época em que o país viveu tempos sombrios, uma época que não pode ser esquecida.

Nesse ensaio crítico, procurou-se inicialmente rastrear os marcos históricos da época presentes no romance, pois eles contribuem para uma maior compreensão da atmosfera repressiva daqueles tempos. Nos diários de Ritinha vê-se jovens que resistiam ao arbítrio, apesar dos riscos que corriam, uma vez que estavam sendo vigiados, e o Estado ditatorial não admitia vozes divergentes. Essas eram caladas com prisões, torturas e desaparecimentos. Práticas rotineiras realizadas pelo aparelho repressivo, mas cuja existência era negada pelos militares: "Tortura-se e mata-se os adversários, mas, depois, nega-se a existência mesma do assassínio" (Gagnebin, 2006, p. 116). Henrique está entre os muitos jovens que foram desaparecidos sem deixar rastros.

Ter um familiar desaparecido transforma a vida de todos os envolvidos. A expressão "limbo permanente" usada por Gatti (2011) é sintomática da condição de alguém que não está vivo nem morto. "O desaparecimento pode ser pensado como uma *morte inconclusa*." (Catela, 2001, p.142). "Morte inconclusa" e "limbo permanente" são expressões exemplares para mostrar a condição especial do desaparecido. Não há corpo, por isso não há velório, e como tal o luto permanece em suspenso. Ter um momento de morte é fundamental para a elaboração da perda de alguém querido. No caso, para Ritinha e Iara esse momento não aconteceu. Logo da constatação da desaparição de Henrique, elas inauguraram um movimento de buscas. Passados muitos anos, elas continuam buscando, se não a pessoa viva, os restos mortais e/ou informações sobre as circunstâncias da morte.

Aqueles que não conseguem realizar o ritual permanecem obsedados por essa morte, por isso suas feridas não cicatrizam. Ao contrário, quando esse ocorre, há um sentimento de fechamento de ciclo. Nas pesquisas de Ludmila Catela (2001, p. 159), aqueles que recuperaram o corpo e fizeram o sepultamento sentem-se aliviados: "Para Laura e sua filha, o sepultamento permitiu encerrar um ciclo e abrir outros marcados pelas palavras memória e compromisso de 'não esquecer'". Ritinha e Iara não fecham o ciclo, por isso não conseguem inaugurar outra etapa de vida, como fazem as pessoas entrevistadas por Catela. Ao contrário de Laura e de sua filha, o corpo do marido e filho lhes foi sonegado. Nem a informações sobre as circunstâncias da morte elas tiveram acesso. Assim, sem um momento para celebração, o luto permanece interdito. Essa circunstância tem como implicação uma ferida aberta, não suturada, uma ferida cuja dor é renovada ao longo das décadas, sem trégua.

Referências

ARNS, Dom Paulo Evaristo. Prefácio. *In:* ARQUIDIOCESE DE SÃO PAULO. *Brasil*: Nunca mais. Prefácio de Dom Paulo Evaristo Arns. Petrópolis: Vozes, 2011, p.11-14.

ARQUIDIOCESE DE SÃO PAULO. *Brasil*: Nunca mais. Prefácio de Dom Paulo Evaristo Arns. Petrópolis: Vozes, 2011.

ASSMANN, Aleida. *Espaços da recordação*: formas e transformações da memória cultural. Trad. Paulo Soethe. Campinas, SP: Editora da Unicamp, 2011.

BARCELLOS, Caco. Prefácio. *In*: REINA, Eduardo. *Cativeiro sem fim*: as histórias dos bebês, crianças e adolescentes sequestrados pela ditadura militar no Brasil. São Paulo: Alameda, 2019, p. 11-15.

BISCHAIN, Sonia Regina. *Nem tudo é silêncio.* São Paulo: Sonia Regina Bischain Rosa, 2017.

BISCHAIN, Sonia Regina. A periferia vista pelas margens: vozes da periferia e a ditadura. *In*: OLIVEIRA, Rejane Pivetta de; THOMAZ, Paulo C. *Literatura e ditadura.* Porto Alegre: Zouk, 2020, p. 217-223.

BRASIL. *Comissão Nacional da Verdade*: Relatório. Brasília, DF: CNV, v. 1, 2014. Disponível em: http://cnv.memoriasreveladas.gov.br. Acesso em: 30 de março de 2024.

CATELA, Ludmila da Silva. *Situação-limite e memória*: reconstrução do mundo dos familiares de desaparecidos da Argentina. São Paulo: Hucitec, Anpocs, 2001.

FIGUEIREDO, Eurídice. *A literatura como arquivo da ditadura brasileira.* Rio de Janeiro: 7Letras, 2017.

GAGNEBIN, Jeanne Marie. O preço de uma reconciliação extorquida. *In*: TELES, Edson; SAFATLE, Vladimir (org.). *O que resta da ditadura*: a exceção brasileira. São Paulo: Boitempo, 2010, p. 177-186.

GAGNEBIN, Jeanne Marie. O rastro e a cicatriz: metáforas da memória. In: GAGNEBIN, Jeanne Marie. *Lembrar escrever esquecer.* São Paulo: Ed. 34, 2006, p. 107-118.

GARCEZ, Lucília. *Outono.* Brasília: Outubro Edições, 2018.

GASPARI, Elio. *A ditadura escancarada*. Rio de Janeiro: Intrínseca, 2014.

GATTI, Gabriel. *Identidades desaparecidas*. Peleas por el sentido en los mundos de la desaparición forzada. Buenos Aires, Argentina: Prometeo Libros, 2011.

GRAMMONT, Guiomar de. *Palavras cruzadas*. Rio de Janeiro: Rocco, 2015.

MOTTA, Rodrigo Patto Sá. Universidade e cultura na ditadura militar brasileira. *Revista Estudios del ISHiR*, Argentina, n. 20, p. 92-106, 2018. Disponível em: https://repositorio.ufmg.br/bitstream/1843/37067/2/rodrigoUniversidadeCultura.pdf. Acesso em: 15 de abril de 2024.

MOTTA, Rodrigo Patto Sá. *As universidades e o regime militar*: cultura política brasileira e modernização autoritária. Rio de Janeiro: Zahar, 2014.

SELIGMANN-SILVA, Márcio. Apresentação da questão: a literatura como trauma. *In:* SELIGMANN-SILVA, Márcio (org.). *História, Memória, literatura*: o testemunho na era das catástrofes. São Paulo: Ed. da UNICAMP, 2003, p. 45-58.

SELIGMANN-SILVA, Márcio. A história como trauma. *In:* NESTROVSKI, Arthur; SELIGMANN-SILVA,Marcio (org.). *Catástrofe e representação*: ensaios. São Paulo: Escuta, 2000, p. 73-60.

TELES, Janaína de Almeida. Os familiares de mortos e desaparecidos políticos e a luta por "Verdade e justiça" no Brasil. *In:* TELES, Edson; SAFATLE, Vladimir (org.). *O que resta da ditadura*: a exceção brasileira. São Paulo: Boitempo, 2010, p. 253-298.

TELES, Maria Amélia de Almeida. Mulheres: subversivas, vadias, putas, perigosas, tresloucadas? *In:* TELES, Edson; QUINALHA, Renan (org.). *Espectros da ditadura*: da Comissão da Verdade ao bolsonarismo. São Paulo: Autonomia Literária, 2020, p. 366-393.

SAFATLE, Vladimir. Do uso da violência contra o Estado ilegal. *In:* TELES, Edson; SAFATLE, Vladimir (org.). *O que resta da ditadura*: a exceção brasileira. São Paulo: Boitempo, 2010, p. 237-252.

Crônicas publicadas durante a ditadura militar: notas sobre Antonio Callado e Rubem Braga

Jaime Ginzburg[1]

Durante a ditadura militar, foram publicadas crônicas em diversos jornais. Considerando que as iniciativas de publicação em livros de textos desse gênero são restritas, em muitos casos, o acesso a crônicas do período consiste em um desafio. Pesquisadores precisam, em diversas situações, se dedicar a buscas em acervos de jornais do período, estejam eles digitalizados ou não.

É importante observar que, para além de existirem dificuldades práticas de acesso e tratamento de fontes primárias, historicamente, foram constituídas lacunas de conhecimentos com relação ao gênero. Este trabalho se propõe a observar, em um *corpus* específico, formas como crônicas lidaram com impactos políticos e sociais do regime militar. Dentro dos limites desse *corpus*, é possível observar a heterogeneidade da produção do gênero, tanto em termos formais como no que se refere às perspectivas de abordagem desses impactos.

Uma aproximação entre textos publicados por dois autores, Antonio Callado e Rubem Braga, para além de conferir visibilidade à heterogeneidade das crônicas, permite refletir sobre especificidades dos dois escritores.

1 Professor Titular de Literatura Brasileira da FFLCH-USP. Pesquisador com bolsa de produtividade de pesquisa do CNPq. E-mail: ginzburg@usp.br.

Antonio Callado: suicídio e tortura

Os leitores do jornal *Correio da manhã*, ao tomarem em mãos o exemplar do dia 7 de junho de 1964, encontraram a manchete "Castelo: Direito de crítica é sagrado". De acordo com as informações apresentadas, o Presidente Castelo Branco teria comentado que intelectuais tinham direito a manifestar opiniões críticas a respeito do governo, mencionando especificamente o caso de Alceu Amoroso Lima. Na mesma página, foi publicado um editorial denominado "Alerta, marechal", no qual o jornal comenta o Ato Institucional n.1, que formalizou a perda de direitos políticos de muitas lideranças. Esse editorial demonstra preocupação com o futuro do país, chamando a atenção para a existência de "inimigos da democracia".[2]

Os mesmos leitores encontrariam, ao virar a página, no canto superior, à esquerda, o nome de Sigmund Freud em destaque. Acima, em uma fonte menor, estava o enunciado "Entrevista imaginária". O texto é assinado por Antonio Callado. Não há especificação editorial a respeito da posição do texto na página, ou sobre o gênero ao qual ele poderia pertencer. Ao seu lado, é encontrada uma reportagem sobre vencimentos de funcionários públicos.

A situação elaborada pelo texto consiste em uma preleção pública, na qual Freud estaria apresentando um caso clínico. O segundo parágrafo sugere, através da voz de um dos presentes, que hipoteticamente poderia corresponder a um jornalista responsável pela entrevista, ao empregar a expressão "discípulos do sábio", que diante do expositor estariam diversas pessoas com escuta interessada.

O caso clínico se refere ao Brasil, descrito como "paciente". A premissa consiste em que, através de antropomorfismo, o país esteja em tratamento psicanalítico. A descrição de traços de constituição do paciente articula duas configurações discursivas: uma é constituída com recursos para provocar efeito cômico, inclusive ironias; outra está voltada para a observação crítica da política do país, em perspectiva crítica ao regime militar. Na cena, além do Brasil, outra figura antropomórfica é a "Revolução", descrita como uma pequena criatura

2 Atualmente, é possível encontrar o jornal no acervo digital da Biblioteca Nacional.

"semelhante a um Vitalino" e "com carinha de megera". A personagem atua, em perspectiva alegórica, como uma expressão do golpe de 1964, e também de seus desdobramentos políticos até o momento da publicação, incluindo o Ato Institucional n.1.

A redução do golpe e do regime a uma pequena criatura, cujo comportamento é incômodo para Freud, tem um efeito irônico; é como se o texto mostrasse as lideranças da ditadura militar em uma perspectiva de ridicularização. A pretensão da criatura em viver um casamento com o Brasil corresponderia, alegoricamente, a uma expectativa de manutenção do poder ditatorial ao longo do tempo. Ao dizer a Freud que vai "crescer", ela anuncia a expectativa de consolidação do regime militar, com ampliação do poder obtido.

O discurso do palestrante mostra desprezo pela figura da "Revolução", tanto ao registrar que ela vale menos do que uma jarra, como pela referência à monstruosidade, à qual a criatura reage imediatamente, dizendo a Freud: "Monstro é você". A indicação de que ocorreriam relações sexuais entre o Brasil e a Revolução é expressa na última frase do texto, quando a pequena criatura assedia o país, referindo a si mesma como "Lolita".

Em contraponto à disponibilidade para as relações sexuais por parte da "Revolução", é comentada uma dificuldade, no caso do Brasil, para lidar com a sexualidade.

> Mas o Brasil, talvez por medo psíquico do ato sexual, só inventa amores impossíveis. Olhem as dimensões gigantescas do paciente e olhem em seguida a Revoluçãozinha. Trata-se de uma noiva para Andorra, no máximo. O casamento é impossível. Mesmo um *divertissement* entre os dois seria inconcebível (Callado, 1964, p.2).

Entre os principais temas da preleção de Freud, aparecem os seguintes: (a) a "chamada Revolução" consiste em um "conflito do paciente"; (b) existiria uma discrepância entre a imensidão do Brasil e o tamanho pequeno da "Revoluçãozinha"; (c) a história do paciente leva Freud a lembrar do Apocalipse bíblico; (d) a ocorrência de suicídios, com uma referência direta a Getúlio Vargas.

Ao longo de seu discurso analítico, o Freud imaginariamente entrevistado apresenta um perfil referente ao Brasil; para compor esse perfil, utiliza direta e indiretamente categorias da Psicanálise. Com um passado colonial, o país teria um "ódio ao pai colonizador"; o Brasil complica sua própria vida, pois "só inventa amores impossíveis", como o relacionamento com a pequena "Revoluçãozinha"; além disso, embora seja grande, "pensa pequeno, busca ideias pequenas".

O auge da exposição consiste em uma resposta do pensador a seus críticos, em que afirma provar "que o malogro é do paciente e não meu". A base para a falta de resultados positivos no caso clínico seria a falta de "matéria analisável"; a pequenez de ideias estaria associada ao envolvimento com a diminuta "Revoluçãozinha", que descreve a si mesma como "Lolita". O Brasil, argumenta Freud, não seria um caso para a psicanálise, mas "para a Pediatria".

Exposto na página 2 do *Correio da manhã*, o texto de Callado poderia passar despercebido para leitores sem interesse pelo título referente a Sigmund Freud. A sustentação publicitária do jornal, no caso dessa página, é verificada pela presença de um espaçoso anúncio sobre automóveis, e de outro referente a letras de câmbio.

A proposição de uma "psicanálise das nações", apresentada logo na primeira frase, sugere a existência hipotética de uma área de conhecimento previamente estabelecida, com relação à qual o palestrante teria experiência. O Brasil figuraria como um caso de estudo, dentro dessa linha de atuação do expositor.

Existe uma conexão direta entre esse texto e o momento em que foi publicado; a ligação se refere aos efeitos das cassações determinadas pelo Ato Institucional. Um leitor atento do jornal teria, possivelmente, verificado o editorial na página de capa, com o alerta a Castelo Branco, em contrariedade aos "inimigos da democracia". Poderia ter verificado também que o Marechal teria comentado as críticas, por parte de intelectuais, a respeito de ações do governo. No texto de Callado, esse tema aparece da seguinte forma:

> A tendência está ficando tão marcada, depois de Vargas, que os outros Presidentes vão logo avisando, como fizeram Jânio e Jango: não me suicido não. Agora procura-se ver se Juscelino comete suicídio. Devido ao seu temperamento naturalmente ligeiro, é duvidoso, que cumpra esse anseio

> geral. Mas Getúlio Vargas também não parecia ter o temperamento e acabou como se sabe. Mediante as atuais cassações, que são o suicídio civil imposto, a tendência está se regulamentando. Pensei, então, que o que dominasse o paciente fosse o desejo de morte, que sua motivação fosse esta, terrível mas que tem uma certa grandeza. Verifiquei depois que os suicídios são impostos por comodismo, para que haja um retorno à rotina (Callado, 1964, p.2).

É atribuída a Freud a percepção de que o país poderia estar dominado pelo "desejo de morte", como se a sociedade brasileira fosse voltada para a autodestruição. O adjetivo "terrível" sintetiza o impacto do diagnóstico clínico. Essa hipótese seria constituída pela existência de uma conexão entre o Brasil e a "Revoluçãozinha". Nenhum enunciado do texto é atribuído ao país, mas a pequena criatura faz três intervenções, sendo que as duas primeiras são interrupções na preleção do psicanalista. A "Lolita" antagoniza com o palestrante, afirmando que o Brasil a ama e que ela vai crescer; Freud defende que o "casamento é impossível". Quando a criatura chuta uma jarra, o palestrante reage dizendo a ela que a "jarrinha vale mais do que você". Ao reconhecer que não conseguiu chegar a resolver o problema do paciente, Freud demonstra não ter uma maneira de eliminar o relacionamento estabelecido entre o Brasil e a Revolução, a quem define como um monstro. É como se essa criatura, que afirma, durante a palestra, amar o país, estivesse atuando como responsável pela autodestruição do Brasil.

É fundamental observar a caracterização do Brasil, nesse texto, como um país marcado por suicídios. A exemplaridade de Getúlio Vargas, ao articular diretamente poder e suicídio, é acentuada pela expressão "como se sabe", sinalizando que o assunto é do espaço público e, portanto, é capaz de despertar indagações por parte dos leitores do jornal.

A afinidade sonora entre os nomes "Jânio e Jango" contribui para estabelecer uma imagem irônica de duas lideranças diferentes tomando uma decisão comum, exposta em um único enunciado – "não me suicido não". Esse enunciado irônico contrasta com o rumo do discurso quando ocorre, em seguida, uma referência às cassações. Nesse ponto, uma leitura atenta da página 2 do jornal pode estimular o leitor a voltar para o editorial, construído com sobriedade e ponderação, e à reportagem que registra a posição apresentada por Castelo Branco, sobre manifestações críticas ao governo, ambos na página de capa.

O efeito irônico se distingue da gravidade da expressão "suicídio civil imposto". Como o suicídio corresponde a uma autodestruição, a ideia de que ele seja "imposto" estabelece um deslocamento do alcance semântico do termo, de maneira que uma força externa seja responsável pela aniquilação. A remoção de direitos representou, para a perspectiva adotada pelo escritor, um esvaziamento de possibilidades de ações e expressões de indivíduos; inclusive, ações de indivíduos que o governo poderia caracterizar como capazes de oferecer resistência a decisões autoritárias.

A aparição do tema do suicídio, em referência a um fato histórico, no caso de Getúlio Vargas, constitui um fundamento para referir ao tema do impacto destrutivo do Ato Institucional, em um encadeamento, como se as décadas anteriores estivessem impregnadas no momento temporal de publicação do jornal.

Não aparece junto ao texto nenhum termo que poderia representar uma categorização do texto de Callado ("crônica", "coluna" ou outro). O texto é constituído com recursos encontrados em sátiras, paródias e anedotas. O título indica sua inserção em um gênero, a entrevista; porém, à revelia das convenções, não aparece nenhuma questão proposta por jornalistas ao suposto entrevistado. As manifestações de Freud se aproximam da configuração de uma palestra. Os empregos do travessão indicam, nos casos de Freud e da Revolução, os usos de discursos diretos. A pesquisadora Flávia Delgado caracterizou o texto como uma "crônica prosopopeica" (Delgado, 2020, p.149), em que o emprego de adjetivos no diminutivo tem a função de "expressar o menosprezo" pela figura da "Revolução" (Delgado, 2020, p.152).

Em 21 de março de 1979, Callado publicou "Tortura, a missa negra do regime – À espera das tábuas da lei do Deus armado". O texto faz referência ao tema da abertura política, apresentando preocupações com relação a decisões de membros do governo militar. Cabe observar um trecho da crônica:

> Quando, depois de preso durante muito tempo, o ex-deputado Marco Antônio Coelho apareceu, quase sinistro, na televisão, feito um fantasma, um espectro, ficamos sabendo que seu sofrimento e sua humilhação tinham levado o governo a descobrir onde se imprimia o jornal *Voz Ope-*

> *rária*, que todo mundo conhece e que eu recebia com certa regularidade pelo correio. Todo mundo sabia que Marco Antônio era comunista e que o jornal comunista era impresso. Aquele espectro que o ministro Armando Falcão apresentou ao público das telenovelas, em horário nobre, não era o assassino de Salomão Hayala.[3]Não era – esperava o ministro Falcão – sequer o ex-deputado Marco Antônio, e sim um homem novo, ou pelo menos recauchutado na vulcanização da tortura. Era um exorcizado, um convertido (Callado, 2017, p.149).

A palavra "recauchutado" consiste em um termo coloquial, utilizado frequentemente para referir a pneus, que pode ser utilizado com o sentido de "recomposto". Em uma hipotética conversa sobre pneus, "vulcanização" remeteria a um procedimento de alteração, por alta temperatura, da borracha. O autor deslocou os termos de seu contexto coloquial para a descrição do que poderia ocorrer a um ser humano dentro do contexto do regime militar. A analogia sinalizada consistiria em que o efeito do calor sobre um pneu seria similar ao efeito de torturas. Uma premissa dessa analogia estaria em que o ser humano seria reificado, uma vez que estaria sendo percebido de forma equivalente à percepção de um pneu submetido a uma alta temperatura.

A composição da imagem de Marco Antônio Coelho é complexa. Ela inclui os seguintes elementos: (a) a caracterização impregnada por reificação, como indica, conforme exposto no parágrafo anterior, o emprego da expressão "recauchutado na vulcanização"; (b) a condição de "espectro", sugerindo que o ex-deputado estivesse morto e aparecesse então de maneira fantasmagórica; (c) a identificação com uma doutrina política, o comunismo; (d) a responsabilidade pela editoração de um jornal, *Voz Operária*; (e) o seu passado como prisioneiro político. O final do parágrafo apresenta uma referência à tortura, ocorrida durante o seu período de prisão.

Existe uma conexão entre a imagem do "suicídio civil imposto", apresentada na "Entrevista imaginária", e esta configuração espectral do ex-deputado.

3 A aparição de Coelho na televisão é associada a uma telenovela de sucesso na época, *O Astro*. Callado indica que aquele homem "não era o assassino de Salomão Hayala", referindo a uma incerteza que motivava, na época, um amplo público a acompanhar a trama de Janete Clair.

A imagem foi proposta em referência à remoção de direitos políticos de várias lideranças, ainda no início da ditadura militar. Existe um ponto comum entre as cassações em 1964 e a prisão do ex-deputado; ambas as medidas expressam posições autoritárias, em acordo com as quais os militares procuraram desgastar, controlar ou eliminar aqueles que consideravam seus adversários. É como se uma corrente subterrânea entre as duas obras, distanciadas uma da outra por aproximadamente quinze anos, permitisse reconhecer a continuidade de um mesmo problema grave, referente à remoção de direitos de cidadãos.

Cabe observar três adjetivos utilizados na descrição do ex-deputado: "sinistro", "exorcizado" e "convertido". O primeiro evoca vivências de horror e medo. O segundo, cunhado pela religião, evoca a presença do Diabo e a necessidade de confrontá-lo ritualmente; o terceiro, que também pode ser entendido em acepção religiosa, expressa a inserção de um ser humano em uma comunidade religiosa específica. O componente de horror é consistente com a imagem do fantasma, indicando que a aparência física do ex-deputado lembraria um cadáver.

No caso de "exorcizado", a pressuposição é de que, do interior do deputado, teria sido extraída uma força maligna; como os torturadores teriam ocupado a posição de exorcistas, por conseguinte, a força maligna corresponderia provavelmente ao perfil que era considerado inaceitável pela ditadura, o perfil comunista. A conversão, de modo consistente com essa premissa, seria de uma doutrina, o comunismo, para uma posição oposta, a submissão aos interesses defendidos pela ditadura. Nessa cadeia metafórica, os militares estariam em posição oposta à do Diabo.

Em "Entrevista imaginária", estava presente uma referência religiosa, que consistia em uma citação do Apocalipse bíblico (Apocalipse 3: 15, 16). Essa referência é empregada em perspectiva irônica, para referir ao modo como Freud percebia a história de seu paciente, o Brasil. Enquanto no texto de 1964 a presença da religião pode ter efeito satírico, no caso da crônica de 1979, essa presença é articulada de maneira perturbadora com a crueldade, de forma a remeter a processos históricos violentos como as Inquisições.

Marco Antônio Coelho integrava o grupo de lideranças cassadas a que Callado se referia, em 1964, em "Entrevista imaginária". A aproximação entre as duas crônicas indica que esse deputado teria sido atacado pelo regime militar de pelo menos duas formas: pela eliminação de direitos políticos, em 1964, e pela prisão, na década de 70.

O autoritarismo do governo militar é descrito da seguinte maneira: "O papel do governo não é propriamente governar, e sim ver que todos pensem de acordo com ele". Referências religiosas contribuem para conferir nitidez às práticas autoritárias. Deus, segundo a crônica, estaria armado e suas tábuas de lei seriam oferecidas à Escola Superior de Guerra. Nesse contexto, "A tortura militar é o caso mais grave, pois constitui o braço místico, a missa negra das Forças Armadas, que estão convencidas de sua própria sacralidade" (Callado, 2017, p.149).

O caso individual de Coelho é situado, dentro da crônica, em meio a reflexões a respeito da tortura. No início do texto, Callado escreveu que o objetivo da tortura não seria de obter informações guardadas por uma pessoa. Seu objetivo seria de transformar essa pessoa, criando outra. Ao expor esse argumento, o autor recorre a elementos de vocabulário religioso; esse efeito criador seria "como se o torturador fosse Deus, ou estivesse agindo em seu nome" (Callado, 2017, 147). Como se evocasse a proposição de que Deus cria o homem à sua semelhança, os militares, como criadores, teriam tido a intenção de transformar Vladimir Herzog e Manoel Fiel Filho em dois homens novos, no caso, "dois fascistas" (Callado, 2017, p.147).

Rubem Braga: o dedo no gatilho

Em 30 de março de 1968, Rubem Braga publicou no *Diário de Notícias* a crônica "Os piores crimes...". Nesse texto, o autor expressa sua indignação com a morte de um estudante, que resultou de uma ação repressora policial no dia anterior.

> Eu escrevia, em minha última crônica – "os piores crimes do Brasil sempre foram praticados por agentes do poder público". E, no dia mesmo em que minha crônica era publicada no Rio, forças da Polícia Militar atacavam os estudantes; muitos foram detidos, e um deles, um rapazinho de 18 anos, tombou com o coração varado por uma bala. Todo o país se emociona perante o cadáver desse moço (Braga, 2023, p.218).

A sincronia entre o acontecimento violento e a publicação de um texto – "no dia mesmo" – delimita uma conexão entre o escritor e a vítima do tiro. É como se o acontecimento confirmasse a ideia defendida na crônica mencionada. Em uma generalização hiperbólica, o impacto do acontecimento é observado em escala coletiva, sugerindo que a indignação expressa pela crônica seja partilhada por toda a sociedade brasileira.

Esse tema remete a uma crônica de Clarice Lispector, "Carta ao ministro da educação", de 17 de fevereiro de 1968, na qual a autora se manifestou em contrariedade à exclusão de interessados em cursar ensino superior, através de exames vestibulares.Solidária ao sofrimento experimentado por jovens, a autora mostrou estar consciente de que, caso os estudantes fossem às ruas para manifestarem suas posições, poderiam ser atacados pela repressão policial.

> Estou falando em nome de tantos que, simbolicamente, é como se o senhor chegasse à janela de seu gabinete de trabalho e visse embaixo uma multidão de rapazes e moças esperando seu veredicto [...] E [os estudantes] nem poderiam sair à rua para uma passeata de protesto porque sabem que a polícia poderia espancá-los [...] Que estas páginas simbolizem uma passeata de protesto de rapazes e moças (Lispector, 1984, p.94-95).

Diante do impedimento de expressão por parte dos jovens, a autora propõe ao ministro (ou ao presidente, como a crônica sugere) que o espaço do texto ("estas páginas") seja interpretado como uma passeata de estudantes; dessa maneira, caso alguém seja detido ou punido, em vez de serem os jovens, esse alguém seria a própria escritora.

Aproximando as duas crônicas, é como se o texto de Lispector expressasse as condições sociais nas quais a repressão policial relatada no texto de Braga acontecesse. A postura deste é também de solidariedade aos jovens, de maneira que "Os piores crimes..." expressa inconformidade com a violência exercida pelo governo.

Especificamente, de acordo com o autor, a situação observada integra um conjunto de práticas repressivas contra professores e estudantes no país. Sem resolver a "bagunça melancólica e inexplicável que é o ensino entre nós", de acordo com o texto, "A tal Revolução de 31 de março, apesar de suas promessas, não resolveu nenhum desses problemas, antes deixou que se agravassem, com sua indesculpável inépcia" (Braga, 2023, p.218).

Uma diferença entre as crônicas referidas de Lispector e Braga está na maneira como os problemas dos estudantes são apresentados. No caso da "Carta ao ministro da educação", a ênfase da abordagem está na percepção de dor por parte dos estudantes; por parte da escritora, é demonstrada empatia com relação a eles. Na crônica de Braga, a perspectiva consiste em contestar as percepções que consideram as ações estudantis como ameaças ao país. Para ele, existia uma "mentalidade tacanha" que atribui importância excessiva a jovens que dão "vivas a Guevara e aos vietcongues" (Braga, 2023, p.218). É como se o autor recomendasse ao governo não tratar o assunto como se tivesse uma relevância que efetivamente não teria.

Em 1965, no ano seguinte ao golpe, Rubem Braga escreveu o seguinte:

> O movimento de abril de 1964 contou com um apoio imenso da classe alta e da classe média, e mesmo de grandes setores da população trabalhadora. Apresentá-lo como um golpe militar, uma conjuração de quartéis contra os ideais e as conquistas populares, é querer simplificar as coisas até o erro e a injustiça. As Forças Armadas, e especialmente o Exército, são muito sensíveis, no Brasil, à opinião popular. Mas a vitória embriaga e desnorteia principalmente quando é súbita: uma vez no poder, os chefes do movimento começaram a se distanciar dessa massa que lhes permitira a ascensão, e a agir segundo impulsos e esquemas que colidiam com o sentimento do povo. Revanchismo, orgia de inquéritos, arbitrariedades e violências, uma política financeira e econômica drástica e socialmente injusta [...] tudo isso foi impopularizando a Revolução (Braga, 2023, p. 182-183).

A argumentação apresentada na crônica "Vitoriosos e vencidos" distingue, por um lado, a caracterização geral das Forças Armadas e, por outro, os resultados de impulsos posteriores à tomada de poder. A configuração temporal construída distingue um período inicial, de amplo apoio de diversos grupos sociais, e um período posterior, de impopularidade, em face de ações como "arbitrariedades e violências". Braga contesta a percepção de que a "Revolução" teria sido um "golpe militar", considerando essa posição errada e simplificadora. O autor elogia as Forças Armadas, atribuindo a elas uma sensibilidade com relação à "opinião popular". Na mesma crônica, o autor reconhece existirem no país anseios "de paz, de ordem, de democracia" (Braga, 2023, p. 183).

A redação desperta dúvidas. Algumas linhas são claramente favoráveis ao regime militar; outras repreendem decisões políticas, em face de problemas sociais e econômicos que o governo militar não teria resolvido. Cabe lembrar de "Furte-se, general!", crônica de 29 de maio de 1966. Nesse texto, Braga analisa o discurso do general Costa e Silva, descrito como um "rosário de banalidades" e um "amontoado de chavões" com "miçangas de ideias feitas" (Braga, 2023, p. 198-199). O general é apresentado como "um bom homem e um estimável profissional"; logo após esse elogio, o texto declara que o político não tem nenhuma ideia a apresentar. "Vitoriosos e vencidos" e "Furte-se, general!" trazem em comum uma alternância entre atribuição de qualidades e reconhecimento de problemas em práticas militares.

Levando em conta os três casos indicados, é possível estipular que, em algumas crônicas de Rubem Braga, as observações sobre o regime militar são constituídas por indicações de decisões erradas que teriam sido cometidas. Nessa abordagem opinativa, matar um estudante com um tiro não seria aceitável porque os estudantes não representariam efetivamente uma ameaça séria ao país; a avaliação negativa de um discurso de uma autoridade não está centrada no reconhecimento da defesa de valores militares, mas ao uso de clichês; as Forças Armadas seriam sensíveis ao povo, mas erram ao tomarem decisões que não contemplam anseios sociais. Nesses casos, a crítica não se refere à origem política ou aos fundamentos ideológicos da ditadura, mas a escolhas consideradas, de acordo com essa posição opinativa, inapropriadas, por parte de lideranças do regime.

Com relação a essa recorrência, cabe abordar "A política e o tédio", de 19 de outubro de 1967. Essa crônica aborda diretamente o tema do interesse pela política. No início, Braga escreveu: "Recebo o recado de um amigo: "Você precisa escrever mais sobre política". E acrescenta que eu ando muito "alienado"" (Braga, 2023, p. 212). Essas linhas representam um questionamento a respeito da inserção de escritores na arena política, em um contexto de repressão e censura. O autor propõe:

> A verdade é que não sou a favor nem contra [a Frente Ampla]. Acho necessária uma oposição forte, com um programa nítido, para fiscalizar

> o governo e apoiar, dentro dele, os melhores elementos, além de arregimentar a opinião para a luta de recuperação democrática. Pergunto-me, entretanto, se uma Frente constituída por uma identidade de interesses tão ocasional terá condições para se estruturar e fazer algo de aproveitável. Quanto ao governo, [...] é inadmissível pretender conquistar um apoio mais largo e sincero, construir um ambiente nacional de boa vontade e compreensão, quando se governa com o dedo no gatilho. Fora isso, parece-me boa, em linhas gerais, sua orientação em torno de alguns problemas fundamentais da nação [...] (Braga, 2017,p. 212).

As expressões "melhores elementos" e "parece-me boa" indicam que o autor apresenta razões para avaliar positivamente o regime militar. A expectativa configurada no texto inclui a proposição de que um movimento de oposição poderia "apoiar" o poder vigente, como se existisse um horizonte viável de diálogo produtivo (mesmo em um contexto posterior às cassações e ao impacto do Ato Institucional n.1). O termo "ocasional" indica que, na avaliação do escritor, a oposição poderia não ter sustentação suficiente. O enunciado "não sou a favor nem contra" sintetiza uma escolha marcada pelo cuidado consciente com as consequências das escolhas de temas na escrita, no âmbito da exposição de ideias junto ao espaço público.

A imagem "com o dedo no gatilho" poderia ser entendida como uma referência à violência empregada pelo Estado, tema presente em "Vitoriosos e vencidos". A consciência crítica com relação a essa violência, que motiva o autor a inserir essa imagem no texto, não elimina, em termos argumentativos, para o autor, as motivações para falar em "melhores elementos" e escrever "parece-me boa".

No caso de "Os IPMs e o Sr. Juscelino", de 12 de outubro de 1965, o autor estabelece uma posição crítica referente ao procedimento do Inquérito Policial Militar. Nesse texto, são apresentadas referências diretas à prática de torturas no regime. No segundo parágrafo, é configurada uma generalização a respeito das "tiranias em todo o mundo", que praticam "os mesmos processos tradicionais de covardia"; no antepenúltimo parágrafo, "as torturas" são julgadas piores do que os Inquéritos (Braga, 2017, p. 186-187).

O tema principal da crônica consiste no fato de que Juscelino Kubitschek estava sendo submetido, pelo regime militar, a inquéritos policiais. De acordo com o autor, não existiam razões para considerar que o ex-presidente fosse uma figura subversiva. Por isso, Kubitschek estaria sendo submetido a uma prolongada "impiedosa chateação" (Braga, 2017, p. 186). Em termos de contextualização histórica, é como se as torturas integrassem, junto a prisões e ações tirânicas, um fundo, com relação ao qual Kubitschek aborrecido fosse uma imagem destacada.

Observações finais

"Entrevista imaginária" e "Tortura, a missa negra do regime – À espera das tábuas da lei do Deus armado" propõem desafios exigentes para os pesquisadores dedicados a relações entre literatura e ditadura militar. Em ambos os textos de Callado, são apresentadas imagens perturbadoras do país. No primeiro caso, o Brasil estaria em um processo de autodestruição, com problemas associados ao interesse da "Revolução" pelo Brasil. A imagem do suicídio seria crucial para compreender esse processo, tanto no que se refere ao caso de Getúlio Vargas, como ao impacto da perda de direitos políticos resultante do Ato Institucional n.1, conforme expressa a imagem do "suicídio imposto". No segundo caso, ocorre uma crítica contundente referente ao emprego de tortura pelos militares. Imagens religiosas conferem complexidade à imagem do país e aos empregos de violência pelo Estado. A referência a um ex-deputado que aparece na televisão, como um "espectro", permite avaliar a intensidade do horror constitutivo das ações de torturadores.

As crônicas de Rubem Braga anteriormente mencionadas apresentam críticas ao regime militar, inclusive contestando a ação violenta que matou um estudante, e reconhecendo a existência de práticas de tortura. Os textos "Vitoriosos e vencidos" e "A política e o tédio", entre outros, permitem observar que o autor atribui elementos positivos ao governo militar (uma sensibilidade com relação ao povo, uma "boa" orientação referente a problemas nacionais, a existência de "elementos" que merecem apoio).

É possível verificar a variação dos modos de construção dos textos. "Entrevista imaginária", de Callado, exibe uma combinação de recursos que evocam diversos tipos de produção textual, remetendo tanto à estrutura de uma palestra, como ao contexto de uma entrevista, e ainda ao antropomorfismo encontrado em contos de tradição oral. Em "Os IPMs e o Sr. Juscelino" e "Furte-se, general", de Rubem Braga, as enunciações são constituídas na forma de comentários sobre temas políticos, combinando recursos como a argumentação, a ironia e a exemplificação. As escolhas formais de Callado em "Entrevista imaginária" seriam capazes de provocar choques em leitores desavisados.

Imagens do passado brasileiro estão espraiadas, de modo difuso e incerto, em páginas de jornais. Embora ocorram esforços de editoras em publicar crônicas, em livros, contribuindo para o acesso do público a esses textos, ainda existe muito trabalho a fazer com relação à consolidação e à interpretação de obras inéditas em livro. Anúncios de automóveis em 1964 são facilmente esquecidos; porém, uma estranha entrevista imaginária com Sigmund Freud, publicada junto a um desses anúncios, em 1964, precisa ser lembrada, pois ela "se mantém em vida através de sua força de resistência" (Adorno, 1988, p. 254), contrariando a efemeridade do veículo em que foi publicada.

Referências

ADORNO, Theodor. *Teoria Estética*. Tradução de Artur Morão. São Paulo: Martins Fontes, 1988.

BRAGA, Rubem. Furte-se, general. *In*: BRAGA, Rubem. *Bilhete a um candidato & outras crônicas sobre política brasileira*. São Paulo: Global, 2023.

BRAGA, Rubem. Vitoriosos e vencidos. *In*: BRAGA, Rubem. *Bilhete a um candidato & outras crônicas sobre política brasileira*. São Paulo: Global, 2023.

BRAGA, Rubem. Os piores crimes. *In*: BRAGA, Rubem. *Bilhete a um candidato & outras crônicas sobre política brasileira*. São Paulo: Global, 2023.

BRAGA, Rubem. Vitoriosos e vencidos. *In*: BRAGA, Rubem. *Bilhete a um candidato & outras crônicas sobre política brasileira*. São Paulo: Global, 2023.

BRAGA, Rubem. Os IPMs e o Sr. Juscelino. *In*: BRAGA, Rubem. *Bilhete a um candidato & outras crônicas sobre política brasileira*. São Paulo: Global, 2023.

CALLADO, Antonio. Entrevista imaginária. Sigmund Freud. *Correio da manhã*, 7 jun. 1964, p. 2. Disponível em: https://memoria.bn.gov.br/docreader/DocReader.aspx?bib=089842_07&pagfis=52197. Acesso em: 4 maio 2024.

CALLADO, Antonio. Tortura, a missa negra do regime: à espera das tábuas da lei do Deus armado. *In*: CALLADO, Antonio. *O país que não teve infância*. Belo Horizonte: Autêntica, 2017.

CORREIO DA MANHÃ. *Castelo: Direito de crítica é sagrado*. 7 de junho de 1964. p.1. https://memoria.bn.gov.br/docreader/DocReader.aspx?bib=089842_07&pagfis=52196 Acesso em: 4 maio 2024.

DELGADO, Flavia Daniela Pereira. *Uma voz contra o autoritarismo:* crônicas de Antônio Callado durante a ditadura militar (Tese de doutorado). São Paulo: Programa de Pós-Graduação em Ciências da Comunicação, 2020.

LISPECTOR, Clarice. Carta ao ministro da educação. *In*: LISPECTOR, Clarice. *A descoberta do mundo*. Rio de Janeiro: Nova Fronteira, 1984.

ANISTIA E COBRANÇA: RELENDO RUBEM FONSECA

Daniel R. Bonomo[1]

Como e por que relacionar a obra de Rubem Fonseca, a anistia de 1979 e o bolsonarismo do Brasil atual? Neste ensaio, procuro formular uma hipótese de leitura do famoso conto "O Cobrador", pressupondo haver nele um potencial subestimado de interpretação, em condições de conjugar, em perspectiva histórica e no contexto em questão, o que aproxima passado e presente. Essa aproximação objetiva reivindicar a significação própria das temporalidades que se configuram esteticamente, em plano simbólico, literário, no caso, por oposição às que se impõem aparentemente fora das mediações ou de todo pensamento refletido. A escolha por Rubem Fonseca é pouco ou nada fortuita: não só foi um dos mais conceituados escritores em atividade durante o regime militar iniciado no país com o golpe de 1964, como também continuou sendo um dos mais cultuados para a geração de autores atuante nos períodos seguintes, ao ponto de promover certo epigonismo, que mereceria por si só estudo à parte.

1 Professor da Faculdade de Letras da Universidade Federal de Minas Gerais. Doutorado em Língua e Literatura Alemã pela Universidade de São Paulo. Contato: drbonomo@gmail.com.

Desse modo não soa insensato, de um lado, presumir que essa influência estendida consista em epifenômeno de alguma coisa que excede até mesmo a força da solução estilística com que o autor construiu suas narrativas e revestiu sua imaginação contundente. De outro lado, a influência não é redutível ao gosto comum por determinados aspectos sensacionais e mais ou menos superficiais da obra, ainda que seus estímulos fossem simultaneamente reforçados, no período da publicação dos seus principais livros, pelo crescimento galopante da indústria cultural, com suas conhecidas preferências. Nesse sentido, talvez seja o caso de voltar à obra de Rubem Fonseca e perguntar se não há elementos despercebidos nela, conformando em alguma medida o estilo incisivo com realidades que estiveram na base de suas escolhas estéticas e prosseguiram depois informando uma complicada visão de mundo além delas.

A excedência realista

Não se trata de acusar Rubem Fonseca, como muitas vezes tem ocorrido, de ter a sua literatura comprometida pela circunstância biográfica, na condição de membro pertencente à cúpula e aos órgãos de propaganda do Instituto de Pesquisas e Estudos Sociais (Ipes), ou ainda como diretor da Light, na década de 1960 e início da próxima. Ou seja, não se trata de acionar uma vez mais a ideia do intelectual promíscuo, agora relacionado com o poder na preparação do golpe militar e também após a instalação da ditadura. Não porque não interessam esses dados, mas porque em geral, de acordo com essa perspectiva antes de tudo recriminadora do homem, a ficção, em especial na sua fase primeira, não ultrapassa a expressão perversa de um sujeito conservador, um individualista quando muito, um niilista, sistemática ou eventualmente a serviço das elites autoritárias do capital, que mobiliza as armas e letras. Por mais reprovável que possa ser – e é reprovável, não há dúvida, o envolvimento de Rubem Fonseca com a ditadura –, o dado biográfico, como se sabe, é insuficiente para mediar a significação literária. É desnecessário portanto defendê-lo, argumentar que uma pessoa como ele, o ficcionista dos contos e romances, não se resume facilmente, que suas convicções devem oscilar, e sobretudo que seus defeitos não aumentam as virtudes da crítica que os ressalta. Além disso, como foi dito e repetido no campo dos estudos literários, as intenções do autor, caso fossem transmissíveis em linha direta para a obra e pudessem ainda ficar intocadas pela composição, finalmente seriam modificadas no ato da leitura e passariam a coincidir com os efeitos do texto sobre o leitor. Não seria diferente com as segundas ou as más intenções, que aí se veem por vezes. Tampouco soa razoável, nesta série carregada de objeções, considerar a ficção de Rubem Fonseca como uma continuidade natural ou programática do que fez e do que deixou de fazer no Ipes, a versão por assim dizer narrativamente sofisticada e diversificada do que nos filmes de militância empresarial era um tanto tosco e monótono. Proceder assim é no mínimo menosprezar o trabalho e o resultado da meditação artística, se não for igualmente subestimar a inteligência do leitor, como os filmes dogmáticos do Ipes subestimavam os espectadores.

Mesmo quando é séria e leva em conta o estudo da literatura, esse tipo de crítica acusatória de Rubem Fonseca incorre em boa medida nessas armadilhas ou em outras ainda. Por exemplo, no artigo de Luis Alberto Alves (2009), "Compromisso secreto com a ordem: Os primeiros passos de Rubem Fonseca", como que passam por indevidas as opções de assunto e forma do escritor, porque ele, à diferença de autores como Antonio Callado (*Quarup*), Carlos Heitor Cony (*Pessach*) e Glauber Rocha (*Terra em transe*), não teria tomado posição, não teria centralizado em suas representações os impasses da esquerda após a derrota ocasionada pelo golpe. Essa crítica é estendida à representação do que se deixa ler em sua obra, no contexto, como valores de direita, como a truculência no conto "Fevereiro ou março", por exemplo, em que a ideia de atacar blocos de foliões no Carnaval é apresentada por um dos personagens sem que o outro, também narrador, apresente qualquer censura ao gesto do companheiro (Alves, 2009, p. 44). A ausência da intervenção corretiva do narrador, como nota com razão o crítico, não equivale à pura exposição da vida como ela é. É realmente uma premissa esquisita afirmar sobre o realista Rubem Fonseca que ele não faz mais do que expor, como se não operasse decisões a cada linha. Mas o que significaria por sua vez esperar do narrador marcações corretivas dos desvios morais nos personagens? Não estaria o leitor moderno em condições de aproveitar uma literatura que não evidencia sempre o propósito e a posição?

A opinião da censura que vetou em 1976 a circulação dos contos de *Feliz ano novo* argumentava que era justo o ato proibitivo porque havia nas histórias violência e "sugestão de impunidade", com isso implicando a noção de que o leitor em geral não deveria ser confrontado com uma literatura que não o orienta com suficiente clareza em relação ao bem e ao mal. O juiz que favoreceu a manutenção do veto na sentença datada de abril de 1980, Bento Gabriel da Costa Fontoura, alegava defender assim o "brasileiro médio". Merece reprodução a passagem na qual o juiz define quem em tese precisaria ser defendido da ficção de Rubem Fonseca:

> O brasileiro médio não é o intelectual nem é o analfabeto. Não é o da av. Vieira Souto nem o do sertão do Piauí. O brasileiro médio tem instrução média, capaz de crer que o *Cravo bem temperado* é segredo de culinária e que F. Dostoiévski era reserva da seleção soviética. Homem afamiliado, de regra não tem vícios, mas às vezes diz os palavrões que o livro emprega. O brasileiro médio lê pouco e vê muito televisão. Jura que não tem preconceitos, mas ainda acha que a mulher deve casar virgem. O brasileiro médio gosta de futebol e gosta de carnaval. Às vezes vai ao cinema e raramente vai ao teatro. O brasileiro médio simpatiza com o Presidente e nem gosta de pensar na fila do Inamps. Não é santo nem demônio. O brasileiro médio acha que o custo de vida está pela hora da morte. O brasileiro médio detesta a violência e tem muito medo de assalto (Fontoura, 1989, p. 247-248).

Pode ser violenta a prescrição do médio. No texto da sentença, passa por uma espécie de pesquisa, localizando e abandonando o conceito a meio caminho entre o desprezo e o paternalismo. É curiosa também a dificuldade de imaginar essa receita ajuizada de brasileiro médio lendo por acaso um Rubem Fonseca. É difícil antecipar o leitor, como é duvidoso esperar que o realismo, artifício literário como outros, fique circunscrito à reflexão do que parece prefixar a realidade.

O realismo de Rubem Fonseca é um tema repleto de implicações. Se for mesmo artifício e construção, é tão variado quanto os seus recursos de escritor podem ser. A esse respeito, João Luiz Lafetá viu como o realismo do autor incluía nos seus primeiros livros elementos fantásticos e acentuado lirismo, dimensionando a realidade objetiva mediante a relação que mantém com a subjetividade dos narradores e personagens. Como mostrou Lafetá (2004, p. 377), essa relação traz complexidade para a apreensão das realidades que existem no texto, e essa complexidade não some com a progressão da obra rumo a um ideal, como ele diz, de "realismo direto". Nessa fase, na década de 1970, a construção dos personagens traz aspecto novo e paradoxal até, ao combinar o uso da primeira pessoa com métodos narrativos que fazem lembrar uma secura de reportagem, segundo o crítico, a partir do livro de 1969, *Lúcia McCartney*, para se desenvolver plenamente nas ficções posteriores. O efeito é de objetividade subjetiva ou de subjetividade objetiva, e o resultado leva, ainda, ao mencionado sentimento de exposição, nos termos de Lafetá (2004, p. 388), a "maneira direta e crua", que, de um modo geral, se vincula por hábito e não sem motivo à representação da violência da vida nas grandes cidades.

É por sinal a violência o ingrediente que parece capaz de fazer extrapolar em Rubem Fonseca o que poderia ser entendido como dose de realidade convencional do realismo, em contos como "Feliz ano novo", "Passeio noturno – Parte I" e "Parte II", ou "O Cobrador", por exemplo. Em relação à forma como se apresenta a violência nesses contos exemplares, a própria variedade da obra fica em desvantagem. O aspecto do "brutalismo", como o definiu Alfredo Bosi (2015, p. 20), na impressão "ultrarrealista" que promove, acaba falando muitas vezes pela obra completa. Mas chamar brutalista ou ultrarrealista à obra de Rubem Fonseca foi também o modo de responder a uma das principais novidades da literatura brasileira naquele decênio de 1970. No fim da década, Antonio Candido (2006, p. 255) sintetizou isso no ensaio "A nova narrativa". Ele denomina "realismo feroz" a ficção de Rubem Fonseca, "avançando as fronteiras da literatura no rumo duma espécie de notícia crua da vida". Não deixa de ser um ponto de vista artístico, portanto, o que faz da "espécie de notícia crua da vida" um estágio avançado da superação dos limites da norma realista. É para avançar que o artifício realista se vale da ferocidade, e é avançando que deixa para trás o que ainda houver de convencional no conceito do realismo. É uma perspectiva adequada ao contexto. No ensaio de Antonio Candido (2006, p. 253), o quadro em que se lê o realismo de Rubem Fonseca é, em linhas gerais, o de uma literatura experimental e renovadora, como propõe, são "anos de vanguarda estética e amargura política" os anos 1970. Ou seja, nem era um registro dominante o realismo convencional na ficção que importava à época, nem o realismo de Rubem Fonseca seria exceção à tendência experimental do seu tempo. Levar isso em consideração parece necessário, para ler Rubem Fonseca. O que ele fez com o realismo, num contexto em que o valor estético não se dissociava da novidade formal, tem uma significação qualitativa, e não somente quantitativa, como podem sugerir os termos "ultrarrealismo" e "hiper-realismo", ou uma significação atualizante, como sugere o termo "neonaturalismo". Apesar disso, quase sempre o realismo de Rubem Fonseca foi lido como um tipo de espelho reprodutivo, ora imagem competente da realidade, ora insuficiente, ora deformante, e assim tem sido, entre admiradores e censores.

Quando foi proibido, *Feliz ano novo* foi atacado por ser obsceno, pornográfico. Como era praxe, foi oficialmente vetado por "exteriorizar matéria contrária à moral e aos bons costumes", e foi oficialmente defendido por espelhar a realidade social. O advogado do autor, Clóvis Ramalhete, diz na ação movida contra a União que "Rubem Fonseca traz nos nervos a condição de absorver a realidade social, e devolvê-la em cenas, diálogos, personagens", e refere em seguida a autoridade máxima do realismo, Balzac, para legitimar a filiação do escritor brasileiro à respeitada escola francesa (Ramalhete, 1989, p. 169). Ao distinguir Rubem Fonseca do "escrevinhador *que visa diretamente o obsceno*", afirma que o objetivo é diverso: é "fixar a realidade social" (Ramalhete, 1989, p. 173, grifo do autor). E, por último, após argumentar recorrendo ao exemplo de casos precedentes e semelhantes, e à doutrina do assunto, conclui que "*Feliz ano novo* deve ser declarado 'obra de literatura' puramente, de ficção que espelha a realidade do mundo em que vive o seu Autor – que de outras regiões do orbe é que não lhe virá a matéria literária" (Ramalhete, 1989, p. 178). Na contestação, o procurador Sylvio Fiorêncio, representando a União, entre outras considerações, responde à justificativa do realismo da seguinte maneira: "Dir-se-á tratar-se de comportamento ou conversas de subgente, tipos patológicos que o ilustre *Autor apenas grafou. E daí? Haverá necessidade de dar foros de gente a quem não o é?*" (Fiorêncio, 1989, p. 186, grifo do autor). Como se vê, não é bem a noção de realismo do advogado do autor que aí se contesta.

Ainda foram encomendados dois pareceres, um pela União, a Afrânio Coutinho, e outro pelo escritor, a Francisco de Assis Barbosa. Os pareceres abordam a discussão de vários ângulos, em particular o de Afrânio Coutinho, que discorre longamente sobre a diferença entre erotismo e pornografia. No que respeita porém à tese da reprodução realista, endossam o argumento primeiro do advogado. "O erotismo e a pornografia que ele expõe", afirma Afrânio Coutinho sobre Rubem Fonseca, "não são sua invenção, pertencem à vida que o cerca e a todos nós" (Coutinho, 1989, p. 203). Representando "vícios" na sua literatura, diz o mesmo crítico, "ele não inventa nada, apenas reproduz, revela, transfigura, o que está ao seu derredor" (Coutinho, 1989, p. 203). Sem prejuízo do fundamento que o embasa, a saber, a ideia de que "a obra de literatura só deve ser apreciada em termos literários", e que por esse motivo ela não se avalia pela utilidade corretora, a reflexologia no entanto aparece com todas as letras em trechos cruciais da dissertação. "A literatura é a representação da vida tal como ela é", ele insiste:

> Rubem Fonseca situa-se na boa linhagem da ficção universal. O fato de usar quadros da vida real – sexo, violência, miséria – não quer absolutamente dizer que ele os aprove ou desaprove. Simplesmente descreve-os, testemunha-os, usando, para ter mais eficiência, todos os recursos que a arte literária antiga e atual coloca à sua disposição. Por isso é bom escritor, é grande escritor. Independentemente da escola ou da técnica de que se vale. E à crítica literária só resta pronunciar seu julgamento baseada na proposta que a obra oferece. É defeso julgá-la a partir de valores que lhe são estranhos, éticos, políticos, religiosos (Coutinho, 1989, p. 203).

Chama a atenção como a defesa da autonomia do critério artístico favorece aí um entendimento do trabalho estético como documentação da realidade. Na leitura de Rubem Fonseca, sobretudo nos textos representativos da ferocidade, a tendência para o realismo como reprodução do que simplesmente acontece parece sobrepor as outras alternativas de relação entre ficção e história. É como se a mediação contínua da linguagem pudesse ceder, no autor, à imediação de um efeito que se impõe sobre outros. Em parte, a experiência deriva da importância na obra conferida à utilização da primeira pessoa. O modo como fala a primeira pessoa, o que diz e o que supostamente deixa de dizer, isto é, o que muitas vezes o leitor sente que o narrador deveria ter dito, criam, em conjunto, a sensação de impacto. O leitor é impactado, como geralmente se ouve dizer, na leitura de Rubem Fonseca. A leitura corrida, correlativa ao estilo enxuto, somada à forma recortada da história e à brevidade especialmente do gênero conto, é adequada à sensação de choque provocada pelo assunto, num primeiro momento, e ecoa o sentimento de um excesso de realidade na sequência.

Ao excesso do texto e ao que parece fazer calar o mesmo excesso responde uma categoria de crítica do realismo de Rubem Fonseca mais sofisticada do que a dada às reflexões de espelho. Nesse tipo de abordagem um segundo excesso sobrepõe o do texto: o excesso da história. Igualmente marcado pela violência, o excesso da história tem um lado incomensurável, nesse sentido, ligado à manifestação do horror, para o qual se desenvolveram os conceitos de trauma e testemunho, para, respectivamente, equacionarem a experiência e a representação. Como a base referencial do horror é a catástrofe, e nessa referência de catástrofe estão a guerra e a *Shoah*, a literatura de testemunho é por definição deficitária, não elabora a experiência completa do mal, em respeito à memória dos mortos e à continuidade dos que sofrem. A indizibilidade do sofrimento nessas condições, nesse registro discursivo e no enquadramento crítico que o define, limita o alcance da representação, ao mesmo tempo que faz dela uma necessidade. Afinal a memória e a assimilação dos significados do horror, para as quais a atividade literária contribui, são medidas eficientes até certo ponto, a fim de que não se repitam as catástrofes. O realismo nesse sentido deixa de ser um problema que diz respeito apenas à qualidade da reprodução, para atingir a noção de reprodutibilidade possível e questionar a pertinência dos meios de representação.

No contexto brasileiro, no tempo de Rubem Fonseca, o horror é a ditadura, sua instituição de um terrorismo de Estado, com a perseguição, tortura e assassinato dos dissidentes; e outro horror é a constante brasileira da violência e da iniquidade social, o convívio dos que possuem com a miséria e a desassistência dos que não possuem, com as piores consequências. Este segundo horror é rapidamente visível nos contos de Rubem Fonseca, num primeiro plano. O da ditadura está no segundo plano, mas, de acordo com a perspectiva de uma "obrigação testemunhal", pode ser a própria "razão de ser deles", como afirma Ettore Finazzi-Agrò (2007, p. 68). Nesse sentido, o realismo não espelha nada, mas deseja em vez disso assumir uma espécie de compromisso com a "transmissão do vivido" e "em nome daqueles que não podem falar" (Finazzi-Agrò, 2007, p. 70). Segundo o ponto de vista em apreço, incumbido da missão de observar a brutalidade, o autor se identifica com a violência, ainda que se livre ironicamente dela às vezes. Mas, como essa imagem do autor não encaixa exatamente no caso, isto é, como Rubem Fonseca não parece propriamente "purificável" pelo compromisso com o testemunho, próximo disso, ele ainda revela uma violência difusa e ao que tudo indica sem remédio. O modo de fazer essa revelação é engenhoso, implicando o conjunto dos contos, por exemplo, de *Feliz ano novo*, como aforismos de um contínuo subjacente, que os antecede e se mantém, para sua incontestável unidade (Vecchi, 2007, p. 79). A violência real é assim multiplicada, sem ser afetada por esse procedimento da ficção. A aparente gratuidade da violência mostrada nos textos, no limite, fica transformada em capricho arabesco da competência individual, ou em ardil: como a violência no mundo é maior, os contos podem ser ainda arbitrários e excludentes, e seu mérito, realista em essência, consiste em emular, por "uma simetria complexa" (Vecchi, 2007, p. 83), a violência de que se tem notícia.

Generalizada por detrás dos contos de Rubem Fonseca, a violência é sistêmica, está disseminada nas práticas e entranhada nos poderes. Mas por que isso diminuiria o alcance da representação específica de certos fenômenos nos textos não é claro. Sem dúvida, da literatura de Rubem Fonseca não se espera que encerre em si mesma toda a violência da realidade histórica, mas, pelo prisma da literatura de testemunho, existe o risco de tornar desproporcional ou mesmo indevida a expectativa. Diante do excesso da realidade que se define amplamente pelo horror, o texto que o excesso diminui faz o que pode. E poderá ser uma consumada insuficiência, assim como o leitor será outra, se a aplicação dessa lógica não tiver o cuidado de observar com interesse específico e caso a caso o que acontece no plano da economia simbólica, vinculando texto, leitura e contexto. Paradoxalmente, o que se antepõe à leitura como previsão testemunhal do compromisso poderá não apenas submeter o texto a coordenadas que desfiguram sua especificidade como comprometer o potencial da representação em nome do horror. Além disso, em sua generalidade, a constância da violência é análoga à do hábito, que faz mesmo da exceção a regra, até que ela seja interrompida. Os piores hábitos são tão suscetíveis à interrupção violenta quanto os bons. A violência não tem direção, exceto quando tem alvo certo, como é frequente ocorrer.

A realidade recobrada

Com *Feliz ano novo*, Rubem Fonseca atingiu alvo certo e foi atingido de volta. A censura, como se sabe, ocorreu em 1976, após três edições publicadas do livro, com números expressivos de venda, e levou a assinatura do ministro da Justiça, Armando Falcão. A ação que Rubem Fonseca moveu contra a União, para suspender a proibição, data de abril de 1977. Com as idas e vindas do processo, o livro continuou vetado por longo período, só voltando à legalidade no fim dos anos 1980. É significativa a duração do caso, assim como reveladora a persistência da decisão, especialmente nos termos que fundamentaram a sentença do juiz Bento Gabriel da Costa Fontoura, após a ação e a contestação, e após os pareceres técnicos, em abril de 1980. Para o juiz que decretou a sentença contrária ao escritor – ainda hoje um dos documentos mais interessantes de toda essa história –, os argumentos da crítica literária não serviram de muita coisa. Não teve efeito principalmente o critério do realismo, a ideia de que os contos não faziam outra coisa senão retratar a realidade brasileira. Errado por princípio e errado em diversos pontos, o juízo condenatório do livro não erra entretanto sempre. Com os sinais trocados, algumas ideias da sentença não são descartáveis. Por exemplo, a ideia de que "nem tudo o que é esteticamente válido será eticamente válido", como diz. A ideia, aí implicada, e na sentença enriquecida por uma citação no original de Goethe (*Jedes Geschäft wird eigentlich durch ethische Hebel bewegt...*), é de que não há ação humana fora do âmbito moral e nesse sentido não há nada que nesse domínio "não tenha importância ética" (Fontoura, 1989, p. 236). É uma verdade que complicaria a defesa do escritor, se esta decidisse por enfrentá-la realmente. Complicaria a defesa do direito à representação simbólica discutir sem rodeios a noção de "moral e bons costumes" favorável de antemão aos valores do regime; e implicaria por certo dizer qual afinal seriam a moral e a significação ética presentes em *Feliz ano novo*, e por que elas contrariam as oficiais da ideologia preferida da ditadura.

A sentença condenatória da mesma forma não viu problemas na pornografia do livro e nas (supostamente más) intenções do autor. Entre as motivações para o veto da Divisão de Censura do Departamento de Polícia Federal, estava "o largo emprego da linguagem pornográfica" (Fontoura, 1989, p. 231).

Mas já a contestação do advogado da União, Sylvio Fiorêncio, descreditava a seu modo o problema: "[...] a mensagem pornográfica não é o seu forte. Muito pior que o linguajar indecoroso é a mensagem transmitida pelo autor", dizia (1989, p. 182). Essa mensagem é "negativa", diz ele, que pressente algo importante aí, mesmo que fosse pela via enganada da negatividade. Outro engano que aí se vê é o da identificação no contexto entre pornografia e sexo. No contexto em questão, não é essa identidade que define o sentido da pornografia. No próprio livro, no último conto, "Intestino grosso", a dissociação é inequívoca. É um conto importante, como se sabe, pela função metapoética que assume. O conto encena uma entrevista com um autor, o Autor, que, por sua vez, encena uma versão ficcional do autor do livro. Quase a entrevista toda é dedicada à discussão da ideia de pornografia, de que o Autor seria com frequência "acusado" (Fonseca, 1994, p. 461). Em vista da proibição posterior do livro, é uma antecipação em vários aspectos. Diz o Autor do conto que é, sim, pornográfico, não porque fala em sexo, mas porque seus livros "estão cheios de miseráveis sem dentes" (Fonseca, 1994, p. 461). Repete o Autor "que o que importa não é a realidade, é a verdade, e a verdade é aquilo em que se acredita" (Fonseca, 1994, p. 462). Isto é, não é o espelho, mas o valor que uma história encerra, e o exemplo é moral, a moral de Joãozinho e Maria, desnudada pelo Autor, é exemplo pornográfico: crianças ladras, assassinas, e pais criminosos (Fonseca, 1994, p. 463). Distingue ainda o Autor como *kitsch*, o que decididamente não faz, a pornografia como representação unidimensional, "série sucessiva de cenas eróticas cujo objetivo é estimular psicologicamente o leitor – um afrodisíaco retórico" (Fonseca, 1994, p. 465).

Por essa razão a quem lê os documentos do processo causa um estranhamento o tempo gasto com a elucidação da diferença entre pornografia e erotismo no parecer de Afrânio Coutinho. Não era a esse tipo de ofensa que a censura dava sua resposta autoritária. Na sentença, a pornografia não desempenha nenhum papel relevante para o juiz que reitera o veto. Ele rejeita e até dispensa os laudos dos especialistas, porque, a seu ver, o sentido que legitima a censura é claro: os problemas são dois, a "violência manifesta" e a "impunidade latente" (Fontoura, 1989, p. 245). Vale a pena recuperar este momento-chave da sentença que na ocasião endossou o veto a *Feliz ano novo*:

> Realmente, tanto os três marginais do primeiro conto ["Feliz ano novo"] como todos os criminosos grã-finos dos outros quatro contos ["Passeio noturno – Parte I", "Parte II", "Nau Catarineta", "74 degraus"] aparecem como heróis absolutos e as suas reprocháveis atitudes aparecem como se socialmente louváveis, dissimuladamente travestidas de atos meritórios. Inexoravelmente, o desfecho de cada um destes cinco contos, engenhosamente dependurado entre o bem e o mal, conduz à conclusão paradoxal de que os atos repulsivos serão repisados, quando e onde forem oportunos, porque a impunidade se oferece tão certeira como o raiar do dia seguinte. A sugestão comum é de que os celerados do Ano-Novo tornarão a assaltar na próxima noite de São Silvestre, de que o maníaco homicida dos passeios noturnos amanhã mesmo voltará a fazer a sua incursão sanguinolenta, de que o próximo herdeiro dos Matos celebrará a sua maioridade em novo festim antropofágico ("acima das leis de circunstância da sociedade, da religião e da ética...") e de que as duas amigas lésbicas novamente irão assassinar alguém, porque elas não têm cara de assassinas e porque é fácil matar quando não se tem motivos para tanto (Fontoura, 1989, p. 247).

A sensação que acompanha a leitura desse trecho, décadas depois, é assombrosa. Não só porque é péssima crítica literária e mostra a arrogância e a estupidez que permitem ao juiz descartar a opinião dos conhecedores do assunto, como fez. O assombro tem que ver com a insinuação ainda de um sentido tão acertado como descuidado, capaz de fazer do juiz aqui, na sua incompetência como crítico, o responsável por fornecer os instrumentos para uma interpretação da obra de Rubem Fonseca que falta. Essa interpretação não se restringe às possibilidades do realismo, e solicita a inclusão neste cenário de um outro componente, o conto "O Cobrador", igualmente proibido, pouco depois de *Feliz ano novo*.

Não é descabido supor que, ao menos em parte, "O Cobrador" foi uma reação direta à censura de *Feliz ano novo*. De saída, é submetido a um concurso de contos da revista *Status*, dedicada à reprodução de conteúdo erótico (basicamente mulheres nuas), em 1978. Com pseudônimo, vence o concurso, mas tem a publicação na revista proibida. Sai no ano seguinte, 1979, em livro com o mesmo título. O enredo é conhecido, mas nunca é demais recordar: um tipo vai ao dentista porque sente dor, é humilhado e ofendido, e cobrado por isso.

Decide não pagar. Mostra o revólver, vandaliza o consultório e, antes de atirar no joelho do dentista, declara o que parece ser uma decisão recém-tomada, além de uma declaração de princípio: "Eu não pago mais nada, cansei de pagar!, gritei para ele, agora eu só cobro!" (Fonseca, 1994, p. 492). Uma série de atos violentos dá sequência à ação, localizada no Rio de Janeiro: atira num sujeito numa Mercedes, atira num "muambeiro" que lhe vendia arma, poupa a amante "coroa" e sem recursos, sequestra um casal endinheirado, mata a mulher grávida e decapita o homem, estupra uma jovem, vai à praia, onde conhece Ana, de quem gosta, com quem vai à Petrópolis. De volta ao Rio, ainda tira a vida de um executivo e vai jogar futebol, vê as notícias, mas a chegada de Ana, o início da relação com Ana Palindrômica, como a chama, anuncia mudança no conto. "Meu ódio agora é diferente. Tenho uma missão. Sempre tive uma missão e não sabia. Agora sei. Ana me ajudou a ver", diz o narrador (Fonseca, 1994, 503). E a descoberta, que equivale a uma revelação, é que matar ou cobrar um por um não adianta, é preciso matar aos montes, usar bombas, adquirir fama, dar exemplo. O último crime à moda antiga será no Baile de Natal ou Primeiro Grito de Carnaval, que, não por acaso, se estende até o Ano-Novo (Fonseca, 1994, p. 502). Infeliz Ano-Novo, para os que veem a reposição da violência do livro proibido em semelhante ocasião e com a promessa de escala redobrada. Importante afinal dizer que o personagem cobrador é poeta, e como tal intercala na narração em primeira pessoa os versos de sua autoria. O estilo no conto é dominado pela objetividade característica do autor.

À primeira vista, o sentido encaminhado pelo conto é o de um justiceiro social, um vingador desdenhoso ("só rindo", diz repetidas vezes), pertencente à categoria dos "fodidos", como ele próprio afirma (Fonseca, 1994, p. 499), e que decide acertar as contas, com crueldade e ódio, fazer pagar os que possuem o que ele nunca possuiu. É basicamente o que apresenta o conto, sem um esforço de interpretação. A ênfase da crítica interessada no texto é usualmente conferida à explicação do comportamento do personagem como fenômeno relacionado ao crescimento da violência urbana no país nos anos 1970 e ao conflito social que o alimenta no contexto de um capitalismo avançado. Na análise do conto, mesmo grandes leitores parecem não conseguir vencer os efeitos da excedência realista que se impõe nesses termos. João Luiz Lafetá, além de observar que o personagem "mata para sentir alívio da opressão dos ricos" (2004, p. 390), acentua a desilusão romântica e a falta de sentido como motores da violência nessas condições. É no entanto sempre um exercício "atento à violência crescente da sociedade brasileira" (Lafetá, 2004, p. 392) que vem e fica à tona. "Foi o esforço de mimetizá-la, de colocá-la no centro de sua literatura, que o levou a saturar seus textos – mais ou menos a partir do romance *O caso Morel* (1973) – com a brutalidade do sadismo, da corrupção, do assassinato" (Lafetá, 2004, p. 392).

Não é sem fundamento, antes pelo contrário, que se adianta na crítica o estudo das formas e significados da violência. Mas a já referida sensação de impacto, derivada do brutalismo com que se objetiva a violência, desempenha um papel importante aqui. Em Rubem Fonseca, a quantidade elevada que faz ver não está longe do excesso que ofusca. Não significa que os críticos do conto foram enganados ou algo assim, mas um raciocínio plausível: o efeito de impacto, em contos como "O Cobrador", descompensa o equilíbrio entre superfície e fundo. Isto é, com o efeito de imediação promovido pelo choque, é próprio do impacto não comunicar imediatamente tudo quanto informa, não facilitar o acesso a tudo que pode significar, não deixar perceber a consistência inteira do que acontece. Antonio Candido, no ensaio citado, pensando a literatura da qual Rubem Fonseca era expoente, falava em "textos que penetram com vigor mas não se deixam avaliar com facilidade" (2006, p. 258). No caso do conto "O Cobrador", ao que tudo indica, enquanto dura a força do impacto, é afetada em certa medida a interferência interpretativa. Mas o jogo entre mostrar e não mostrar, encobrir, revelar, escancarar, decifrar; a dependência entre o que se vê simplesmente, o que se vê demais e o que não se vê, o que se sabe e não se sabe, é um elemento da ficção do autor, acompanha sua prosa desde o início, do texto considerado como conto de estreia, "Teoria do consumo conspícuo" (a máscara que oculta e descobre o nariz da amante passageira do Carnaval), passando pela cena de autópsia em "Duzentos e vinte e cinco gramas", até as ficções de detetive posteriores. Sendo um elemento essencial da ficção, deve ser também da leitura.

Portanto, reler hoje "O Cobrador" só tem sentido, ao que parece, perguntando: o que subjaz à superfície, o que ele diz para além do impacto, o que escapa do quadro? A pergunta subsequente, no caso, tem que ser negativa: e se a ideia de cobrança não estiver apenas relacionada às condições mais imediatas de ação e personagem, mas puder ser endereçada ao leitor e às condições históricas por via menos restrita? Como foi dito, é razoável pensar que o conto, que se lançou primeiro em concurso, em 1978, seja também reação ao veto de *Feliz ano novo* em dezembro de 1976. Corria na Justiça a ação movida pelo autor contra a União, e é no mínimo coerente que Rubem Fonseca não tenha recuado enquanto escritor. Recuar no sentido de evitar a continuidade da expressão violenta que motivou a proibição do livro anterior poderia ser como assumir a culpa, naquele momento, acatar a ideia de que não se deve escrever assim. É desse modo que ele intensifica a afronta aos "bons costumes", repetindo e expandindo a violência de *Feliz ano novo*, incluindo uma promessa de carnificina em novo Ano-Novo. Mas há outras coisas no conto que podem ter provocado o acirramento das tensões, como a ideia do personagem de adotar o uso de explosivos como método eficiente. Àquela altura, não era uma tática corrente da resistência, mas do próprio regime ou de grupos extremistas favoráveis a ele, como se sabe, cometer atentados a bomba.[2] Aliás, os conhecidos ataques a bancas de jornal no período de abertura envolveram também motivações antipornográficas (Farias, 2023). Foram várias as bombas antecedendo o caso mais conhecido do Riocentro, em 1981. Portanto, para alguns setores, a decisão do Cobrador no conto de abandonar o plano individual nas ações violentas e lançar mão de bombas como forma de ampliar os resultados poderia ser alusão incômoda. Além disso, nome reconhecido pela qualidade da obra literária, o escritor recebia então apoio público, na imprensa.[3] Não é improvável que a tensão tenha aumentado nessas circunstâncias, na relação entre autor, censura e regime agonizante.

Uma recuperação do contexto parece deslocar até certo ponto a motivação social dos atos de violência do personagem. Ela não é menos importante, mas nada é pacífico a esse respeito. A consciência social do personagem é rudimentar, ela vive do ódio à classe que o rebaixa. Teria ódio de não ser ele

---

2 Cf. *A direita explosiva no Brasil*, de José Argolo, Kátia Ribeiro e Luiz Alberto Fortunato (Mauad, 1996), que lista mais de 30 atentados do tipo entre 1968 e 1980.

3 Por exemplo, no *Jornal do Brasil*, em 19 de janeiro de 1977, há várias opiniões contrárias à censura de *Feliz ano novo*, assinadas por, entre outros, Afonso Arinos de Melo Franco, Aliomar Baleeiro (então ministro do Supremo Tribunal Federal), Bernardo Élis, Hélio Pellegrino, Josué Montelo, Lygia Fagundes Telles, Nelson Werneck Sodré.

próprio rico? O que lhe falta e o leva à cobrança seria a vontade primeiro de participar no sonho do consumo e, depois, o desenganar-se dele? Seria a utopia de ver realizada a igualdade social? Nenhuma das opções parece satisfatória. A escolha de uma das alternativas diminuiria sensivelmente a força do texto, que parece dizer mais. "Tão me devendo colégio, namorada, aparelho de som, respeito, sanduíche de mortadela no botequim da rua Vieira Fazenda, sorvete, bola de futebol", enumera o Cobrador (Fonseca, 1994, p. 493). Verificar o que não tem ou não teve não parece formular o problema todo. Há uma desproporção entre o que falta e como se cobra, que não se compensa pelo esboço de conscientização que o estilo objetivo dispõe sem encarecer o processo. Quer dizer, é naturalmente absurda a ideia de que o justiçamento brutal representaria por si só alguma concepção política. Este é um primeiro ponto que afasta o realismo. Um outro é ser o Cobrador poeta, "o que é rigorosamente verdade", como diz (Fonseca, 1994, p. 494). Aqui não se trata de acusar a inverossimilhança na ficção. A expectativa de verossimilhança está ligada ao realismo do hábito. A escolha da não profissão de poeta é uma forma de significar o sentido da cobrança em outro plano, menos imediato. Afinal do que fala a poesia do Cobrador? Ela é às vezes direta, como nos versos que acusam os ricos de dormir tarde só porque sabem que os pobres levantam cedo. Outras vezes é nada fácil capturar seu sentido:

> Continuo: Sabia sambar e cair na paixão/ e rolar pelo chão/ apenas por pouco tempo./ Do suor do seu rosto nada fora construído./ Queria morrer com ela,/ mas isso foi outro dia,/ ainda outro dia./ No cinema Íris, na rua da Carioca/ o Fantasma da Ópera/ Um sujeito de preto,/ pasta preta, o rosto escondido,/ na mão um lenço branco imaculado,/ tocava punheta nos espectadores;/ na mesma época, em Copacabana,/ um outro/ que nem apelido tinha,/ bebia o mijo dos mictórios dos cinemas/ e o rosto dele era verde e inesquecível./ A História é feita de gente morta/ e o futuro de gente que vai morrer./ Você pensa que ela vai sofrer?/ Ela é forte, resistirá./ Resistiria também, se fosse fraca./ Agora você, não sei./ Você fingiu tanto tempo, deu socos e gritos, embusteou/ Você está cansado,/ você acabou,/ não sei o que te mantém vivo/ (Fonseca, 1994, p. 494).

Quem é ela, no poema? E o Fantasma da Ópera mascara quem? Quem é forte e irá resistir? O tema é a História, que se faz com mortos. A quem se dirigem os últimos versos? Por um lado, a poesia ridiculariza tanto a leitura literal quanto a que faz dela acúmulo de associações livres. Por outro lado, não faz sentido responder às questões como quem encontra os referentes cifrados. No conto, a amante coroa e sem nome, destinatária dos versos lidos em voz alta, permanece alheia aos sentidos: "Ela não entendia de poesia", é o que vai dizer o Cobrador, assegurando a existência de sentido próprio ao que não faz sentido para todos. Como poeta, ele possui um conhecimento não literal. Usa de linguagem alegórica? São eles mesmos alegorias, o Cobrador com c em caixa-alta e a cobrança que ele põe em cena com ênfase? "Não sou homem porra nenhuma, digo suavemente, sou o Cobrador", ele anuncia e repete gritando: "Sou o Cobrador!" (Fonseca, 1994, p. 501).

Também em 1979, Luiz Costa Lima publicou um texto com essa indagação, quer dizer, com a sugestão de que, em *O Cobrador*, "Rubem Fonseca mostra-se disposto a uma nova estratégia expressiva, que, sem ser declamatória, torne mais inequívoca sua posição perante sua realidade social. Em lugar do hiper-realismo da *pop art*, ressalta a linha alegórica" (Lima, 1981, p. 156). O título do ensaio de Luiz Costa Lima, "O cão pop e a alegoria cobradora", aponta para a existência de um sentido mediado pela ideia de cobrança no conto. O estudo é especialmente dedicado a uma apreciação do método *pop* (por analogia com as artes plásticas) de Rubem Fonseca. Nele, "não encontramos o cacoete da oposição essência/aparência" (Lima, 1981, p. 145), mas uma "poética da ampliação" (Lima, 1981, p. 147). É uma ficção que reorganiza e amplia de tal modo o estereotipado, o clichê, mesmo o lixo verbal, que termina por negar o *kitsch* em seu próprio território. Ao fazer isso, nos seus melhores momentos, desestabiliza a forma de recepção do que está rotineiramente automatizado, mas não oferece no lugar uma compensação reconfortante. Este é um ponto fundamental, que, na passagem para *O Cobrador*, com a mudança de recurso narrativo, conforme o crítico, leva à dúvida sobre o estatuto enigmático da sua literatura. Pela alegoria, ou permanece o enigma do que é alegorizado, ou sequer pode haver enigma, onde "nada se redime ou transfigura" (Lima, 1981, p. 157). Na alegoria, propõe Luiz Costa Lima, a crítica é intencionalizada, mas sua direção não está arranjada de antemão. É por isso que não diz o que alegoriza afinal a "alegoria cobradora". Além disso, "dentro do novo registro expressivo, o autor como que sente a obrigação de ser mais direto, de contar menos com a inteligência ativadora do leitor", o que comprometeria o êxito do processo (Lima, 1981, p. 157). Segundo o crítico, é suspeito o resultado alcançado dessa maneira. Por exemplo, lendo "O Cobrador", ele diz não convencer a rápida transformação operada no "marginal-poeta", após o encontro com Ana Palindrômica. Costa Lima diz ser "demasiado rápida" a dita "conversão política" (Lima, 1981, p. 157). Mas é estranho na verdade o estranhamento da rapidez na conversão, porque ele parece fazer recuar para o critério da verossimilhança realista o que tinha dado já à ordem alegórica. É também discutível a ideia de "conversão política", quer dizer, desde o início há um teor político na ação do personagem, embora adquira declaradamente a consciência disso após a união com Ana Palindrômica. De todo modo, não é outro aqui o ponto de discordância senão o que diz respeito no caso ao papel do leitor. Admitindo provisoriamente a presença da alegoria no conto, não parece diminuir, mas aumentar a tarefa do intérprete.

Algumas coisas porém são impossíveis de interpretar sem a distância do tempo no momento da leitura e sem a perspectiva dos acontecimentos em plano histórico. Quando Luiz Costa Lima afirmava que a alegoria aparece nos contos do autor no livro de 1979 sem uma direção definida, no caso específico de "O Cobrador", sequer havia perspectiva possível para fazer enxergar as coordenadas que anos depois arranjariam – a hipótese aqui – um significado profundo, a destinação do verdadeiro significado político do texto. Não se trata de aceitar que era mesmo uma alegoria, nem de chamar Rubem Fonseca de visionário ou coisa assim parecida. Muito pelo contrário, é o que ele acertou sem poder ver de todo, porque à ficção literária cabe mesmo formular esse tipo de conhecimento, que completa inadvertidamente o sentido decisivo do texto. Num ensaio clássico para a hermenêutica da literatura moderna, há uma passagem lapidar a esse respeito: "[...] pois que toda e qualquer obra excelente, seja ela de que gênero for, sabe mais do que aquilo que diz, e quer mais do que aquilo que sabe" (Schlegel, 2015, p. 33).[4] Mas só quem está em condições portanto de fazer ver o que ela sabe e quer é o leitor, de preferência o que se distancia. É nessa chave que o conto de Rubem Fonseca em apreço pode ganhar agora em significado o que deve perder em realismo ingênuo.

Aqui entra a Lei de Anistia, promulgada, como se sabe, no mesmo ano de 1979. Da maneira como tem sido vista e reavaliada, a principal crítica dirigida à anistia é que ela se tornou uma concessão de impunidade aos que perpetraram crimes na ditadura, com consequências duradouras para o funcionamento democrático do país, no quadro de uma justiça de transição. O sentido é bem diferente daquele que originou o debate pautado pela esquerda e incorporado em parte pela sociedade civil, com a finalidade de anistiar perseguidos e presos políticos que se opuseram ao regime militar. A anistia em 1979 adquire assim o sentido de uma inversão dos propósitos primeiros de justiça, arquivando em nome de uma forçada reconciliação social os mais escabrosos excessos, a tortura, os assassinatos, desaparecimentos, negando às vítimas do regime autoritário o acesso à verdade dos fatos e negando à história pelos anos conseguintes o devido trabalho de elaboração do que houve, para que um novo tempo pudesse efetivamente vir. Como tudo se deu, a anistia perpetuou a impunidade e dificultou o compromisso com um futuro protegido do passado, porque veio o novo tempo, mas o velho não se foi totalmente, ficou em modo de espera, adiado na pior das hipóteses. À sociedade restou portanto novo dever de cobrar, o que tem sido feito, com todas as dificuldades, por alguns segmentos dela. E aqui entra "O Cobrador", o que não cobra e o que cobra o personagem do texto de Rubem Fonseca.

Para uma apreciação menos óbvia do conto, é preciso repor então o quadro e tomar alguma distância. O sentido interessante é obra do tempo, não tinha como ser percebido antes que se adensassem as condições para sua evidência. Ele entretanto esteve sempre lá, à espera de que o leitor estivesse em posição ideal para observá-lo. Essa posição precisa levar em conta as circunstâncias de "O Cobrador", o veto de *Feliz ano novo*, a ação movida por Rubem Fonseca contra a União, a resposta à proibição do livro de 1975 em forma de conto em

4 Ensaio de Friedrich Schlegel sobre *Wilhelm Meisters Lehrjahre*, romance de Goethe. A tradução citada é de Bruno C. Duarte.

1978, a forma do conto em si, a sentença do juiz contrária à suspensão da censura, por fim a anistia e suas consequências. Além disso, não deve procurar um encadeamento fácil dos nexos, mas uma lógica surpreendendo as associações em direções diversas, atravessadas, possivelmente, por algum espírito do tempo feito de muitas realidades.

Para começar, no conto que propõe uma poética em *Feliz ano novo*, "Intestino grosso", sobressai a importância da defesa da pornografia como produção simbólica. O ataque à metáfora nesse conto é extensivo aos malefícios do eufemismo e do tabu, e sustenta um pensamento decisivo:

> O erro me parece ser a pressuposição de que as inibições sejam necessárias ao equilíbrio individual. Parece-me mais verdadeiro o oposto – as inibições sem possibilidade de desopressão podem causar sérios males à saúde dos indivíduos. Uma sábia organização social deveria impedir que fossem reprimidos esses comunicativos caminhos de alívio vicário e de redução de tensão. As alternativas para a pornografia são a doença mental, a violência, a bomba (Fonseca, 1994, p. 464).

Abreviando e já avançando um pouco, a inibição, a repressão, ou a censura à pornografia, como discute o texto, pode produzir um Cobrador, se produzir a doença mental, a violência e a bomba. Mas o conceito de pornografia é reduzido ainda, se ele não passar, segundo o Autor, de "um latente preconceito antibiológico da nossa cultura" (Fonseca, 1994, p. 465). Ele implica algo importante, ao dizer que ao mesmo tempo que se admite o barateamento de certas formas da "velha pornografia", outras vão ocupando o lugar da obscenidade, por exemplo, "a morte como um processo natural" (Fonseca, 1994, p. 467), não a morte violenta, que se banaliza em espetáculo oferecido às massas pela televisão, como diz. Identifica assim a mobilidade do que é obsceno, além de assinalar uma indicação que não deveria passar em brancas nuvens: o Autor que ficcionaliza o autor sabe que não são nada a violência e a pornografia em si mesmas, como é pouca a leitura que tem por deficiência não ver a distância. Irrita-se, por isso, com a crítica pudica, que enxerga "vulgaridades gratuitas" em seu livro *O anão que era negro, padre, corcunda e míope*, e segue irritado com a crítica de imaginação pronta, como as que associam o anão do título a um símbolo de

Deus, a um ideal de beleza eterna, ou a "um brado de revolta contra a iniquidade do terceiro mundo" (Fonseca, 1994, p. 465). Termina com a sugestão de que os escritores podem ser perigosos, não só porque ofendem a censura.

Mas é importante lembrar sempre porque a censura foi mantida, na sentença de 1980, em especial o trecho citado. Incomodam o juiz nos contos de *Feliz ano novo* a inversão ("suas reprocháveis atitudes aparecem como se socialmente louváveis"), a ambiguidade ("o desfecho [...] engenhosamente dependurado entre o bem e o mal") e a consequente chance de que o mal se repita ("os atos repulsivos serão repisados"), por causa da impunidade. Como crítica literária, é irrisório, claro, o valor da sentença, e contudo ela é exata num certo sentido, não poderia ser outra a apreciação ofendida do juiz: o que caracteriza os contos de Rubem Fonseca que merecem censura, na sua denunciadora opinião, é a "inusitada violência contra a pessoa humana, aureolada por uma sugestão de impunidade" (Fontoura, 1989, p. 245). Ora, não está aí, condecorada com os signos da exceção e da sacralidade, a imagem em negativo e síntese da violência executada pela própria ditadura? Extraordinária, ainda que recorrente na vigência do estado de exceção, violência contra a humanidade é também a violação dos direitos humanos da ditadura, protegida por impunidade intocável após a anistia. Não são os termos do juiz, portanto, poucos meses depois da publicação da Lei de Anistia, aplicáveis de preferência à União que ele enfim favorece na sentença? A inversão e a ambiguidade que o incomodam nas representações devem incomodar por isso mesmo, isto é, porque não passam ao largo do alvo, ao descartar o espelho da correspondência imediata. "O Cobrador" sobretudo parece acertar em cheio, nesse mesmo sentido, o que escapa à moldura do espelho, se obtiver licença do realismo quantitativo que tantas vezes aprisiona sua interpretação. Fora desse realismo, o Cobrador é poeta, ele não descuida das palavras e dos sentidos equívocos, e por isso Ana é palindrômica.

Como se sabe, palíndromo é o que se lê em dois sentidos, da esquerda para a direita ou da direita para a esquerda, sem alteração do sentido. No conto, porém, levar à imagem revertida é uma opção de leitura não para reproduzir a mesma figura pelo avesso. Ana Palindrômica é quem revela para o Cobrador o sentido político do que faz, ela "ajuda a ver", porque convida à interpretação do que ele faz em direção diversa. É a filha da classe média, se não for propriamente rica, e uma trânsfuga, se se quiser ainda, ela pode trocar de lado, na associação com o Cobrador. Sendo palindrômica, é e não é a mesma Ana. A simultaneidade das direções possíveis no palíndromo tem no conto um correspondente simbólico que não copia a identidade do que é sempre a mesma coisa não importando a orientação do que se move. Ana não opera igualmente em si mesma ao que tudo indica nenhum processo de conscientização política. Subir e descer a serra tem como resultado apenas a revelação de que não vê sentido na própria vida, o que é um modo de antecipar a parceria. O alívio bom de matar, como diz o Cobrador, não é mais que "o outro lado" do que sentiram juntos na cama (Fonseca, 1994, p. 503). Ana ensina a ver, portanto, a ler a ambivalência, e a coincidência no conto. Só quem não vê isso é Clotilde, a dona do sobrado onde mora o Cobrador. Numa leitura alegórica, ela talvez pudesse ter o papel de A Enganada da Censura. O seu engano no conto é achar que Ana chega para dar jeito no Cobrador. "Meu filho, a casa é sua, faça o que quiser, só quero ver a moça", diz (Fonseca, 1994, p. 502). Dona Clotilde não tem nada, "a doença está na cabeça", comenta o narrador, e ela sofre dos nervos, daí as injeções de trinevral. Está é fraca, obriga ao cuidado (passar o escovão na sala) e inspira o pudor ("só se levanta para fazer pipi e cocô"). O Cobrador zela por dona Clotilde, mas um dia ainda põe fim na história. "Qualquer dia dou-lhe um tiro na nuca" (Fonseca, 1994, p. 500).

O palíndromo ainda sugere um último sentido importante, ligado à impunidade incômoda para o juiz Fontoura, que afirmou entender, pela conclusão dos contos de *Feliz ano novo*, que "os atos repulsivos serão repisados, quando e onde forem oportunos, porque a impunidade se oferece tão certeira como o raiar do dia seguinte" (Fontoura, 1989, p. 247). O antepositivo *pali(n)-* ou *palim-*, do advérbio grego *pálin*, prevê justamente a ideia de repetição. Palindromia, por exemplo, é a reincidência de uma enfermidade. Correndo então os olhos palindromicamente em recuo do presente ao passado, articulando a ambivalência e a coincidência dos sentidos, isto é, deixando ler não só o que a superfície da ação afirma no conto, mas o que o fundo histórico das circunstâncias nele permite ao mesmo tempo negar e reverter; sobrepondo, portanto, aos crimes do personagem representados no plano positivo do texto o plano invertido dos significados importantes para a sociedade em que se deve cobrar não a mudança mediante o justiçamento, mas pela justiça propriamente necessária à democracia, é outro o aproveitamento do que ofende o tipo da impunidade que promete reprise. "O cobrador" aliás dá um passo além nesse sentido, com relação aos contos comentados pelo juiz, adicionando à impunidade da dupla à la Bonnie e Clyde um chamamento ao crime, com a redação de um manifesto, para que a compreensão do "casal-modelo" possa multiplicar o número dos cobradores. É reforçado desse modo menos algum teor revolucionário otimista do que a condição efetivamente simbólica.

No contexto da anistia, nos estertores da ditadura, figurar simbolicamente uma impunidade que promete repetição tem mesmo alcance histórico e ganha força de projeção real. Nas idas e vindas de palíndromo alterado pela força do tempo, que quase tudo transforma; mais ou menos dez anos após as movimentações primeiras que afinal reposicionaram no Brasil brasileiro atual as forças militares em conluio com o bolsonarismo, reanimam por vários caminhos os debates acerca das consequências da conciliação derivada da anistia em 1979. Nos últimos anos, a ideia de anistia indesejável retorna, por exemplo, para cobrar que não sejam esquecidos da punição os responsáveis pela elevada quantidade de mortos no país durante a pandemia de Covid-19. Em 2024, em discurso na avenida Paulista, o ex-presidente Jair Bolsonaro pediu com todas as letras anistia para os envolvidos no golpe inconcluso de janeiro de 2023. Como se vê, voltam tanto o "repisar dos atos repulsivos" do golpismo como a ameaça da não solução anistiante. É nesse sentido que a recusa pornograficamente simbólica da conciliação visível em "O Cobrador" pode dizer algo ainda.

Referências

ALVES, Luis Alberto N. Compromisso secreto com a ordem: Os primeiros passos de Rubem Fonseca. *Terceira Margem*, v. 13, n. 21, 2009, p. 37-63.

CANDIDO, Antonio. A nova narrativa. *In*: *A educação pela noite*. 5. ed. Rio de Janeiro: Ouro sobre Azul, 2006, p. 241-260.

BOSI, Alfredo. *O conto brasileiro contemporâneo*. 16. ed. São Paulo: Cultrix, 2015.

COUTINHO, Afrânio. Perícia da União. *In*: SILVA, Deonísio da. *Nos bastidores da censura: Sexualidade, literatura e repressão pós-64*. São Paulo: Estação Liberdade, 1989, p. 187-213.

FARIAS, Airton de. Sexo, bombas e democracia: Atentados de extrema-direita e revistas eróticas na abertura da ditadura civil-militar. *Revista Brasileira de História & Ciências Sociais*, v. 15, n. 30, 2023, p. 64-94.

FINAZZI-AGRÒ, Ettore; VECCHI, Roberto. Pior do que ser assassino... *Estudos de Literatura Brasileira Contemporânea*, n. 29, janeiro-junho de 2007, p. 67-86.

FIORÊNCIO, Sylvio. Contestação da União à ação movida pelo Autor. *In*: SILVA, Deonísio da. *Nos bastidores da censura: Sexualidade, literatura e repressão pós-64*. São Paulo: Estação Liberdade, 1989, p. 180-186.

FONSECA, Rubem. *Contos reunidos*. Org. de Boris Schnaiderman. São Paulo: Companhia das Letras, 1994.

FONTOURA, Bento Gabriel da Costa. Sentença judicial. In: SILVA, Deonísio da. *Nos bastidores da censura: Sexualidade, literatura e repressão pós-64*. São Paulo: Estação Liberdade, 1989, p. 228-251.

LAFETÁ, João Luiz. Rubem Fonseca, do lirismo à violência. *In*: LAFETÁ, João Luiz. *A dimensão da noite*. Org. de Antonio Arnoni Prado. São Paulo: Duas Cidades; Ed. 34, 2004, p. 372-393.

LIMA, Luiz Costa. O cão pop e a alegoria cobradora. *In*: LIMA, Luiz Costa. *Dispersa demanda*. Rio de Janeiro: Francisco Alves, 1981, p. 144-158.

RAMALHETE, Clóvis. Ação movida pelo Autor contra a União. *In*: SILVA, Deonísio da. *Nos bastidores da censura: Sexualidade, literatura e repressão pós-64*. São Paulo: Estação Liberdade, 1989, p. 163-179.

SCHLEGEL, Friedrich. Sobre o *Meister* de Goethe. In: SCHLEGEL, Friedrich. *Da essência da crítica e outros textos*. Trad. Bruno C. Duarte. Lisboa: Fundação Calouste Gulbenkian, 2015, p. 1-45.

SILVA, Deonísio da. *Nos bastidores da censura: Sexualidade, literatura e repressão pós-64*. São Paulo: Estação Liberdade, 1989.

ARQUIVAR A HISTÓRIA, ARQUIVAR A SI MESMO: DITADURA E ESCRITA DE SI FICCIONAL

Mônica Gama[1]

O arquivo não é apenas o montante de documentos que lá estão. É mais. É sobretudo uma falta, uma presença enigmática de descontinuidades e contradições que se colocam como desafio constante. Traduzir essa falta em questão é preciso para quem trabalha com arquivos (Farge, 2009, p. 58). Mas o que dizer quando encaramos algo muito rasurado como o arquivo da ditadura civil-militar brasileira? O arquivo possível, diante do apagamento contínuo que o Estado promoveu a fim de não responsabilizar assassinos, torturadores e o aparelhamento estatal voltado para o horror, formou-se por restos, fragmentos; esse arquivo é composto especialmente pela narrativa dos sobreviventes. A literatura encarou esse arquivo frágil traduzindo a falta em questão, como mostra Eurídice Figueiredo no livro *A literatura como arquivo da ditadura brasileira* (2017).

---

1 Professora de Teoria da Literatura e de Literatura Brasileira pela Universidade Federal de Ouro Preto. Atualmente desenvolve a pesquisa "A ficção romanesca do diário: autor suposto e escrita em ato na literatura brasileira do séc. XX". Possui doutorado em Literatura Brasileira pela Universidade de São Paulo com a tese *Plástico e contraditório rascunho*: a autorrepresentação de Guimarães Rosa (2013). Contato: monica.gama@ufop.edu.br.

A partir de um estudo amplo de aproximadamente 50 anos da literatura brasileira, Eurídice Figueiredo separa essa produção em três fases. Neste ensaio, nos interessamos por algumas obras produzidas a partir dos anos 2000, terceiro período dessa prosa, quando, segundo a autora, vemos uma transfiguração da experiência narrada, ou seja, uma reelaboração ficcional da matéria histórica. Não se trata mais do testemunho propriamente dito, mas de sua reelaboração – o texto estrutura, portanto, o teor testemunhal.

Em tais narrativas, é recorrente o uso do recurso da ficção da escrita com narradores-autores que focalizam um certo tipo de representação da subjetividade e da memória. Essa ficção da literatura em ato expõe a construção da personalidade que remete a criação ao nome no narrador, às definições do que se entende como literatura e às expectativas de como tal texto será reatualizado pelo ato da leitura. Entre tantas outras representações da escrita, está a salvaguarda da memória e a ideia de rastros de escrita, que apontam para a perda da memória e para a impossibilidade de uma escrita apta a representá-la.

Se a presença do narrador-autor não é incomum na prosa nacional, cabe chamar a atenção de uma parcela interessante dessas narrativas que inclui a escrita de si (diários e cartas, por exemplo). Nelas, surge o *sabor do arquivo*, como chamou Arlette Farge, com o poder de encontro com o real em passagens com diferentes formas de escrita de si, como uma "brecha no tecido dos dias" (Farge, 2009, p. 36).

Registrar a si: estruturação e criação

Sabemos que a ascensão da subjetividade na modernidade foi pressuposto para que o *eu* pudesse ser tomado como matéria principal na literatura. O cogito cartesiano foi um marco em tal processo, mas se o *eu*, nesse caso, é unificado pelo pensamento, para a psicanálise o sujeito é dividido porque constituído pela linguagem e, portanto, sujeito do desejo inconsciente. O sujeito do pensamento, como sujeito dividido, instaura um conflito específico e inerente à racionalidade moderna e coloca no centro o exercício da reflexão pessoal. A autobiografia emerge com força nessa nova configuração: exercício de reflexão voltado à existência pessoal, ao sujeito que se constitui pela escrita, corpo simbólico que articula retrospecção e projeção.

A autoanálise está intimamente ligada à ascensão da classe burguesa e ao desenvolvimento do individualismo. Em uma sociedade que cinde as esferas públicas e privadas, a intimidade, o privado e a espontaneidade dos sentimentos passam a ganhar centralidade na literatura (não só como produto, enquanto representação, mas como motores do que entendemos como regime literário).

Tal problematização da interioridade, e a centralidade que ela alcança como fundamento da autobiografia, resulta na grande produção de diários e, como aponta Ian Watt (1990), na ficcionalização da escrita de si. A prática promovia uma ponte entre a ficção e a verdade interior: em uma espécie de comprovação do acesso total às emoções e aos sentimentos, o desejo de contato com o coração encontra nas formas autobiográficas a possibilidade de expressão. A ascensão do romance se dá, inclusive, por meio dessa relação entre representação da experiência e da subjetividade e afirmação ficcional.

As obras autobiográficas apresentam-se como uma comunicação entre o autor e o leitor. Nessa comunicação, a vida do autor é o referente e, assim como o discurso científico ou histórico, forneceria informações sobre uma "realidade" externa ao texto e, portanto, submeter-se-ia a testes de verificação (Lejeune, 2008).

Falando em primeira pessoa, esse eu garantiria a identidade do narrador e do personagem principal em coincidência com o nome que aparece na capa, instituindo um lugar de autenticidade e boa fé quanto ao desejo de falar a verdade – o pacto autobiográfico. Nas obras autobiográficas ficcionais o pacto não se assegura de fato: sabemos que é uma ficção, mas o autor recorre às estratégias da escrita autobiográfica.

De caráter retrospectivo, a narração que se sustenta no encontro da mesma pessoa gramatical (o "eu" é narrador-personagem-autor) confere ao discurso autobiográfico uma complexidade particular. O *eu* que segura a caneta não é mais o mesmo *eu* dos momentos dos acontecimentos recuperados pela memória. Há uma contradição que move esse tipo de narrativa: o eu, disposto a contar experiências passadas com precisão e sinceridade, recorre, no entanto, à memória, precária e infiel, ressignificada pelo próprio ato de registro que ordenará ações, pensamentos e sentimentos. As emoções narradas não podem ser acessadas em sua espontaneidade, tornam-se narrativa.

Mais do que pensar em sinceridade, revisitar a própria vida por meio da escrita é uma prática que coloca em cena os procedimentos de estruturação de sua história, o que nos permite perceber como o autor apreende a si mesmo, com qual perspectiva ele deseja ver essa vida – o que é resultado de sua própria história e da relação com o outro, com as normas e com a História. Narrar a si é narrar esse eu que já é o outro, pois diz respeito ao hiato entre o tempo de quem escreve e o objeto da narração, um eu personagem, pois quem escreve já não é mais aquele sobre quem escreve. Trata-se, então, de uma dinâmica de procura, reencontro e estranhamento desse eu consigo mesmo, que deve procurar meios de reconstrução que revelam continuamente o arbitrário e frágil elo entre memória, narração e experiência.

A ficção do gesto da escrita

Um marco importante da produção que ficcionaliza a escrita de si é o romance *Em liberdade* (1981), de Silviano Santiago, livro escrito sob o crivo da ditadura civil-militar iniciada em 1964, e que tem como um dos motores de criação justamente a morte do jornalista Vladimir Herzog.

Nesse diário ficcional, temos o escritor Graciliano Ramos fazendo notações íntimas nos primeiros dias após ser libertado da Colônia Correcional da Ilha Grande, no Rio de Janeiro, onde ficara preso pela ditadura de Vargas. Simulando inclusive a presença de marcas manuscritas e rasuras, o diário ficcional de Graciliano Ramos cobre o período de três meses – de 14 de janeiro a 26 de março de 1937. Hospedado na casa do amigo José Lins do Rego, as dificuldades de contar o que viveu encontram a forma do diário, o qual se abre com uma negativa – "Não sinto meu corpo. Não quero senti-lo por enquanto. Só permito a mim existir, hoje, enquanto consistência de palavras" (Santiago, 1981, p.27) – que justifica a própria escrita do relato:

> O único motivo – pelo menos o mais forte – que vejo no momento para poder deitar as minhas frases no papel é quero não sentir o meu corpo. Quero que todo o meu eu seja – agora e hoje – apenas um emaranhado

> pesado, denso e consistente de frases. Elas camuflam um corpo dolorido que não quer pensar nas dores sofridas que castigam os sentidos e a memória. Escrevo para não deixar que o meu corpo doente e massacrado exista, prossiga, influa, direcione, convença-me finamente da sua importância e da sua riqueza para mim (Santiago, 1981, p.28).

No diário construímos um corpo simbólico, que se torna visível na página, em uma espécie de desdobramento. Esse Graciliano, recém libertado e, portanto, com o recém conquistado poder sobre o próprio corpo, nega esse corpo pela escrita; precisa do outro, de papel e palavras, externo, que ajude na camuflagem do sujeito de carne e osso. Ao abrir mão do papel organizador de romancista, o autor-suposto confirma o desejo de inacabamento que está na composição em aberto do diário:

> Abandonar a ficção e adentrar-me pelo diário íntimo, deixando que o livro não seja construído pelo argumento ou pela psicologia dos personagens, mas pelos próprios caminhos imprevisíveis de uma vida vivida. Na ficção, o livro é organizado pelo romancista. No diário, toda e qualquer organização pode ser delegada ao leitor. Ele que se vire se quiser fazer sentido com as frases ou com o enredo (Santiago, 1994, p. 22).

O autor-suposto de *Em liberdade* é especial porque tem uma representação prévia nos leitores: é o Graciliano Ramos, autor de *Vidas Secas* e São Bernardo. O pacto de leitura é complexo, o leitor sabe que se trata de uma ficção, mas não deixa de remeter o que lê às ficções assinadas pelo autor real – Silviano Santiago é o outro autor real, ainda que em primeiro grau. Outro autor se junta ao jogo de espelhos, Cláudio Manuel da Costa. A partir de um sonho com o poeta mineiro, também preso, Graciliano Ramos projeta uma ficção histórica, registrando no diário os caminhos percorridos para o desenvolvimento do texto literário. O ponto de partida de Graciliano é o mesmo de Silviano Santiago: informações e conhecimentos históricos, com os quais quer construir um personagem, Cláudio Manuel da Costa, por meio da linguagem literária, além de narrar a decisão por assumir a voz do próprio poeta.

O poeta inconfidente, morto na prisão (a historiografia até hoje não pode confirmar se foi assassinato ou suicídio) ocupa, aqui, o lugar de Vladimir

Herzog, sobre quem sabemos que foi assassinato sob tortura. Essa verdade histórica fica de pano de fundo para relermos a morte de Cláudio Manuel da Costa, como se lê no diário ficcional de Graciliano Ramos

> Diogo de Vasconcelos não acredita na versão do suicídio de Cláudio. Seu desmentido baseia-se em levantamento minucioso da Casa dos Contos, onde Cláudio se enforcou. [...] Acrescenta que foi encontrado "pendente de uma cinta", com os pés em cima de uma "prateleira de cedro". E conclui, com este raciocínio lapidar, pela "extravagância" da versão do suicídio: "O introdorso escuro dos degraus de pedra nua não dava para as ataduras da cinta, nem para ser ter o corpo de pé, quanto mais pendurado" (Santiago, 1981, p.219).

A cena lembra obviamente a narrativa que governo militar tenta emplacar em relação a tantos presos políticos, o suicídio. Na memória nacional contemporânea ao lançamento do romance, a morte de Vladimir Herzog já tinha sido refutada até mesmo pelo Estado – morto em 1975, há um julgamento em 1978 que reconhece que a morte do jornalista foi em decorrência da ação dos militares (prisão ilegal, tortura e morte). Não havia dúvidas quanto ao caso, apenas um entre tantos outros.

Silviano Santiago chama seu romance de "prosa limite": "Prosa limite, creio que seria a melhor etiqueta para *Em Liberdade*. É biografia e não é; é crítica literária e não o é. É intersecção de dados biográficos com crítica literária, usando como elemento catalisador o delírio e a liberdade da ficção" (Helena, 1992 *apud* Demaman, 2003, p.13). Como apontamos anteriormente, o leitor sabe que se trata de uma ficção – nas primeiras edições a capa trazia o longo título: *Em Liberdade: uma Ficção de Silviano Santiago*. Na primeira nota do editor, na abertura da ficção, contudo, narra o encontro com os manuscritos originais:

> O romancista ofereceu os originais de *Em liberdade* a um amigo, em 1946, pedindo-lhe que só os entregasse ao público 25 anos após sua morte. Seis anos mais tarde, em 1952, às vésperas de viagem à Argentina para tratamento de saúde, o escritor escreveu ao amigo, pedindo-lhe que queimasse essas páginas. Não dava justificativa alguma para a destruição. O amigo — cujo nome não devo revelar, como se compreenderá mais tarde — esperou que mestre Graciliano regressasse da Argentina para, então, visi-

tá-lo e falar-lhe pessoalmente do assunto. Disse a Graciliano que já tinha queimado os originais que estavam em seu poder, embora não o tivesse feito (Santiago, 1981, 12)

A ficção dos manuscritos encontrados, tão cara aos séculos XVIII e XIX, retorna aqui sem a ilusão da representação, pois desde a capa há a afirmação da "ficção de Silviano Santiago" (mas não podemos deixar de notar que a opção pela evidência de tal informação é abandonada nas edições posteriores e ela passa a constar como título da seção das notas do editor, o próprio Silviano Santiago). Na segunda nota do editor, a ficção dos manuscritos se reapresenta, agora com a descrição de sua materialidade:

> Os originais de *Em liberdade* encontram-se batidos à máquina e com poucas correções. Aqui e ali, Graciliano teve necessidade de acrescentar frases ou mesmo parágrafos. Quando as frases se sucedem umas às outras, os acréscimos se encontram escritos no verso da página precedente. Em caso de frases soltas, as anotações vêm na margem esquerda ou na parte superior da folha. Indicamos sempre quando se trata de acréscimo. O certo é que todos os acréscimos estão redigidos à mão — e foi este o critério básico para julgar o trecho ou a frase como tal. (Santiago, 1981, p.15)

O texto havia sido escrito à mão e posteriormente datilografado? Isso já indicaria algum projeto de publicização dos textos, o que seria confirmado pelas anotações manuscritas (o diarista, leitor de suas anotações, corrige-se para a leitura do outro). O diário poderia compor, segundo afirma-se posteriormente, a última parte de *Memórias do Cárcere*, mas o editor interpreta que, ao mandar queimar o diário, o escritor sinalizaria que esses dois projetos não podiam coexistir em sua mente. Ou seja, além do tempo da escrita, temos aqui o tempo da leitura das anotações e o tempo da escrita do relato da prisão, quando o sujeito, ao revisitar-se nas dores do cárcere, não se reconheceria no texto que focalizaria sua liberdade. Haveria, portanto, um novo aprisionamento do sujeito ao narrar-se no cárcere.

Ditadura e cena da escrita

Também tematizando o impacto opressivo do Estado brasileiro, estamos assistindo à publicação da trilogia *O lugar mais sombrio* (2017; 2019), de Milton Hatoum, com a narrativa composta por cartas e diários, em um enredo fundado nos efeitos da ditadura militar no Brasil. Em uma espécie de romance de formação, o protagonista Martim vai se construindo, inclusive politicamente.

Mas voltemos para a apresentação geral do romance. Em *A noite da espera* (2017), vemos Martim envolvido em duas práticas de escrita de si, a carta e o diário. A abertura do romance encena a expectativa frustrada da troca epistolar antecipando o espaço do diário:

> Inverno e silêncio. Nenhuma carta do Brasil.
>
> Paris, dezembro, 1977
>
> Cidade gelada, nem sempre silenciosa: algazarra de turistas na travessia de uma ponte sobre o Sena. Somos do mesmo país, andamos para margens opostas. Essas gargalhadas e vozes são verdadeiras?
>
> Hoje, em Neuilly-sur-Seine, meu aluno francês me ofereceu café e quis conversar um pouco sobre o Brasil. O bate-papo, de início besta, aos poucos rondou um assunto mais cabeludo, que logo ficou grave; para ir da gravidade ao terror político bastaram duas xícaras de café e uns biscoitos. No fim, meu aluno, mudo, pagou os quarenta francos da aula e me deu dez de gorjeta. Foi o lucro desta tarde fria e cinzenta (Hatoum, 2017, p. 11).

A frustração por não receber cartas do Brasil é a anterioridade do romance propriamente dito, funcionando como uma moldura para a narrativa. O outro, alteridade inalcançável, mantém o estado de incomunicabilidade: são vozes e sorrisos discutíveis, é a pergunta do aluno francês sobre política que não engendra de fato uma conversa, pois Martim monologa, provavelmente sobre os horrores da ditadura.

Descobrimos, então, que Martim está exilado em Paris, entre 1977 e 1979. Ele está escrevendo um diário e também revisitando o diário escrito em Brasília entre 1968 e 1972. Em ambos os textos, duas rupturas marcam sua experiência: a ditadura civil-militar e o abandono da mãe. Nas primeiras páginas sabemos que a escrita de cartas e do diário foi resultado da ausência e da distância da mãe – "Minhas anotações são um modo de conversar com ela, de pensar nela. Coloquei dentro do caderno a folha de papel dobrada e amassada, com apenas duas palavras: 'Querida mãe'" (Hatoum, 2017, p.31).

A família vivia em São Paulo até os pais se separarem e a mãe ir embora para viver com um artista plástico. O pai revolta-se com o abandono, mudando-se para Brasília com o filho em 1968. Essa desterritorialização forçada e a saudade da mãe encontram-se com a violência do golpe civil-militar. Estudante, Martim passa a conviver rapidamente com um grupo jovem que se opõe à violência do Estado; seu pai, no entanto, vai tornando-se símbolo da repressão, a ponto de

> Rodolfo [...] recortou fotografias do rosto [...] do marechal Costa e Silva; coleciona rostos militares e civis (o ministro da Justiça que redigiu o AI-5, magistrados e políticos bajuladores) [...]. A mesa da sala ficou coberta de imagens de heróis do meu pai, e o chão repleto de rostos de papel, cortados em tiras finas, como serpentinas de uma festa macabra. Tive uma vaga consciência de que Rodolfo estava enlouquecendo, percebia sintomas de loucura nos gestos e atitudes dele, e me perguntava quem, ou o quê, ele odiava (Hatoum, 2017, p. 55).

O pai assume os militares como heróis, os estudantes como aqueles que querem "desmoralizar" o seu "governo patriótico". A solidão vai informando o desconcerto do mundo. A vida em Paris, solitária, que busca na rememoração uma ancoragem sentimental, recebe o acolhimento no diário. Este, por sua vez, retoma as anotações e cartas escritas em Brasília, centro político do golpe. As falhas da memória são, por vezes, motivo para diálogos epistolares, pois Martim pergunta a amigos o que aconteceu em determinado dia – "[...] sem a memória dos outros eu não poderia escrever" (Hatoum, 2017, p. 71). Em sua bagagem de exilado tem esses restos de memória:

> Rue d'Aligre, Paris, março, 1978
>
> Tirei da sacola a papelada de Brasília e São Paulo: cadernos, fotografias, cadernetas, folhas soltas, guardanapos com frases rabiscadas, cartas e diários de amigos, quase todos distantes; alguns perdidos, talvez para sempre.

> Comecei a datilografar os manuscritos: anotações intermitentes, escritas aos solavancos: palavras ébrias num tempo salteado (Hatoum, 2017, p. 16-17).

Passa, então, a datilografar suas anotações, compondo-as com essas notas do passado.

> Paris, outono, 1978
>
> Só agora, ao reler e datilografar esse bilhete colado na página de um caderno de Brasília, notei os erros na mensagem escrita pelo recepcionista. Naquele sábado de 1970, apenas estranhei o ritmo da frase, veloz como o de um coração disparado.
>
> Lembro que paguei uma diária no Grande Hotel, deitei na cama onde Lina dormiria, avancei na leitura do romance de Flaubert, e parei na cena de um assassinato: uma dupla traição, afetiva e política (Hatoum, 2017, p. 73).

Os tempos da leitura e releitura de cartas e diários criam novos caminhos para interpretação. O bilhete ressoa na leitura de Flaubert, a releitura lembra da traição afetiva e política – se, na época, era a mãe que o traía ao não ir vê-lo, na releitura, a espionagem do pai e sua violência contra a mãe ressignificam a mesma cena do romance.

A releitura pode ser assustadora, como aponta seu amigo Julião, que lhe dá uma caderneta para evitar a saudade:

> Julião me deu uma caderneta de capa verde, manchada, folhas enrugadas. Li na primeira página um poema de Ox e tentei decifrar os garranchos das outras. "Meus últimos dias no Brasil, Martim. A debandada geral, cara... Lúcifer solto na Pauliceia. Não quero guardar a porra desse diário. Se eu reler esses rabiscos, vou sentir mais saudade dos amigos, da escola de samba e da Vila Madalena. A saudade destrói e seca o coração (Hatoum, 2017, p. 13).

Além do trânsito entre as anotações do próprio Martim, vemos como o narrador se alimenta dessas outras escritas de si. *Pontos de fuga* (1919), título do segundo romance da trilogia, ganha sentido triplo: é o nome dado para representar, no desenho, duas dimensões para que se assemelhe a três; é também o nome de rotas de salvação para quem está em fuga; na composição do romance, é a união desses dois sentidos, informando o jogo de perspectivas ao incluir cartas e trechos de diários de outros personagens. Trata-se de um romance de formação, mas não é só a perspectiva de Martim que está encenada. Aparentando ser a perspectiva mais completa (tridimensional), é, na verdade, limitada e se compõe de outras perspectivas – todas sofrendo da fragmentação de sujeitos exilados, dentro e fora do Brasil – que servem de respiro e aprendizagem aos personagens.

Em *Pontos de fuga* (2019), continuidade da narrativa, Milton Hatoum traz a sequência da história: Martim vai para São Paulo estudar e é acolhido em uma república estudantil na Vila Madalena com outros estudantes da USP. O diário inicia-se em 14 de dezembro de 1972, portanto, oito anos portanto do início oficial da ditadura civil-militar no Brasil, com a chegada a São Paulo depois de fugir de Brasília para estudar. Cronologicamente, o primeiro volume da trilogia, *A noite da espera* (2017), abarcava de 1968 a 1971 no Brasil e a chegada em Paris em dezembro de 1977, assim como a sua estadia lá em 1978. Do período no Brasil, o diário no interior de *Pontos de fuga* (2019) abarca de 1972 a dezembro de 1977; está entremeado, como no primeiro volume, de anotações feitas em Paris, desta vez com sua vida no ano de 1979.

Pontos de fuga aposta ainda mais na inclusão da escrita autobiográfica alheia, com muitas cartas e anotações em cadernos. Os amigos da faculdade em São Paulo e na UnB estão presentes com cartas e diários com anotações sobre a vida partilhada e, ao mesmo tempo, marcada pela distância. Martim é leitor da escrita íntima alheia (de seus amigos Ox, Anita, Julião, por exemplo), mas tem sua intimidade também devassada pelo pai que o espiona e pelo amigo Ox que admite ter lido suas anotações em Brasília:

> Bom, você leu meu diário e sabe o que eu penso. Leu, sim. Por que negar? Leu quando eu tinha um escritório na Fidalga. Mesmo depois, quando eu escrevia neste apartamento, você xeretava meu diário na edícula. Sabia o exato lugar onde eu guardava meu bloco de anotações. Encontrei na tua sacola fotocópias de várias páginas. Ladrão de memórias alheias. Mas eu também xeretei teus cadernos de Brasília. Pegava aqueles horríveis cadernos escolares e lia (Hatoum, 2019, p. 244).

Diante da fragmentação, estavam todos sendo "ladrões da memória alheia". É o que vemos com a proliferação de testemunhos recolhidos por Martim. O dia de sua prisão é documentado por Anita, mas relatado por Sérgio

> Anotações da Anita
>
> São Paulo, 23 de setembro, 1977
>
> "Vi na entrada da PUC dois corpos queimados por bombas", disse Sergio San. "Duas estudantes. Quis ir até lá, mas os soldados já tinham cercado os corpos. O prédio estava bloqueado. Desci uma rampa, e lá embaixo, numa sala, a tropa de choque caçava alunos e professores no forro do telhado. Voltei pra entrada principal, os cassetetes golpeavam até as estátuas dos santos, na confusão ouvi alguém dizer 'na sala do coral', corri atrás dessa voz e me juntei aos cantores (Hatoum, 2019, p. 254).

Se é comum que sejamos ladrões das memórias alheias ao incorporarmos às nossas lembranças o que os outros nos contam, aqui o romancista nos oferece um personagem que escreve sobre si e busca na memória do outro a possibilidade de recompor a sua própria vida, estratégia necessária para contar o que não viu e manter a narrativa em primeira pessoa. A incorporação da narrativa dos outros surge como característica de composição de si mesmo para Martim.

Importante notar que no recolhimento desses diferentes testemunhos está em jogo uma reescrita, como avalia o próprio Martim: "peguei na cama a folha datilografada, tão diferente das anotações feitas há mais de três anos. Reescrever: intuir outra realidade, imaginar de novo" (Hatoum, 2019, p. 216). Essa imaginação ativa proporciona que ele reencontre memórias – "quando anotava o que acontecera horas antes, na véspera ou em dias anteriores, a memória me traía a todo instante, mas a solidão e o desejo de escrever me ajudavam a inventar episódios e diálogos que poderiam ter acontecido, palavras de uma memória fugidia, opaca" (Hatoum, 2019, p. 182).

Vejamos esse tipo de reescrita no romance. No primeiro volume, Martim narra uma abordagem policial violenta em um protesto em 31 de março de 1968:

> Dois homens à paisana saíram da Veraneio e agarraram o motorista do Dauphine; outro homem, mais forte, fisgou do banco traseiro uma moça baixinha e magra. Algemou-a e enganchou no pescoço dela o polegar e o indicador, feito uma forquilha.O motorista do Dauphine foi arrastado até a frente da Veraneio, o clarão dos faróis o cegava enquanto ele se defendia dos socos e pontapés; a moça magra foi arrastada até o clarão, depois o corpo amolecido e ensanguentado do motorista do Dauphine foi jogado no porta-malas da caminhonete (Hatoum, 2017, p. 41).

A visão é aterrorizante e o jovem Martim vomita e foge. Assustado, o jovem vai de bote para o lago e adormece, sendo preso porque estava perto da casa de um militar. É visto com desconfiança justamente por ser estudante, sendo liberado após ter um rascunho de uma carta para a mãe lido pelo delegado.[2] Na delegacia, encontra-se com os amigos e outros estudantes presos pela manifestação; ele, no entanto, preso por engano, em um ato que anos depois ele vai interpretar como covardia. Meses depois, ao fim de junho de 1968, Martim recorda-se da passeata:

> recordei o corpo do homem entre o Dauphine branco e a Veraneio, a mão do policial enganchada no pescoço da mulher magra, forçando-a a ver de muito perto o homem contorcer-se, ensanguentado; a outra mão rasgou a blusa azul, os seios pequenos e brancos surgiram na claridade dos faróis (Hatoum, 2017, p. 50).

A cena surge em síntese e com complementos que explicam melhor o evento – a violência de quem batia no homem e o sadismo do outro que obrigou a moça a olhar seu companheiro a se contorcer. Na sequência, temos um trecho do diário escrito em Paris, quando ele volta ao evento para concluir que fora covarde: dez anos ruminando o sentimento de culpa por abandonar a passeata, preso por acaso, liberado por uma carta amorosa à mãe. Na mesma passagem do diário, relata que tentou ir a outra passeata, mas teve medo de ser

---

2 A cena lembra outro romance, *O amanuense Belmiro* (1937), de Cyro do Anjos. Belmiro Borba é preso por acharem que estava envolvido com os anarquistas, mas, depois de seu diário ser lido, o delegado passa a acreditar que alguém preso em um caso de amor platônico e com uma vida tão desinteressante não seria perigoso.

preso novamente, ouvindo constantemente as ameaças do pai em sua cabeça. Ao retornar dessa tentativa de participação ativa, o pai o recebe com violência:

> "Agora eu entendo por que tua mãe não quis morar com você. Ninguém quis... tua mãe, tua avó... nem aquele teu tio lambe-lambe."
>
> Minha voz se livrou da covardia e se exaltou, eu não parava de repetir: "Você foi traído por um artista de merda".
>
> Não reagi ao tabefe no rosto. (Hatoum, 2017, p.40)

A luta de Martim era, portanto, em diversas dimensões: individual, lidando com a coragem necessária para participar do importante momento histórico como militante; social, respondendo ao ambiente estudantil e a suas amizades; familiar, lidando com o abandono da mãe e a presença hostil do pai, representante doméstico do aparato militar.

Família e silêncio

A relação entre a ditadura e o ambiente familiar é uma constante na literatura mais recente sobre esse período político brasileiro e a escrita íntima surge muitas vezes como momento de refúgio dentro do ambiente familiar. Três livros chamam a atenção para essa dinâmica, *Não Falei* (2017), de Beatriz Bracher, e *O Corpo Interminável* (2019), de Claudia Lage, nos quais, no entanto, a escrita de si surge como rastros do outro, presenças indiciais de ausentes; e *Trilogia Infernal*, de Micheliny Verunschk, composta pelos volumes "Aqui, no coração do inferno" (2016), "O peso do coração de um homem" (2017) e "O amor, esse obstáculo" (2018), aqui a escrita de si ocupa lugar de destaque para a fala sobre si na dinâmica familiar na ditadura.

Em *Não falei*, o narrador, Gustavo, era um jovem de 24 anos em 1964 e no presente da narração é um professor em processo de aposentadoria. Prestes a mudar de cidade, recebe um pedido de entrevista de uma jovem interessada em sua importante trajetória como educador e sua experiência na ditadura, sobretudo em sua percepção sobre o ideal de educação pensado naquele momento (ou seja, o interesse inicial não é no sujeito enquanto militante político, mas em sua ação política como educador). É esse momento de mudança na vida do personagem que o leva a uma reflexão intensa sobre sua vida, especialmente sobre os eventos que determinaram sua relação consigo e com o mundo.

Ainda que seja um educador, o grande obstáculo para o narrador é falar, contar algo. Precisar de palavras e imagens, eis um entrave para chegar a uma narrativa sem desacertos.

> Se fosse possível um pensamento sem palavras ou imagens, inteiro sem tempo ou espaço, mas por mim criado, uma revelação do que em mim e de mim se esconde e pronto está, se fosse possível que nascesse assim evidente e sem origem aos olhos de todos e então, sem o esforço do meu sopro – tom de voz, ritmo e hesitação, meus olhos – surgisse como pensamento de cada um, ou ainda, uma coisa, mais que um pensamento, se coisa assim fosse possível existir, eu gostaria de contar uma história (Bracher, 2004, p.7).

O que leremos será, então, algo da ordem do contingente. Se fosse possível, ele gostaria de contar; não sendo possível, conta sem o querer de fato. Contar algo, só se for para desconhecidos. Na segunda página do romance já temos a síntese do entrave de comunicação: preso na ditadura, Gustavo foi torturado para falar sobre atividades subversivas e delatar outros militantes; não falou nada, mas foi solto e continuou no mesmo cargo de diretor escolar. Ao seu redor, muitos acreditaram que ele dedurou seus amigos e que era responsável pela morte de Armando, seu amigo íntimo e cunhado. Ao longo do romance, confessa diversas vezes que não falou, mas não o fez porque de nada sabia, ou seja, não se trata de uma ação de bravura, mas de impotência.[3]A culpa, no entanto, o consumiu: "Armando fora entregue por minha causa, não por minha boca, mas isso não fazia diferença. Minha prisão deve tê-lo forçado a se expor [...]. E provavelmente fui preso por sua causa", fazendo ele e os que o cercavam esquecerem-se do que importava: "[...] a causa visível e incontestável,

3 "Armando fora um bom militante e, apesar da nossa grande amizade, na verdade por causa dela, nunca me contou nada sobre as suas atividades. Os torturadores sabiam muito mais do que eu. Armando participara de um sequestro, de assalto a banco, administrava o recebimento e o envio de dinheiro, arrumava casas seguras para abrigar os perseguidos" (Bracher, 2004, p. 78).

os homens que foram à minha casa e me prenderam, os homens que foram ao seu refúgio e o mataram" (Bracher, 2004, p. 117).

No romance, algumas presenças importantes da escrita de si criam a perspectiva íntima e perscrutadora. José, o irmão do narrador, está escrevendo um romance autobiográfico, focalizando a história familiar; a jovem Cecília escreve um livro sobre a geração de Gustavo e pede que ele lhe dê uma entrevista. Despedindo-se da casa da família, onde sempre morou, essas demandas de escrita, leitura e fala de José e Cecília também remetem o narrador a um estado reflexivo e de rememoração.

Além de anotar as conversas com esse irmão, temos a leitura comentada de seu romance autobiográfico. O impacto emocional do romance é assim descrito: o livro "invade meu pensamento e me leva aonde não quero ir, deixo então que passe e fale. Não quero sua infância, seu pai, sua mãe" (Bracher, 2004, p. 39). O pai, nas páginas do irmão, não é reconhecido pelas memórias do narrador, que faz, em seus comentários, uma espécie de diário de leitura: "Ora, José, por favor, por favor. Não, não quero me irritar, gosto do personagem de José, seu pai, não que propriamente goste, fico curioso com a construção da sua árvore. Sim, é curioso ver-nos descritos, tem sua graça, construídos pelo olhar de meu irmão [...]" (Bracher, 2004, p. 39).

O reencontro com a história da família pelo olhar do irmão e o enfrentamento com o destino das coisas da casa recentemente vendida fazem com que o narrador retome intensamente o passado. A entrevista, requisitada por uma jovem que leu seus livros e exalta sua trajetória, o coloca em uma situação inversa àquela do interrogatório que o traumatizara na época da ditadura: ser um intelectual é o que lhe daria poder de fala, ocupando com dignidade a posição de quem pode falar de si e de sua geração. Mas não se trata de um lugar facilmente ocupável. Para se livrar do pedido, afirma que não tem o que relatar: "Eu falei a ela que não me lembrava de quase nada e ela disse que queria isso também, a lembrança quebrada, um embaralhamento do que sobrou visto de longe, quase sumindo no meio do tal vazio agressivo" (Bracher, 2004, p.19). Cecília é a testemunha que ouve e que quer inclusive o silêncio. Todo o livro é uma resposta a ela, é a entrevista virtual, pois, ao fim, sabemos que, se pudesse, o romance seria a resposta, mas, como não pode contar sua história "sem palavras, sem voz, mas apreendida inteira, sólida." (Bracher, 2004, p.37), resta a fala que teria sido, ainda que recém-performada em nossa leitura: "Eu falaria isso, Cecília, se fosse possível." (Bracher, 2004, p.148).

Na escrita de si, o eu pode tomar lugar do outro ("je est un autre"), mas a entrevista é o gesto autobiográfico mais marcado pelo dialogismo, pois se constrói por meio de um jogo que se estabelece entre entrevistador e entrevistado quanto ao que um imagina do outro e, portanto, ambos constroem um *ethos* específico para essa situação de enunciação. Para Arfuch, há uma complementaridade entre a biografia e a entrevista na ubiquidade de identidades e posições do sujeito:

> o fato de apresentar um leque inesgotável de identidades e posições de sujeito – e extensivamente, de vidas possíveis – e, mais ainda o fato de que essas vidas oferecidas à leitura no espaço público o sejam em função de seu sucesso, autoridade, celebridade, virtude, o que torna a entrevista um terreno de constante afirmação do valor biográfico (Arfuch, 2010, p. 155).[4]

Com uma força subterrânea, o passado irrompe e remexe as memórias. O pedido para que Gustavo fale é suficiente para que o narrador se debruce sobre a própria história e seus rastros autobiográficos, recuperando notas, relatórios e entrevistas que fez ao longo da carreira para compreender o ambiente educacional.

Assim, o livro se apresenta como uma confissão, não de um crime, mas de uma impotência. Gustavo viveu em castigo – "Não há castigo sem culpa e fora castigado. E não por deuses ou pelo fado do acaso insondável, mas por homens do meu país, compatriotas, contemporâneos" (Bracher, 2004, p. 126) – e poderia agora falar sobre isso com alguém que quer ouvir, mas continua

---

4 Leonor Arfuch afirma que a entrevista, "talvez menos fantasiosa que a biografia, ancorada na palavra dita", afirmou-se enquanto gênero devido à "exposição da proximidade, de seu poder de brindar um "retrato fiel", na medida em que era atestada pela voz, e ao mesmo tempo não concluído, como, de alguma maneira, a pintura ou a descrição literária, mas oferecido à deriva da interação, à intuição, à astúcia semiótica do olhar, ao sugerido no aspecto, no gesto, na fisionomia, no âmbito físico, cenográfico, do encontro".

não podendo. É preciso que a confissão fique no espaço íntimo e nós, leitores, compartilhamos desse silêncio. Gustavo não falou e não falará.

Nos romances *O Corpo interminável* (2019) e na *Trilogia infernal* (2016-18), as autoras, Claudia Lage e Micheliny Verunschk, respectivamente, abordam a ditadura civil-militar a partir da perspectiva dos filhos de seus principais agentes – militantes e militares. Daniel, um dos narradores de *O Corpo interminável,* foi criado pelo avô e a mãe, guerrilheira, fora sequestrada, torturada e morta pelo Estado. O romance inicia-se com dois capítulos narrados por uma mulher – a voz da mãe imaginada por Daniel? – O fato é que, dela, tudo o que ele tem é um livro, *Alice no país das maravilhas,* de Carroll, com anotações de leitura, objeto revisitado inúmeras vezes como o rastro do corpo da mãe.

Essa relação de proximidade do narrador com a mãe por meio do livro se explica pelo fato de a marginália de um livro poder ser lida como uma espécie de diário de leitura, um espaço de inscrição de si em diálogo com o texto lido. Já no terceiro capítulo descobrimos que esse também era o hábito do narrador:

> Depois da leitura, eu costumava escrever alguma coisa. Era uma necessidade, sobre as palavras lidas colocar as minhas, mas nunca imediatamente, meu corpo precisava de um tempo, o tempo necessário para lidar com tudo, o tempo para o tempo agir, só depois, quando as palavras saíam do papel, tomavam outro rumo, eu anotava o que tinha restado. Melina me disse que eu faço o contrário, anoto a partir do esquecimento. Foi ela que me deu a foto, foi ela que disse, Daniel, veja isto. Dias depois, eu peguei a caneta, abri o caderno e nada me veio. Eu não sabia o que escrever (Lage, 2019, p. 21-22).

Escrever a leitura enquanto ação imediata para a mãe; escrever a leitura como forma de esquecimento para o filho traumatizado. A foto sobre a qual fala nessa passagem é uma imagem do corpo de uma mulher após tortura encontrada por Melina nas coisas do pai, um militar envolvido, portanto, com os horrores da ditadura.

Os jovens se conhecem justamente em razão da leitura do mesmo livro na biblioteca. Sobre ele, Daniel também tentou anotar algo durante a leitura, mas tudo era apagado imediatamente. Só depois de muito tempo conseguiu escrever, sem perder a culpa, contudo, de transformar as pessoas sobre as quais leu em personagens e em representação. Desse momento conclui que "o mundo não é habitável". A frase, escrita numa folha de caderno esquecida numa gaveta, revela a dificuldade com a escrita: se nem o mundo é habitável, como fazer o horror habitar nas folhas de papel?

No livro de Lewis Carroll, os grifos, as anotações e mesmo as páginas que foram arrancadas são lidos pelo filho da guerrilheira como uma mensagem numa garrafa, como possível revelação de algo sobre sua mãe.[5]

> *Tenho certeza de que estas não são as palavras certas, disse a pobre Alice,* a frase sublinhada várias vezes, a tinta azul reforçando o que estava escrito. Alice cai num buraco sem fim, estava escrito na margem da página. O menino teve um estremecimento ao ver a caligrafia circular, firme, tão parecida com a sua. Sim, se olhasse bem, via traços bem próximos. O jeito de arredondar as vogais, de esticar os Ls, cruzar os Ts. Era a letra de sua mãe? No início do livro o nome, a data, a assinatura afirmando, este livro é meu. *Lá se foi Alice,* estava repetido na margem o texto original. Por que ela repetiria a frase já escrita? Por que se repete uma frase, ou qualquer coisa? O que a repetição traz que já não existe na primeira vez? (Lage, 2019, p. 51)

O coelho no buraco é, para Daniel, a mãe nas páginas do livro: persegue-a por meio de seus rastros, mas chega sempre atrasado – ela não está mais lá e os enigmas são só repostos continuamente.

Cartas, bilhetes e anotações também compõem a narrativa, sobretudo ao fim, quando o narrador descobre uma irmã. Olívia era filha de seu pai, que se exilou em Portugal. A irmã guardou cartas, rascunhos e bilhetes escritos por seu pai ou recebidos por ele. São peças importantes no quebra-cabeças de sua própria história. É o caso do rascunho de uma carta escrita por seu pai ao avô após ser informado por um amigo da mãe de Daniel que o bebê aos cuidados do avô, mas que não o faria se tivesse opção, pois acha que o avô fora o responsável pela

5 Porque se digo que essa leitora, essa mulher, escreveu nas margens do livro, não por hábito, mas porque não havia outro lugar para escrever, ergo ao seu redor um ambiente sem papéis à vista, estou construindo um contexto onde a possibilidade de escrever seja arriscada, melhor não chamar a atenção, permanecer de forma insuspeita, a escrita dentro de um livro também insuspeito, um livro sobre uma garota no país das maravilhas, um livro para crianças, nada mais pueril, nada mais inocente do que uma criança e um livro (Lage, 2019, p. 54-55).

prisão da amiga: "O rascunho riscado, incompleto. Já quase ao final o meu pai pergunta, o senhor está com o meu filho?" (Lage, 2019, p. 190). Daniel jogou fora, sem abri-las, as caixas com documentos que eram guardadas em segredo pelo avô. O ressentimento, talvez a vontade de esquecer, agiram para o apagamento. A irmã, ao contrário, fora atrás dessa memória do pai para encontrar o irmão perdido. O contato com as cartas preencheu lacunas, mas abriu novas tocas de coelho:

> O meu pai guardou os rascunhos das cartas que escreveu, como se precisasse lembrar de cada palavra. Não há outra carta do meu avô, nenhuma resposta, o meu pai pode nunca ter passado os rascunhos a limpo, nunca as ter enviado. Essa correspondência pode não ter existido, não passado de um esboço, um braço nunca estendido. Mas o seu avô pode ter recebido as cartas e guardado nas caixas que você jogou fora, Melina lembra. Pode ter recebido e não ter aberto. Guardado as cartas fechadas. Ou lido todas e não ter respondido nenhuma. Pode tudo, pode nada (Lage, 2019, p. 191).

As cartas permitiriam construir esses diálogos que reconstituiriam as personalidades dos interlocutores. É o que ocorre, por exemplo, com a única carta do avô encontrada nas coisas do pai, que lhe permite, inclusive, falar o nome da mãe:

> Ele escreveu para o meu pai, depois do desaparecimento da minha mãe. Procurava notícias. Eu vi nas palavras escritas do meu avô um desespero inédito. O pai aflito em busca da filha. Eu só conheci a outra face, a que não perdoa, a que não aceita, a que afunda no silêncio da presença, como se a memória fosse um insulto. Na carta, o meu avô acusa o meu pai. Você fugiu como um rato, não foi homem de ficar, de encarar as consequências. Ela ficou e desapareceu. [...] Julia. Ver o nome da minha mãe escrito numa carta era como marcar de tinta azul a sua existência (Lage, 2019, p. 178).

Ao compor um novo contorno para o pai, o nome materno (a mãe como elo entre as gerações de homens marcadas pela sua ausência) encontra-se nas páginas do romance pela primeira vez por intermédio da carta.

Também abordando a herança do trauma da ditadura, temos os livros que compõem a *Trilogia Infernal*, de Micheliny Verunschk. Laura, a narradora de dois dos três romances, é filha de um delegado da polícia militar, envolvido com os horrores da ditadura e transferido para uma cidade do interior após a dissolução do regime militar. Cristóvão, o narrador do segundo volume, é vítima indireta da ditadura e também um assassino criminoso preso pelo pai de Laura.

Com linguagem leve, até mesmo com humor, a adolescente Laura escreve um caderno com seus pensamentos e o cotidiano de investigação noturna nas anotações e inquéritos que o pai guarda em sua casa. Laura nos conta que o pai narrava com orgulho que tinha feito parte de uma "turma de treinamento antissequestro por causa dos terroristas", mas que recentemente mudara o tom da narrativa, revelando como passou a esconder sua participação na ditadura no ambiente familiar.

> Mas eu sei que ele não tá falando a verdade. Minha irmã mais velha perguntou pra papai onde é que ele estava em 1964, o que ele estava fazendo. E em 1968? É lógico que ela estava acusando ele de alguma coisa. Minha irmã sempre o acusa de alguma coisa, mesmo que seja silenciosamente. Papai diz que só cumpria ordens e que nem gostava do governo tanto assim, mas que, quando pegaram um dos líderes subversivos ele teve que bater no cara num corredor polonês (Verunschk, 2016, p. 43-44).

Vamos entendendo aos poucos o porquê de a irmã de Laura se revoltar (ela perceberia a participação do pai) e a narradora vai montando o quebra-cabeças na escrita do diário.[6] É nessas investidas nos documentos escondidos do pai que Laura encontra um envelope com documentos de dezesseis pessoas, inclusive de sua mãe:

---

6 "Um corredor polonês é como um linchamento, colocam a pessoa pra correr nua entre duas fileiras de gente e enchem ela de porrada. Se a pessoa escapa viva, teve sorte. E essa sorte é o que diferencia o corredor polonês de um linchamento, porque desse não se sai pra contar a história. Um subversivo, ele contou, é diferente de um terrorista. Embora os terroristas sejam também subversivos. Um subversivo é um perturbador. Ele sorrateiramente coloca ideias nas cabeças das pessoas, ideias contra a ordem, contra a autoridade, contra quem nos protege, como a polícia e o governo. Os terroristas são armas humanas que os subversivos usam quando suas ideias não são acatadas. Foi isso que papai ensinou pra gente." (Verunschk, 2016, p. 43-44)

> Eram todos ou quase todos jovens em suas fotografias, algumas meio desbotadas. Seriam criminosos? Não pareciam. E, se fossem, por que minha mãe estaria junto deles? A maioria parecia mesmo é ser estudante. Somente dois mais velhos, um homem e uma mulher, mas também com cara de gente de família, sabe? Ninguém parecia bandido, como se bandido pudesse ter algum formato em comum que pudesse identificá-lo só pelo olhar. Foi então que pensei em outra hipótese. Será que perderam as identidades e nunca mais as encontraram? Eram mistérios. Que histórias esconderiam aqueles rostos? Por que minha mãe estava ali com eles? Anotei os nomes de todos. E suas datas de nascimento. Quem sabe um dia seria útil? Só não anotei o nome de mamãe, mas para marcar que ela estava junto também no envelope fiz um desenho assim ∞ (Verunschk, 2016, p. 68).

O símbolo para falar da mãe é talhado por Laura em diversos lugares da casa, como uma forma de mantê-la presente. Um pouco antes de encontrar o envelope e produzir essa lista, a narradora começa a sonhar com a mãe e é em um sonho que alguém lhe faz uma revelação que une muitas peças soltas da narrativa do pai: "Então alguém tocou no meu ombro e sussurrou. Mas você sabe que seu pai matou sua mãe, não sabe? E eu chorei, chorei, chorei tanto que acordei soluçando, as lágrimas saindo do meu rosto do sonho pra esse rosto aqui que carrego quando estou acordada" (Verunschk, 2016, p. 72). O sonho a faz lembrar também de um evento antes de a família se mudar para pequena cidade de interior: ao visitar uma colega de escola, descobre que o tio da menina não tinha unhas:

> O lugar onde elas deveriam estar era carne apenas, uma estranha continuação dos dedos, uma ausência marcada por uma falsa normalidade, dedos roliços, inteiriços, sem unhas, como salsichas pálidas. Então, quase automática, como às vezes sou, puta merda, como eu ainda sou, perguntei O que aconteceu com as suas unhas?
>
> Então o homem levantou a cabeça muito devagar e olhou pela primeira vez pra mim, bem dentro dos meus olhos, como se seus olhos atravessassem os meus e como se eu soubesse, como se fosse culpa minha que ele não tivesse unhas, como se dissesse numa voz extremamente clara.
>
> Você sabe muito bem o que aconteceu (Verunschk, 2016, p. 73-4).

A acusação reverbera, mas só faz sentido a partir dos documentos no envelope e do sonho. Seu pai seria um torturador. Ao fim do primeiro volume, Laura faz uma datação (a primeira) e indica o objetivo da história:

> Retorno para o quarto e espalho sobre a cama a minha verdade: dezesseis documentos de identificação, o de minha mãe entre eles. Penso que poderiam ter feito um outro outdoor com a frase "Queremos a verdade". Hoje é dia 26 de maio de 2012. Há exatos trinta anos minha mãe foi assassinada. Meu nome é Laura. Eu vim aqui contar a história dela e de todos os outros (Verunschk, 2016, p. 121).

A data é reveladora: dez dias antes, em 16 de maio de 2012, instaurava-se a Comissão Nacional da Verdade. A política de reparação estatal estava finalmente começando e a narradora nos informa no último volume da trilogia que também é isso que ela busca:

> – Eu preciso colar alguns pedaços da história da minha vida. Existem uns buracos, sabe? Eu quero encher esses buracos, estofá-los com alguma coisa. Eu nem sabia direito o que estava dizendo, mas sabia desde sempre que havia uma história para contar. Uma *reparação* a ser feita. E era isso o que eu faria, escreveria minha história. Com uma pá desenterraria os mortos, com a mesma pá encheria de ossos e terra e trapos e merda os vazios entre quem eu era e quem eu me tornara (Verunschk, 2018, p. 33, grifo nosso).

A herança do mal – ser filha de um torturador (possibilidade que afligia Melina ou mesmo o fato de ser o herdeiro de quem foi responsável de alguma maneira pela morte da mãe, como Daniel, ambos personagens de *O Corpo Interminável*, de Claudia Lage) – reaparece no romance de Verunschk. Mas nessa trilogia a dúvida está apenas no primeiro volume, nas páginas do diário de Laura, que vão, no embate da adolescente consigo, recompondo lembranças. Ao fim, ao compreender melhor o papel do pai na ditadura, é possível sintetizar o ambiente familiar, marcado pela violência do não dito e dos inquéritos policiais, com a imagem do título do romance, *Aqui, no coração do inferno*.

O nome, tão importante a partir da descoberta do envelope, liga-a ao torturador e à assassinada. Qual herança possível dessa união? O "nome era destino", poderia fugir dele? Laura é vítima, mas ocupa a última posição entre as vítimas. Daí incumbir-se do papel de reparadora.

No segundo volume da trilogia, *O peso do coração de um homem* (2017), o narrador é Cristóvão, assassino canibal, preso pelo pai de Laura na cozinha da casa da família. Na recomposição da história do assassino, encontra-se um debate sobre os impactos da violência sistemática. Laura retorna como narradora ao fim, rememorando sua adolescência e sua relação com Cristóvão, raiz da desconfiança em relação às ações do pai. No último volume, *Amor, esse obstáculo* (2019), Laura está mais velha, consciente da história familiar e das consequências das ações do pai, encarando o mistério não mais como detetive noturna, mas como vítima que busca a reparação diurna, institucional, encontrando outras vítimas e ficando amiga inclusive de outra filha de torturador, também angustiada com essa herança do mal em sua filiação.

Nesse último volume, algumas peças do quebra-cabeças se encaixam melhor e cenas do diário surgem comentadas como lembranças e ressignificadas, como ocorre com aquela do dia em que conhece o tio da amiga de escola. Sabemos então que ela contou o evento para o pai quando era criança:

> Os dedos dele, papai, eram como salsichas, nenhuma unha, nenhumazinha só, contei quando cheguei em casa.
>
> Papai, vermelho, incomodado, sentenciou que eu não voltaria à casa da minha amiga, o que me deixou inconformada. O que me pareceu um preconceito incabível anos mais tarde acabou se revelando coisa muito pior. Ao descobrir que um dos métodos de tortura utilizados durante a ditadura era a extração de unhas do prisioneiro, a contundência daquela cena e a intransigência do cowboy se juntaram em um transtorno que martelou seus pregos em mim por semanas, meses. Minha vida toda eu me sentindo como o velho inglês que passou sete anos montando um quebra-cabeças de cinco mil peças para enfim descobrir que faltava uma.
>
> 4.999 peças e uma paisagem para sempre incompleta, eis o resumo de minha vida àquela altura. (Verunschk, 2018, p. 46)

Pior que não ter compreendido o que aconteceu na época foram os desdobramentos: o pai rondou a casa da amiga e o tio vira seu torturador, indo embora com medo de ser pego novamente. Em conversa sobre isso com a avó e a irmã, concluem que a mudança de cidade se deu provavelmente porque o pai queria esconder "o rastro de lama que imprimira na história do país" (Verunschk, 2018, p. 48) e da família.

O homem revoltado precisa da memória[7]

Há muito mais sobre a trilogia ou os demais livros comentados brevemente neste texto, mas o que queremos sublinhar é a presença da escrita de si em suas diversas formas – cartas, diários, marginália, entrevista – como forma de construção de um arquivo possível sobre a ditadura. Arquivo que não documenta apenas os eventos, mas a construção da personalidade no tempo, os efeitos sobre a memória, assim como a difícil condução entre o desejo de esquecimento e o dever da memória, em razão de traumas e silenciamentos.

A tensão perpétua do encontro entre a história do país e a história pessoal e familiar encontra um abrigo particular na ficção da escrita autobiográfica, na qual o eu e o outro encontram-se inscritos na própria reflexividade: "para além do nome próprio, da coincidência "empírica", o narrador é outro, diferente daquele que protagonizou o que vai narrar: como se reconhecer nessa história, assumir as faltas, se responsabilizar por essa outridade?" (Arfuch, 2010, p. 54). Esse desdobramento do sujeito que se inscreve como eu e como outro abre espaço para a reflexão sobre as perturbações da identidade que, se são tema recorrente da literatura intimista, ganham dimensão sociológica ao associarem-se aos efeitos do trauma histórico e, portanto, coletivo.

---

7 A expressão é tirada de uma citação de Camus no terceiro volume da trilogia: "Para existir, o homem deve revoltar-se, mas sua revolta deve respeitar o limite que ela descobre em si e no qual os homens, ao se unirem, começam a existir. O pensamento revoltado, não pode, portanto, privar-se da memória: ele é uma tensão perpétua. Ao segui-lo em sua obra e nos seus atos, teremos que dizer a cada vez se ele continua fiel à sua nobreza primeira ou se, por cansaço e loucura, esquece-a, pelo contrário, em uma embriaguez de tirania ou de servidão. Estas palavras de Camus chegaram a mim destacadas por um marcador de texto amarelo luminoso e pelo sotaque portenho de Mariana" (Verunschk, 2018, p.46).

Ao invés de focalizar a dor do outro como espetáculo, essa literatura aborda os eventos e consequências da ditadura civil-militar em sua dinâmica íntima. Sem cair no egotismo ou em um intimismo alienado, a carga histórico-social é lida em seus silenciamentos e apagamentos. O incompreensível é encarado como algo que passa a habitar o cotidiano e, portanto, não pode ser negado ao receber o tratamento de uma prosa contínua, que ligue os fios narrativos e encontre um acabamento resolutivo dos conflitos. A parcialidade e o momentâneo, traços marcantes do diário e da carta, apontam para essa precariedade da narrativa – imprescindível diante do inacabamento (quiçá início) das políticas de reparação.

Referências

ARFUCH, Leonor. *O espaço biográfico*: dilemas da subjetividade contemporânea. Trad. Paloma Vidal. Rio de Janeiro: EdUERJ, 2010.

ARTIÈRES, Philippe. Arquivar a própria vida. Arquivos Pessoais. *Revista Estudos históricos,* Rio de Janeiro, 1998. Disponível em: http://www.cpdoc.fgv.br/revista/arq/234.pdf. Acesso em: 10 jan. 2023.

BRACHER, Beatriz. *Não Falei*. São Paulo: Editora 34, 2017.

FARGE, Arlette. *O Sabor do Arquivo*. Trad. Fátima Murad. São Paulo: Edusp, 2009.

FIGUEIREDO, Eurídice. *A literatura como arquivo da ditadura brasileira*. Rio de Janeiro: 7Letras, 2017.

GAGNEBIN, Jeanne Marie. *Lembrar escrever esquecer*. São Paulo: Editora 34, 2014.

HATOUM, Milton. *A noite da espera*. O lugar mais sombrio v.1. São Paulo: Companhia das Letras, 2017.

HATOUM, Milton. *Pontos de fuga*. O lugar mais sombrio v.2. São Paulo: Companhia das Letras, 2019.

HELENA, Lúcia. Silviano Santiago: A política através da palavra escrita (Entrevista) *Brasil/Brazil,* n. 07, Ano 5, PUC, Porto Alegre, 1992.

LEJEUNE, Philippe. *O pacto autobiográfico:* de Rousseau à Internet. Org. e Trad. Jovita M. G. Noronha. Belo Horizonte: Editora UFMG, 2008.

LAGE, Claudia. *O Corpo Interminável*. Rio de Janeiro: Record, 2019.

SANTIAGO, Silviano. *Em liberdade*. Rio de Janeiro: Paz e Terra, 1981.

WATT, Ian. A ascensão do romance. São Paulo: Companhia das Letras, 1990.

Relatos autobiográficos e romances de mulheres sobre a ditadura

Eurídice Figueiredo[1]

A literatura é a voz que dá conta de um lado de dentro – ou do que poderia ser um lado de dentro. Que conta – e deixa que se conheça – o que alguém viveu ou podia ter vivido, e como o viveu ou podia ter vivido.

(Maria José Silveira)

1 Doutora pela UFRJ (1988), professora do PPG em Estudos de Literatura da UFF. Email: euridicefig@gmail.com

Introdução

Neste artigo vou apresentar a produção literária de autoria feminina sobre a ditadura, constituída de relatos testemunhais de ex-militantes e de um considerável conjunto de obras ficcionais; trata-se da pesquisa que fiz para o livro *Mulheres contra a ditadura: escrever é (também) uma forma de resistência* (Figueiredo, 2024). As autoras desses romances têm perfis variados, num arco temporal que vai de Lygia Fagundes Telles, nascida em 1918, a Sheyla Smanioto, nascida em 1990; umas tiveram a experiência da ditadura, enquanto militantes (ou não), outras nasceram nos estertores do regime ou mesmo após a redemocratização.

No livro procurei examinar: 1. a especificidade da militância das mulheres, os preconceitos que enfrentaram, a violência de gênero na repressão, em especial, o abuso sexual, o estupro e as humilhações verbais; 2. o silenciamento das ex-militantes durante um tempo e sua superação, ao escrever relatos e romances autobiográficos em que dão suas versões a respeito dos acontecimentos vividos; 3. a maneira como mulheres jovens foram afetadas pela repressão sofrida por seus pais ou outros familiares; 4. a produção literária de mulheres que não têm vínculo com vítimas da ditadura, o que comprova que o trauma é coletivo e histórico, não é assunto concernente somente à família. Na verdade, a ditadura teve um impacto sobre o país e, nesse sentido, afetou a todos; 5. as características da literatura mais recente, que tende a fugir do realismo/naturalismo e ao testemunho e tem liberdade para usar formas mais alegóricas, fantásticas, criando um quebra-cabeça em que as peças não se encaixam.

O título do livro assinala que a resistência das mulheres diz respeito à militância do passado, às novas agendas que criaram para si depois do fim da ditadura e ao ato de escrever, porque a escrita produz o arquivo, substituto da memória, que se perde quando as testemunhas morrem. Na lista dos 95 livros lidos e analisados durante a pesquisa, entre relatos autobiográficos e ficção, só catorze foram publicados antes do ano 2000, portanto 81 saíram a partir do novo milênio; considerando o provável impacto da CNV a partir de 2014, verifico que 54 livros saíram na década 2014-2023. Por outro lado, das 80 autoras elencadas, 58 nasceram antes de 1970, 22 delas na década de 1940, que coincide com o período de nascimento de grande parte das militantes.

As escritoras jovens, que não viveram a ditadura (ou a viveram na infância/adolescência), em número de 22, ainda são minoria; entretanto, é reconfortante ver que esse número aumenta rapidamente. As histórias de militância se espalham por várias regiões do país, não se restringem ao eixo Rio-SãoPaulo, embora se saiba que esse foi o centro da resistência; do mesmo modo, as escritoras são originárias de diversos estados: Pará, Bahia, Goiás, Minas Gerais, Pernambuco, Santa Catarina, Rio Grande do Sul. Nesse *corpus*, há relatos (auto) biográficos, romances (auto)biográficos, cartas de ex-militantes, contos, romances mais ou menos (auto)biográficos, romances ficcionais, frutos de pesquisa e de fabulação. Embora minha investigação tenha se concentrado nas narrativas, incluí, excepcionalmente, o poema *Araras vermelhas*, de Cida Pedrosa.

O livro está dividido em duas partes. Na primeira, "Memória e História", parto de uma reflexão sobre o dever de memória porque é fundamental estabelecer as bases conceituais que movem todo trabalho de arqueologia sobre um período da história do país. Em seguida, traço um breve percurso da militância feminina e da repressão, com depoimentos das mulheres reais colhidos em livros de pesquisadores de várias áreas; alguns textos me ofereceram elementos para explanar as especificidades tanto da militância quanto da tortura praticada nos corpos das mulheres por homens tarados, alucinados, que tinham autorização do Estado brasileiro para praticar os atos mais cruéis. Um capítulo é dedicado à repressão aos movimentos negros. Os relatos autobiográficos de ex-militantes publicados em livros confirmam e desenvolvem mais longamente as ideias presentes nos depoimentos, concedidos, em geral, oralmente; se essas mulheres demoraram a escrever, é importante destacar que algumas tiveram a força e a coragem de fazê-lo depois de um tempo de elaboração do trauma.

Na segunda parte, "A ditadura pelo viés da ficção", procurei circunscrever aspectos para fazer uma divisão em capítulos de forma a dar organicidade ao mapeamento apresentado. A ordem visa a desenvolver mais detidamente certos temas e apresentar exemplos significativos na ficção: 1. a escrita memorialística, 2. a transmissão do trauma na família, 3. a experiência do exílio, 4. as interações com as ditaduras do Cone Sul, 5. a guerrilha do Araguaia, 6. os mortos sem sepultura, os desaparecidos e o impedimento do luto, 7. a tortura sexual, o estupro e a gravidez, 8. os delatores, os torturadores e o movimento de desfiliação de suas filhas, 9. a invasão de terras e o genocídio indígena, 10. a presença da ditadura: um inventário de obras que não se enquadraram em nenhuma temática dos capítulos anteriores e foram apresentadas resumidamente.

Ao tematizar os desmandos da ditadura, a literatura põe à disposição do público obras ficcionais que provocam a empatia dos leitores, os quais podem entender melhor o funcionamento e as consequências do autoritarismo na vida cotidiana. É nesse sentido que considerei, em *A literatura como arquivo da ditadura brasileira* (Figueiredo, 2017), que a literatura funciona como arquivo, porque fornece elementos de reflexão e de conhecimento para um público suficientemente amplo, o que os arquivos em sentido estrito não fazem.

Falar hoje sobre a violência da história brasileira, do genocídio indígena que prossegue, da escravidão dos africanos aqui trazidos, que também persiste sob outras formas de racismo e de exclusão, falar sobre as sequelas deixadas pela ditadura é falar, antes de mais nada, de memoricídio, porque o Brasil apagou, sistematicamente, a memória das violações dos direitos humanos. Para Giselle Beiguelman (2019, p. 216), a "história do Brasil traz tanto o extermínio da memória como o apagamento do outro, ambos os apagamentos inscritos nas suas páginas desde os primórdios da colonização".

A violência, a repressão e o autoritarismo, tão presentes e persistentes na nossa história, fazem com que a sociedade naturalize tudo de tal forma que aceitamos chacinas, balas perdidas, truculência, porque elas são exercidas contra os Outros: os "comunistas"[2] na ditadura, e os pobres, pretos, periféricos, nos dias atuais. Ao naturalizar a violência, consideramos que essas pessoas não merecem viver, merecem morrer; suas vidas não importam. É preciso compreender a situação para poder lutar contra ela, porque seguimos alienados e indiferentes à violência cotidiana, que tem favorecido a extrema direita no Brasil. Como se precisássemos matar todos os bandidos, todos os "comunistas", para podermos viver em paz. Essa é a mensagem distorcida que temos recebido.

---

2 Uso aspas para "comunista"e "subversivo" porque qualquer pessoa que manifestasse opinião contrária ao regime era vista e reprimida como inimigo. Esse uso indevido da palavra foi retomado com virulência durante o governo Bolsonaro (2019-2022).

O dever de memória

O historiador francês Henry Rousso (2006, p. 94) afirma que a memória é "uma reconstrução psíquica e intelectual que acarreta de fato uma representação seletiva do passado, um passado que nunca é aquele do indivíduo somente, mas de um indivíduo inserido num contexto familiar, social, nacional". A memória constitui um elemento essencial da identidade: sem ela, a pessoa fica despossuída de si. No século XX, começou-se a falar de história da memória, que é, segundo Rousso (2006, p. 95), "uma história das feridas abertas pela memória [...] sobre certos períodos que 'não passam'". É necessário restabelecer verdades históricas, refutar os negacionismos, em grande parte inflados pela mídia digital, de modo que "escrever uma história da memória significa, por definição, que se ultrapassa essa oposição sumária entre história e memória, pois isso equivale a admitir que a memória tem uma história" (Rousso, 2006, p. 97).

O dever de memória é, segundo Ricœur (2007, p. 101), "o dever de fazer justiça, pela lembrança, a um outro que não o si", portanto, a justiça é necessária nesse processo. A ideia de dívida é inseparável de herança. "Somos devedores de parte do que somos aos que nos precederam [...]. Pagar a dívida, diremos, mas também submeter a herança a inventário" (Ricœur, 2007, p. 101). Então, o dever de memória se vincula ao dever de justiça em relação às vítimas que nos precederam, das quais somos os "herdeiros enlutados", como diz Jacques Derrida.

Com efeito, em *Espectros de Marx*, Derrida (1994, p. 78) afirma que a herança "não é jamais dada, é sempre uma tarefa. Permanece diante de nós, tão incontestavelmente que, antes mesmo de querê-la ou recusá-la, somos herdeiros, e herdeiros enlutados, como todos os herdeiros". Como brasileiros, somos herdeiros dessa história e temos de testemunhar. Se os que lutaram contra a ditadura se inspiraram no marxismo, talvez Derrida (1994, p. 123) tenha razão ao dizer que somos todos "herdeiros de Marx e do marxismo", ainda que não concordemos com todas suas postulações. "E este estar-com os espectros seria também, não somente, mas também, uma *política* da memória, da herança e das gerações" (Derrida, 1994, p. 11, grifos do autor).

Derrida (1994, p. 11, grifo do autor) fala de espectros, fantasmas, espíritos. Com tantos mortos, desaparecidos, traumatizados pelos sofrimentos das torturas, realmente estamos lidando com fantasmas. "Se me apresto a falar longamente de fantasmas, de herança e de gerações, de gerações de fantasmas, ou seja, de certos *outros* que não estão presentes, nem presentemente vivos, nem para nós, nem em nós, nem fora de nós, é em nome da justiça". Trata-se, justamente, da justiça, ou da falta dela, porque no Brasil não houve justiça de transição como em outros países do Cone Sul, com a punição dos torturadores e assassinos. Portanto, ao escrever sobre a ditadura, nós testemunhamos em nome dos mortos, fantasmas com os quais conversamos, visando a falar para os mais jovens, as crianças ou os nem nascidos. Para que eles conheçam a nossa história. Receber e transmitir as vozes que não puderam falar imediatamente, pela dificuldade de se expor, ou as vozes das novas gerações, que se posicionam nessa corrente de mulheres combativas, este é um gesto de hospitalidade.

Segundo Ricœur (2007, p. 462), se a anistia se torna sinônimo de amnésia, tanto a memória individual quanto a coletiva ficariam privadas da "salutar crise de identidade que possibilita uma reapropriação lúcida do passado e de sua carga traumática". A anistia pode responder a uma necessidade pragmática, emergencial, mas não enseja a busca da verdade. Para isso é preciso um "trabalho de memória, complementado pelo do luto, e norteado pelo espírito do perdão. Se uma forma de esquecimento puder então ser legitimamente evocada, não será um dever de calar o mal, mas dizê-lo num modo apaziguado, sem cólera" (Ricœur, 2007, p. 462). De outro lado, a punição dos responsáveis é fundamental para a reconciliação porque, para haver esquecimento e perdão, é preciso se fazer justiça: "só se pode perdoar quando se pode punir; e deve-se punir quando há infração a regras comuns" (Ricœur, 2007, p. 476).

Shoshana Felman (2014, p. 41, grifos da autora) aponta a necessidade do julgamento porque "o tribunal proporciona um palco para a expressão dos oprimidos [...]. *O julgamento contribui para que seja expresso o que historicamente restou 'sem expressão'*". Os sem expressão são aqueles que foram privados de voz devido à violência sofrida e "historicamente tornados sem rosto, privados de seu *rosto humano* – privados, a saber, não só de uma linguagem e de uma voz, mas mesmo da expressão muda, sempre presente num rosto humano *vivo*" (Felman, 2014, p. 42, grifos da autora).

Não se trata de revanchismo nem de criar uma ilusão de paz, pois isso só faz reforçar a ocultação da verdade, o que acarreta mais sofrimento para as vítimas e suas famílias, que veem a continuação da impunidade. Essa atitude apaga da memória oficial os crimes cometidos no passado e tende a ignorar as memórias divergentes, que ficam assim condenadas a uma realidade marginal, clandestina. A ocultação do trauma e a não elaboração de seus efeitos produzem sintomas sociais: a arrogância beligerante de parte importante das Forças Armadas, a violência policial exercida, sobretudo, contra os pobres, a exaltação da ditadura e seus torturadores no cenário público são expressões de uma sociedade doente.

Relatos autobiográficos e cartas

Se, na década de 1980, os ex-militantes lançaram vários relatos testemunhais, as ex-militantes demoraram para falar, escrever e publicar, se fecharam durante um bom tempo curando as feridas. Como os primeiros livros repercutiram pouco, temos a impressão de que as mulheres não escreveram, o que é falso. Todavia, escreveram menos do que os homens. Como diz Michelle Perrot (1989, p. 9): "No teatro da memória, as mulheres são sombras tênues". E, mesmo quando colocadas em circulação, suas vivências, com algumas exceções, continuaram invisibilizadas. O silenciamento das mulheres persiste, mesmo quando elas falam, escrevem, publicam. Perrot assinala que o território da política é o mais inacessível às mulheres: "De todas as fronteiras, a da política foi, em todos os países, a mais difícil de transpor. Como a política é o centro da decisão e do poder, era considerada o apanágio e o negócio dos homens" (Perrot, 2019, p. 151).

Fazer um relato autobiográfico é selecionar eventos e relacioná-los de modo a dar coerência e sentido ao que foi vivido. Escrever uma "história de vida" supõe que cada vida tem uma história ou trata-se, como sugere Pierre Bourdieu (2006), de uma ilusão retórica? O relato autobiográfico se baseia na preocupação de dar sentido a uma existência, estabelecendo os elos entre os acontecimentos vividos/lembrados. O nome próprio, de certa maneira, emblematiza a identidade do sujeito que narra sua história de vida; por essa razão, o nome está no cerne das discussões sobre as escritas de si porque o/a autor/a assume publicamente o seu eu em ação ou se recusa a se nomear por pudor ou outra forma de constrangimento. A nominação, segundo Bourdieu (2006, p. 186), "institui-se uma identidade social constante e durável, que garante a identidade do indivíduo biológico em todos os campos possíveis onde ele intervém como agente, isto é, em todas as suas histórias de vida possíveis".

Leonor Arfuch (2023, p. 53) também enfatiza a importância do nome próprio nas (auto)biografias ou relatos autobiográficos porque, nesse caso, a relação com a História fica mais explícita, com uma "dimensão vivencial da experiência do passado, ancorada na singularidade de um corpo, uma presença e — diferentemente do romance — um nome próprio". As ex-militantes nem sempre aparecem com o nome próprio nos relatos autobiográficos, às vezes se apresentam com seus codinomes; algumas optaram por uma versão romanceada (romance autobiográfico), que é uma forma mais acabada de ocultar a identidade. Esse resguardo do nome próprio assinala uma forma de autoproteção ou autocensura porque essas mulheres ainda temem algum tipo de reação.

Margareth Rago (2013) considera a emergência dessa geração de mulheres um acontecimento, no sentido dado por Foucault à palavra: uma ruptura, uma mudança, a possibilidade de emergência de novas forças; para ela, "a escrita de si abre espaço para a apropriação do próprio eu, como um modo de autoproteção e autonomia". "Nesse sentido", segue a autora, "narrar é inscrever-se, é constituir-se publicamente, dando visibilidade e sentido à própria vida, é existir. O arquivamento do eu pode ser um ato de resistência política" (Rago, 2013, p. 40). Ao escrever, reconstitui o passado, porque a memória não é algo fixo e estabelecido, ela é uma reconstrução do vivido. Nesse entrecruzamento de lembranças, a pessoa redimensiona os acontecimentos passados e refaz sua subjetivação; no caso das ex-presas políticas, é uma maneira de costurar os fragmentos de um eu despedaçado.

Algumas antigas militantes de organizações de esquerda começaram a publicar seus relatos a partir de 1978 (Tega, 2021), mas só muito mais tarde a maioria ousou sair do silenciamento causado pelo trauma sofrido. Dentre os

18 livros de relatos autobiográficos e cartas, o mais antigo é o de Zuzu Angel, *Eu, Zuzu Angel, procuro meu filho*, organizado por sua irmã, Virginia Valli, após a morte da estilista; em seguida, vem o de Maria Prestes, *Meu companheiro*: 40 anos ao lado de Luiz Carlos Prestes; todos os outros foram publicados depois do ano 2000. Grande parte desse material, lançado por pequenas editoras, teve pouca repercussão e só é encontrado em sebos atualmente, o que comprova que, mesmo quando publicam, as mulheres são pouco lidas. Os outros livros de relatos ou cartas são os seguintes:

1) Nesta terra, nesse instante (2000) e *Habitando o tempo*: clandestinidade, sequestro e exílio (2017), de Marília Guimarães

2) No corpo e na alma (2002), de Derlei Catarina De Luca

3) Geração 60: Geração Esperança (2003), de Maria Lúcia Resende Garcia

4) Uma tempestade como a sua memória: a história de Lia, Maria do Carmo Brito (2003), de Martha Vianna

5) Estilhaços (em tempos de luta contra a ditadura) (2005), de Loreta Valadares

6) Duas vozes (2007) de Yara Gouvêa e Danielle Birck

7) Mergulho no passado: a ditadura que vivi (2007), de Yara Falcon

8) 1968 – O tempo das escolhas (2009), de Catarina Meloni

9) Um gosto amargo de bala (2013), de Vera Gertel

10) Meu querido Paulo (2014), de Marlene Soccas

11) Volto semana que vem (2015), de Maria Pilla

12) Cacos de sonhos (2015), de Lúcia Velloso Maurício (cartas da prisão)

13) Querida Liberdade (1980), de Flávia Schilling (cartas da prisão)[3]

14) A torre das guerreiras e outras memórias (2021), de Ana Maria Ramos Estêvão

15) Amor, luta e luto no tempo da ditadura (2021), de Maria do Socorro Diógenes

3 Excepcionalmente este livro de cartas foi colocado no capítulo sobre as interações com as ditaduras do Cone Sul.

Mesmo estando consciente de que ficção e autobiografia não são gêneros estanques, de que todo e qualquer escrito tem algum grau de ficcionalização, considero importante separar relatos/cartas dos romances porque as autoras optaram por uma forma mais testemunhal ou preferiram adentrar o terreno da ficção. Dessa maneira, importa levar em consideração a escolha formal, mesmo quando o romance autobiográfico está bem próximo de uma história de vida.

Romances/contos memorialísticos

Slavoj Zizek (2003, p. 37) considera que "a verdadeira escolha com relação ao trauma histórico não está entre lembrar-se ou esquecer-se dele: os traumas que não estamos dispostos ou não somos capazes de relembrar assombram-nos com mais força". As pessoas marcadas pelo trauma, habitadas pelos fantasmas do passado, precisam enfrentá-los para poder viver. Assim, haveria, segundo Zizek, um paradoxo: para poder esquecer um acontecimento, é preciso ter a força de lembrá-lo.

A anamnese supõe um trabalho de memória em três dimensões temporais: passado, presente e futuro. Como afirma Joël Candau (2012), a memória do passado corresponde às fundações, aos lamentos e às avaliações; a memória da ação presente e a memória da espera, aos planos e resoluções a serem desenvolvidos no futuro. É só "à medida que as lembranças podem ser dotadas de um sentido e vinculadas ao presente que a memória humana funciona, apoiando-se sobre a imaginação" (Candau, 2012, p. 62). Como a memória organiza os elementos dos passados em função das necessidades do presente, assim como por demandas do futuro, devemos ver nela um modo essencial da consciência. "As falhas de memória, os esquecimentos e as lembranças carregadas de emoção são sempre vinculados a uma consciência que age no presente" (Candau, 2012, p. 63).

Três escritoras, Maria Valéria Rezende, Maria José Silveira e Vilma Arêas, que são hoje bastante (re)conhecidas, com obra extensa e variada, estiveram ligadas a organizações de esquerda. O conto de Vilma Arêas, "Tigrão", tem base autobiográfica, sem descartar uma ampla ficcionalização. A narradora afirma que foi instada a escrever por amigos aos quais contou a história, mas existia uma dificuldade porque ela própria não a entendia direito. De qualquer modo, valia a pena porque era uma história sobre bondade, que se opõe à banalidade do mal. Essa história, exasperante por suas contradições e pontos cegos, comprova que a ferida do passado continua aberta porque as provações dos dois personagens eram de outra natureza.

Os romances de Maria José Silveira e Maria Valéria Rezende não são explicitamente autobiográficos, embora possam trazer um pouco de suas memórias sob o viés ficcional. Em *O fantasma de Luís Buñuel,* de Maria José Silveira e *Outros cantos,* de Maria Valéria Rezende, as narradoras, em alguns momentos, falam em nome de sua geração. "Apostava-se a vida no que acreditávamos ser maior que a nossa própria vida. Encher de sentido o tempo era, então, mais urgente pois tão passageiro, urgência de marcar o mundo com nossa existência, mesmo que arriscando-nos a torná-la ainda mais breve" (Rezende, 2016, p. 10). Não existe uma memória única, um bloco que volta por inteiro, ela funciona, antes, como fluxos de imagens que vêm para a superfície da consciência superpostas umas às outras, às vezes de maneira desconexa, às vezes na forma de uma inquietação cuja causa se desconhece. Mesmo os eventos vividos reaparecem na memória de modo diferente porque, ao rememorar, também se inventa; imaginação e memória são irmãs siamesas.

Marlene Soccas e Sylvia de Montarroyos, que foram também militantes, não fizeram uma carreira de escritoras; seus romances são visivelmente autobiográficos. Catorze anos depois de *Como ele veio e ficou*, Marlene Soccas publicou *Meu querido Paulo*, um relato (auto)biográfico; algumas cenas se repetem em ambos os livros. Tanto o título do livro de Sylvia de Montarroyos, *Réquiem por Tatiana* - Missa em si menor: memórias de um tempo de guerra e de uma descida aos infernos, quanto os dos capítulos, estão impregnados de termos religiosos. Como epígrafe, uma citação do Sermão da Montanha: "*Bem-aventurados os que sofrem/Perseguição por amor da Justiça,/Porque deles é o Reino dos Céus*" (Montarroyos, 2013, p.7, grifos da autora).

Duas escritoras pertencem às gerações seguintes e não foram, portanto, militantes. *Não falei,* de Beatriz Bracher e *Humanos exemplares,* de Juliana Leite não têm indícios de serem baseadas em fatos reais (nem no texto nem no paratexto). O romance de Juliana Leite é o mais alegórico e o mais distanciado de uma escrita realista; os acontecimentos do passado foram transfigurados. A memória tem de sobreviver não só aos mortos, mas ao esquecimento dos vivos. "Era preciso recordar a todo momento do que a tirania era capaz, pôr as coisas por escrito e entregar esses escritos como herança para as gerações futuras" (Leite, 2022, p. 161).

Romances sobre a transmissão do trauma na família

As escritoras aqui apresentadas têm familiares que passaram pela prisão, pelo exílio, pela tortura ou foram assassinados e desaparecidos; elas elaboram, pela via da ficção, as próprias experiências traumáticas e/ou as de pessoas perseguidas pela repressão da ditadura. Trata-se de duas viúvas e de três filhas de pais afetados pela repressão. Mariluce Moura, autora de *A revolta das vísceras*, era também militante quando seu marido, Gildo Macedo Lacerda, foi preso, assassinado e desaparecido. Rosângela Vieira Rocha casou-se com José pouco depois de ele ter saído da prisão; viveram juntos durante quarenta anos, sem que ela soubesse detalhes das torturas sofridas por ele nas dependências militares; após a sua morte, decidiu pesquisar para poder escrever *O indizível sentido do amor*. Tatiana Salem Levy nasceu em Portugal, onde seus pais estavam exilados; nove meses após o seu nascimento, voltaram para o Brasil graças à anistia, assunto tematizado em *A chave de casa*. Wanda Monteiro, autora de *Chão de exílio*, era criança quando seu pai, Benedicto Wilfred Monteiro, escritor e político do Pará, foi preso, torturado, humilhado publicamente. Virgínia Ferreira, que publicou *Chumbo*, nasceu alguns anos depois da saída da prisão de seu pai; ambas foram afetadas ao conviver com um pai que passou pela tortura, que carregou as sequelas dessa experiência.

No caso das filhas, podemos considerar que elas pertenceriam à geração seguinte àquela que sofreu o trauma, uma "geração dobradiça", que faz a transmissão intergeracional, já que é detentora da "pós-memória" de que fala Marianne Hirsch (2008). A pós-memória designa a memória de eventos vividos pelos ancestrais, transmitida através do testemunho pessoal de familiares ou amigos, e é aplicada à Segunda (ou Terceira) Geração.

Leonor Arfuch (2023, p. 80) assinala como é difícil trazer para a linguagem vivências dolorosas porque "dizer de novo" faz "viver de novo" devido ao caráter performativo da linguagem; nessa operação, está em jogo não só o sentido da história pessoal, mas também a dimensão terapêutica do dizer, a elaboração do luto que a narrativa permite. O romance de base autobiográfica dessas escritoras tem um valor político ao inscrever o pessoal no histórico, circunscrevendo aqueles acontecimentos privados na esfera pública, portanto na História.

Às vezes demora muito tempo para poder falar, mais ainda para poder escrever. Margareth Rago (2013, p. 75) afirma que "só podemos transformar em experiência o sofrimento vivido na própria existência se lhe dermos publicidade, o que é fundamental para garantir a preservação da tradição e da própria vida". E só através da literatura se pode reinventar uma vida, com toda a liberdade na transposição e na transfiguração de um vivido traumático.

Romances/contos sobre a experiência do exílio

O exilado vive entre o passado e o presente, não está totalmente aqui nem acolá, flutua entre dois mundos, entre dois tempos. Quando o exílio se prolonga, os danos psicológicos são maiores, pois "é nessa fissura que se instala um grão. O grão da irrealidade. O outro nome da loucura" (Silveira, 2018, p. 176). Maria José Silveira teve a experiência do exílio, tematizado no livro de contos *Felizes poucos*. O exílio "implica uma cisão porque a pessoa vive num país pensando naquele que ficou para trás", dá-se "uma fratura de grandes consequências porque o eixo de sua vida não está colocado onde a pessoa está, mas no país que ela deixou" (Silveira, 2016, p. 176).

Outro aspecto que aparece nos relatos das exiladas, reais ou ficcionais, e que constitui uma experiência comum a todos os que viveram no exterior por algum tempo, é o entrelugar em que passaram a viver. Embora o sonho fosse de voltar para o Brasil, ao aqui chegar, elas começavam a sentir falta das coisas e dos amigos que ficaram para trás. Dependendo do tempo passado fora e da intensidade da integração, as pessoas passam a pertencer a dois países, um duplo pertencimento que pode ser vivido tanto de modo prazeroso quanto angustiante.

A questão da repressão e do exílio ocupa uma parte pequena em *As meninas*, romance de Lygia Fagundes Telles escrito em plena ditadura, de modo que o exílio é uma experiência a ser vivida pela personagem Lia. Como seu namorado, Miguel, será trocado pelo embaixador sequestrado, Lia deixará o Brasil para segui-lo na Argélia. Embora a informação não conste no romance, podemos inferir que o fato que serve de inspiração para a ficção é o do sequestro do embaixador da República Federal da Alemanha, Ehrenfried von Holleben, ocorrido em 1970; foi o único em que os presos libertados foram levados à Argélia. Todos os presos que saíram do Brasil após os quatro sequestros realizados foram banidos, tornaram-se apátridas, sem direito ao passaporte brasileiro.

Já *Tropical sol da liberdade,* de Ana Maria Machado e *Travessia,* de Carmen Fischer narram a vida no exílio de maneira bem realista. Ana Maria Machado viveu no exílio em Paris, apesar de se declarar periférica às organizações de esquerda; seu romance retrata muito bem o clima conflituoso que existia entre os exilados, que prosseguiam nos embates entre as propostas políticas dos partidos. Uma nota no fim de *Travessia* informa que Carmen Fischer é gaúcha, foi presa em 1972, no Rio de Janeiro. Foi para o Chile, onde foi surpreendida pelo golpe de Pinochet; encurralados, os estrangeiros "subversivos" se esconderam ou se refugiaram em embaixadas. Exilou-se na Suécia e lá permaneceu por seis anos, exercendo uma série de profissões. Voltou para o Brasil após a anistia.

Os romances *Rio-Paris-Rio* de Luciana Hidalgo e *O segredo da boneca russa* de Celma Prata têm em comum a estada em Paris de personagens que não foram militantes, apesar de estarem lá em fuga devido aos desdobramentos da ditadura. No primeiro, os protagonistas ficam em Paris durante toda a narrativa, voltando ao Brasil após a anistia; já no segundo, a parte do exílio da personagem é contada em flashback por sua filha, que busca desvendar o segredo a respeito de seu nascimento. O exílio foi, para todos, ao mesmo tempo, busca da sobrevivência e fonte de angústia e de sofrimento.

Romances/cartas em interação com as ditaduras do Cone Sul

Os países do Cone Sul tiveram ditaduras militares entre as décadas de 1960 e 1980. No Paraguai, a ditadura de Alfredo Stroessner foi a mais longa, de 1954 a 1989; no Uruguai, ela durou doze anos, de 1973 a 1985; na Argentina, a última ditadura foi de 1976 a 1983; e, no Chile, o golpe de Augusto Pinochet foi em 1973 e a transição democrática começou em 1990. Essas ditaduras trabalharam em conjunto nos planos de repressão, emblematizada pela Operação

Condor. No cômputo geral, milhares de pessoas foram torturadas, assassinadas, desaparecidas, exiladas. A simultaneidade dessas ditaduras assinala que elas faziam parte de um projeto geral da geopolítica dos Estados Unidos.

Flávia Schilling é filha de Paulo Schilling, assessor de Leonel Brizola, que se exilara com a família no Uruguai em 1964. Militante do grupo dos Tupamaros, ficou presa no Uruguai de 1972 a 1980. *Querida Liberdade*, uma coletânea de cartas, foi publicada no âmbito da campanha por sua libertação. Paloma Vidal, Carola Saavedra e Gabriela Aguerre nasceram, respectivamente, na Argentina, no Chile e no Uruguai, e vieram para o Brasil ainda pequenas devido ao exílio de seus pais. Thays Albuquerque é brasileira e professora de literaturas hispânicas na Universidade Estadual da Paraíba, em Campina Grande (PB). No pequeno livro, *O corpo e o caleidoscópio*, ela revisita as ditaduras da Argentina e do Chile, durante viagem a esses países, numa junção entre pesquisa acadêmica e busca de uma forma estética para narrar sua experiência.

Nos três romances – *Mar azul*, *O inventário das coisas ausentes* e *O quarto branco* – a questão da temporalidade é crucial porque as personagens estão como que atadas a um tempo passado, conversando com seus fantasmas, não vislumbrando um futuro promissor, uma esperança redentora. O vazio e a ausência estão explicitados nos três romances, pois os pais não conseguem deixar um legado para os filhos: as cartas ou as caixas não são abertas, os textos não são lidos, mas rasurados. As autoras trazem seus países de origem para dentro da trama, fazendo com que suas personagens transitem pelos espaços que poderiam ser seus, em camadas de tempos revoltos.

Os espectros da guerrilha do Araguaia na ficção e na poesia

Há diferentes modos de apresentar a transmissão sobre a guerrilha do Araguaia. Em *Azul corvo*, de Adriana Lisboa, trata-se de uma transmissão intergeracional e familiar: um pai conta a sua filha o que viveu no passado. Pelo viés da ficção, esse trauma pessoal é repassado para os leitores. Já na obra autobiográfica de Liniane Brum, *Antes do passado*, e no romance *Palavras cruzadas*, de Guiomar de Grammont, trata-se de uma busca: uma descendente do desaparecido no Araguaia viaja até o local, pesquisa, de formas variadas, a fim de entender o que se passou. No romance de Guiomar de Grammont fica sugerido, pela primeira vez, um caso de sequestro de bebês, amplamente praticado na Argentina, mas pouco conhecido no Brasil.

Diferentemente dos anteriores, no romance *No fundo do oceano, os animais invisíveis* (2020), de Anita Deak, o personagem-narrador é um guerrilheiro, que testemunha através de sua escrita, ainda que sem o formato do testemunho realista e factual. Não é uma transmissão de interesse familiar. A autora rompe o modelo realista, introduzindo elementos mágicos e a religião dos encantados para sinalizar que, apesar dos esforços dos militares de apagar a história pela eliminação dos corpos, os rastros deixados por eles reacendem em nós a luz que possibilita uma forma de conhecimento e de reencantamento do mundo.

Já no longo poema de Cida Pedrosa, *Araras vermelhas*, a autora nomeia os guerrilheiros assassinados e desaparecidos, fazendo, pelas palavras, espécies de lápides verbais para aqueles jovens tão idealistas que lutaram em favor de um país melhor. Tendo passado o tempo, uma geração, que não participou nem sofreu diretamente a repressão da ditadura, pode decantar o acontecimento, transfigurando-o através de um trabalho ético e estético.

Romances sobre os cemitérios clandestinos e o impedimento do luto

Na paisagem de luto após tantas mortes e o fracasso das lutas revolucionárias dos anos 1970, esse legado assume uma forma espectral. Segundo Enzo Traverso, "os espectros assombram nossas lembranças de experiências que supomos concluídas, exauridas, arquivadas" (Traverso, 2021, p. 51). Ao pensar nos mortos e nos que ainda vão nascer e receber essa herança, Derrida (1994, p. 12) fala da "não-contemporaneidade a si do presente vivo", afirmando assim uma anacronia. O espectro nos olha e nesse olhar há uma injunção, uma convocação ao nosso testemunho. Derrida (1994, p. 24-25, grifos do autor) afirma que é preciso saber onde o corpo está enterrado. "Nada seria pior para o trabalho do luto do que a confusão ou a dúvida: é *preciso saber* quem está enterrado onde — e é *preciso* (saber — assegurar-se) que, nisso que resta dele, *há resto*". Essa é a questão central dos desaparecidos porque o luto não se completa, há sempre uma espera, o vazio que ficou é inquietante, interminável.

A questão dos cemitérios clandestinos é tematizada no romance *Meu corpo ainda quente*, de Sheyla Smanioto, que cria a cidade de Vermelha, lugar de desova de cadáveres, inspirada na Diadema dos anos 1980; já a questão do impedimento do luto para os familiares dos desaparecidos aparece nos outros romances. *O estandarte da agonia,* de Heloneida Studart se inspirou em um desaparecido real, Stuart Angel, e nos sofrimentos de sua mãe, Zuzu Angel. Em *Outono,* de Lucília Garcez, a narradora é uma mulher madura que perdeu o marido na juventude enquanto em *Sobre o que não falamos,* de Ana Cristina Braga Martes há uma narradora menina que não sabe o que aconteceu com seus pais desaparecidos.

Algumas dessas obras tematizam a delação na família: em *Tempos extremos,* de Míriam Leitão, é o irmão militar, Hélio, quem participava de sessões de tortura, em que seu cunhado foi assassinado e desaparecido; nos romances *O corpo interminável,* de Claudia Lage e em *Nada será como antes,* de Andreia Scheffer ,o delator é o pai das desaparecidas (que acreditava que só o companheiro delas seria preso). A delação na família aparece em outras obras ficcionais, como nas de Maya Falks e Virgínia Ferreira, e na vida real está explicitada nas cartas de Lúcia Velloso Maurício.

Romances sobre a tortura, o estupro e a gravidez

O estupro na prisão é ainda um assunto interdito, pouco comentado até recentemente, e ainda mais silenciado quando mulheres engravidaram de agentes da repressão; este é um fato tão traumático que as vítimas não ousam se expor. "Não existem ainda ações políticas no sentido de oferecer condições e oportunidades para uma narrativa pública sobre o estupro e demais violências cometidas em dependências militares e policiais" (Teles, 2015, p. 1020). As mulheres que sofreram violência sexual na prisão têm muita dificuldade em falar publicamente sobre isso porque essa lembrança provoca humilhação, vergonha e dor. "Algumas vezes, é preferível manter em estrito segredo essas experiências traumáticas de modo a proteger-se e a proteger os membros da família, os filhos e os netos, no presente" (Rago, 2013, p. 77).

Em 2013, Eugenia Zerbini, filha do general cassado Euryale de Jesus Zerbini, um dos quatro generais que se opuseram ao golpe de 1964, prestou depoimento na audiência pública à Comissão da Verdade de São Paulo

"Rubens Paiva". Ela revelou, pela primeira vez, que foi estuprada na OBAN, em 1970, quando foi levar roupas para sua mãe, Therezinha Godoy Zerbini. A escritora afirmou que os militares queriam agredir seus pais, por isso, nunca contou para eles o ocorrido. Ela já havia publicado o romance *As netas da Ema*, no qual a personagem-narradora rememora um episódio do passado: era adolescente quando seus pais foram levados pela repressão e desapareceram. Na OBAN, aonde foi em busca de notícias, fora estuprada. Trata-se, portanto, de um romance autobiográfico.

Imaculada, de Denise Assis se inspira na história verídica da irmã Maurina Borges da Silveira, que, em outubro de 1969, foi presa no orfanato que dirigia em Ribeirão Preto. Acusada de ser cúmplice de militantes de um grupo guerrilheiro, a madre foi torturada. Em 1970, foi trocada, contra a sua vontade, pelo cônsul japonês, sequestrado pela VPR. Alguns autores afirmaram que irmã Maurina teria sido estuprada na prisão e teria engravidado, o que ela negou. Foi a partir dessa informação ou suposição que Denise Assis concebeu seu romance.

Através do militar Ramiro, *Mulheres que mordem,* de Beatriz Leal aborda o estupro na prisão na Argentina e o roubo de bebês. Ramiro afirma que não sentia prazer em torturar nem em estuprar as prisioneiras políticas; era, porém, obrigado, caso contrário seria mal visto pelos colegas. "Não tinha como não estuprar quando havia mais agentes comigo. Era o que era feito, simplesmente. Não se questionava. Não tentei não fazer. Mas imagino que se eu não estuprasse junto, viraria piada no centro. Seria ou bicha ou comunista" (Leal, 2015, p. 77). Certos tipos de coragem manifestados pelos homens são decorrências do medo de serem considerados "mulherzinhas". A virilidade "é uma noção eminentemente relacional, construída diante de outros homens, para os outros homens e contra a feminilidade, por uma espécie de *medo* do feminino, e construída, primeiramente, dentro de si mesmo" (Bourdieu, 2010, p. 67, grifo do autor).

Nos romances *Sob meus pés, meu corpo inteiro*, de Marcia Tiburi, na trilogia composta por *A importância dos telhados*, *A rota dos ratos* e *As formas violentas do amor*, de Vanessa Molnar, e *Depois de tudo tem uma vírgula*, de Elizabeth Cardoso, as protagonistas são estupradas na prisão e engravidam; a única que cria o filho do estupro é Ellena de *A importância dos telhados*. No romance de Tiburi, a filha de Adriana sobrevive e é entregue aos avós após a sua morte na tortura. São histórias traumáticas e tortuosas, com personagens silenciadas. O segredo de família, que não pode ser transmitido, dificulta qualquer redenção pelo amor. Serge Tisseron (1996) afirma que o segredo deixa de ser normal para se tornar patológico quando a pessoa se torna prisioneira dele. Em meio ao silêncio, o filho pressente que há algo de terrível, um segredo vergonhoso ligado ao seu nascimento. O segredo como organização mental provoca uma clivagem na personalidade de seu detentor, a qual repercute na vida dos que estão à sua volta.

No romance *Elas marchavam sob o sol*, de Cristina Judar, a abordagem da ditadura é periférica à intriga principal; consta de cinco cartas escritas por mulheres que foram presas e ficaram traumatizadas. A loucura as ameaça devido ao trauma sofrido no passado. Como no romance de Elizabeth Cardoso, as personagens de Judar não podem escapar da insanidade, não podem ter "vida normal", algo foi fissurado lá nos porões da ditadura e não pode ser costurado.

O título da novela em versos de Maya Falks, *Já não somos os mesmos*, dialoga em contraponto com a música de Belchior que afirma que, apesar de tudo, ainda somos os mesmos, como nossos pais. Poderia a protagonista ser a mesma, após atravessar o inferno nas masmorras da ditadura, sofrendo tortura e abuso sexual de forma contínua? Como sobreviver à loucura e à perda de todos os pontos de referência no mundo? Como reagir à morte do companheiro e de seus amigos?

Romances/contos sobre os delatores, torturadores e o movimento de desfiliação de suas filhas

A literatura sobre a ditadura brasileira tem como protagonistas, em geral, militantes e vítimas da repressão. Não houve, até agora, romances sobre os generais-presidentes, mas os delatores e os torturadores encontraram romancistas que lhes deram vida. Apresento cinco tipos de personagem: 1. o delator que sofreu tortura e vive obcecado com sua traição do passado (Piñon); 2. o torturador/assassino como protagonista e narrador (Studart); 3. o médico auxiliar da tortura como personagem secundário atormentado (Mariano); 4. o infiltrado, o "cachorro", como protagonista e narrador (Benedetti); e, finalmente, 5. o torturador/assassino visto por sua filha, que o denuncia na CNV (Verunschk). Os quatro primeiros falam em primeira pessoa, enquanto o último não tem direito a voz. O médico de Anna Mariano fala enquanto personagem, não é um narrador. O conto de Nélida Piñon saiu ainda durante a ditadura e o romance de Heloneida Studart imediatamente após o fim do regime militar, enquanto os outros foram publicados em datas próximas, depois da entrega do relatório da CNV.

O narrador do conto "O jardim das Oliveiras", de Nélida Piñon, publicado no livro *O calor das coisas*, é um ser atormentado que fala com um Zé ausente, que não responde; é um monólogo à maneira de *Grande sertão: veredas*, em que Riobaldo conta sua vida a um interlocutor mudo. Começa com a cena de sua prisão; a partir daí, podemos entender o conto como um pesadelo do personagem que foi torturado, delatou um companheiro que foi assassinado. Seu trauma e sua culpa fazem com que o evento traumático se repita, de maneira obsedante.

O romance *O torturador em romaria*, de Heloneida Studart, tem como personagem-narrador o próprio torturador, Carmélio. No presente da enunciação, todos os crimes cometidos já fazem parte do passado, ele rememora, com detalhes, as atrocidades cometidas; a ação começa com a ordem de partir para Fortaleza, onde deverá executar um homem, acusado de distribuir manifestos.

O narrador de *Cabo de guerra*, de Ivone Benedetti, no presente da enunciação, encontra-se imóvel numa cama e se lembra de fatos passados; a narrativa alterna relatos do presente e dos diferentes passados. Sua colaboração com a polícia levou muitos militantes à prisão, tortura e morte. Indiferente a tudo, desprovido de generosidade, faz aquilo que lhe rende alguma vantagem. O "cachorro" é um marginal a todo o sistema, é uma peça avulsa da engrenagem que aniquila a vida dos dissidentes. No cabo de guerra que foi a guerra suja contra os subversivos, o personagem é um joguete, que se deixa levar pelos acontecimentos: quem puxar mais forte o leva.

O romance *Pra amanhecer ontem*, de Anna Mariano se passa no Rio Grande do Sul. Caio, médico, torna-se aliado do regime por fraqueza, sente-se dominado pelo sogro rico e poderoso, que lhe propõe dar assessoria na Auditoria Militar; na verdade, foi colocado no Regimento de Obuses, "presenciando uma tortura, estabelecendo limites, para, talvez, evitar a morte do preso" (Mariano, 2017, p. 96).

A *Trilogia infernal*, composta pelos romances *Aqui, no coração do inferno*, *O peso do coração de um homem* e *O amor, esse obstáculo*, de Micheliny Verunschk, oferece um elemento não encontrado em outros romances sobre a ditadura: conta a história da filha de um torturador/matador que se volta contra ele, indo depor na CNV. No primeiro volume, ela é uma adolescente rebelde e esperta, de doze anos, e seu pai é um delegado de polícia numa cidadezinha perdida no interior do país. Adulta, conhece Mariana, uma argentina que considera que é seu dever revelar os crimes do pai. A personagem Mariana deve ter sido inspirada pela Mariana real, filha do genocida Miguel Etchecolatz, que mudou de nome e participou de passeatas para exigir que os repressores ficassem presos. O grupo Histórias Desobedientes, criado em 2017 na Argentina por filhos de genocidas, tem em Mariana Etchecolatz a personagem emblemática. Verónica Gago (2020, p. 134, grifos da autora) afirma que as ex-filhas de torturadores tornaram público que "*não há terrorismo de Estado sem ligação com a família patriarcal*". E as sevícias sexuais praticadas contra as prisioneiras apontam para o desejo de punir as mulheres livres que viviam a sexualidade e as relações amorosas de maneiras que fugiam ao modelo patriarcal.

Romances sobre a invasão de terras e o genocídio indígena

O governo militar buscou atrair para a região da Amazônia os empresários do Sul, dando-lhes incentivos fiscais; essas empresas participaram da busca de minérios e da construção de estradas e hidrelétricas, que inundaram terras e mataram a fauna e a flora. O garimpo contamina os rios e mata os peixes, deixando as populações indígenas e ribeirinhas sem alimento. As madeireiras são a ponta de lança desse projeto de progresso à custa da devastação da natureza; o agronegócio é outro grande destruidor da floresta e das populações locais, tanto na criação de gado quanto na plantação de cereais para exportação, como a soja. Apesar do discurso nacionalista, os militares abriram as portas para as empresas estrangeiras, que firmaram parcerias com as nacionais e passaram a operar legalmente na extração de minérios de alto valor estratégico.

Duas autoras tratam da oposição entre as ideias de "progresso" e o modo de vida dos indígenas: a trilogia de Sandra Godinho, que inclui *Tocaia do Norte*, *A secura dos ossos* e *Paralelo 11*, e o romance *Maria Altamira*, de Maria José Silveira. *Tocaia do Norte* focaliza a expedição do padre Calleri ao território Waimiri-Atroari, em 1968, no momento em que os militares queriam ocupar a Amazônia; *A secura dos ossos*, aborda o massacre de Haximu, em 1993, consequência do conflito entre os garimpeiros e os Yanomami; *Paralelo 11* (no prelo)[4], tematiza o massacre dos Cinta-Larga, em 1963, conhecido como o massacre do Paralelo 11, em que jagunços a serviço de empresas de minérios tentaram eliminar os indígenas da região entre os rios Aripuanã e Roosevelt, no Mato Grosso.

O romance de Maria José Silveira aborda a construção da Usina de Belo Monte, na bacia do rio Xingu. O projeto da barragem é de 1980; a usina começou a operar em 2016. "O projeto inicial previa a inundação de doze terras indígenas, além de grupos isolados e glebas ribeirinhas. Seriam construídas sete barragens para gerar metade da capacidade instalada no país" (Silveira, 2020, p. 86). Ele não foi aprovado devido à luta dos amazônidas, que ganhou o apoio de ambientalistas de diversas partes do mundo, de modo que o novo projeto reduziu o espaço do reservatório da usina para evitar a inundação dos Territórios Indígenas. Todavia, a devastação foi enorme, a água nunca mais foi a mesma, os peixes nunca mais foram abundantes.

Considerações finais

O objetivo da minha pesquisa foi dar maior visibilidade ao envolvimento das mulheres na resistência à ditadura e na produção escrita. Se a política é a área mais difícil de penetrar porque é o centro do poder, uma parcela de mulheres enfrentou, e continua enfrentando, o autoritarismo, a misoginia, o machismo, para estar no campo da política. Contra o silenciamento e a invisibilidade, elas têm ganhado maior autonomia para se impor em espaços antes restritos aos homens.

---

4 Li o romance *Paralelo 11* em PDF, enviado pela escritora; ele ainda não estava publicado no momento em que finalizei o meu livro.

Agora, nos 60 anos do golpe, talvez tenha chegado o momento em que certas coisas podem ser ditas e podem ser escutadas. As gerações atuais têm um conhecimento que vem, não da experiência vivida, mas do desejo de assumir um legado que não tem herdeiros natos. Algumas filhas são detentoras da pós-memória, a segunda geração que herda o trauma, na visão de Marianne Hirsch (2008), mas a maioria das escritoras aqui estudadas não tem vínculo familiar com as vítimas da ditadura.

Para além dos relatos testemunhais, este livro apresenta um enorme repertório de romances de autoras de todas as idades, num arco temporal de 72 anos, que vai de Lygia Fagundes Telles, nascida em 1918, a Sheyla Smanioto, nascida em 1990, o que comprova, mais uma vez, o quanto a elaboração do trauma da ditadura concerne a todos; trata-se de uma questão coletiva, histórica. Se romances publicados durante, ou no imediato pós-ditadura, tendiam mais à forma realista, tentando dar conta de uma experiência traumática ainda vívida, romances de escritoras nascidas depois de 1970, que não tiveram contato direto com a repressão, têm formatos mais desconstruídos, às vezes, alegóricos, fantásticos.

Os romances mais originais de autoras das novas gerações na recriação de um ambiente claustrofóbico e enlouquecedor fogem ao modelo realista-naturalista, sendo construídos como um quebra-cabeça em que faltam peças. Por isso mesmo, essas obras requerem leitura cuidadosa porque não são de fácil assimilação e, sobretudo, não fornecem uma visão apaziguadora, as personagens falam com os fantasmas do passado, porque os espectros estão lá, eles nos habitam. A potência da literatura reside no enfrentamento do irresolvível, do traumático, das denegações, das angústias que atravessam a experiência humana. A literatura pós-ditatorial aborda o sentimento de derrota, as frustrações e as culpas de personagens atingidos pelo arbítrio e, desse modo, ela revela o horror vivenciado por pessoas que passaram pela máquina trituradora de gente. Ao revolver esse passado que não passa, a literatura nos faz falar com os fantasmas.

Referências

ALBUQUERQUE, Thays. *O corpo e o caleidoscópio*. Recife: Castanha Mecânica, 2022.

ARÊAS, Vilma. Tigrão. *In*: ARÊAS, Vilma. *Todos juntos (1976-2023)*. Organização e apresentação de Samuel Titan Jr. São Paulo: Fósforo, 2023.

ARFUCH, Leonor. *A vida narrada*: memória, subjetividade e política. Tradução de Diana Klinger e Paloma Vidal. Rio de Janeiro: Editora da UFRJ; Villa María : Editorial Universitaria de Villa María, 2023.

ASSIS, Denise. *Imaculada*. Prefácio de Carlos Fico. Rio de Janeiro: Topbooks, 2013.

BEIGUELMAN, Giselle. *Memória da amnésia, políticas do esquecimento*. São Paulo: Edições Sesc São Paulo, 2019.

BENEDETTI, Ivone. *Cabo de guerra*. São Paulo: Boitempo, 2016.

BOURDIEU, Pierre. *A dominação masculina*. Tradução de Maria Helena Kühner. Rio de Janeiro: Bertrand Brasil, 2010.

BOURDIEU, Pierre. A ilusão biográfica. *In*: FERREIRA, Marieta de Moraes; AMADO, Janaína (org.). *Usos e abusos da História Oral*. Rio de Janeiro: Editora FGV, 2006. p. 183-191.

BRACHER, Beatriz. *Não falei*. São Paulo: Editora 34, 2004.

BRUM, Liniane Haag. *Antes do passado*: o silêncio que vem do Araguaia. Porto Alegre: Arquipélago, 2012.

CANDAU, Joël. *Memória e identidade*. Tradução de Maria Letícia Ferreira. São Paulo: Contexto, 2012.

CARDOSO, Elizabeth. *Depois de tudo tem uma vírgula*. São Paulo: Patuá, 2021.

DEAK, Anita. *No fundo do oceano, os animais invisíveis*. São Paulo: Reformatório, 2020.

DERRIDA, Jacques. *Espectros de Marx*: o Estado da dívida, o trabalho do luto e a nova Internacional. Tradução de Anamaria Skinner. Rio de Janeiro: Relume-Dumará, 1994.

DIÓGENES, Maria do Socorro. *Amor, luta e luto no tempo da ditadura.* Cotia (SP):Ateliê Editorial, 2021.

ESTÊVÃO, Ana Maria Ramos. *Torre das guerreiras e outras memórias.* Prefácio de Dilma Rousseff. São Paulo: Editora 106; Fundação Rosa Luxemburgo, 2021.

FALCON, Yara. *Mergulho no passado*: a ditadura que vivi. Maceió: Livro Rápido, 2007.

FALKS, Maya. *Já não somos os mesmos.* Guaratinguetá: Penalux, 2022.

FELMAN, Shoshana. *O inconsciente jurídico*: julgamentos e traumas no século XX. Tradução de Ariani Bueno Sudatti. Prefácio de Márcio Seligmann-Silva. São Paulo: EDIPRO, 2014.

FIGUEIREDO, Eurídice. *A literatura como arquivo da ditadura brasileira.* Rio de Janeiro: 7Letras, 2017.

FIGUEIREDO, Eurídice. *Mulheres contra a ditadura: escrever é (também) uma forma de resistência.* Porto Alegre: Zouk, 2024.

FISCHER, Carmen. *Travessia.* São Paulo: Record; Círculo do Livro, 1982.

GAGO, Verónica. *A potência feminista ou o desejo de transformar tudo.* Tradução de Igor Peres. São Paulo: Elefante, 2020.

GARCEZ, Lucília. *Outono.* São Paulo: Geração Editorial, 2021.

GARCIA, Maria Lúcia Resende. *Geração 60*: geração esperança. São Paulo: Editora Alfa-Ômega, 2003.

GERTEL, Vera. *Um gosto amargo de bala.* Rio de Janeiro: Civilização Brasileira, 2013.

GODINHO, Sandra. *Tocaia do Norte.* Guaratinguetá (SP): Penalux, 2020.

GODINHO, Sandra. *A secura dos ossos.* São Paulo: Patuá, 2022.

GODINHO, Sandra. *Paralelo 11.* (No prelo)

GOUVÊA, Yara, BIRCK; Danielle. *Duas vozes.* São Paulo: Editora de Cultura, 2007.

GRAMMONT, Guiomar de. *Palavras cruzadas*. Rio de Janeiro: Rocco, 2015.

GUIMARÃES, Marília. *Nesta terra, nesse instante*. Rio de Janeiro: Ebendinger Editora, 2000.

GUIMARÃES, Marília. *Habitando o tempo*: clandestinidade, sequestro e exílio. São Paulo: LiberArs, 2017.

HIDALGO, Luciana. *Rio-Paris-Rio*. Rio de Janeiro: Rocco, 2016.

HIRSCH, Marianne. The Generation of Postmemory. *Poetics Today*, [*s. l.*], v. 29, n. 1, p. 103-128, mar. 2008. Disponível em: www.facweb.northseattle.edu/cscheuer/winter%202012/Engl%20102%20Culture/Readings/Hirsch%20Postmemory.pdf. Acesso em: 13 nov. 2012.

JUDAR, Cristina. *Elas marchavam sob o sol*. Porto Alegre: Dublinense, 2021.

LAGE, Claudia. *O corpo interminável*. Rio de Janeiro: Record, 2019.

LEAL, Beatriz. *Mulheres que mordem*. Rio de Janeiro: Ímã Editorial, 2015.

LEITÃO, Míriam. *Tempos extremos*. Rio de Janeiro: Intrínseca, 2014.

LEITE, Juliana. *Humanos exemplares*. São Paulo: Companhia das Letras, 2022.

LEVY, Tatiana Salem. *A chave de casa*. Rio de Janeiro: Record, 2009.

LISBOA, Adriana. *Azul-corvo*. Rio de Janeiro: Rocco, 2010.

LUCA, Derlei Catarina De. *No corpo e na alma*. Criciúma (SC): Ed. do autor, 2002.

MACHADO, Ana Maria. *Tropical sol da liberdade*. Rio de Janeiro: Objetiva, 2012.

MARIANO, Anna. *Para amanhecer ontem*. Porto Alegre: L&PM, 2017a.

MARTES, Ana Cristina Braga. *Sobre o que não falamos*. São Paulo:Editora 34, 2023.

MAURÍCIO, Lúcia Velloso. *Cacos de sonhos*: cartas de uma ex-prisioneira na Vila Militar (1971-1974). Rio de Janeiro: Ponteio, 2015.

MELONI, Catarina. *1968 – O tempo das escolhas*. São Paulo: Nova Alexandria, 2009.

MOLNAR, Vanessa. *A importância dos telhados*. Recife: Cepe, 2020.

MOLNAR, Vanessa. *A rota dos ratos*. São Paulo: Patuá, 2021.

MOLNAR, Vanessa. *As formas violentas do amor*. São Paulo: Patuá, 2023.

MONTARROYOS, Sylvia de. *Réquiem por Tatiana — missa em si menor*: memórias de um tempo de guerra e de uma descida aos infernos. Recife: Cepe, 2013.

MONTEIRO, Wanda. *Chão de exílio*. Belém (PA): Ama Editora, 2021.

MOURA, Mariluce. *A revolta das vísceras*. Rio de Janeiro: Codecri, 1982.

PEDROSA, Cida. *Araras vermelhas*. São Paulo: Companhia das Letras, 2022.

PERROT, Michelle. *Minha história das mulheres*. Tradução de Ângela M. S. Corrêa. São Paulo: Contexto, 2019.

PILLA, Maria. *Volto semana que vem*. São Paulo: Cosac Naify, 2015.

PIÑON, Nélida. O jardim das oliveiras. *In:* PIÑON, Nélida. *O calor das coisas*. Rio de Janeiro: Nova Fronteira, 1980, p. 7-34.

PRATA, Celma. *O segredo da boneca russa*. Fortaleza (CE): Editora Sete,2018.

PRESTES, Maria. *Meu companheiro*: 40 anos ao lado de Luiz Carlos Prestes. Rio de Janeiro: Rocco, 1992.

RAGO, Margareth. *A aventura de contar-se*: feminismos, escrita de si e invenções da subjetividade. Campinas (SP): Editora Unicamp, 2013.

REZENDE, Maria Valéria. *Outros cantos*. Rio de Janeiro: Alfaguara, 2016.

RICŒUR, Paul. *A memória, a história, o esquecimento*. Tradução de Alain François *et al*. Campinas (SP): Editora Unicamp, 2007.

ROCHA, Rosângela Vieira. *O indizível sentido do amor*. São Paulo: Patuá, 2017.

ROUSSO, Henry. A memória não é mais o que era. *In*: FERREIRA, Marieta de Moraes; AMADO, Janaína (org.). *Usos e abusos da História Oral*. Rio de Janeiro: Editora FGV, 2006. p. 93-101.

SAAVEDRA, Carola. *O inventário das coisas ausentes*. São Paulo: Companhia das Letras, 2014.

SAAVEDRA, Carola. *O mundo desdobrável*. Belo Horizonte: Relicário, 2021.

SCHEFER, Andreia. *Nada será como antes*. Novo Hamburgo (RS): Ed. da autora, 2023.

SCHILLING, Flávia. *Querida Liberdade*. Seleção das cartas, tradução do espanhol e notas explicativas de Cláudia Schilling Sancho. São Paulo: Global Editora, 1980.

SILVEIRA, Maria José. *O fantasma de Luis Buñuel*. São Paulo: ZLF Editorial, 2018.

SILVEIRA, Maria José. *Felizes poucos*: onze contos e um curinga. São Paulo: ZLF Editorial, 2016.

SILVEIRA, Maria José. *Maria Altamira*. São Paulo: Instante, 2020.

SMANIOTO, Sheyla. *Meu corpo ainda quente*. São Paulo: Nós, 2020.

SOCCAS, Marlene. *Como ele veio e ficou*. Criciúma (SC): Henrigraph Editora e Gráfica, 2000.

SOCCAS, Marlene. *Meu querido Paulo*. Criciúma (SC): Ed. do Autor, 2014.

STUDART, Heloneida. *O estandarte da agonia*. Rio de Janeiro: Nova Fronteira, 1981.

STUDART, Heloneida. *O torturador em romaria*. Rio de Janeiro: Rocco, 1986.

TEGA, Danielle. Histórias impertinentes: memórias políticas de mulheres no Brasil (1978-2014). *Fronteiras*, Dourados, v. 23, n. 42, p. 109-133, jul./dez. 2021.

TELES, Maria Amélia de Almeida. Violações dos direitos humanos das mulheres na ditadura. *Estudos Feministas*, Florianópolis, v. 23, n. 3, p. 1001-1022, set./dez. 2015.

TELLES, Lygia Fagundes. *As meninas*. Rio de Janeiro: Rocco, 1998.

TIBURI, Marcia. *Sob os pés, meu corpo inteiro*. Rio de Janeiro: Record, 2018.

TISSERON, Serge. *Secrets de famille: mode d'emploi*: quand et comment faut-il en parler? Paris: Ramsay, 1996.

TRAVERSO, Enzo. *Melancolia de esquerda*: marxismo, história e memória. Tradução de André Bezamat. Belo Horizonte: Âyiné, 2021.

VALADARES, Loreta. *Estilhaços em tempos de luta contra a ditadura*. Salvador: Secretaria de Cultura e Turismo, 2005.

VALLI, Virginia. *Eu, Zuzu Angel, procuro meu filho*. Rio de Janeiro: Philobiblion, 1986.

VERUNSCHK, Micheliny. *Trilogia Infernal. Aqui, no coração do inferno*. São Paulo: Patuá, 2016.

VERUNSCHK, Micheliny. *Trilogia Infernal. O peso do coração de um homem*. São Paulo: Patuá, 2017.

VERUNSCHK, Micheliny. *Trilogia Infernal. O amor, esse obstáculo*. São Paulo: Patuá, 2018.

VIANNA, Martha. *Uma tempestade como a sua memória*: a história de Lia, Maria do Carmo Brito. Rio de Janeiro: Record, 2003.

VIDAL, Paloma. *Mar azul*. Rio de Janeiro: Rocco, 2012.

ZERBINI, Eugenia. *As netas da Ema*. Rio de Janeiro: Record, 2005.

ZIZEK, Slavoj. *Bem-vindo ao deserto do real:* cinco ensaios sobre o 11 de setembro e datas relacionadas. Tradução de Paulo Cezar Castanheira. São Paulo: Boitempo, 2003.

TEMPO PASSADO, MARCAS PRESENTES: DITADURA E VIOLÊNCIA DE GÊNERO EM ALGUNS ROMANCES BRASILEIROS DO SÉCULO XXI

Cristiane da Silva Alves[1]

Palavras iniciais

Após o golpe orquestrado entre os dias 31 de março e 2 de abril de 1964, que levou à destituição do Presidente João Goulart, instalou-se no Brasil o Regime Militar ou Ditatorial. Esse, que durou mais de vinte anos e teve apoio de empresários, latifundiários e setores conservadores da sociedade civil, foi um período marcado por suspensão de direitos, censura, sequestros, torturas, execuções, desaparecimentos e outras medidas de natureza violenta e arbitrária que assolaram o país. Até hoje, decorridos sessenta anos desse marco que alterou os rumos da democracia brasileira, seus efeitos se fazem notar.

Em decorrência da Lei de Anistia (Lei n° 6.683, de 1979), sancionada pelo Presidente João Figueiredo, sob o pretexto de apaziguamento e reconciliação, os crimes praticados durante a ditadura militar não foram apurados. Ainda

---

1 Doutora em Letras pela Universidade Federal do Rio Grande do Sul (UFRGS). Realizou estágio de Pós-Doutorado (PNPD-CAPES/MEC) junto ao Programa de Pós-graduação em Letras da UFRGS. É membro do Grupo de Pesquisa Poéticas e políticas da memória na literatura contemporânea (UFRGS/CNPq) e do Grupo de Pesquisa Língua, Literatura e Ensino (IFRS/CNPq). E-mail: cristianesalves@gmail.com.

que o dispositivo legal tenha sido considerado essencial para a redemocratização do país, a impunidade daí resultante, aliada ao apagamento da memória da ditadura, acabou por impulsionar a relativização ou mesmo negação das ações criminosas praticadas à época. Ao não elaborar devidamente o passado truculento de nosso país, abriu-se caminho não só para a manutenção como também para a intensificação da barbárie que produziu e segue produzindo vítimas no presente, sobretudo entre os grupos mais vulneráveis, que incluem meninas, mulheres, indígenas, negros(as), periféricos(as) e LGBTQI+s.

Somando-se a isso, nas décadas mais recentes deparamo-nos com a ascensão e o fortalecimento da extrema direita, eivada de discursos autoritários e carregados de ódio, orgulhosa em exaltar torturadores, a desafiar os poderes, a articular pautas golpistas e a promover um verdadeiro retrocesso, pondo em xeque direitos e garantias já estabelecidos. Diante desse quadro, olhar para o nosso passado, refletir sobre as mazelas do país, sobre aqueles que foram e continuam sendo vitimados, bem como sobre os que resistiram e seguem resistindo, mais do que nunca, mostra-se um exercício de vital importância.

A literatura contemporânea, neste caso, é uma grande aliada, à medida que um número expressivo de autores e autoras têm se debruçado sobre narrativas e personagens que por muito tempo foram silenciadas, evidenciando-as. Essas, que lançam luz sobre tantas que fizeram ou poderiam ter feito parte de nossa história e que, ao menos entre as páginas dos livros, ganham espaço e voz, fazem lembrar ao leitor não somente o que se passou, mas o que ainda ocorre ou está em vias de acontecer, posto que a violência segue constantemente à espreita.

Ao mesmo tempo, os romances atuais sinalizam aos opressores que eles não detêm poder irrestrito sobre a memória e a história. Ao contrário, página após página, aqueles e aquelas que os algozes julgaram eliminar e calar *ad aeternum* ganham força, através de diferentes personagens, e recuperam momentos marcantes da história pessoal e/ou coletiva, que assumem novas perspectivas. Destacam-se, dentre essas, as narrativas de autoria feminina que, ao voltarem-se para a época da ditadura e para os horrores ali perpetrados, concedem protagonismo às mulheres, delineando a história a partir dos seus anseios, das suas dores, lutas, enfrentamentos e, principalmente, do seu ponto de vista acerca do que foi vivenciado.

Neste ensaio, especificamente, busca-se examinar alguns romances brasileiros publicados em décadas recentes, em um recorte que privilegia narrativas de autoria feminina que dão voz a mulheres maduras ou velhas, ou seja, aquelas que experienciaram o período ditatorial, mas lograram sobreviver à repressão e à passagem do tempo, simbolizando, entre outras coisas, a resistência feminina. Para tanto, toma-se como *corpus* os romances *Sob os pés, meu corpo inteiro* (2018), de Marcia Tiburi; *A importância dos telhados* (2020), de Vanessa Molnar, e *Depois de tudo tem uma vírgula* (2021), de Elizabeth Cardoso. O que se pretende discutir é de que modo as personagens foram atingidas pela violência do Estado durante a ditadura e como a brutalidade marcou-as, repercutindo em suas vidas mesmo decorridos vários anos. Da mesma forma, intenta-se refletir sobre como as tentativas de apagamento da história nacional influenciam até hoje na perpetuação de episódios violentos.

Mulheres (in)submissas e homens (não tão) bons: uma convivência (nada) pacífica

Em cada um dos romances escolhidos encontramos a ficcionalização de mulheres em idade próxima ou um pouco além dos sessenta anos, que vivenciaram na juventude os chamados "anos de chumbo" e, embora tenham resistido aos horrores daquela época, pagaram um alto preço por desafiar expectativas e papéis preestabelecidos. Para melhor compreensão do tema, é importante considerar qual era, até então, o lugar majoritariamente ocupado, ou antes, o padrão esperado para as mulheres. Nesse sentido, Marcelo Siqueira Ridenti (1990, p. 114) afirma que

> as mulheres ocupavam posições submissas na política e na sociedade brasileira, pelo menos até o final dos anos 60. A norma era a não participação das mulheres na política, exceto para reafirmar seus lugares de "mães-esposas-donas-de-casa", como ocorreu com os movimentos femininos que apoiaram o golpe militar de 1964.

O cenário começava a mudar, no entanto, com o surgimento da pílula anticoncepcional[2], da revolução sexual, dos movimentos feministas e estudantis, entre outros. A liberdade de escolha e a possibilidade de trilhar outros caminhos, para além dos tradicionalmente previstos, acenavam fortemente para as mulheres que, inspiradas e confiantes, saíam às ruas e mobilizavam-se contra o conservadorismo e a submissão reinantes. Mesmo com a implantação de um regime ditatorial e repressor, elas seguiam organizando-se e resistindo, em prol da conquista de direitos e espaços que, por muito tempo, eram direcionados exclusivamente aos homens. Nesse período, como bem lembra Maria Amélia de Almeida Teles (2017, p. 245), "as mulheres foram o segmento da população que mais teve mudanças nas suas relações com o trabalho, com a família, com os homens e também no campo da política".

Em consonância com os acontecimentos históricos, podemos encontrar na ficção personagens femininas que ousaram experimentar outros lugares e papéis, para além do confinamento doméstico e das amarras familiares. Um exemplo que ilustra essa nova geração foi exibido, ainda no auge da ditadura, no romance *As meninas* (1973), de Lygia Fagundes Telles. A personagem Lia, na contramão dos moldes e desejos dos pais, que esperavam que ela conquistasse um diploma, noivasse, casasse e enchesse a casa deles de netos, opta por sair da Bahia, sua terra natal, e passa a morar em um pensionato de freiras, em São Paulo, a fim de atender aos próprios ideais. Em dado momento da história, resoluta, ela tranca a matrícula da faculdade para se dedicar com mais vigor à militância política.

Apesar das conquistas, da ampliação de conhecimentos e possibilidades, porém, é oportuno notar que a aproximação com o espaço público, masculino e político, não implicou apenas uma vivência mais ampla, autônoma e livre, como, talvez, fosse o esperado. A maior exposição e participação das mulheres despertou, em muitos casos, reações misóginas e truculentas, tanto no Brasil quanto em outros países dominados por ditaduras. Entre as que sobreviveram para contar, "aparecem sistematicamente relatos de humilhações, maus-tratos

2 Ana Maria Colling (2015, p. 375), a propósito, refere: "A pílula anticoncepcional é saudada como uma revolução no campo da sexualidade. Para a ala conservadora era o símbolo da promiscuidade".

e torturas sofridas, acompanhados de referências explícitas ao fato de terem se afastado de seus "lugares de esposa e mãe" e ousado participar do mundo político, tradicionalmente entendido como masculino." (Brasil, 2014, p. 404).

Nos romances tomados como *corpus*, notadamente, atrocidades, perdas e traumas fazem parte da história de cada uma das personagens examinadas e, à medida que vão se revelando nas narrativas, jogam luz sobre acontecimentos nefandos da história nacional que, diferentemente do que poderiam supor alguns leitores menos informados, não se resumem a mera criação literária. Ao contrário, a ficção toma de empréstimo ocorrências históricas que pairaram e seguem pairando entre a sociedade para dar suporte à matéria narrativa. Embora não tenha compromisso com a realidade, o texto ficcional observa-a atentamente e retira dos escombros aquilo que o passar dos anos e o esforço de agentes diretamente implicados em episódios violentos cuidaram de camuflar ou suprimir.

A seu modo, a literatura é capaz de atenuar a amnésia ou, como registrou Bernardo Kucinski (2014), o "mal de Alzheimer nacional" que a Lei de Anistia ajudou a promover. Sua importância é reforçada por Eurídice Figueiredo (2017, p. 43), que afirma: "a despeito do enorme trabalho realizado por historiadores e jornalistas, só a literatura é capaz de recriar o ambiente de terror vivido por personagens afetados diretamente pela arbitrariedade, pela tortura, pela humilhação [...]".[3]Além disso, Figueiredo (2017, p. 46) destaca a capacidade de difusão das narrativas literárias, dirigidas a um maior número de pessoas:

> Diferentemente do arquivista e do historiador, o escritor de literatura, ao se debruçar sobre a memória e sobre o arquivo, cria narrativas a fim de dar um testemunho pessoal da história. Ao escrever para um público mais amplo, o autor encontra no leitor um elemento ativo na transmissão da memória para que não se apague aquilo que afetou a vida das pessoas.

Neste aspecto, é interessante observar que, principalmente nas últimas décadas, a literatura contemporânea apresentou um notável aumento na produção

3 Neste sentido, Beatriz Sarlo (2007, p. 117) menciona que encontrou "na literatura (tão hostil a que se estabeleçam sobre ela limites de verdade) as imagens mais exatas do horror do passado recente e de sua textura de ideias e de experiências".

de narrativas em primeira pessoa e de cunho memorialista. Da mesma forma, não é difícil notar que um número expressivo de produções literárias, instigadas pelo cinquentenário do golpe de 1964 e pelas publicações e eventos daí decorrentes, encontraram nos anos de chumbo o mote para a composição de suas narrativas que "tratam, de maneira mais ou menos direta, da repressão durante a ditadura" (Figueiredo, 2017, p. 48). É o caso, por exemplo, de *Tempos extremos* (2014), de Miriam Leitão, *Ainda estou aqui* (2015), de Marcelo Rubens Paiva, *Palavras cruzadas* (2015), de Guiomar de Grammont, *Outros cantos* (2016), de Maria Valéria Rezende, *Cabo de guerra* (2016), de Ivone Benedetti, *Rio-Paris-Rio* (2016), de Luciana Hidalgo, entre outros.

Nas narrativas que serão analisadas neste ensaio, as autoras delineiam mulheres que experienciaram diretamente os horrores da ditadura e, apesar de terem resistido, carregam marcas físicas e emocionais que, de tão intensas, atingem o leitor de maneira incômoda, sensibilizando, causando desconforto e provocando questionamentos. Afinal, o empenho para apagar o passado trouxe àquelas personagens alguma paz ou possibilidade de reconciliação, como supostamente era o foco da Lei de Anistia? A resposta, ao que tudo indica, é negativa.

O que se verifica, a propósito, é que não somente na ficção, mas sobretudo na realidade, as reiteradas tentativas de promover o esquecimento não apenas da violência e dos traumas do período ditatorial, como de outros períodos de nossa história, trazem como consequência a perpetuação da barbárie. Acerca disto, Maria Rita Kehl (2010, p. 126) adverte: "Quando uma sociedade não consegue elaborar os efeitos de um trauma e opta por tentar apagar a memória do evento traumático, esse simulacro de recalque coletivo tende a produzir repetições sinistras".

Os episódios violentos normalizados e até certo ponto tolerados pela sociedade, pois, resultam em um aparentemente interminável ciclo de agressões e desmandos que, no caso das mulheres, pode ser observado nos crescentes casos de abuso, violência doméstica e feminicídio. Este tipo abjeto de crime, vale mencionar, é uma questão pública, pouco ou inadequadamente tratada e intimamente ligada às nossas origens e às relações desiguais de poder entre homens e mulheres. Não se pode esquecer, especialmente, a violência fundadora do país que remonta aos tempos coloniais, voltando-se principalmente contra as mulheres, desde as indígenas violadas pelos "heróis" que desbravaram nossas terras, passando pelas negras arrancadas de sua terra de origem, escravizadas e brutalizadas pelos "sinhôs", como também as mulheres brancas, submetidas aos pais e maridos que detinham total controle sobre seus corpos e suas vidas.

Na literatura mais recente, ditadura, violência de gênero e feminicídio estão presentes e bastante alinhados, por exemplo, na *Trilogia infernal*, de Micheliny Verunschk, em que, desde o primeiro volume, *Aqui, no coração do inferno* (2016), espalham-se casos como o linchamento de uma mulher, o estupro de uma menina e a morte misteriosa da mãe de Laura, a garota narradora. Essa morte, em plenos anos de chumbo, ao que tudo indica foi obra do próprio marido, delegado agressivo e fiel ao sistema repressor, que não hesita em também maltratar a sua nova e submissa esposa. No segundo volume da *Trilogia*, *O peso do coração de um homem* (2017), a autora segue abordando as variadas camadas de violência que atingem tanto os estratos íntimos e familiares quanto a sociedade em geral. Em *O amor, esse obstáculo* (2018), terceiro e último volume, Laura é adulta e vai depor na Comissão Nacional da Verdade (CNV). A violência e a negligência paterna, aliadas à curiosidade da menina, contribuíram para que viesse à tona o passado criminoso do delegado torturador e assassino. Conforme Jeanne Marie Gagnebin (2006, p. 115), "[...] o rastro pode se voltar contra aquele que o deixou e até ameaçar sua segurança.". Neste caso, as incursões de Laura pelos arquivos e documentos do pai, iniciadas na infância, levaram-na a pistas dos crimes dele e, com o tempo, à confirmação do que antes era mera desconfiança: foi ele o responsável pela morte da primeira esposa, mãe dela. O desfecho, não necessariamente inesperado, é crível e condizente com a trajetória daquele homem. Em oportuna análise sobre a obra, Eurídice Figueiredo (2023, p. 69) pontua:

> É importante enfatizar que o mesmo homem que tortura e mata "subversivos" tortura e mata as mulheres. O feminicídio não está desvinculado das questões políticas que envolvem nossa sociedade capitalista de base patriarcal. [...] Em outras palavras, a violência de gênero não é só doméstica, ela está por toda parte e é praticada pelos defensores da moral e da religião que não seguem nem uma, nem outra.

Ocorrências desse tipo, que atravessam não apenas a narrativa ficcional, como também o nosso cotidiano, sem dúvida estão ligadas à cultura patriarcal, machista e misógina ainda vigente em nossa sociedade. Da mesma forma, encontram amparo na naturalização da violência como mecanismo de controle e exercício de poder, fenômeno que, embora não tenha se iniciado à época da ditadura, foi então largamente praticado.

Na medida em que os próprios agentes do Estado, em lugar de assegurar os direitos e garantias individuais, concorriam direta ou indiretamente para a sua violação, sem que fossem devidamente investigados, restando impunes e convenientemente cobertos pela distorção ou pelo apagamento da história, não é de se espantar que tenhamos como legado uma sociedade arbitrária e incivilizada. Veja-se, a propósito, o que afirma Jaime Ginzburg (2010, p. 149) acerca da relação entre a tortura, o esquecimento e a trivialização da violência:

> O apagamento da memória coletiva das referências à tortura, bem como sua banalização, potencialmente reforçam as chances de naturalizá-la e ignorar a intensidade de seu impacto. O esquecimento é, nesse sentido, em si, uma catástrofe coletiva. A leitura de textos literários voltados para o tema pode contribuir para evitar a banalização.

A literatura, é claro, não tem a função ou o condão de restabelecer o equilíbrio da sociedade, mas é capaz de, ao menos, iluminar questões contundentes, de provocar aquele(a) que lê e estimular a reflexão. À sua maneira, o texto literário coloca em perspectiva o que não deve ser esquecido e, tampouco, repetido, ao mesmo tempo em que obsta a banalização de barbáries que, desde os mais remotos tempos, são noticiadas em nosso país.

No que concerne ao período ditatorial, mais especificamente, embora saibamos que a truculência dos seus agentes atingia a todos aqueles que confrontavam o regime vigente, sem distinção, é igualmente conhecido o fato de que os abusos perpetrados contra as mulheres em alguma medida se distinguiam. Para além da tentativa de obter confissões ou intimidá-las, havia outras motivações: "Docilizar o corpo da mulher para sujeitá-lo, fragilizá-lo, para que ela entendesse sua posição de inferioridade absoluta ao poder instituído, são os objetivos fundamentais da tortura." (Colling *apud* Goldenberg, 1997, p. 361).

No caso delas, ainda, havia um maior potencial de vulnerabilidades a serem exploradas, além de estarem sujeitas a sequelas bastante específicas, em razão da sua condição de gênero, conforme é mencionado no livro *Brasil nunca mais* (1985, p. 46): "Além das naturais diferenças sexuais da mulher, uma eventual gravidez a torna especialmente vulnerável. Por serem do sexo masculino, os torturadores fizeram da sexualidade feminina objeto especial de suas taras". Isso pode ser observado, em larga medida, nos depoimentos das mulheres que conseguiram sobreviver para contar. Algumas, grávidas antes de serem presas, perdiam seus filhos, enquanto outras eram vítimas de gravidez indesejada, em decorrência de estupro praticado pelos torturadores. Em alguns casos, ainda, as brutalidades sofridas deixaram sequelas tão graves que as vítimas não mais foram capazes de gerar filhos. "O aviltamento da mulher que acalentava sonhos futuros de maternidade foi usado pelos torturadores com implacável vingança, questionando-lhe a fertilidade após sevícias e estupros" (Arantes, 2010, p. 30).

Para além de fatores políticos, ou da apregoada segurança nacional, no que se refere às mulheres os agentes da repressão eram movidos pelo machismo e pela misoginia. A violência de gênero era um meio para exibirem o seu poder e, ao mesmo tempo, deixarem uma lição para aquelas que se desviavam do caminho esperado para o "sexo frágil".

> Ao assumirem uma posição política de transformar a ditadura em liberdade, justiça e democracia, [as mulheres] passaram a engrossar as diversas trincheiras de lutas, das ações políticas de repúdio à ditadura, seja de luta armada ou não, o que irritou profundamente os militares que esperavam que elas fossem facilmente dominadas e controladas por eles. Eles não aceitavam que as mulheres pudessem exercer livremente o seu direito de escolha, inclusive de lutar contra a ditadura. Eles odiavam as militantes que fugiam do estereótipo da submissão, da dependência e da incapacidade de tomar decisão. A tortura foi amplamente usada contra mulheres e homens. No entanto, as mulheres foram submetidas de forma mais intensa à tortura sexual, como os estupros, as mutilações, inclusive, com uso de animais vivos (Teles, 2017, p. 224).

Como não poderia deixar de ser, ao se voltarem para essa época sombria e tomarem-na como mote para seus escritos, as autoras dos romances que serão apreciados neste ensaio abordam a tortura e os seus efeitos. Para além das demais violências sofridas no cárcere, as protagonistas, em todos os casos analisados, são sexualmente atacadas, reiteradas vezes, o que, somando-se ao trauma, resulta em gravidez.

Sobrevivendo à tortura e à misoginia

Em *Sob os pés, meu corpo inteiro*, de Márcia Tiburi, o foco da análise é Alice, a personagem em torno de quem se revelam a violência e as marcas da ditadura. Protagonista e narradora, ao tempo da narração ela é conhecida como Lúcia, nome adotado na clandestinidade a que foi forçada e que seguiu utilizando desde então. Quando se inicia o romance, ela está encaminhando-se para um cemitério, em busca de um "[...] túmulo em cuja lápide aparece [s]eu nome, Alice de Souza, nascida em 3/12/1953, falecida em 6/4/1972" (Tiburi, 2018, p. 9). Ali, a personagem se depara com Betina, uma moça que está tentando descobrir a história da própria mãe. O contato com ela aciona a memória de Lúcia/Alice, trazendo à tona acontecimentos marcantes do seu passado. Ao longo da leitura, entre outras revelações, se saberá que os restos mortais depositados no túmulo com seu nome, na verdade, são de Adriana, sua irmã, torturada e morta por agentes da repressão, ao tempo do regime militar.

Vítimas da ação de infiltrados, ambas foram surpreendidas e conduzidas à prisão. Alice não tinha qualquer envolvimento político à época, ao contrário da irmã, diretamente envolvida com a militância, mas isso não impediu que fosse levada e brutalmente atingida, enquanto repetia o próprio nome, até não mais aguentar e declarar, finalmente, que se chamava Adriana, esta sim o verdadeiro alvo dos algozes. A perda da identidade foi apenas uma dentre as muitas perdas que Alice experimentou: "Eu me torno Adriana durante meses, e quando saio da prisão já não posso ser mais ninguém" (Tiburi, 2018, p. 150). Em meio a repetidos episódios de tortura, ela também perdeu os dentes, a saúde, a noção de tempo e de espaço.

Além disso, a personagem foi estuprada inúmeras vezes enquanto a mantinham encarcerada, o que acarretou uma gravidez. Adoecida e muito magra, ela demorou a perceber a presença de outra vida dentro de si e, não obstante a confirmação de seu estado, os episódios de tortura prosseguiram: "Por meses, até o fim, fui destruída no pouco que eu era por homens sem dignidade nenhuma, que faziam do seu próprio corpo uma arma de praticar violência. Entre mim e eles eu não podia imaginar que existisse algo como uma criança. Uma criança não fazia sentido nenhum" (Tiburi, 2018, p. 77).

Como a dor tornara-se habitual em seus dias, só descobriu que entrara em trabalho de parto quando informada por uma enfermeira, a mesma, talvez, que lhe disse que ela iria para o limbo, "antes do inferno, por ter delatado seus parceiros comunistas" (Tiburi, 2018, p. 79). Foi uma enfermeira, também, que "contou de modo muito objetivo que a criança havia sido afogada para o bem de todos" (Tiburi, 2018, p. 77, grifo da autora). Fragilizada e desorientada, ela não conseguia sequer compreender o que ocorrera:

> Eu não entendia o que ela dizia, eram coisas complicadas demais naquele momento, eu havia me tornado um pedaço abjeto de carne há muito tempo, não conseguia pensar em nada, não conhecia nenhum comunista, não vi uma criança nascer, não vi uma criança depois de nascer e não pude me ver, naquele momento, como mãe de ninguém (Tiburi, 2018, p. 80).

Como se não bastasse toda a violência sofrida e o atordoamento da personagem, ao deixar a prisão ela foi convencida por Manoel, um colega de curso da irmã, de que era vista por todos como uma delatora e, portanto, *persona non grata*, o que era bastante grave, dadas as circunstâncias. Vale lembrar que a colaboração, ou seja, o fornecimento de informações sobre os(as) companheiros(as) de militância, costumava ser oferecida como "moeda de troca" pelos torturadores para que o(a) preso(a) não fosse submetido(a) a terríveis e anunciadas brutalidades. A "opção" por confessar qualquer coisa, contudo, não afastava outras consequências, entre essas a de carregar a pecha de "traidor(a)". Em um relato escrito à Comissão Nacional da Verdade, uma mulher que preferiu testemunhar sob sigilo descreveu a própria experiência:

> Saí de lá não como heroína, não como vencedora, mas destroçada em seu orgulho, em sua dignidade, em sua honra. Não só pela violência sofrida, mas pelo sentimento de culpa que me invadia a alma. Sentia-me responsável pelo sofrimento e pela dor daquele que, embora sob coação, tinha

> levado à prisão. [...] Alguns anos depois soube que ele ficara dois meses na prisão. E que já estava em liberdade, o que muito me alegrou. Pensei tantas vezes em procurá-lo. Em dizer-lhe sobre as circunstâncias em que cometi aquele ato, que mesmo sob coação sentia como desonroso. Falar-lhe sobre a ameaça de estupro: a bruta e cruel "escolha de Sofia" a que me vi submetida. Mas todas as vezes em que tomava a decisão de procurá-lo, era acometida pelo pânico. Iria ele me compreender? Teria eu o seu perdão? Essa tristeza me acompanhava. [...] Em nossa sociedade, a ruptura com esse código de honra, mesmo que sob coação, se expressa em palavras como "traição", "delação" e outras mais. Carregam consigo uma acusação e um estigma (Brasil, 2014, p. 415).

Como se pode observar, a violência do Estado se voltava contra os(as) presos(as) de qualquer modo. Coagidos(as) a prestar informações, ainda que escapassem à tortura física, o que muito raramente acontecia, seguiriam mentalmente torturados(as), carregando consigo responsabilidade e culpa pelo que viesse a suceder aos demais.[4] Além disso, independentemente da sua versão sobre o ocorrido, carregavam a marca de delatores(as) que, em alguns casos, cientes das circunstâncias assombrosas e dos métodos empregados na ditadura, os(as) companheiros(as) perdoavam. Em outros, contudo, o rancor e o rechaço eram inevitáveis.

No que tange à personagem Alice, como deixa entrever a narrativa, consumaram-se as torturas, mas ela nada tinha a dizer que fosse relevante para os torturadores, já que não fazia parte de nenhuma organização ou grupo de esquerda, ao contrário da irmã. Não entendia, pois, a acusação recebida: "Eu não havia delatado ninguém. Não tinha amigos comunistas" (Tiburi, 2018, p. 79). Deixando-se levar, porém, pelas palavras de Manoel, acreditou que nada mais restava a fazer, além de ir embora. Assim, acatando o que o rapaz lhe propôs, de posse da passagem, algum dinheiro e umas roupas, que ele mesmo forneceu, ela partiu para o exílio.

Depois de dois anos vivendo exilada em Portugal, o mesmo rapaz voltaria a aparecer em seu caminho, convidando-a a partir com ele para os Estados Unidos.

---

4 É exemplar, neste caso, o que ocorre com Gustavo, personagem e narrador do romance *Não falei*, de Beatriz Bracher (2004). Apesar de preso e torturado, ele tem certeza, como o próprio título anuncia, de não ter dito nada aos torturadores, posto que não tinha acesso a quaisquer informações importantes. Isso não o isenta, porém, da forte e contínua sensação de culpa pela morte de Armando, amigo e cunhado que foi assassinado pela ditadura.

Sem que ela soubesse, não se tratava de uma proposta amorosa e nem mesmo de amizade. Manoel, como só muito mais tarde a personagem viria a saber, era um dos infiltrados que concorreu para que ela e a irmã fossem levadas à prisão. Seu encarceramento e tortura, a partir de então, assumiriam outra configuração, mas de certa forma não cessariam. Por muitos anos ainda, ela suportaria uma espécie de morte em vida, vivendo em função daquele homem, que se revelaria perturbado e misógino, mantendo-a por perto mais como uma serva do que propriamente sua mulher, em uma relação doentia, de dominação e ódio:

> O ódio dos torturadores, esse que Manoel tinha, embora não fosse um torturador, era o ódio que se sente pelas pessoas consideradas fracas como acontece com as mulheres. Um ódio que se apresenta como se não fosse uma questão de ideologia. Que parece natural. Sei que sobrevivi porque, por algum motivo, despertei menos ódio. E despertei menos ódio porque não revidei. Não fiquei tão triste. Fui objetiva para poder sobreviver. Tivesse exigido qualquer direito, teria morrido. Não exigi, não revidei, não reivindiquei, não disse nada a Manoel, como não dizia nada antes aos que me torturaram, porque não queria saber e de nada sabia. Se soubesse, estaria morta. Se fosse alguém, hoje penso, eu teria despertado mais ódio. Mas não sou ninguém há muito tempo (Tiburi, 2018, p. 130).

Em que pese a personagem distingui-lo dos torturadores, o que se passava entre eles era, sim, uma forma de tortura, em que se pode reconhecer o dominador e o dominado. Alice, sem saber ao certo o porquê, sentia-se presa àquele homem, incapaz de fugir. Ao mesmo tempo, reconhece que só logrou sobreviver porque "não era ninguém", ou seja, porque estava totalmente anulada como pessoa, tendo se tornado um mero objeto nas mãos de Manoel, tal como ocorreu quando foi torturada pelos agentes da ditadura. Não por acaso, ela recorda o silenciamento a que se submeteu, um sintoma ou, talvez, último recurso de sobrevivência de quem é exposto à tortura. De acordo com Maria Rita Kehl (2010, p. 131):

> Sob tortura, o corpo fica tão assujeitado ao gozo do outro que é como se a "alma" – isso que, no corpo, pensa, simboliza, ultrapassa os limites da carne pela via das representações – ficasse à deriva. A fala que representa o sujeito deixa de lhe pertencer, uma vez que o torturador pode arrancar de sua vítima a palavra que ele quer ouvir, e não a que o sujeito teria a dizer.

> Resta ao sujeito preso ao corpo que sofre nas mãos do outro o silêncio, como última forma do domínio de si, até o limite da morte.

Somente com a morte de Manoel, pouco tempo depois de retornarem ao Brasil, é que Alice começaria a experimentar um sopro de liberdade e, aos poucos, tomar ciência dos acontecimentos do passado que determinaram a sua malfadada trajetória. Apesar de Tiburi (2018) traçar uma narrativa distópica, cujo presente se desenvolve em uma São Paulo cinza, opressora e caótica, o final do livro aponta para a possibilidade de tempos melhores.

Da maldade humana que persegue as mulheres

No romance *A importância dos telhados*, de Vanessa Molnar (2020), deparamo-nos com uma sexagenária, vitimada pelo regime militar. Helena, protagonista que ao longo da narrativa é apresentada como Elle, é uma professora aposentada, recém diagnosticada com câncer. Após ser comunicada do falecimento da colega de trabalho e amiga de juventude, Ana, ela passa a recordar passagens sombrias da biografia de ambas.

Trazer à tona a história que por anos restara silenciada é, de algum modo, um gesto combativo, talvez o último, enquanto ainda lhe restavam forças: "Eu tinha que reagir, fazer alguma coisa, não permitir que eles vencessem – eles, os inimigos que estavam tentando apagar a história de pessoas como eu e como Jeremias, a história de Ana e a de tantos outros amigos, mas me sentia impotente" (Molnar, 2020, p. 94).

A partir de então, desponta para o leitor mais uma narrativa que, embora ficcional, é exemplar quanto à arbitrariedade e à violência do período ditatorial. No caso do romance, os eventos traumáticos tiveram início em meados de 1974, época do Governo Geisel, quando o então regime militar completava dez anos e generais concordavam que o Brasil não podia "ignorar a ameaça subversiva e terrorista, [...] e que métodos extralegais deveriam continuar a ser empregados contra subversivos perigosos" (Borges, 2018).

Como acontece no livro de Márcia Tiburi (2018), a delação de um infiltrado foi responsável pelo início das tragédias de Elle e Ana. Nenhuma delas tinha envolvimento direto com organizações que atuavam contra a ditadura, limitando-se a realizar algumas leituras marxistas junto a outros estudantes da faculdade. A denúncia de um "cachorro"[5], porém, teve o peso de uma condenação. Levadas para o Deops[6], elas sofreram toda a espécie de sevícia e crueldade que, anos mais tarde, retornaria à mente com dificuldade:

> [...] só me recordo que havia um cheiro ruim no ar, um cheiro de clausura misturado com abandono, um cheiro de falta de banho, parecido com o da morte, o que se confirmou quando a primeira de nós voltou da sessão de tortura e eu entendi que o medo é uma das armas mais poderosas que podem ser acionadas contra a humanidade. Dali em diante tudo virou silêncio e espanto e eu e a Ana fizemos um pacto forçado de sangue e de hematomas (Molnar, 2020, p. 36-37).

Para Elle, além do terror e das demais sequelas, as violações sofridas resultaram em gravidez. Diferentemente de Alice, personagem de Tiburi (2018), porém, ela teve a oportunidade não apenas de conhecer, mas de criar o filho. Isso, contudo, não foi uma escolha fácil e imediata. Ao contrário, a princípio ela pensou em interromper a gestação e seguir os planos que já havia traçado: "Eu ainda tinha alguns semestres pela frente e jogar meus sonhos fora por causa de um fruto da barbárie me pareceu irracional. Concluí que eu não teria forças e que seria melhor fazer um aborto. Não falei nada para a minha família" (Molnar, 2020, p. 38).

Apesar de ser uma lembrança constante das atrocidades a que fora submetida, Elle não conseguia concretizar a ideia de desfazer-se do bebê. Indecisa ou, talvez, paralisada pelo trauma, deixou o tempo correr e a gestação prosseguiu até o momento de dar à luz. Ali, sua vida tomou um novo rumo: "Decidi dar a criança para adoção, mas quando ele nasceu, depois de um parto sofrido, não tive coragem e, ao invés disso, pela primeira vez na vida, pedi para chamarem minha mãe. Apesar de tudo, meu filho foi meu primeiro amor" (Molnar, 2020, p. 38). Para possibilitar o vínculo com o filho, recorreu ao apagamento:

5 Alcunha atribuída aos delatores, colaboradores dos serviços de Inteligência, infiltrados nas organizações de esquerda no decorrer da ditadura.

6 Departamento de Ordem Política e Social.

> Eu, simplesmente, por uma questão de sobrevivência, apaguei a imagem do pai dele de dentro da minha memória e amputei, metaforicamente, metade do seu DNA, como se essa metade tivesse sido preenchida através de manipulação científica. Eu poderia dizer que ele é adotado, porque nasceu antes do meu casamento, mas seria mentira. Ele nasceu de dentro das minhas entranhas, banhado de sangue como todo bebê e é resultado direto ou indireto tanto das minhas escolhas, das escolhas que fiz quando iniciei minha vida na universidade e me senti livre, quanto da maldade humana que até hoje persegue as mulheres [...] (Molnar, 2020, p. 27).

Como se pode depreender da narração, seu silêncio não logrou apagar o trauma, mas cuidou de enterrá-lo em algum lugar profundo o bastante para não atormentar o restante de seus dias. Além do mais, vale ponderar que existia à época, como segue existindo, um tabu em torno do estupro e, em especial, das crianças geradas a partir dessa brutalidade. Ao trazer à tona o ocorrido, o mais provável é que servisse somente para provocar a revitimização da mulher, sem maiores consequências para o agressor. Isso, entre outras causas, explicaria a opção por manter-se calada. A este respeito, Maria Amélia de Almeida Teles (2017, p. 237) refere:

> A ignomínia de crianças nascidas de estupros praticados por agentes de Estado existiu apesar de ser um assunto interdito ainda nos dias de hoje. O silêncio permanente que paira sobre o assunto tem muitas razões. A profunda humilhação de ser uma mulher estuprada por militares/policiais e ainda ser mãe de uma criança filha de estupro. Se nos dias de hoje a palavra da mulher não tem credibilidade, imagina, então, naqueles tempos em que mulher era assunto censurado e subversivo.

Além da dor que as acompanhava, levando-se em conta a época e a maneira como tudo acontecia, não se pode descartar, pois, um sentimento de impotência ou mesmo de vergonha que, compreensivelmente, as mulheres tentavam abafar, resguardando a si e aos seus. Margareth Rago (2013, p. 77), neste aspecto, assevera:

> [...] a recordação do assédio sexual, do estupro, das situações constrangedoras infligidas às presas políticas pelos torturadores e outros policiais causa profundo sentimento de repulsa, humilhação e dor. Algumas vezes, é preferível manter em estrito segredo essas experiências traumáticas de modo a proteger-se e a proteger os membros da família, os filhos e os netos, no presente.

O silêncio da personagem de Molnar, pois, longe de ser uma forma de conivência com o esquecimento e a impunidade, estava intimamente relacionado ao tabu, ao trauma e à dificuldade de elaboração ou superação. Foi preciso calar, ocultar para seguir.

No presente da narração, porém, a protagonista enfrenta os seus demônios e toma a decisão de evocar o passado traumático, trazendo à tona o que ocorreu. Ela é motivada a registrar a sua versão sobre aqueles terríveis anos de chumbo porque, entre outros fatores, assiste na atualidade à ascensão da extrema direita, com seus discursos enganosos e negacionistas que a televisão e outras mídias não cessam de exibir. Soma-se a isso a descoberta do câncer que, na fase em que se encontra, irá abreviar rapidamente a sua existência.

Além disso, há o fato de ter perdido a amiga da juventude, uma das poucas pessoas que partilhava seus segredos e os sofrimentos vivenciados na ditadura. Antes de morrer, Ana escreveu e endereçou a ela uma carta em que, entre outras coisas, sugere que Elle revele ao filho o que se passou. Considerando a sugestão acertada, mesmo porque ele já se tornara um adulto, a protagonista decide expor brevemente a sua tortura, não apenas para que o filho soubesse a verdade, mas também "para evitar que ele viesse a se tornar um fascista, ou simplesmente um ignorante egoísta, como estava acontecendo com uma parte da classe média no mundo" (Molnar, 2020, p. 171).

Através de seu relato, revela-se uma face sombria do passado, mas, ao mesmo tempo, há uma aposta no futuro, uma semente lançada para as próximas gerações. Essas, conhecendo outra versão da história, têm a possibilidade de refletir e, talvez, resistir à repetição da barbárie. O final do romance, a propósito, mostra que é preciso estar vigilante. A caminho do aeroporto, naquela que, provavelmente, será a sua última viagem, Elle se depara com o homem que no passado denunciou-a para o Deops, levando-a à prisão e à tortura. Em frente a um grupo de professores e estudantes que protestavam contra o governo e os cortes no orçamento da Educação, a protagonista vislumbrou o seu delator, em cima de um carro de som, vociferando contra os manifestantes, espalhando, mais uma vez, o seu ódio.

Catando palavras entre os detritos

Tal como Elle, a personagem de Vanessa Molnar (2020) abordada anteriormente, pode-se dizer que foi equilibrando-se em silêncios que sobreviveu Rita, protagonista e narradora de *Depois de tudo tem uma vírgula*, de Elizabeth Cardoso (2021). No presente da narração, ela encontra-se em São Paulo, mais precisamente na rodoviária, catando bitucas de cigarro. Isso, como resta claro durante a leitura, tornou-se mais um dentre os seus inúmeros vícios.

Como também é revelado ao longo da narrativa, depois de uma série de internações em clínicas psiquiátricas, Rita foi declarada incapaz e, por conta disso, vive sob a responsabilidade de Diego, o irmão e único vínculo familiar que ela possui. Uma vez que em casa tudo é controlado, vigiado por ele, apesar de Diego fornecer-lhe cigarros, parece que o ato de recolher as bitucas deixadas para trás é uma forma, mesmo que incompreensível para os demais, de exercer a liberdade e a autonomia que há muito lhe foram arrancadas. Do mesmo modo, Rita vasculha os corredores, as lixeiras e os bancos de espera, em busca de palavras, bilhetes e fragmentos de histórias, espécie de tesouro que ela coleciona.

Diego, seu irmão e curador, está envolvido na finalização e lançamento do primeiro livro, cuja história, conforme Rita irá descobrir, gira em torno da prisão dela durante a ditadura, retomando os efeitos devastadores que recaíram sobre a família a partir de então. Ao ler os originais, contudo, a irmã tem a impressão de que, menos do que contar a história dela, o foco do autor é exibir o próprio flagelo:

> O modo como ele descreveu o definhamento de meus pais por causa da minha prisão, minha sorte, meus vícios, meus amores e minhas internações, desenha uma personagem egoísta, narcisista e insensível. Daí em diante não há exatamente uma personagem, mas uma sombra, um efeito devastador na vida segura e feliz que eles tinham. Só. Prevalece o ponto de vista do caçula esquecido pelos pais por causa da irmã mais velha problemática e de como ele sobreviveu a tudo isso e ainda ficou com a irmã de herança para ajudá-la a se refazer. Ah, é quase a biografia de um mártir ou de um santo. De mim não se sabe nada, nunca se soube (Cardoso, 2021, p. 98).

Não deixa de ser sintomático que justamente um homem tome a sua história como mote, para, entretanto, retirar-lhe o protagonismo. O livro escrito pelo irmão, ao fim e ao cabo, é a biografia dele, um "sobrevivente" da tragédia familiar, que tanto sofrera por conta das ações passadas de Rita, um menino que competia em vão pelo interesse e a atenção dos pais, enquanto eles voltavam todos os seus esforços para a irmã torturada, internada, com sua ausência sempre presente: "Todos só pensavam e falavam nela. Tudo estava relacionado a ela" (Cardoso, 2021, p. 191). O individualismo e o ressentimento de Diego, de tão evidentes, são apontados até mesmo pelo namorado dele, Tiago: "– É preciso ter coragem para expressar tamanho narcisismo e inveja. Né não?" (Cardoso, 2021, p. 191).

Como se não bastasse ter de lidar com o irmão e os seus melindres de escritor iniciante, inseguro e autocentrado, Rita ainda se vê às voltas com Maria Cecília, uma estudante universitária invasiva que passa a visitá-la sem convite. Essa, embora não pretenda escrever um livro, também deseja explorar a história da ex-presa política, a quem insiste em entrevistar para um trabalho da faculdade que tem por foco a ditadura. Mesmo tendo a proposta rejeitada várias vezes, a jovem persiste e, como último recurso, entrega em mãos uma folha com questões, esperando que sejam respondidas por escrito. Apesar de aborrecê-la, o papel acabará por provocar a rememoração do passado, recuperando fragmentos daquilo que Rita vivenciou.

Nos anos de 1960, envolvida em movimentos políticos contrários ao Regime Militar, ela foi encarcerada junto com o namorado, Mauro. Ambos foram torturados por vários dias, até que, entre pancadas, desmaios e muito sofrimento dela, em especial, o rapaz resolvesse falar alguma coisa. Quando a situação beirava o insuportável, o namorado cedeu e, então, foi levado para outro lugar: "Não sei e nunca vou saber o que ele falou, nem se falou. Nunca mais nos vimos. De todo modo seu esforço não foi vão. Eles pararam de me torturar. Me esqueceram por um mês numa cela úmida e gelada" (Cardoso, 2021, p. 157).

Poupada por algum tempo das agressões, Rita recebeu cuidados das companheiras de cela e conseguiu, aos poucos, recuperar-se dos danos físicos: "Elas cuidaram de minhas feridas, me forçavam a comer e falavam de coisas que não tinham nada a ver com a prisão, a tortura ou o futuro" (Cardoso, 2021, p. 157).

Ingênua e esperançosa, chegou a pensar que seria liberada pelos agentes da repressão. Logo que seu corpo se regenerou, porém, as ilusões caíram por terra e ela conheceu violências ainda mais dilacerantes:

> Me levaram para uma nova sala, mais iluminada do que a outra, equipada com uma maca bem ao centro, me deitaram lá e fiquei com medo de ser usada para alguma pesquisa médica, como a gente ouvia dizer que os nazistas faziam nos campos de concentração. Mas não. Não se deram ao trabalho de encontrar uma desculpa científica, não era nada visando o avanço da ciência, era apenas o mais baixo instinto humano. Durante dias e dias, não sei contar quantos, talvez semanas, fiquei deitada ali recebendo a visita de todo um quartel e às vezes de homens sem uniforme. Depois, em uma das clínicas nas quais estive internada, ouvi dizer que era comum os militares cafetinarem as presas políticas. Meninas classe média, bem tratadas, bonitinhas, podiam render algum trocado para complementar o salário de torturador (Cardoso, 2021, p. 157-158).

Assim como aconteceu com outras presas políticas, a jovem foi submetida a violências extremas e abjetas, de cunho predominantemente sexual. Agravando a violência de gênero, as continuadas sessões de estupro, além de comprometerem a sua mente e a saúde de seu corpo, resultaram em gravidez:

> Da qual só tive certeza quatro meses depois, já em casa. Foi a pior das torturas. Era como se carregasse lixo dentro de mim. Tinha sonhos terríveis de que toda a porra que os militares e os civis deixaram dentro de mim tinha se juntado e virado uma bola enorme e gosmenta que estava alojada na minha barriga e iria me matar de dentro pra fora. Nunca pensei em uma criança, em uma vida nova crescendo em mim, essas coisas que as mulheres falam que sentem. Foi quando resolvi cortar os pulsos (Cardoso, 2021, p. 159).

Para Rita, como para outras mulheres presas e torturadas à época, a confirmação de uma gestação, longe de se traduzir em cândidos sonhos maternais, representava o pior dos pesadelos, estendendo a tortura e perpetuando o trauma, à medida que sua marca pulsava e crescia dentro dela, abrigando-se em sua carne e alimentando-se de seu sangue. O amparo da família, no entanto, lhe daria uma nova perspectiva: "[...] foi só me abraçarem para eu sentir a bola de porra se transformar numa linda criança. O amor deles instantaneamente humanizou minha gravidez" (Cardoso, 2021, p. 160). Imediatamente, ela acolheu a maternidade e aguçou seus instintos de proteção, ao ponto de afastar-se da própria mãe, que quis levá-la para fazer um aborto.

Apesar disso, da aceitação da gravidez e do desejo de ter a criança em seus braços, as dores suportadas nos porões da ditadura a tinham tornado dependente de morfina e cocaína, entre outros vícios. Por conta deles, conforme os médicos, o bebê que se desenvolveu em seu ventre (uma menina) não resistiu. Essa foi a versão que o pai de Rita lhe contou, ainda no hospital, quando questionado a respeito. Ela, porém, recusava-se a crer:

> Até hoje não acredito nisso, pois sentia ela mexendo dentro de mim até minutos antes do parto. Eles devem ter dado a pobrezinha para adoção, já prevendo que por causa da morfina e da cocaína eu não poderia cuidar dela como deveria. Ela deve estar viva por aí. Não como eu. Ainda bem. [...] (Cardoso, 2021, p. 161).

Sem ter acesso a maiores informações, desconhecendo o que de fato teria acontecido, resta-lhe carregar a dúvida sobre a bebê ter sobrevivido ou não e imaginar, em caso positivo, por onde andaria, com quem, como... Ante a ausência de respostas, contudo, essa seria apenas mais uma dentre as muitas aflições que continuariam a atormentá-la, sem consolo ou solução. "Se esses fatos me compuseram ou se eu os construí, é uma questão que não muda nada, só reafirma a necessidade de medicação. Quem pode conviver com uma interrogação dessas e ser considerado normal?" (Cardoso, 2021, p. 142).

Marcada pelo trauma e pelas incertezas, repleta de cicatrizes e vícios sem fim, internada em clínicas de reabilitação por diversas vezes, a personagem não conseguiu se restabelecer. Custodiada pelo irmão desde a morte dos pais, incapaz de gerir a própria vida, ela tornou-se uma espécie de pária que não logrou se reintegrar "normalmente" à sociedade. A esse respeito, é oportuno retomar a análise de Maria Rita Kehl (2010, p. 126):

> No Brasil, os opositores do regime militar que sobreviveram à tortura, embora circulem normalmente entre nós, vivem em um universo à parte

> não apenas em função da radicalidade da dor e da despersonalização que experimentaram, mas também porque as práticas infames dos torturadores nunca foram reconhecidas e reparadas publicamente.

Desajustada, Rita, como outros tantos, é uma prova viva da devastação que a ditadura provocou. A verdade é que, mesmo após ser libertada, ela seguiu vitimada pelo aprisionamento. Sem controle sobre si mesma, sem domínio sequer sobre a própria história, ainda que tenha sido poupada da morte, seu aniquilamento foi quase completo. Apesar de ela seguir (sobre)vivendo, a sensação que se tem ao finalizar a leitura é que, mesmo devolvendo-a à sociedade, as ações dos repressores foram exitosas, à medida que, de algum modo, mais uma mulher foi conduzida ao silenciamento e à submissão.

Considerações finais

Em cada um dos romances examinados, resta evidente a brutalidade dos agentes da ditadura e os efeitos traumáticos que suas ações provocaram, especialmente no que se refere às mulheres. Ao voltar-se para o passado, as personagens retomam em seu discurso as experiências de uma época cercada por violências e abusos perpetrados pelo Estado, que as afetaram e seguem afetando no presente da narração. Em cada relato, desponta para o leitor o quão nefastas foram as situações enfrentadas por aquelas mulheres, cerceadas, violadas, marcadas no corpo e na memória, carregando dores que, mesmo com o passar do tempo, não cessam.

Além disso, é possível observar que, embora a violência dos repressores tenha atingido homens e mulheres, indistintamente, as narrativas tomadas como *corpus* somam-se a depoimentos reais que denunciam a violência de gênero como prática recorrente. Sua leitura, entre outros aspectos, "ajuda a entender como a constituição da subjetividade feminina é marcada por violências, repressões e controles muito particulares e diferentes em relação ao que é vivenciado por homens, heterossexuais ou *gays*" (Rago, 2013, p. 65).

De igual modo, as narrativas ficcionais, que em boa medida tomam de empréstimo da realidade a matéria que lhes serve de mote, mostram quão bruta e permissiva foi/é a nossa sociedade, que tolerou e segue tolerando a violência contra as mulheres, indiscriminadamente. O fato de os agressores seguirem impunes, além de reforçar o poder e o controle exercido pelos homens, que continuam tolhendo e subjugando as mulheres, encoraja novas práticas violentas e criminosas, em um interminável ciclo de barbárie. Porque não houve a devida responsabilização dos culpados no passado, seguem ocorrendo episódios diários de violência, sejam elas físicas ou psicológicas, não raro com consequências letais.

Os romances analisados, vale mencionar, não apenas exibem a tragédia pessoal das personagens, como expõem chagas coletivas que, retomadas por meio da narração, colocam em xeque as tentativas de apagamento ou deturpação da história nacional, marcada desde a origem por violações, opressões e extermínio de mulheres. Militantes ou não, na ficção como na realidade, mulheres foram e ainda são punidas por ousarem caminhar livres, desviando-se dos papéis e lugares que costumeiramente lhes são atribuídos e buscando tomar parte no percurso rumo a um país melhor, justo e democrático.

Importa referir, ainda, que apesar das lutas e das conquistas, nossa democracia não está assentada em solo estável. Ao contrário, especialmente nos últimos anos, com os avanços da extrema direita, são frequentes as ameaças aos Poderes e ao Estado de Direito. Assistimos a atos golpistas, ataques a direitos e garantias já estabelecidos, tentativas de censura, bem como intimidações às minorias, com destaque para as mulheres que, quando ousam alçar a voz, frequentemente são interrompidas, reprimidas e "convidadas" a retornarem ao seu "devido lugar", cumprindo o "papel de mulher", "recatada e do lar", limitando-se a servir, aquiescer e não opinar. Não por acaso, Maria Amélia de Almeida Teles (2017, p. 238) adverte: "A democracia atual, para ser consolidada, precisa fazer justiça às mulheres de ontem e de hoje." É necessário lembrar e refletir sobre o nosso passado sombrio, não somente para evitar que se repita, mas para honrar a luta das mulheres que nos antecederam e abriram os caminhos que hoje trilhamos e que devemos preservar para aquelas que virão.

As obras que tematizam as nossas mazelas e as passagens violentas de nossa história colaboram, a seu modo, para trazer à luz aquilo que não deve ser esquecido ou silenciado. Isso vale, sobretudo, no que tange às narrativas escritas pelo viés das mulheres, que apresentam variadas questões, inclusive algumas mais específicas, que não devem ser minimizadas ou distorcidas. Que possamos seguir lutando, estimulando a reflexão e o debate e colaborando para estancar, na medida do possível, o apagamento que tentam nos impor e que corre o risco de alastrar-se pelas próximas gerações.

Referências

ARANTES, Maria Auxiliadora de Almeida Cunha. Resistência e dor. In: MERLINO, Tatiana; OJEDA, Igor (org.). *Direito à memória e à verdade:* Luta, substantivo feminino. São Paulo: Editora Caros Amigos, 2010. p. 27-33.

ARQUIDIOCESE DE SÃO PAULO. *Brasil: nunca mais*. Prefácio de Dom Paulo Evaristo Arns. Petrópolis, RJ: Vozes, 1985.

BORGES, Rodolfo. Documento da CIA relata que cúpula do Governo militar brasileiro autorizou execuções. *El país*. Brasil, São Paulo, 10 maio de 2018. Disponível em: https://brasil.elpais.com/brasil/2018/05/10/politica/1525976675_975787.html. Acesso em: 06 abr. 2024.

BRASIL. Comissão Nacional da Verdade. *Relatório / Comissão Nacional da Verdade*. Recurso eletrônico. Brasília: CNV, 2014. 976 p. (Relatório da Comissão Nacional da Verdade; v. 1). Disponível em: https://www.gov.br/memoriasreveladas/pt-br/assuntos/comissoes-da-verdade/volume_1_digital.pdf. Acesso em: 10 abr. 2024.

BRASIL. BRASIL. Lei nº 6.683 [Lei de Anistia], de 28 de agosto de 1979. Disponível em: https://www.planalto.gov.br/ccivil_03/leis/l6683.htm. Acesso em: 10 abr. 2024.

BRACHER, Beatriz. *Não falei*. São Paulo: Editora 34, 2004.

CARDOSO, Elizabeth. *Depois de tudo tem uma vírgula*. São Paulo: Editora Patuá, 2021.

COLLING, Ana Maria. 50 anos da Ditadura no Brasil: questões feministas e de gênero. *OPSIS,* Catalão, v. 15, n. 2, p. 370-383.

FIGUEIREDO, Eurídice. *A literatura como arquivo da ditadura brasileira*. Rio de Janeiro: 7 Letras, 2017.

FIGUEIREDO, Eurídice. *Trilogia infernal* de Micheliny Verunschk: história de um país canibal. *In*: CURY, Maria Zilda Ferreira; ALMEIDA, Sandra Regina Goulart; MELO, Cimara Valim de. (org.). *Literatura contemporânea de autoria feminina*: trajetórias e transgressões. Porto Alegre, RS: Zouk, 2023.

GAGNEBIN, Jeanne Marie. *Lembrar escrever esquecer*. São Paulo: Ed. 34, 2006.

GINZBURG, Jaime. Escritas da tortura. *In*: TELES, Edson; SAFATLE, Vladimir (org.). *O que resta da ditadura:* a exceção brasileira. São Paulo: Boitempo, 2010, p. 133-149.

GOLDENBERG, Mirian. Mulheres e Militantes. *Revista Estudos Feministas*. Instituto de Estudos de Gênero da UFSC: Florianópolis, v.5 n.2, 1997, p. 349-364. Disponível em: http://www.jstor.org/stable/43904552. Acesso em: 10 abr. 2021.

KEHL, Maria Rita. Tortura e sintoma social. *In*: TELES, Edson; SAFATLE, Vladimir (org.). *O que resta da ditadura:* a exceção brasileira. São Paulo: Boitempo, 2010, p.123-132.

KUCINSKI, Bernardo. *K – Relato de uma busca*. São Paulo: Cosac Naify, 2014.

MOLNAR, Vanessa. *A importância dos telhados*. Recife: Cepe, 2020.

RAGO, Margareth. *A aventura de contar-se*: feminismos, escrita de si e invenções da subjetividade. Campinas (SP): Editora Unicamp, 2013.

RIDENTI, Marcelo Siqueira. As mulheres na política brasileira: os anos de chumbo. *Tempo Social*, [S. l.], v. 2, n. 2, 1990, p. 113-128. DOI: 10.1590/ts.v2i2.84806. Disponível em: https://www.revistas.usp.br/ts/article/view/84806. Acesso em: 14 mar. 2024.

SARLO, Beatriz. *Tempo passado:* cultura da memória e guinada subjetiva. Trad. Rosa Freire de Aguiar. São Paulo: Companhia das Letras; Belo Horizonte: UFMG, 2007.

TELES, Janaína de Almeida. Os familiares de mortos e desaparecidos políticos e a luta por "verdade e justiça" no Brasil. *In*: TELES, Edson; SAFATLE, Vladimir (org.). *O que resta da ditadura:* a exceção brasileira. São Paulo: Boitempo, 2010, p. 253-298.

TELES, Maria Amélia de Almeida. *Breve história do Feminismo no Brasil e outros ensaios*. São Paulo: Editora Alameda, 2017.

TELLES, Lygia Fagundes. *As meninas*. São Paulo: Círculo do livro, [1985?].

TIBURI, Márcia. *Sob os pés, meu corpo inteiro*. Rio de Janeiro: Record, 2018.

VERUNSCHK, Micheliny. *Aqui, no coração do inferno*. São Paulo: Patuá, 2016.

VERUNSCHK, Micheliny. *O peso do coração de um homem*. São Paulo: Patuá, 2017.

VERUNSCHK, Micheliny. *O amor, esse obstáculo*. São Paulo: Patuá, 2018.

O estranhamento como ética da representação em *O corpo interminável*, de Claudia Lage

Dayane de Oliveira Gonçalves[1]

A memória em risco da ditadura civil-militar brasileira e o imperativo ético da literatura

Seis décadas se completam neste ano desde o golpe de 1964. A restrita redemocratização, que viria somente 21 anos depois, em 1985, fechando o período da ditadura civil-militar brasileira, falhou no enfrentamento de muitos dos legados de autoritarismo do período. Não por acaso eles permanecem ressurgindo como espectros autoritários que se reformulam e assumem novas faces e discursos ao longo dos anos.

A institucionalização da política de esquecimento e da impunidade dos crimes e arbitrariedades cometidos pelos agentes da repressão, que se estabeleceu

1 Doutoranda em Literatura Brasileira pelo Programa da Pós-Graduação em Letras: Estudos Literários da Universidade Federal de Minas Gerais (Poslit-UFMG), doliveirag@outlook.com. Este texto é desdobramento do desenvolvimento da tese em andamento *O preço de uma reconciliação extorquida*: a ditadura permanente em *O corpo interminável*, de Claudia Lage, e na *Trilogia infernal*, de Micheliny Verunschk, apoiada pela Coordenação de Aperfeiçoamento de Pessoal de Nível Superior (Capes). Doliveirag@outlook.com.

com a Lei da Anistia (1979), cobra um preço alto que ainda se paga hoje. É como se houvesse, nas palavras de Jeanne Marie Gagnebin, "uma correspondência secreta entre os lugares vazios, os buracos da memória, esses brancos impostos do não dito do passado, e os lugares sem lei do presente" (Gagnebin, 2010, p. 186).

A despeito de avanços que decorreram, como é o caso da também restrita Comissão Nacional da Verdade (2012-2014), os ecos desse passado ditatorial, mal resolvido e mal remediado em seus processos de *reconciliações extorquidas* (Gagnebin, 2010) e *abusos do esquecimento* (Ricœur, 2007), preenchem as brechas da fraca e incompleta memória histórica desse período, o que continua a impedir qualquer possibilidade de plena superação desse trauma social e que frequentemente faz ser lembrada a fragilidade da jovem democracia brasileira.

Tal negligência de memória abre espaço ao revisionismo e ao negacionismo, os quais têm ampliado seus alcances nos últimos anos. Desde 2013, ao menos, tem-se visto com certa recorrência e sistematicidade que a manipulação dessa frágil inscrição da memória da ditadura, em boa parte, "pavimentou o caminho, em termos do imaginário da nação, para a eleição de um presidente negacionista, adepto de práticas ditatoriais e representante acabado da nossa colonialidade" (Seligmann-Silva, 2022, p. 20). A lista de atos e manifestações antidemocráticas e de caráter negacionista desde então é extensa. Não sendo o objetivo deste ensaio enumerar tais eventos, não há, contudo, como deixar de registrar, à causa do risco iminente que se impôs de um novo golpe, a recente tentativa golpista de 8 de janeiro de 2023. A intentona, caracterizada pela invasão e depredação das sedes dos Três Poderes, foi planejada e executada pelo ex-presidente Bolsonaro, seus apoiadores civis e uma parte da cúpula das Forças Armadas, com claro objetivo de subverter o resultado das eleições e abolir violentamente o Estado Democrático de Direito.

Remoer o passado, desvelá-lo e trabalhar a estabilização da memória da ditadura são medidas urgentes, fundamentais à construção de um país verdadeiramente democrático. Desse modo, a proliferação de uma produção literária recente sobre o período, seus legados e espectros traumáticos, além de nos dar a ver de maneira muito acentuada a constituição de uma importante vertente do romance brasileiro do século XXI, responde à demanda de consolidação de uma inscrição mais forte da memória da ditadura e à necessidade de ativação da "máquina de guerra cultural" contra uma política que

> não só destrói a incipiente democracia deste país, além do próprio solo em que vivemos, mastambém reverte projetos de emancipação de classes, de etnias outrizadas e de subjetividades não heteronormativas. Como nos anos de resistência durante a ditadura de 1964-1985, novamente a cultura é chamada para ativar seu teor político e de resistência (Seligmann-Silva, 2022, p. 24).

Nesse sentido, no caso da atual produção artístico-cultural sobre a ditadura, esta é convocada a se apropriar dos despojos de uma memória dos "vencidos" e dos silenciados neste momento em que ela, novamente, "relampeja no momento de um perigo" (Benjamin, 2012, p. 243). O imperativo ético da literatura, nesse cenário, implica um compromisso com essa memória em risco, que não deve ser esquecida, para que não se repita. As investigações empreendidas por uma historiografia recente e pelo trabalho jornalístico unem-se nessa função. Há, todavia, na elaboração estética dessa finalidade ética, uma potência que se reserva ao campo das artes.

A forma estética, especificidade da arte, deve resistir à banalização e ao apaziguamento. Ela é, em acordo com o pensamento adorniano (Adorno, 2008), o elemento antibárbaro da arte, de modo que cabe a ela a manutenção do irreconciliável e o manejo das condições de visibilidade da experiência, sem que tal visibilidade implique a perda do choque e do estranhamento.

Tal potência converge com uma urgência que é também a do cenário da memória histórica da ditadura no presente, cujo parcimonioso e parco tratamento, sobretudo nos âmbitos institucionais e mesmo em governos de orientação progressista, dá-se ainda por meio de uma perspectiva apaziguadora, sempre norteada pela "velha tradição de conciliabilidade que marca a cultura política de nosso país" (Fico, 2015, p. 139).

Neste ensaio, propõe-se a análise do romance *O corpo interminável* (2019), de Claudia Lage, com enfoque nos modos pelos quais o estranhamento se expressa na narrativa. Contra a rigidez de uma narrativa fechada e conciliadora, ergue-se ao mesmo tempo enquanto potência estética e função ética da literatura o caráter de estranhamento que a representação deve evocar, explorando a abertura, o não dito, o não conciliável, o não digerível. Trata-se de um reconhecimento, pela representação, do seu caráter de irrepresentabilidade: a aproximação do objeto representado não se faz por um processo de dominação, a fim de se reconstituir uma totalidade, mas pela aproximação cuidadosa em relação a esse objeto frágil e sem inteireza, fugidio e fraturado, que só se dá a ver pelos seus restos.

O estranhamento está para a *mimesis*, em concepção adorniana, como a *identidade* está para a *mimesis*, em concepção clássica. Em sua *Teoria estética*, Adorno recusa, da doutrina da *Estética Clássica*, a concepção de *mimesis* não baseada em uma relação dialética da imitação. À representação (no sentido clássico de *imitatio*) e/ou à identificação a *mimesis* adorniana sobrepõe o estranhamento e a aproximação atenta do que foge tanto às justificativas da razão quanto das figurações artísticas e que, no entanto, deve ser por elas "lembrado e transmitido: a morte sem sentido algum, morte anônima e inumerável que homens impuseram a outros homens – e ainda impõem" (Gagnebin, 2009, p. 81).

O conceito de *mimesis* marca profundamente a formulação estética – e ao mesmo tempo ética – em Adorno, uma vez que a estética se caracteriza, assim, como uma experiência da distância – "entre o real tal como é e qual poderia ser" – e não da proximidade; do fragmento e não da totalidade; do estranhamento e não da identidade. Ela se configura como meio para um aprendizado ético em razão de "não recalcar o estranho e o estrangeiro, mas sim em ser capaz de acolhê-lo na sua estranheza" (Gagnebin, 2009, p. 94).

O estranhamento em *O corpo interminável*

O corpo interminável, escrito por Claudia Lage, é um desses romances em que o estranhamento é convocado como uma espécie de ética da representação. Ao seu narrador, Daniel, cabe esse agenciamento ético-estético da difícil, mas necessária, representação do objeto do romance.

Adorno (2003, p. 56) – a respeito da situação do romance em um mundo pós-catástrofes que teriam desintegrado "a identidade da experiência, a vida articulada em si mesma" – destaca a relevância da posição do narrador. Um narrador em estilo tradicional realista, com sua distância estética fixa e seu modo assertivo de narrar mergulhado no domínio do objeto, que buscasse a plenitude e a plasticidade do que se pode contemplar e acolher de forma apaziguada, "tornar-se ia culpado da mentira de entregar-se ao mundo com um amor que pressupõe que esse mundo tem sentido" (Adorno, 2003, p. 56).

Daniel foge desse padrão e vai ao encontro do que pondera Adorno a respeito da posição do narrador no romance moderno. Seu modo de narrar, como pressupõe as circunstâncias, é hesitante, consciente da precariedade da própria narração; é culpado, consciente do insuficiente fôlego da representação; e é reflexivo, não moralmente, mas à medida que abrange uma reflexão como "uma tomada de partido contra a mentira da representação" e contra si mesmo, enquanto narrador, que busca, o tempo todo, "corrigir sua inevitável perspectiva" (Adorno, 2003, p. 60). Diz o próprio narrador de *O corpo interminável* a respeito de sua narração/escrita:

> Às vezes, eu tentava anotar alguma coisa, ali mesmo, no calor da hora, mas a ponta do lápis mal levantava do papel, eu apagava o que havia escrito. [...] Só depois, muito depois, conseguia escrever. Ainda assim, me sentia como se cometesse um equívoco. Um grande equívoco. Como se forçasse aquelas pessoas, tão reais, tão vivas dentro de suas lutas, desaparecimentos e mortes, a se tornarem meras referências em um texto, ou pior, personagens, meus personagens, como se eu impusesse a elas, depois de tudo que viveram, algo tão frágil, capaz de se desmantelar ao menor sopro, à mínima insistência, uma farsa, uma representação (Lage, 2019, p. 23-24).

> Sinto muito, digo à Melina, mas olho o que escrevo como uma tentativa, um esforço. Qualquer coisa que eu escrever agora será ao redor de um centro inseguro, uma descrição que pouco alcança, nada revela, uma junção de palavras e efeitos, não me reconheço e não posso me reconhecer em nenhum lugar ali (Lage, 2019, p. 42).

O enredo da narrativa central, que se entrelaça com tantas outras, gira em torno da história de Daniel, contada por ele mesmo. No entanto, ocasionalmente, a narração se dá em terceira pessoa, como se em alguns momentos impossível fosse lembrar, reconstituir e enunciar a partir do "eu".

Já homem feito e adulto no presente da narração, Daniel realiza uma escrita memorialista que está, todavia, muito mais submersa no esquecimento do que na memória. O Daniel adulto, que olha para trás e vê o Daniel menino, não pode, de outro modo, pela dureza do relato e por sabê-lo mesmo tão pouco, narrar-se como se não fosse ele mesmo um *outro*:

> Havia um avô e um menino [...] esse menino cresceu imerso no silêncio do avô. Não sei se era alegre ou triste, era uma criança que não sabia da sua história, não sabia de nada. Tento lembrar, mas não consigo, não consigo me aproximar desse menino, olhar para dentro dele, pensar o que ele pensava, sentir o que sentia, medir até onde percebia as suas circunstâncias, o seu isolamento, o que lhe faltava [...]. Um menino que imaginava a morte da mãe de diferentes formas. Que colocava sangue e violência nessas mortes. A diretora veio em socorro, a sua mãe pode aparecer, meu filho, a qualquer momento, o seu avô me disse, ela foi viajar, mas volta. Eu não consigo lembrar o que respondi, se acreditava ou se duvidava dessa volta [...] (Lage, 2019. p. 25).

Tal estratégia, de alternância e deslocamento da pessoa narrativa, não ocasionalmente é executada na narração inquieta de Daniel. O feito nos lembra também do breve ensaio de Ricardo Piglia (2001), que, ao propor dar continuidade à escrita das propostas de Italo Calvino para a literatura do novo milênio, constata o caráter da premência da distância e do deslocamento narrativos para uma literatura que deverá, pela força das circunstâncias de um mundo que enfileira catástrofes, lidar com a vivência traumática. Para Piglia, trata-se de uma estratégia de fôlego dado à voz narrativa para que se consiga dizer o que há para ser dito, promovido por um deslocamento enunciativo no momento em que dizer "eu" se torna demasiadamente árduo no relato, permitindo, assim, que "quem escreve veja a cena e possa narrá-la como se fosse outro" (Piglia, 2001, p. 2, tradução de Cury, 2020, p. 60).

O corpo interminável abrange, ainda em seu eixo narrativo central, a tentativa de Daniel de elaboração de um processo de luto que lhe fora sempre negado, tanto pela dura violência simbólica do silêncio determinado em casa pelo avô – que deliberadamente apaga todos os vestígios da mãe do narrador, em tentativa de um completo apagamento da história e da existência dessa mulher, sua filha, Julia – quanto pela violenta e radical impossibilidade do *corpo* dessa mãe – uma militante que se envolvera nas lutas de resistência ao governo militar e que por agência deste foi desaparecida.

As justificativas para a tentativa de supressão completa da existência de Julia por seu próprio pai, Sebastião, vão se desvelando muito aos poucos na narrativa, o que de algum modo performa, para o leitor, o efeito do processo de descobrimento lento e árduo da *verdade* pelo narrador. Depois de perdidas as esperanças de que regressasse a filha, que um dia saiu à faculdade e nunca mais voltou, e esgotadas as possibilidades de encontrá-la, mesmo tendo servido ao exército por tempo suficiente para conhecer de dentro deste muita gente, Sebastião, consciente do que lhe teria acontecido, resolveu queimar tudo que pertencera à jovem, apagar os rastros da sua existência e trancar, para sempre, o quarto que lhe pertencera: "Deixou a cama como estava, o armário como estava, girou a chave na fechadura, entregou à vizinha, disse, joga fora essa porcaria, não serve mais" (Lage, 2019, p. 89).

A empreitada se mostra, tempos depois, fracassada, quando o surgimento do neto, levado e entregue em sua porta, passa a significar a sobrevivência do mais significativo "resto", este que ele jamais poderia apagar:

> [...] a senhora estava em seu apartamento quando ouviu a campainha, era o senhor espantado com uma criança nos braços. Um bebê ainda, no colo daquele homem. O senhor parecia mais velho do que nunca quando balbuciou, é meu neto. O susto não saía do seu rosto: um rapaz deixou aqui, falou que é o meu neto, acho que é o meu neto, meu neto. Colocaram o menino na cama da mãe. A senhora percebeu a tristeza do senhor. Aquela criança era o sinal, a filha não ia voltar. O menino pela casa, sempre ao encalço do avô, D. Jandira notava o incômodo. A mão saltada de veias, se desvencilhava, vai pra lá, moleque. O menino não entendia o avô tão calado, rabugento, não gosta de nada, reclama de todas as coisas, tá tudo errado no mundo, o avô. Eu tinha certeza, mas um dia um rapaz apareceu com um bebê nos braços, eu tinha certeza, garoto, não tinha restado nada, restou você (Lage, 2019, p. 89).

Assim, o título do romance faz referência ao *corpo* desaparecido da mãe, *interminável* porque sua presença fantasmagórica no presente não pode ser encerrada no trabalho de luto, inviabilizado pela ausência dessa materialidade corpórea. Ainda, pode-se pensar também na referência a um *corpo* cuja ausência de limites (por isso também *interminável*) cria um amálgama que é, na sequência, violentamente partido – Daniel é o *resto* da carne que restou do corpo de Julia. Seu próprio corpo é parte que se estendeu do corpo desaparecido da mãe. A cena em que Daniel escreve (e, para tanto, precisa imaginar) os sofrimentos de tortura a partir de uma perspectiva de dentro de seu útero corrobora essa ideia:

> [...] Sofro por ela que enlaça a barriga, tateia a circunferência à minha procura, quer adivinhar onde estou, mas ela deve saber que ainda é cedo, embora esteja em seu útero não estou em lugar nenhum, sou uma presença anterior à forma, não posso me reunir nem me dispersar, por isso, talvez, por essa situação ainda indefinida, estamos tão entranhados que sinto todos os estremecimentos que ela sente, os choques que queimam a sua pele me queimam também, as pancadas ferem a nós dois num único golpe, quase escrevo, o corpo da minha mãe também é o meu, escrevo, é com esse corpo que inicio a vida, é nesse corpo que conheço a brutalidade. Me pergunto como ela conseguiu, entre espasmos e contorções, me manter aquecido, alimentado, limpo, como as vitaminas continuaram a ser produzidas, como os sistemas se organizaram, os órgãos se formaram, enquanto fora acontecia tudo contra, tudo para eu não acontecer. Eu ouvia os seus gritos, enquanto ela implorava, silenciava, até quase morto o seu corpo, e apesar da quase morte, em seu ventre o meu corpo ganhava forma, contorno, olhos, boca, dedos, coração, sexo, começava a existir (Lage, 2019, p. 153).

Tal momento da narração de Daniel é, além do mais, bom exemplo da relevância da posição do narrador para os impasses do romance cujo objeto é a representação – que não se pretende apaziguada – de uma condição pós-traumática (Adorno, 2003). Ele é narrador de uma escrita em ato, encenada no próprio romance. É por esse meio que o leitor é guiado: ora deixado de fora, ora levado à "casa de máquina" da narrativa e, consequentemente, aos impasses da própria narração. A mobilidade da perspectiva, em contraposição à distância estética fixa, torna-se um "mandamento da própria forma, um dos meios eficazes para atravessar o contexto do primeiro plano e expressar o que lhe é subjacente" (Adorno, 2003, p. 61-62). Isso é, contra o engodo de um realismo de fachada, o qual não seria capaz de atingir o impacto do trauma, em razão de sua irrepresentabilidade,

> [...] o impulso característico do romance, a tentativa de decifrar o enigma da vida exterior, converte-se no esforço de captar a essência, que por sua vez aparece como algo assustador e duplamente estranho no contexto do estranhamento cotidiano imposto pelas convenções sociais. O momento anti-realista do romance moderno, sua dimensão metafísica, amadurece em si mesmo pelo seu objeto real, uma sociedade em que os homens estão apartados uns dos outros e de si mesmos. Na transcendência estética reflete-se o desencantamento do mundo (Adorno, 2003, p. 58).

> Daniel, sem nada saber sobre o que de fato ocorreu com sua mãe, precisa imaginar a cena de tortura que narra. Sua perspectiva não é, por escolha, uma perspectiva objetiva, como a de alguém que imagina e narra como se por acaso estivesse observando a cena. Ao contrário do que faz quando narra sua infância, nesse momento "anti-realista" do romance, ele enfrenta a dureza de enunciar o "eu". Não se trata, porém, de um "eu" marcador de uma *identidade*, mas de um "eu" do *estranhamento*. O comportamento mimético da narração não está posto à autopreservação do sujeito, mas ao "movimento de entrega à morte do outro, uma morte que lhe escapa e de que deve, porém, dar testemunho" (Gagnebin, 2009, p. 81). Deslocado para esse "lugar nenhum", ele sente e fala da perspectiva de uma "presença anterior à forma", o que, ainda assim, faz dele alguém, em alguma medida, que experiencia a brutalidade e o torna capaz de testemunhar a violência da qual sua mãe, grávida, teria sido vítima.

> O processo de Daniel, uma busca não só por respostas sobre o corpo negado, mas também pela vida que preexistiu ao corpo, é movido pelas angústias e anseios de um sujeito que deseja conhecer a história da mãe, por certo, mas também, indissociáveis que são, a sua própria história. O resultado da busca, que se materializa na sua escrita, conforme já se pôde constatar, não se configura como uma narrativa egocêntrica, fixada na sua própria figura. Ao contrário, a sua escrita se amplia e se expande, expõe-se à alteridade, torna-se espaço de hospitalidade e de mediação para a circulação de outras vozes (Cury, 2020).

As narrativas que se alternam com a principal compreendem, assim, muitas vozes, abrindo-se o espaço para a circulação de uma diversidade de outras

– por exemplo, a de Melina, sua namorada, e a de Olívia, irmã que descobre mais tarde ter, estas que também, de outro modo, têm em suas vidas o atravessamento de uma herança da experiência da ditadura vivida por seus pais.

Assim como a narrativa dá conta do processo de desvelamento do Daniel a respeito dessa herança que lhe cabe, abrange também o processo em que Melina, tomada por suspeitas opostas, progressivamente vai preenchendo as lacunas da sua própria história familiar, como quando ela se dá conta do seu ponto cego sobre a casa de férias das suas viagens na infância para Petrópolis, antes tida na memória envolta de sentimentos mais nostálgicos do que sombrios:

> [...] Se eu fosse contar isso em algum lugar, para desconhecidos, começaria assim, com uma descrição da natureza, um sentimento de nostalgia da infância, mas estou contando para você. Vou pular essa parte e ir para o que importa, que é essa menina dentro do carro, o pai no volante, a mãe no banco do carona, [...] as férias passando pela casa branca e seguindo, isso é o mais importante, passávamos pelo pior toda hora, entre os passeios, a ida à padaria, ao mercado, à pracinha, ficávamos semanas tão perto dos porões escuros e não ouvíamos um grito, um choro, um tiro, nada. Anos depois, décadas, quando já tínhamos vendido a nossa casa, quando aquele endereço por onde sempre passávamos já havia se revelado como o lugar de onde ninguém saía vivo, eu voltei (Lage, 2019, p. 57).

Que a casa das férias de tantas memórias felizes da sua infância se avizinhasse à casa branca, que se reconheceria mais tarde como Casa da Morte – centro clandestino de tortura e assassinatos operado pelos órgãos de repressão da ditadura –, isso não constituía ainda o ponto mais nebuloso dessa história a ser revelada. O lugar mais sombrio se relaciona à não causalidade da proximidade entre tais casas, o que só muito mais tarde Melina percebeu, culpando-se, como se perdoável fosse que o horror escapasse à criança, mas não à adolescente e sobretudo à mulher adulta, que muito tempo ainda levou para descobrir o envolvimento de seu pai como colaborador do regime.

Em contraposição ao projeto de silenciamento empreendido pela família de ambos, Daniel e Melina, não sem medo, buscam a abertura, porque sentem vivamente que a tentativa de apagar o ocorrido não bastou para que o trauma não se instalasse em suas vidas; muito antes o contrário, assombram-se com o não sabido, com o que ainda podem descobrir, vivem o retorno pulsante no presente dessa ferida aberta, mal curada, que restou.

Por sua vez, outra voz acolhida na narrativa é a de Olívia, irmã de Daniel por parte de um desconhecido pai. Olívia descobre a existência do irmão quando, lidando com os pertences pessoais do pai recém-falecido, encontra os vestígios da vida desse homem que também compactuou com a tentativa de silêncio e apagamento do passado.

Acessando partes de uma correspondência trocada entre o pai e o avô e entre o pai e o amigo de sua mãe – este quem lhe entregou, bebê, ao avô –, registros manuscritos que lhe chegam por via dessa irmã, Daniel, como Melina, também se depara com revelações duras. O amigo de Julia escreve ao pai da criança, já instalado em Portugal, para lhe informar que seu filho tinha sido deixado com o avô por falta de outra opção. O mensageiro informa ao homem a razão do contragosto: "há suspeitas de que ele denunciou a célula de Julia, que ela foi presa com os companheiros, mas que o combinado era que não fosse, e o seu Sebastião correu todos os departamentos oficiais para que o acordo fosse cumprido, há suspeita, há indícios." (Lage, 2019, p. 190). É pela entrada de Olívia na narrativa que Daniel, então, desvela a razão que teria levado o avô ao radicalismo de tentar suprimir a existência da própria filha. Suas reflexões a essa altura da narrativa, em que Melina também se encontra grávida de um filho seu, sugerem mais um sentido de *interminável* ao *corpo:*

> [...] Escrevo que nos une e apago, mas se não for esse entrelaçamento, o que é, como nos manter separados dessa cena, a minha mãe na casa em Petrópolis enquanto a família de Melina passava de carro a caminho da casa de férias, como ficarmos de fora, a minha mãe assassinada ao lado enquanto o pai de Melina levava fotos de pessoas mortas para casa. Como não estar dentro de nós, e dentro do nosso filho ou filha, o avô que entrega à polícia a própria filha, o pai que deixa para trás o filho, a mãe de Melina chorando no banheiro e o pai sentado na calçada com o rosto sufocado nas mãos, enquanto era fotografado pela filha, pego em flagrante, em flagrante do quê? [...] Escrevo essas palavras e me pergunto por que as escrevi, por que essas e não outras, por que esses acontecimentos e não outros, escrevo sem saber onde tudo começa e termina, se neles, se em nós [...] (Lage, 2019, p. 193-194).

Se não se pode precisar onde tudo começa, certo é, também, que não é nos pais do casal e nem mesmo neles próprios que tudo termina. O desdobramento dessa relação, com a gravidez de Melina, contrapõe o sentido de *interminável* do *corpo* de Julia, pela sua presença fantasmagórica contínua, a um outro sentido de *interminável*, com o corpo que se forma agora, pela presença de uma matéria palpável e crescente que ainda é, em tantas medidas, desdobramento do *interminável corpo* da mãe de Daniel. O desenvolvimento do arco é, como toda a narrativa, representativo da impossibilidade de fechamento à revelia e de apaziguamento da memória maltratada e mal curada da ditadura no Brasil. Assim como a história nacional, a história familiar sofre as consequências de tantos silêncios instituídos, uma herança traumática que continua a produzir sintomas.

Ainda, para além do espaço dado por Daniel à circulação de outras vozes que não a sua, mas ouvidas e registradas por ele, há que se mencionar um exercício ainda mais radical de alteridade do narrador: a sua escrita se abre também à circulação de vozes radicalmente impedidas. Gravita, alternadamente, em torno do arco narrativo que abrange a sua vivência, uma série de histórias interrompidas, fragmentadas, sem fechamento, mas, de alguma forma, entrelaçadas. Alguns dos fragmentos narrativos compreendem a voz de uma mulher, militante, grávida, sugerindo uma tentativa de reconstituição da voz da mãe; em outros, uma mulher em condições semelhantes, que também poderia ser a sua mãe, aparece vista por um narrador observador.

O romance é aberto com um desses fragmentos. No primeiro, cuja voz narrativa está em primeira pessoa, a mulher se encontra sozinha em um apartamento que teria sido aparelho de uma organização política clandestina de resistência da qual fez parte. Deixada lá por outros militantes que partiram, ela reflete sobre a própria sanidade, a qual teria sido questionada pelos companheiros de célula:

> Estou sozinha e levanto o braço. Me pergunto se este gesto, por si já demonstra insanidade, o braço levantado, o resto do corpo imóvel, a sala em silêncio. Se ergo um braço na rua estou chamando alguém, se ergo o braço no mercado vou pegar algo na prateleira, se ergo o braço na boate estou dançando, mas esse braço erguido para o nada entre as paredes, me diga, é o início da loucura? (Lage, 2019, p. 13).

> Eles falaram que eu ia enlouquecer. Antes de ir embora falaram, você vai enlouquecer aqui sozinha. Na mesma hora me abracei, de onde tiraram que não posso com meus próprios pensamentos? [...] O meu braço pesa, erguido no ar. A dormência, o fluxo do sangue, quase não aguento, por que insisto, o que quero provar? Já não há mais luta nem repouso, culpa nem arrependimento, o que há, me diga? Esses dias têm sido meus? Posso chamar de minha vida? Na verdade, são anos, mas não tenho lembrança que ocupe tanto, me diga, por quanto tempo um braço erguido consegue sustentar o próprio peso sem tombar de dor? (Lage, 2019, p. 16)

Aqui, ao tema da solidão – em tempo e espaço não precisamente definidos – e da própria condição mental, marcada sobretudo por uma espécie de amnésia dissociativa, soma-se a repetida menção aos braços erguidos, um gesto mecânico e aparentemente desprovido de sentido. Em outros dos fragmentos, nos quais não há necessariamente uma continuidade linear da história de uma militante, o gesto de estender os braços – ou a negação dele – compõe objetivamente a cena de separação entre uma mãe e um filho recém-nascido.

No primeiro, como uma memória que lhe escapa à consciência, mas não ao corpo, há o ato involuntário, que ela mesma questiona, sem conseguir recuperar o sentido. Em outro fragmento, uma mulher e seu bebê de vinte e poucos dias estão em um aparelho clandestino quando este é descoberto e invadido por militares. A recusa em estender os braços é a recusa em entregar o filho.

> O senhor pode falar o que quiser, eu não vou. E nessa hora apertou o corpinho em seu peito, fechou os olhos sem saber o que lhe esperava. Aqueles homens eram violentos, ela já tinha escutado tanta coisa. Eu posso usar de violência, o homem disse, a senhora tem ciência, ela tinha, ela tinha. Vocês podem me matar, não se importam se um bebê vai ver a cena, a mãe sendo morta por três homens. Não se importam com o bebê, ela tinha, ela tinha ciência, mas eu não posso, eu não vou dar o meu filho para vocês. Não sou eu que vou estender os braços, abrir as mãos, esse gesto não virá de mim, esse gesto não é meu (Lage, 2019, p. 84).

Há ainda uma versão em que a mulher, nos porões da ditadura, é torturada durante o parto e em seguida separada do filho. O gesto dos braços, dessa vez, é narrado em sua função de tentar segurar o filho que é levado:

> Quando o médico veio, não o deixaram dar a anestesia. Ela sentiu o corte a sangue frio, a sangue quente. E, de repente, o vazio. Ouviu o choro cortando a cela, entre as paredes imundas, o choro do seu bebê. Antes de desmaiar, estendeu os braços, mas eles despencaram. Ouviu o próprio grito. Fechavam a sua barriga, a sangue frio, a sangue quente. Os braços inertes, a agulha entrando e saindo da pele. A sua pele era um tecido qualquer. Ainda vislumbrou o pequeno corpo avermelhado, antes da dor invadir os seus nervos. Ainda ouviu o choro se afastando, ecoando entre corredores e alas, antes de desmaiar. Antes dos olhos fecharem, ainda tentou, mais uma vez, estender os braços (Lage, 2019, p. 93)

Os fragmentos nem sempre constituem uma história com continuidade – ora a mulher dá à luz antes de ser capturada pelos militares, ora o bebê nasce nos porões, entre outras versões, mas há um fio comum que as interliga. Essas narrativas, afinal, constituem um caleidoscópio de possibilidades-fragmentos da história da mãe do narrador, escritas por ele.

A história de Julia, não podendo ser bem delimitada, é várias e, ao mesmo tempo, nenhuma dessas precisamente. Assim, mais uma vez se faz notar o importante papel do narrador. Ao fazer o agenciamento narrativo de várias versões, nenhuma conclusiva, variando as perspectivas, as possibilidades do que pode ter ocorrido, impelido à inexatidão, o narrador funda um espaço – de estranhamento – que lhe assegura de um "passo em falso", "um passo que se manifestaria na falsidade do tom de quem age como se a estranheza do mundo lhe fosse familiar" (Adorno, 2003, p. 59).

A técnica lhe poupa ainda da farsa que seria tentar sustentar uma versão totalizante – e necessariamente insuficiente – do que ocorrera à mãe, porque a pretensão de totalidade importa menos do que o fato de que algo horrível aconteceu, com sua mãe e com tantas outras tantas mulheres. No decorrer do seu projeto de escrita, Daniel reconhece:

> [...] É tão pouco falar do adesivo na janela e da moça que o olhava, um esforço, sei, de arrancar essa moça do passado desse menino, desse filho, como algo inalcançável, uma imagem etérea e única num retrato, e trazê-la para o quarto, para a casa, colocá-la andando entre os cômodos e se preparando para dormir, ou acabando de acordar, esse é o verdadeiro sofrimento desse filho, que não consegue imaginar a mãe como uma pessoa que se pode

> encontrar na esquina, uma pessoa que existiu, mas é tão pouco quando há algo maior aí que se cala, pessoas que foram arrancadas de suas casas, de suas famílias, e sumiram depois de longas sessões de torturas, jogadas no fundo do mar, incineradas em fornos a lenha, industriais, ou enterradas em cemitérios clandestinos. São a essas pessoas transformadas em corpos que a moça que olhava o adesivo na janela se une, e não é que a agonia desse filho que perdeu a mãe, que só a encontrou no momento da despedida, não importe, não só importa como se junta a outros filhos e filhas, uma grande massa de crianças e adultos arrancados da própria vida (Lage, 2019, p. 43).

Eis, por fim, mais um sentido para *interminável*. O corpo de Julia vai da ausência à multiplicação. Seu corpo não termina em si própria, ele se torna um corpo coletivo não finito. Na escrita desses múltiplos fragmentos que não se concluem, independentes, mas que se conectam por uma delicada intersecção que dá a ver o que nunca é dito em um ou declarado em outro, Daniel amplia seu dever ético de memória: a história da sua família, da sua mãe, abre-se ao acolhimento da memória negligenciada de um país inteiro, de um conjunto muito maior de mulheres militantes políticas, guerrilheiras, que foram torturadas, mortas, desaparecidas.

Ao abrir espaço para a circulação de vozes e das histórias dessas mulheres ativas na luta de resistência à ditadura, a narrativa se abre mais uma vez ao estranhamento, a uma dissonância em relação à tradição androcêntrica de escrita da história, revelando o caráter duplo de uma cicatriz: a experiência traumática da ditadura e a inibida vocalização feminina dessa memória contra o esquecimento (Vecchi; Di Eugenio, 2020).

> Essa restituição, no feminino, do passado perdido, dos cacos de traumas e perdas, das cicatrizes expostas que se vocalizam a partir de um olhar disjuntivo e lateral, pode assim realizar-se através do resgate (da restituição) de vozes periféricas e abandonadas, que mostram outra possibilidade de contar uma história lacunosa e incompleta, mas que na força débil e marginal do discurso das mulheres encontra registro e consistência, tornando-se uma efetiva possibilidade de salvar um passado de outro modo perdido para sempre e sobretudo para todos. (Vecchi; Di Eugenio, 2020, p. 7)

Incluindo essas vozes abandonadas, *O corpo interminável* ultrapassa os limites da representação de uma memória individual e avança para a memória coletiva, abrangendo as histórias de mulheres que, na clandestinidade, desafiaram o regime opressor. Essas mulheres, cujas vivências de resistência e sofrimento foram historicamente silenciadas, ganham visibilidade e voz na narrativa. A escrita de Daniel, assim, não apenas presta um tributo a sua mãe, mas a uma legião de mulheres que, ao longo dos anos de chumbo, resistiram e lutaram bravamente contra o regime.

Além disso, ressalta-se que a técnica de fragmentação empregada espelha a própria desintegração da memória dessas mulheres. Cada fragmento contribui, com o seu recorte, na composição de um quadro mais complexo e completo da resistência feminina durante a ditadura. A forma dos fragmentos não somente capta uma multiplicidade de experiências como também desafia a linearidade da narrativa histórica tradicional, enfatizando também a natureza dispersa e lacunar das memórias traumáticas.

Considerações finais

No contexto em que a negligência em relação a uma inscrição forte da memória histórica da ditadura e a impunidade dos crimes cometidos durante o regime autoritário, em nome de uma *reconciliação extorquida* (Gagnebin, 2010), continuam a assombrar e a produzir sintomas na sociedade brasileira, a literatura se conforma como um espaço essencial de contestação ao negacionismo e ao revisionismo e de resistência ao esquecimento e ao apaziguamento. Nesse sentido, procurou-se demonstrar, neste ensaio, algumas maneiras como o romance *O corpo interminável*, de Claudia Lage, impõe resistência a uma memória histórica conciliada, mobilizando o estranhamento como ética da representação e como estratégia estética. Como ferramenta conceitual para a leitura do romance, mobilizou-se a concepção adorniana de *mimesis*, destacando a importância do estranhamento, da fragmentação, da descontinuidade e do não fechamento conclusivo como elementos essenciais à forma artística que, mais do que refletir a realidade, tensiona com esta e lida com o seu caráter de irrepresentabilidade.

O estranhamento, força ao mesmo tempo ética e estética em *O corpo interminável*, de todos os modos como ele é evocado e provocado no romance, promove, assim, uma leitura alternativa da história. O romance se torna um campo de possibilidades para uma potencialização dos restos, resquícios e ruínas do passado, "proporcionando uma monumentalidade alternativa que, em tempos de comemorações declamatórias ou de embates ideológicos, torna-se indispensável resgatar" (Vecchi; Dalcastagnè, 2014, p. 12).

Ademais, o estranhamento na narrativa torna-se essencial à formação e à defesa de uma memória resistente à conciliação e ao apaziguamento. O romance não tem qualquer poder ou pretensão de transformar o mundo e a realidade, mas faz parte do dever ético da representação, de acordo com Adorno (2003), a manutenção da vigilância e da tensão no modo de expressar o mundo e a realidade. A imagem produzida pelo romance deve evocar o estranhamento, evitar o torpor e produzir no leitor um choque que destrua a sua tranquilidade contemplativa diante da coisa lida, uma vez que "a atitude contemplativa tornou-se um sarcasmo sangrento, porque a permanente ameaça da catástrofe não permite mais a observação imparcial, e nem mesmo a imitação estética dessa situação" (Adorno, 2003, p. 61).

Referências

ADORNO, Theodor W. Posição do narrador no romance contemporâneo. *In*: ADORNO, Theodor W. *Notas de literatura I*. Trad. Jorge de Almeida. São Paulo: Duas cidades; Editora 34, 2003, p. 55-63.

ADORNO, Theodor W. *Teoria estética*. Trad. Artur Morão. Lisboa: Edições 70, 2008.

BENJAMIN, Walter. Sobre o conceito da história. *In*: BENJAMIN, Walter. *Magia e técnica, arte e política*: ensaios sobre literatura e história da cultura. Trad. Sérgio Paulo Rouanet. São Paulo: Brasiliense, 2012, p. 241-262.

CURY, Maria Zilda Ferreira. Memória e resistência: figurações da ditadura na literatura brasileira contemporânea. *In*: OLIVEIRA, Rejane Pivetta; THOMAZ, Paulo C. (org.). *Literatura e Ditadura*. Porto Alegre: Zouk, 2020, p. 57-71.

FICO, Carlos. *História do Brasil contemporâneo*. São Paulo: Editora Contexto, 2015.

GAGNEBIN, Jeanne Marie. Do conceito de *mímesis* no pensamento de Adorno e Benjamin. *Perspectivas*, São Paulo, n. 16, p. 67-86, 1993.

GAGNEBIN, Jeanne Marie. *Lembrar escrever esquecer*. São Paulo: Editora 34, 2009.

GAGNEBIN, Jeanne Marie. O preço de uma reconciliação extorquida. *In*: TELES, Edson; SAFATLE, Vladimir (org.). *O que resta da ditadura*: a exceção brasileira. São Paulo: Boitempo, 2010, p. 177-186.

GINZBURG, Jaime. *Crítica em tempos de violência*. São Paulo: Editora da Universidade de São Paulo, Fapesp, 2017.

LAGE, Claudia. *O corpo interminável*. Rio de Janeiro: Record, 2019.

PIGLIA, Ricardo. Una propuesta para el nuevo milenio. *Margens/Márgenes:* Caderno de Cultura, Belo Horizonte, n. 2, p. 1-3, oct. 2001.

RICŒUR, Paul. *A memória, a história, o esquecimento*. Trad. Alain François *et al*. Campinas, SP: Editora da Unicamp, 2007.

SELIGMANN-SILVA, Márcio. *A virada testemunhal e decolonial do saber histórico*. Campinas: Editora da Unicamp, 2022.

VECCHI, Roberto; DALCASTAGNÈ, Regina. Apresentação. *Estudos de Literatura Brasileira Contemporânea*, [S.l.], n. 43, p. 11-12, mai. 2014.

VECCHI, Roberto; DI EUGENIO, Alessia. A dupla cicatriz: a ditadura brasileira e a vocalização feminina da memória traumática de Ana Maria Machado. *Revista Estudos de Literatura Brasileira Contemporânea. Brasília*, n. 60, p. 1-10, 2020.

A sobrevivência da "Torre" em lembranças, traumas e afetos

Elcio Loureiro Cornelsen[1]

Na tortura, morrem pedaços das pessoas.
Mas resistíamos.

(Dulce Maia, "A morte, as donzelas e a Canção dos Pescadores")

Ser transferida para a Torre, no presídio Tiradentes, significava adentrar um espaço de liberdade que todos nós, mulheres e homens, desejávamos, depois de termos passado pelos horrores da tortura na Oban e pela fase do processo cartorial do DEOPS.

(Eleonora Menicucci de Oliveira, "Reconstruindo práticas de liberdade")

1 Doutor em Estudos Germanísticos, pela Freie Universität Berlin, na Alemanha. Professor Titular da Faculdade de Letras, da Universidade Federal de Minas Gerais (UFMG). Bolsista de Produtividade em Pesquisa do Conselho Nacional de Desenvolvimento Científico e Tecnológico (CNPq). E-mail: cornelsen@letras.ufmg.br

Encarceramento político e memória: pressupostos de estudo e introdução

A primeira vez que me dediquei ao desenvolvimento de uma pesquisa sobre o tema "encarceramento político e memória" foi em março de 2009, quando iniciei um período de Residência Pós-Doutoral junto ao Programa de Pós-Graduação em Teoria e História Literária do Instituto de Estudos da Linguagem (IEL), da Universidade Estadual de Campinas (UNICAMP), sob supervisão do Prof. Dr. Márcio Orlando Seligmann-Silva. Um dos principais pesquisadores brasileiros nos estudos da relação entre história, memória, testemunho, violência e trauma, autor de títulos como *O local da diferença: ensaios sobre memória, arte, literatura e tradução* (2005; Prêmio Jabuti 2006 na categoria Teoria e Crítica Literária), *Para uma crítica da compaixão* (2009), *A virada testemunhal e decolonial do saber histórico* (2022), *Passagem para o outro como tarefa: tradução, testemunho e pós-colonialidade* (2022), entre outros, e organizador dos livros *Catástrofe e representação* (2000; coorg. Arthur Nestrovski), *História, memória, literatura: o testemunho na era das catástrofes* (2003), *Escritas da violência* (2012; v. I e II; coorg. Jaime Ginzburg e Francisco Foot Hartman), *Imagem e memória* (2012; coorg. Elisa Maria Amorim Vieira e Elcio Loureiro Cornelsen), entre outros, Seligmann-Silva acompanhou o desenvolvimento de minha pesquisa intitulada *Escritas da violência na República Democrática Alemã* e colaborou, decisivamente, para a familiarização e atualização de discussões teóricas empreendidas por pesquisadores no Brasil e no Exterior.

Embora a leitura das obras de Seligmann-Silva tenha se iniciado bem antes, a partir de 2000, quando passei a integrar o Grupo Integrado de Pesquisa Literatura e Autoritarismo (UFSM), e tenha fornecido substrato para pesquisas sobre memória e testemunho da Shoah, memórias da Guerra Civil Espanhola, da Primeira e da Segunda Guerra Mundial, bem como sobre imagem e memória do genocídio em Ruanda, desta feita, ela me possibilitaria também pensar a relação entre sistema prisional, encarceramento político e memória no contexto da divisão alemã, especificamente da Alemanha Oriental. Cabe ressaltar também que o Grupo Integrado de Pesquisa Literatura e Autoritarismo desempenhou um papel fundamental em minha formação como pesquisador que, entre outros eixos temáticos, contempla a relação entre história, memória, testemunho e violência de Estado. Destaque especial recai sobre a produção acadêmica dos fundadores e coordenadores do Grupo, o Prof. Dr. Jaime Ginzburg, da Universidade de São Paulo, autor de obras como *Escritas da violência* (2012; v. I e II; coorg. Márcio Orlando Seligmann-Silva e Francisco Foot Hartman), *Crítica em tempos de violência* (2012; Prêmio Jabuti na categoria Teoria e Crítica Literária; 2ª ed. 2022), *Walter Benjamin: rastro, aura e história* (2012; coorg. Sabrina Sedlmayer), *Literatura, violência e melancolia* (2013) e *Violência e paz. Notas sobre 'Heli' e 'Bacurau'* (2023), e a Profa. Dra. Rosani Ursula Ketzer Umbach, da Universidade Federal de Santa Maria (UFSM), coorganizadora das obras *Memórias da repressão* (2008), *Estética e política na produção cultural* (2011; coorg. Lizandro Carlos Calegari e João Luis Pereira Ourique), *Estudos de literatura e resistência* (coorg. Augusto Sarmento-Pantoja e Tânia Sarmento-Pantoja), *Violência e resistência: problematizações estéticas* (2016; coorg. Carla Lavorati e A. Yokohama), *Violência e representação na literatura* (2019; coorg. Lizandro Carlos Calegari) e *Literatura, exclusão e resistência* (2022; coorg. Lizandro Carlos Calegari e Ilse Maria da Rosa Vivian), entre outras.

Todavia, o objeto da pesquisa realizada em 2009 na Unicamp – memória e testemunho de presos políticos na República Democrática Alemã – e o *corpus* de análise – composto pelas obras "*Zeit-Zeugen*". *Inhaftiert in Berlin-Hohenschönhausen* (1996; "Testemunhas do Tempo". Detidos em Hohenschönhausen), organizada por Gabriele Camphausen, *Folterzelle 36 Berlin-Pankow. Erlebnisbericht einer Stasihaft* (1993; Cela de Tortura 36, em Pankow, Berlim. Relato de vivência em uma prisão da Stasi), de Timo Zilli, *Ein guter Kampf. Fakten, Daten, Erinnerungen 1945-1954* (1998; Uma boa luta. Fatos, datas, memórias 1945-1954), do político Ewald Ernst, *Die Stasi war mein Eckermann: oder mein Leben mit der Wanze* (1991; A Stasi foi meu secretário, feito Eckermann: ou minha vida com o grampo), do escritor Erich Loest, e *Geboren am 13. August. Der Sozialismus und ich* (2004; Nascido em 13 de Agosto. O socialismo e eu), do jornalista e escritor Jens Bisky – haviam sido definidos previamente, ao longo de uma década.

Durante meu Doutorado em Estudos Germanísticos na Freie Universität Berlin, de 1995 a 1999, onde, aliás Seligmann-Silva e eu ficamos nos conhecendo pessoalmente, tive oportunidade de participar de vários minicursos, eventos e palestras com temas políticos, organizados pela *Konrad-Adenauer-Stiftung* (KAS; Fundação Konrad Adenauer), instituição alemã de fomento à pesquisa que me concedeu uma Bolsa para realizar meus estudos em Berlim. Dentre os diversos eventos organizados pela KAS, os seguintes me marcaram profundamente: a Conferência *Die Akten und die Wahrheit. Fünf Jahre Stasi-Unterlagen-Gesetz* (Os fichários e a verdade. Cinco anos da Lei de Documentação da Stasi), em 10 de abril de 1997, com participação de Joachim Gauck, ex-Presidente da Alemanha (2012-2017) e então comissário federal encarregado da documentação do *Staatssicherheitsdienst* (Serviço de Segurança de Estado, Stasi, polícia política), da República Democrática Alemã, e com participação de ex-presos políticos; a Visitação guiada à *Gauckbehörde* (órgão que administra os arquivos do Ministério de Segurança de Estado da RDA), na Normannenstrasse, em Berlim, no prédio em que se localizava o QG da repressão, o *Ministerium für Staatssicherheit* (Ministério de Segurança de Estado); a Jornada sobre o tema *Für Freiheit und Demokratie – 40 Jahre Widerstand in der SBZ/DDR* (Por liberdade e democracia – 40 anos de resistência na Zona de Ocupação Soviética [SBZ] e na República Democrática Alemã [DDR]), realizada em Berlim, de 27 a 29 de outubro de 1998, em que o destaque recaiu sobre uma das principais instituições prisionais da Alemanha Oriental destinadas ao encarceramento de dissidentes políticos, o *Lager- und Haftanstalt Berlin-Hohenschönhausen* ("Campo e Casa de Detenção Berlim-Hohenschönhausen"), localizado no nº. 66 da Genslerstrasse, no bairro berlinense de Hohenschönhausen. Tal evento também contou com a participação de homens e mulheres de diversas gerações, que estiveram detidos nessa unidade, e houve uma visitação às dependências da prisão, cujo quadro de guias era formado por ex-presos políticos. Após sua desativação, a Prisão Central de Averiguação do Ministério de Segurança de Estado da RDA tornou-se o *Gedenkstätte Berlin-Hohenschönhausen* (Memorial Höhenschönhausen), concebido como "lugar de memória", de pesquisa e de aprendizado. Portanto, durante minha estada em Berlim nos anos 1990, tive a oportunidade de lidar com uma realidade bem diferente daquela do Brasil, quando o tema é violência de Estado, em que muitos arquivos da repressão ou foram destruídos, ou permanecem fechados até os dias atuais, e em que, não obstante o fato de se terem construído Memoriais da Resistência no país, estes permanecem desconhecidos da maioria da população. Como ressalta Eurídice Figueiredo em relação ao caso brasileiro, "[a] literatura sobre a ditadura se constrói a partir desse palimpsesto e cumpre o papel de suplemento aos arquivos que, ainda quando abertos à população para consulta, são áridos e de difícil leitura" (Figueiredo, 2017, p. 29).

Desse modo, desde o final dos anos 1990, comecei a conceber a ideia de, futuramente, desenvolver uma pesquisa sobre encarceramento político e memória na República Democrática Alemã, realizada de março de 2009 a fevereiro de 2010. Meu enfoque recaiu, sobretudo, no funcionamento do Campo e Casa de Detenção Berlim-Hohenschönhausen. A partir de 20 testemunhos de homens e de 4 testemunhos de mulheres que foram detidos nesse instituto prisional em períodos diversos que abrangiam quatro décadas, procurei traçar um mapa da rotina de encarceramento, que envolvia ingresso, revista e interdição de objetos e de roupas civis, interrogatórios, torturas, isolamento, alimentação, vigilância e controle dos presos à noite e de madrugada, deslocamentos por corredores entre as celas e as salas de interrogatório, banho de sol, entre outros procedimentos específicos. Em seus relatos testemunhais, as marcas do trauma ainda se faziam presentes, mesmo décadas depois, seja em lacunas de memória ou silenciamentos, seja em bloqueios mentais que lhes impediam traduzir o terror de Estado em palavras (Cornelsen, 2009).

Algo que pude concluir dessa pesquisa é que ditadura é ditadura, não importa a que coloração ela pertença no espectro político, pois todo Estado ditatorial – totalitário, como no caso da Alemanha Oriental, ou autoritário, como no caso da ditadura civil-militar no Brasil – adota em sua estrutura organizacional tanto aparelhos ideológicos, responsáveis pela propaganda e pela educação baseadas em fundamentos de ordem ideológica, quanto aparelhos repressores, sendo que esses últimos ficam responsáveis pela repressão e censura a todo pensamento dissidente e podem estar associados também a operações clandestinas que cometam atos terroristas em nome do próprio Estado. Recordo-me ainda da fala de um Docente da Freie Universität Berlin, em uma das diversas disciplinas que cursei durante o Doutorado, ao comentar sobre aspectos relacionados a regimes ditatoriais de extrema direita e de extrema esquerda: "É como uma ferradura: os extremos políticos estão tão distantes e, ao mesmo tempo, tão próximos".

Por sua vez, sete anos mais tarde, eu voltaria a me dedicar ao tema "encarceramento, memória e violência de Estado" no desenvolvimento da pesquisa intitulada *Considerações sobre a "literatura de cárcere" a partir da leitura de 'Tiradentes, um presídio da ditadura'*, cujos resultados foram apresentados ao Grupo de Trabalho "Relações Literárias Interamericanas", no I° Seminário Nacional sobre Literatura, outras Artes e Violência nas Américas, realizado de 28 a 29 de agosto de 2017 no *campus* de Mariana, da Universidade Federal de Ouro Preto, como Encontro Intermediário da Associação Nacional de Pós-Graduação em Linguística e Letras (ANPOLL; biênio 2016-2018). Uma primeira obra de cunho memorialístico e testemunhal, cujo foco é a detenção e sobrevivência de presos políticos naquela instituição prisional, é *Tiradentes, um presídio da ditadura* (1997), organizada por Alípio Freire, Izaías Almada e J. A. Granville Ponce, composta por um conjunto de textos escritos por homens e mulheres a respeito de suas (sobre)vivências no período em que lá estiveram encarcerados. Um deles é José Nonato Mendes, torneiro mecânico, ex-membro do Partido Comunista e ex-integrante da ALN – Aliança Libertadora Nacional – e da VPR – Vanguarda Popular Revolucionária –, organizações clandestinas da luta armada, que assim descreve as péssimas condições a que os presos políticos eram submetidos no Presídio Tiradentes: "A sujeira e o frio úmido das celas, sempre lotadas, não permitiam o mínimo de higiene. Ficávamos ali dentro o dia inteiro. Sol, apenas algumas horas por semana" (Mendes, 1997, p. 80). E uma das mulheres que foram detidas na "Torre das Donzelas" é Dulce Maia, produtora cultural e ex-integrante da VPR, que relata sobre a dificuldade de rememorar a passagem do tempo no cárcere: "Talvez mesmo por essa solidão e pelo distanciamento dos anos, eu não consiga precisar exata ou aproximadamente a passagem do tempo. Pequenos momentos podiam me parecer eternidades e algumas semanas ou meses, de repente, se esfumaçavam" (Maia, 1997, p. 102).

Na referida pesquisa, constatou-se, por um lado, que alguns temas são predominantes na obra *Tiradentes, um presídio da ditadura*: digressões sobre o ato de rememorar; as condições do presídio; o cotidiano das celas; a violência contra presos comuns; a solidariedade entre os presos. Por outro, os relatos memorialísticos dos ex-presos políticos brasileiros sobre o período de encarceramento nessa instituição prisional parecem se enquadrar, pelo menos parcialmente, na teoria do *testimonio*, de base latino-americana, conforme postulado por Márcio Seligmann-Silva (2002, p. 74-79).

Quando fui convidado a escrever um texto para este livro, cogitei algumas possibilidades temáticas dentro do conjunto de pesquisas anteriormente desenvolvidas por mim nas últimas três décadas, referenciadas anteriormente. Entretanto, ao ler recentemente a obra *A Torre: O cotidiano de mulheres encarceradas pela ditadura*, de autoria da jornalista Luiza Villamêa, publicada pela Companhia das Letras em 2023, tomei a decisão de adotá-la como *corpus* de análise para um estudo que, guardadas certas especificidades, dialogaria com os estudos sobre encarceramento político e memória da violência de Estado na Alemanha Oriental e no Brasil, ao tomar relatos de caráter testemunhal como possíveis fontes para se vislumbrar o próprio funcionamento daquela unidade prisional no contexto da ditadura civil-militar brasileira, levando em consideração a enunciação e a constituição discursiva da narrativa. Cabe lembrar, entretanto, que a categoria de "preso político" não está dissociada da própria disputa de memórias, conforme afirmam Diego Galeano, Larissa Rosa Corrêa e Thula Pires, organizadores da obra *De presos políticos a presos comuns: estudos sobre experiências e narrativas de encarceramento* (2021):

> [...] a categoria de "preso político" e outras etiquetas utilizadas para registrar o ingresso de prisioneiros nos campos, cárceres e colônias penais, também para edificar pavilhões especiais, escrever memórias e construir políticas de reparação, longe de serem conceitos universalmente aceitos e autoevidentes, formam parte fundamental das lutas políticas e das batalhas pela memória (Galeano; Corrêa; Pires, 2021, p. 8).

Não obstante esse aspecto, corroboro a opinião de Priscila Sobrinho de Oliveira ao afirmar que "preso político" é "uma categoria historicamente situada, contextual e relacional, na qual as suas características vão ser construídas com relação ao contexto e aos atores envolvidos" (Oliveira, 2021, p. 66-67).

A seguir, apresentarei um breve histórico do Presídio Tiradentes e da ala destinada a presas políticas, a "Torre das Donzelas", construção circular em forma de torre nele localizada, assim apelidada pelos presos políticos da ala masculina, e alguns detalhes sobre a composição da obra, que evidenciam seu teor memorialístico e testemunhal, de mulheres que estiveram presas na "Torre" durante os "anos de chumbo", período de recrudescimento da repressão e do terror de Estado entre 1968, após a promulgação do AI-5 em 13 de dezembro, e 1974, até o final do governo Médici, em março, o período da "ditadura escancarada", como Élio Gaspari (2002) o designa. Trata-se do período do "Milagre Econômico", do eufórico discurso desenvolvimentista e das incontáveis comemorações cívicas, de conquistas no âmbito esportivo – o tricampeonato mundial de futebol na Copa do México em 1970 seria seu ápice –, que, para os promotores e defensores da ditadura seriam vistos como "anos de ouro", mas que possuía outro lado, censurado e silenciado, de repressão e tortura a todo movimento e pensamento dissidentes, sobretudo a organizações clandestinas que promoveram a luta armada contra o regime ditatorial. Por um lado, Janaina Martins Cordeiro ressalta que "[a]s perseguições, prisões, torturas, mortes e exílios que se intensificaram nos anos do 'Milagre' levaram à derrota política e militar do projeto ofensivo dos grupos de oposição armada ao regime"; "Foram 'anos de chumbo'" (Cordeiro, 2009, p. 90). Por outro, no entanto, a historiadora alerta para os binarismos e as simplificações e distorções deles resultantes: "Para além dos binarismos, por vezes simplificadores, a verdade é que os anos 1970, particularmente o período que vai de 1969 a 1974, não foram anos de ouro 'ou' anos de chumbo" (Cordeiro, 2009, p. 90-91). Teria havido, ao contrário, uma simultaneidade de ambos: "Foram, muitas vezes, os dois ao mesmo tempo, ou ainda: se foram um 'e' outro, é preciso perceber que há um enorme espaço entre quem os viveu como 'anos de ouro' e quem os viveu como 'anos de chumbo', configurando, entre um polo e outro, uma diversidade enorme de comportamentos sociais" (Cordeiro, 2009, p. 91). E tal diversidade seria decisiva para se compreender o período: "É importante, pois, tentar apreender a diversidade e complexidade das relações entre ditadura, sociedade e os grupos organizados que atuaram contra o regime", uma vez que "a simples oposição entre um *Estado opressor* e uma *sociedade vitimizada* encobre uma série de atitudes que permitem entender as lógicas pelas quais o regime se sustentou por 21 anos" (Cordeiro, 2009, p. 91).

Considerada a complexidade social do período e os mecanismos de repressão e censura, deve-se ter em mente que "[o] espaço prisional é compreendido aqui como um lugar no qual convivem detentos que, longe de ter sua capacidade de ação anulada no tempo de encerramento, participam de lutas pela sobrevivência e disputam direitos" (Galeano; Corrêa; Pires, 2021, p. 17-18). Além disso, é de suma importância que se leve em consideração também a diversidade de vivências de encarceramento no Presídio Tiradentes:

> [...] A reunião de muitos presos dessa categoria nesse espaço possibilitou sua organização para a elaboração de denúncias das violências cometidas contra eles e os presos comuns, além da reivindicação de melhores condições carcerárias e mobilização de greves de fome. Ademais das distintas organizações de esquerda às quais estavam vinculados, sua diversidade se manifestou nas diferentes posturas e estratégias escolhidas por eles dentro da cadeia (Galeano; Corrêa; Pires, 2021, p. 20).

Tais vivências diferiam, portanto, quanto ao enquadramento dos presos e às organizações de luta armada às quais eram vinculados.

Um breve histórico da "Torre das Donzelas", no Presídio Tiradentes

O Presídio Tiradentes, em cujo complexo de pavilhões se localizava a chamada "Torre das Donzelas", é um dos "lugares de memória" da ditadura civil-militar brasileira que sofreram um apagamento concreto, com sua demolição em 1973, após desativação e transferência de detentos para a Penitenciária do Estado e para o Presídio do Hipódromo em 18 de maio daquele ano. Inicialmente conhecido como "Cadeia da Luz", pela proximidade com a estação ferroviária da Luz, seu nome se deve a sua localização, na altura do nº. 451 da Avenida Tiradentes, na região central de São Paulo. Composto por uma área de quase 10.000 m², o Presídio Tiradentes possuía dois pavilhões. O mais novo deles, o Pavilhão I, era destinado a presos políticos e possuía 7 celas. Já o mais antigo, o Pavilhão II, era destinado tanto a presos políticos, detidos em celas no primeiro andar, quanto a presos comuns, os "corrós", detidos em celas no térreo (Forti, 2021, p. 202). Ao todo, o Pavilhão II possuía 11 celas, todas coletivas. Havia dois tipos de celas: as menores, em que ficavam confinados até 6 presos; as maiores, que podiam chegar a uma lotação de 70 presos. Além desses dois pavilhões destinados a detentos, havia também o cárcere feminino localizado na parte dos fundos do presídio, justamente a "Torre das Donzelas" (Forti, 2021, p. 199).

Em uma pequena nota publicada na *Folha de S. Paulo*, de 28 de agosto de 1971, já se aventava o seu fim: "O governador Laudo Natel anunciou que até o fim do ano será demolido o presídio Tiradentes (antiga Casa de Detenção), 'que constitui uma afronta a São Paulo', segundo assinalou durante visita que fez ontem àquele estabelecimento, em companhia dos secretários da Justiça e da Segurança Pública" (Presídio, 1971). A nota cita algumas frases de autoria do governador Laudo Natel (1920-2020), que demonstravam um caráter disfórico ao se referir àquela instituição prisional: "'Este quadro desumano não pode perdurar', disse o governador, após percorrer as dependências do presídio e ouvir as queixas dos detentos" (Presídio, 1971). "Afronta" e "desumanidade" integram o discurso da autoridade máxima do governo de São Paulo à época. Todavia, o que chama a atenção nessa breve nota, intitulada "Presídio Tiradentes será demolido", é que a ela são integrados outros parágrafos separados apenas pelo subtítulo "Tentativa arrojada", em caracteres de imprensa bem menores que os do título, que não dizem respeito ao Presídio Tiradentes, mas, sim, à Penitenciária do Estado, no Carandiru. Em tais parágrafos, o DOPS comunicava a detenção de uma quadrilha de ex-presidiários que estariam cavando um túnel em uma rua nas proximidades. Inclusive a fotografia que ilustra a nota exibe o buraco cavado para facilitar a fuga de presos da Penitenciária. Desse modo, praticamente juntas, as informações transmitidas pelo jornal na breve nota omitem que, no caso do Presídio Tiradentes se trate de presos comuns e de presos políticos, designados apenas com o termo "detentos", e ainda os aproxima, discursivamente, de presos comuns da Penitenciária do Estado, que, certamente, sobreviviam em condições igualmente péssimas ou ainda piores. Todavia, devemos levar em consideração que, como ressaltam Galeano, Corrêa e Pires (2021, p. 10), "[a] elástica categoria de 'preso comum' pressupõe a sua contraface: a afirmação da existência de um tipo de prisioneiro 'especial', que cometeu alguma transgressão de particular gravidade para o *status quo*", o "preso político". Já "[o] rótulo de 'preso comum' – aplicado a uma enorme diversidade de sujeitos acusados de crimes e contravenções – funcionou como um estigma" (Galeano; Corrêa; Pires, 2021, p. 14).

Entretanto, originalmente inaugurado em 1852 como "Casa de Correição", nem sempre o Presídio Tiradentes foi destinado à detenção de dissidentes políticos. Isto se deu, inicialmente, na Era Vargas para detenção de presos políticos vinculados ao Partido Comunista Brasileiro (PCB) e à Aliança Nacional Libertadora (ANL), e, posteriormente, na ditadura civil-militar, que encarcerava presos encaminhados para lá pelo Departamento de Ordem Política e Social (DEOPS), pela Operação Bandeirante (Oban) e pelo Destacamento de Operações de Informações do Centro de Operações de Defesa Interna (DOI-CODI), indiciados na Lei de Segurança Nacional, entre eles, "os estudantes presos no Congresso da UNE em Ibiúna, em 1968, considerados os primeiros presos políticos do período" (Neves, 2012, p. 5). Naquele período, além de presos comuns, o Presídio Tiradentes abrigou cerca de 250 presos políticos em suas alas (Praxedes; Manso, 2020, p. 332).

Com relação a sua desativação e consequente demolição, de acordo com o historiador Cayo Renan Alves Mateus, a versão oficial do governo de São Paulo para justificá-las teria sido a seguinte:

> O presídio foi demolido em 1973, no contexto de uma reforma do sistema carcerário, empreendida pelo governador Laudo Natel. As dependências do Presídio Tiradentes estavam insalubres e, de acordo com peritos, a estrutura do edifício estava comprometida após um temporal que derrubou parte de um dos pavilhões [...] (Mateus, 2021, p. 141).

Todavia, esta não seria a única versão, como aponta Deborah Regina Leal Neves: "O presídio Tiradentes foi demolido em 1972 (*sic*) para dar lugar a uma estação de metrô, também inserido num plano de expansão deste meio de transporte em São Paulo. Resta uma pergunta, talvez retórica: por que ali? Eram os únicos lugares para concretizar tais construções?" (Neves, 2012, p. 8). Para a historiadora, não obstante a suposta ocorrência em nome do progresso com vistas à melhoria da malha de transporte público na capital paulista, a demolição, ainda durante a ditadura, resultaria também de uma tentativa de ocultação do que aconteceu em instituições como o Presídio Tiradentes, na "intenção de não deixar rastros" (Neves, 2012, p. 8). E a museóloga e historiadora Andrea Siqueira D'Alessandri Forti, por sua vez, reafirma que o motivo para a desativação e demolição do Presídio Tiradentes foram as péssimas condições das edificações que o compunham: "Em 1973, uma vistoria realizada por engenheiros designados pela Corregedoria dos Presídios e da Polícia Judiciária no Presídio Tiradentes detectou a iminência de desabamentos e risco de incêndios, determinando seu fechamento definitivo, que ocorreu em 19 de maio" (Forti, 2021, p. 219). Fato é que nos quase 10.000m², além da Estação Tiradentes do Metrô, foram construídas outras duas edificações: uma agência da Nossa Caixa e o Teatro Franco Zampari, da TV Cultura de São Paulo.

Por sua vez, a "Torre das Donzelas" se localizava em uma torre circular do prédio principal do Presídio Tiradentes. De acordo com a historiadora Letícia Viana de Morais, na "Torre", "as mulheres tinham uma cozinha coletiva própria, livre circulação pelo prédio durante o dia, relativa autonomia na organização das celas, que possibilitou um intenso compartilhamento de experiências e vivências entre as presas" (Morais, 2022, p. 27-28).

Em diversos estudos sobre o Presídio Tiradentes, há uma lacuna em relação à "Torre das Donzelas" no que diz respeito à sua construção. Todavia, se nenhum vestígio arquitetônico da ala feminina do presídio restou após a demolição, recentemente, o Cinema tratou de recriar seus espaços a partir de relatos memorialísticos de mais de 30 mulheres que lá estiveram detidas entre 1969 e 1973. No documentário *Torre das Donzelas* (2018), dirigido por Susanna Lira e lançado em 2018 no 51° Festival de Brasília do Cinema Brasileiro, salta aos olhos a influência de filmes do cineasta dinamarquês Lars von Trier, principalmente *Dogville* (2003) e *Manderlay* (2005), em que a cenografia compõe os espaços de diversos recintos com projeções no piso, feito uma planta baixa, um desenho técnico de um projeto de arquitetura, nomeando cada um deles ("Celão", "Cela 5", "Cela 6" etc.). Assim, é construído um espaço que "alude a uma ausência, uma topologia que fisicamente não mais existe" (Fischer; Vaz, 2022, p. 8), e cada recinto sem paredes é composto também por diversos objetos dispostos nos espaços, recriando, a partir dos relatos, o que teria sido a "Torre das Donzelas". A cineasta realizou pesquisas e também contou com os testemunhos das mulheres para compor esse cenário, construído pela Diretora de Arte Glauce Queiróz: "O cárcere foi reconstituído em estúdio, detalhadamente, permitindo que as ex-presas políticas pudessem rememorar os momentos que ali permaneceram" (Praxedes; Manso, 2020, p. 334). Segundo o pesquisador e cineasta Eduardo Escorel (2019), "[n]esta cenografia, linguagem documental e ficcional se alternam sem delimitação nítida entre as duas formas de registro". Desse modo, o cenário surge como "espaço 'fictício', que está bem alojado na memória individual e coletiva" (Praxedes; Manso, 2020, p. 340). Trata-se de uma topografia reconstituída a partir de um "Mapa Mental" subsidiado pelos testemunhos das mulheres, 45 anos após a demolição do Presídio Tiradentes: "Em um exercício nos moldes de Mapa Mental, as ex-presas políticas são convidadas a desenharem, em um quadro negro, a geografia/arquitetura da Torre tal como se lembravam: as escadas, corredores, celas, janelas" (Praxedes; Manso, 2020, p. 339). Nesse sentido, de acordo com Sandra Fischer e Aline Vaz, o filme de Susanna Lira constrói "novas experiências estéticas e estésicas" e faz "de uma arquitetura cenográfica (inicialmente a coisa em si – a paisagem) espaço de memória como processo de preenchimento e apropriação relacional" (Fischer; Vaz, 2022, p. 9). Certamente, há algo de vital importância nesse procedimento apontado pelas pesquisadoras, em que se preterem eventuais documentos arquitetônicos do presídio para reconstituir o espaço e se privilegiam os relatos memorialísticos como fontes principais de espacialização: trata-se de "processos de apropriação sensível do lugar edificado – em tijolos de argila e de memória. Não mais mera estrutura de cimento inerte, mas estado presente de sensibilidade" (Fischer; Vaz, 2022, p. 10). Como bem apontam as pesquisadoras Vanda Lúcia Praxedes e Haydenée Gomes Soares Manso (2020, p. 325), "[a] prisão, as torturas vivenciadas por essas mulheres, certamente, constituíram traumas permanentes, mas, também, foram construídas, nesse processo, várias formas de resistências no cárcere, sem perder a própria humanidade e a importância da luta".

Outra fonte importante, que integra relatos de mulheres que estiveram detidas na "Torre", é *Tiradentes, um presídio da ditadura* (1997), anteriormente referenciado e estudado. Rita Sipahi, então dirigente da União Nacional dos Estudantes (UNE) e militante da Juventude Universitária Católica (JUC), detida em 1971, descreve alguns detalhes da "Torre": "O local que habitávamos no presídio Tiradentes era uma velha torre circular, de paredes maciças, rodeadas de guaritas, isoladas do resto do presídio pelo pátio feminino, e tendo como única entrada uma porta de ferro" (Sipahi, 1997, p. 183). Já Rose Nogueira, jornalista, militante e presidenta do

Grupo Tortura Nunca Mais de São Paulo, que à época integrava a Ação Libertadora Nacional (ALN), detida em novembro de 1969, faz referência ao histórico tenebroso daquele espaço: "A luz era fraca e naquela torre de escadaria imponente que se abria em duas nem se viam as argolas chumbadas na parede. Diziam que ali era um lugar histórico e terrível, onde, no século passado, ficavam os escravos acorrentados para ir a leilão" (Nogueira, 1997, p. 143). E Robêni Baptista da Costa, que no final dos anos 1960 era estudante da USP e integrante da ALN, detida no Presídio Tiradentes em 1970, apresenta, sucintamente, um pouco do cotidiano das mulheres na "Torre": "Na ala das presas políticas, um anexo em forma de torre, as celas permaneciam abertas. Assim, podíamos circular livremente durante o dia, longos dias, que tentávamos preencher com atividades previsíveis: leitura, tricô, crochê, xadrez, ginástica e televisão" (Costa, 1997, p. 311).

A seguir, será apresentada a composição da obra *A Torre*, no intuito de compreender sua estrutura e tessitura, antes de adentrar na parte analítica propriamente dita.

A obra *A Torre* e sua composição

Inicialmente, é importante destacar que *A Torre* integra uma tendência que, segundo Eurídice Figueiredo, é observada desde 2010, com uma profusão de obras que abordam o tema da ditadura:

> Aqueles que tentam hoje escrever sobre o passado da ditadura se apoiam, de um lado, em suas lembranças pessoais e familiares, de outro lado, em informações levantadas e já compiladas nos diferentes arquivos. Muitos familiares de desaparecidos e mortos fizeram suas buscas, contribuindo para esclarecer os fatos e desmontar as farsas. O trabalho de escavação não terminou e a quantidade de livros publicados, sobretudo desde 2010, comprova que o trabalho de elaboração do trauma da ditadura continua (Figueiredo, 2017, p. 30).

Conforme o mapeamento de publicações empreendido pela pesquisadora, encontram-se entre as obras de cunho memorialístico, a partir de investigação em arquivos e que possuem um viés jornalístico (Figueiredo, 2017, p. 20-23), títulos como *A casa da vovó* (2014), de Marcelo Godoy, *Cova 312* (2015), de

Daniela Arbex, *O sargento, o marechal e o faquir* (2016), de Rafael Guimaraens, *Lugar nenhum* (2015), de Lucas Figueiredo, entre outros. Corroboro as palavras de Eurídice Figueiredo ao enfatizar a importância de obras de diversos âmbitos culturais que mantenham na ordem do dia o tema da violência de Estado cometida durante a ditadura civil-militar no Brasil, em um ato de resistência ao silenciamento e ao esquecimento programático e, ao mesmo tempo, de tributo aos que enfrentaram o regime:

> Todo livro – ficção ou depoimento –, todo filme – documentário ou ficcional, toda obra de arte ou projeto museológico que contribua para a reflexão sobre os anos de chumbo no Brasil tem um enorme valor porque não se pode esquecer o que foi perpetrado, é preciso render tributo àqueles que lutaram pela utopia de um país mais justo e mais democrático (Figueiredo, 2017, p. 35).

Por sua vez, é importante ressaltar que uma das primeiras ações sistemáticas para colher testemunhos de presas políticas que foram encarceradas na "Torre das Donzelas", dentro do complexo do Presídio Tiradentes, coube ao projeto *Intolerância e Resistência: Memórias da Repressão Política no Brasil (1964-1985)*, resultante de uma parceria entre o Laboratório de Estudos da Intolerância (LEI), da Faculdade de Filosofia, Letras e Ciências Humanas, da Universidade de São Paulo, e o Arquivo Edgard Leuenroth – Centro de Pesquisa e Documentação Social (AEL), da Universidade Estadual de Campinas, que contou com financiamento da Fundação Ford. O projeto, desenvolvido por Zilda Grícoli Iokói, Marcelo Ridente e Janaína de Almeida Teles, resultou na composição de um acervo audiovisual contendo 81 depoimentos de presos políticos, mulheres e homens, no período da ditadura civil-militar, registrados entre 2010 e 2012 (Morais, 2022, p. 27-28).

Por sua vez, o "Prólogo" de *A Torre* é fundamental para se entender a composição da obra a partir de procedimentos metodológicos específicos:

> Este livro retrata o cotidiano das mulheres na Torre, escrito com base em cem entrevistas realizadas no decorrer de dez anos, em pesquisas em milhares de documentos dos arquivos da polícia política, da Justiça Militar e de organizações governamentais, além de consultas a acervos particulares, a depoimentos públicos, à imprensa e à bibliografia sobre o período (Villamêa, 2023c, p. 11).

Além disso, Luiza Villamêa apresenta, brevemente, o perfil das cem mulheres entrevistadas:

> Entre as mulheres encarceradas em diferentes momentos, algumas tiveram postos de direção nas organizações que combateram a ditadura militar. Outras empunharam armas nas chamadas ações de expropriação ou se preparavam para delas participar. A maior parte fornecia apoio logístico às organizações, de transmissão de mensagens a abrigo a militantes na clandestinidade (Villamêa, 2023c, p. 11).

Para além da própria militância das entrevistadas, a autora também traça um perfil social, em que "havia predominância da classe média urbana, da baixa à alta, com acesso à universidade" (Villamêa, 2023c, p. 11), algumas pertenciam à segunda geração de imigrantes europeus e asiáticos, mas "também aquelas de procedência operária, em geral nascidas em famílias com militância na esquerda" (Villamêa, 2023c, p. 11). Quanto à faixa etária, a idade variava entre 18 e 55 anos. Predominavam mulheres brancas ou assim declaradas pelos órgãos de repressão: "Quase todas eram brancas ou assim foram registradas pela repressão do país entorpecido pelo arbítrio e pelo mito da democracia racial" (Villamêa, 2023c, p. 11).

Por fim, em termos estruturais, *A Torre* se divide, basicamente, em cinco eixos temáticos, correspondentes aos capítulos: "Algemas nos pulsos" (Villamêa, 2023a, p. 13-55), sobre a chegada ao Presídio Tiradentes e à Torre das Donzelas, e os primeiros contatos das presas com o espaço de reclusão; "Celas abertas" (Villamêa, 2023a, p. 56-103), sobre as condições da cadeia e as adaptações ao espaço; "Território (quase) dominado" (Villamêa, 2023a, p. 104-150), sobre a rotina da prisão, as visitas e as despedidas; "Ecos da derrota" (Villamêa, 2023a, p. 151-188), sobre o impacto de notícias da repressão, que chegavam às celas da Torre, com o desmantelamento de grupos da luta armada e das forças de resistência contra a ditadura civil-militar; "Construção condenada" (Villamêa, 2023a, p. 189-228), sobre greves de fome dos presos e os planos de demolição do Presídio. No "Prólogo", a autora alerta não só para o teor testemunhal da obra, como também para a verdade dos fatos narrados, não obstante possíveis elementos ficcionalizantes oriundos do próprio ato de narrar ou do seu caráter de excepcionalidade: "Nas próximas páginas, o dia a dia dessas mulheres é reconstituído com base na memória dos entrevistados e nos registros documentais. Exaustivamente chegados, alguns episódios parecem ficção, mas são pura verdade" (Villamêa, 2023c, p. 12).

Se comparada com *Tiradentes, um presídio da ditadura*, a obra *A Torre* possui estrutura bem distinta. Enquanto a obra organizada por Alípio Freire, Izaías Almada e J. A. Granville Ponce (1997, p. 63-353) se compõe, na parte nuclear intitulada "Memória viva", de relatos individuais de 24 presos políticos, sendo 20 homens e 4 mulheres, na obra de Luiza Villamêa não há uma separação, mas, sim, um entretecimento de relatos, formando textos que são segmentados seja para enfocar as vivências das entrevistadas, seja para enfocar determinados eventos no dia a dia da prisão.

Conforme constataremos a seguir, trata-se de um texto complexo, de cunho jornalístico, entretecido por vários fragmentos de relatos de mulheres que tiveram passagens pela "Torre das Donzelas" e foram lá confinadas, alguns citados e outros, parafraseados. Em termos discursivos, o sujeito da enunciação que entretece o texto é constituído por "debreagem enunciva actancial" (Fiorin, 1992, p. 44) enquanto simulacro de objetividade, ou seja, em terceira pessoa, muito próximo do narrador biográfico, que narra sobre a vida de outros, em geral, ausentando-se do texto (apenas em termos discursivos, uma vez que a subjetividade se manifesta textualmente de outras formas não explícitas).

Memórias e espacialização da "Torre das Donzelas" como atos de sobrevivência e resistência

De acordo com a historiadora e cientista social Ayssa Yamaguti Norek, "[o] encarceramento de presas políticas dentro dos diversos presídios ao redor do país era a última fase de um longo e arbitrário processo nas malhas da repressão" (Norek, 2021, p. 127). Ao serem encaminhadas para instituições prisionais, estas ou teriam de já possuir alas femininas, ou teriam de passar por adaptações: "Em São Paulo, elas eram encaminhadas ao pavilhão chamado de 'Torre das Donzelas' no Presídio Tiradentes, um presídio misto" (Norek, 2021,

p. 129), "composto por presos políticos e presos comuns, cada qual com seu espaço" (Norek, 2021, p. 134).

Sem dúvida, a questão de gênero deve ser levada em consideração, conforme ressalta Ayssa Yamaguti Norek, pois deve-se ter ciência da "diferença da experiência do enclausuramento de mulheres para o encarceramento masculino, seja ele no DOI-CODI, no DOPS ou num presídio" (Norek, 2021, p. 138). A militância e a transgressão de padrões moralistas arraigados na sociedade brasileira e defendidos pela ditadura influenciaram a forma de tratamento dado a presas políticas pelos órgãos de repressão e pelas instituições carcerárias, que, muitas vezes, não compreendiam como as mulheres se encaixavam no espaço prisional, entendido como eminentemente masculino em termos de violência e enfrentamento:

> Em virtude de sua ação política, as mulheres transgrediam duplamente a ordem vigente: primeiro, porque ousaram se insurgir contra o regime estabelecido pelos militares, e segundo porque, enquanto mulheres, estavam desafiando o ideal de mulher socialmente construído e cravado na mentalidade da ditadura. Ainda, é importante ressaltar que naquele momento não era tão comum ver mulheres presas por razões políticas (Norek, 2021, p. 139).

De início, o ingresso no Presídio Tiradentes é, assim, narrado em *A Torre* a partir de aspectos que a jornalista Rose Nogueira, integrante da ALN, detida em novembro de 1969, apresentou em sua entrevista a Luiza Villamêa:

> Atordoada, Rose segue pela longa galeria a céu aberto, escoltada por duas carcereiras. Do lado direito, há uma muralha alta com policiais militares no topo, fazendo a ronda. Do lado esquerdo, uma fileira de celas superlotadas, ocupadas pelas mulheres ruidosas. São as presas correcionais, mais conhecidas como corrós. Recolhidas das ruas por vadiagem ou prostituição, elas não respondem a processo nem têm acusação formal. Permanecem trancafiadas por três, quatro dias, às vezes semanas, até serem soltas. Entre elas há dezenas de reincidentes. Volta e meia são tiradas de novo de circulação e levadas para o presídio (Villamêa, 2023a, p. 13).

Como uma personagem de romance, Rose Nogueira apreende os primeiros elementos que compõem aquele espaço prisional: a "muralha alta" e a "fileira de celas superlotadas". Feita uma "iniciação" nesse espaço que introduz a chegada à "Torre das Donzelas", Rose se deparara com as presas comuns, designadas como "presas correcionais" ou "corrós". A instância narrativa, então, enuncia informações que, em poucas linhas, condensam a arbitrariedade na prisão de mulheres que "não respondem a processo nem têm acusação formal", como se estivessem destituídas de "bios" (a vida político-social, do ser político), reduzidas à "zoé" (a vida natural, do ser vivente) (Agamben, 2002, p. 9), como um "ser matável" (*homo sacer*, homem sacro), fora do ordenamento jurídico, da "vida nua" (Agamben, 2002, p. 155), conforme bem postula Giorgio Agamben na obra *Homo sacer: o poder soberano e a vida nua* (2002). Estas se diferenciariam daquelas presas que chegavam ao Presídio Tiradentes, pois seriam "um tipo especial de mulher": "Bastava bater o olho para notar a diferença"; "vinham de um mundo diferente" (Villamêa, 2023a, p. 14).

Em termos narrativos, essa cena da chegada de Rose Nogueira ao Presídio Tiradentes é entretecida com outra, feito um *flashback*, da chegada da primeira presa política da ditadura civil-militar a adentrar aquela instituição prisional, em maio de 1969: a produtora cultural Dulce Maia. Entretanto, há uma distinção entre as cenas, pois Rose Nogueira é acompanhada por duas carcereiras, enquanto Dulce Maia, "[a]lém da carcereira, estava cercada por policiais, com os braços algemados atrás, como se faz com bandido violento" (Villamêa, 2023a, p.14).

Se pensarmos nos postulados de Georges Didi-Huberman em *O que vemos, o que nos olha*, não em um sentido da cisão do próprio ato de ver (Didi-Huberman, 2010, p. 42), mas da percepção de ver e de ser visto, esse breve trecho da obra *A Torre* é um excelente exemplo de como a narrativa se constitui por mulheres que "olham" à volta, reconhecendo o terreno intimidador de cerceamento da liberdade e se deparam com as "corrós", mas que são igualmente "olhadas" por mulheres que, em condições semelhantes de privação da liberdade, se distinguem das primeiras não só por supostos motivos que as levaram à detenção, ou melhor, a "serem tiradas de novo de circulação" (Villamêa, 2023a, p. 13), mas também pelas condições sociais e pelas classes sociais a que pertenciam: "Entre elas, havia universitárias e até doutoras" (Villamêa, 2023a, p. 14).

Por sua vez, se nós, leitores, somos introduzidos e guiados pela narrativa do caminhar de Rose Nogueira, o trajeto é complementado por Dulce Maia:

> Dulce tinha a aparência de estudante, embora já tivesse completado trinta anos. No rosto, exibia a palidez de quem não sabia mais o que significava ser banhada por um raio de sol. Primeira mulher a ser presa por participar de ações da luta armada contra a ditadura militar, ela havia descido ao inferno em um Quartel do Exército. Quando ouviu a algazarra das corrós dependuradas nas grades, entrou em pânico. Pensou que seria jogada em uma daquelas celas parecidas com jaulas. Sentiu um imenso alívio quando a carcereira caminhou até o final da galeria e abriu outro portão (Villamêa, 2023a, p. 14-15).

Essa passagem da obra *A Torre* evidencia a constituição de uma narrativa que se assemelha a de um romance em que a instância de enunciação possui certo grau de onisciência, ao conhecer os sentimentos e pensamentos da personagem: "entrou em pânico"; "[s]entiu um imenso alívio"; "[p]ensou que seria jogada em uma daquelas celas parecidas com jaulas" (Villamêa, 2023a, p. 15). Portanto, é como se as entrevistas realizadas previamente com as ex-presas políticas fossem "vertidas" para uma dicção narrativa que as entreteceu e as enunciou a partir de um sujeito discursivamente onisciente.

Ainda dentro dessa estratégia narrativa de reconhecimento do espaço prisional, a condução de Dulce Maia prossegue, o que possibilita ao leitor tomar conhecimento da "Torre" dentro do complexo do Presídio Tiradentes:

> Depois de atravessar um pequeno pátio cimentado, Dulce alcançou a Torre, uma construção centenária, redonda, com uma porta de ferro, distante da entrada do presídio. Com a cabeça girando pela fraqueza e a sensação de que desmaiaria a qualquer momento, ela custou a se dar conta de onde se encontrava. Empurrada para dentro de um espaço escuro e úmido, chegou a um hall circular muito sujo, com duas celas em lados opostos, uma pequena, outra maior. Bem no centro desse pavimento começava uma escadaria com arquitetura mais apropriada para cenário do filme 'E o vento levou' do que para cadeia (Villamêa, 2023a, p. 15).

Por sua vez, tal escadaria ganha detalhes descritivos na narrativa: "São, na verdade, duas escadarias com balaustrada que saem em paralelo do chão, abrem-se em curva para as laterais, formam um semicírculo e terminam no alto, em um pequeno balcão que dá acesso a quatro celas" (Villamêa, 2023a, p. 15). Desse modo, a topografia da repressão e da reclusão constitui-se, gradativamente, por meio de uma narrativa que integra as presas políticas como personagens coletivas em termos de vivência do encarceramento na "Torre das Donzelas", tendo por substrato composicional de cunho memorialístico as entrevistas que concederam à jornalista Luiza Villamêa: "Para as mulheres capturadas pela repressão, cruzar o portal do Presídio Tiradentes representava a diferença entre a vida e a morte" (Villamêa, 2023a, p. 17).

Além do reconhecimento do novo espaço de encarceramento, vindas dos porões do DEOPS e da Oban, as presas políticas eram submetidas a procedimentos invasivos, como o da revista corporal:

> No Tiradentes, que pela primeira vez recebia um grupo de mulheres "terroristas", Cidinha e companheiras foram de imediato trancadas em uma cela grande, bem na entrada do presídio. Abre a blusa. Sobe a saia. Abaixa a calcinha. Abre as pernas. Abaixa. Levanta. Agacha. Levanta. Acostumadas a flagrar mulheres tentando entrar no presídio com drogas e até lâminas de gilete dentro da vagina, as funcionárias do Tiradentes dispensavam às presas políticas a mesma vistoria invasiva do protocolo carcerário (Villamêa, 2023a, p. 25).

Para se entender o modo como a narrativa é entretecida, deve ser levado em consideração não apenas o enunciado, que, aparentemente, integra as falas de comando das carcereiras, e também a breve digressão sobre o procedimento carcerário, mas também a nota 19 ao final desse parágrafo, que traz a seguinte informação lapidar: "Cleuzer de Barros, Elza Lobos e Nair Benedicto" (Villamêa, 2023a, p. 236). Desse modo, infere-se que as três presas políticas, referenciadas na nota 19, relataram em suas entrevistas a "revista vexatória" (Villamêa, 2023a, p. 25), corroborando, assim, a veracidade de suas declarações. Mas esta também é apoiada pela narrativa em discurso direto, por exemplo, nas palavras de Margarida do Amaral Lopes, chamada de Guida: "Revista é norma comum em presídio, aplicada inclusive em senhoras de idade. E tem mais. Até por uma questão de sobrevivência, eu apago da memória o que foi muito ruim" (Villamêa, 2023a, p. 25).

Em termos espaciais, vencido o trajeto de passarem o pórtico do presídio, serem submetidas à revista corporal, atravessarem o corredor de celas em que estavam encarceradas as "corrós" e o pátio, separado pela porta de ferro da "Torre", adentravam-na e eram conduzidas escadaria acima, para o conjunto de celas. No relato a seguir, há a descrição de uma das celas e das péssimas condições em que se encontrava, ao receber as primeiras treze presas que ali seriam encarceradas no dia em que o líder da ALN, Carlos Marighella (1911-1969), poucas horas depois, seria emboscado e assassinado por integrantes da Oban:

> Pela posição desordenada dos beliches, pelos colchões de capim jogados sobre estrados, pelo encardido do chão e o ar impregnado de bolor, percebia-se que ninguém ocupava aquele espaço havia tempos. Menos mal que era noite e a luz fraca da lâmpada incandescente de baixa potência não alcançava os cantos dominados por baratas. No alto era mais claro. Um facho de iluminação externa entrava através da lateral de uma janela instalada um pouco acima da parte superior de um dos beliches (Villamêa, 2023a, p. 26).

Mais uma vez, a instância de enunciação incorpora em sua narrativa juízos de valor sobre as condições da cela que, em princípio, parecem se originar dos próprios relatos obtidos nas entrevistas. Entretanto, embora não estivesse configurado como um panóptico, nos termos apresentados por Foucault (1987, p. 229) em *Vigiar e punir*, o espaço das celas era devassável, o que potencializava a vulnerabilidade das encarceradas:

> [...] Estavam excluídas do resto do mundo. E o presídio era todo subdividido. Entre uma área e outra, havia sempre um portão com grade. Um deles separava o corredor das corrós do pequeno pátio cimentado que dava acesso à Torre. Do lado direito de quem entrava, havia um trecho de muralha. Lá em cima, soldados armados com fuzil andavam de um lado para outro, dia e noite. Pela abertura lateral das janelas, conseguiam ver o que se passava dentro da cela. Privacidade zero (Villamêa, 2023a, p. 34).

O cotidiano da prisão era pautado pela chegada de novas presas políticas à "Torre" e, ao mesmo tempo, pelas mudanças que as mulheres procuravam efetuar no espaço das celas, tornando as condições de convívio e de cerceamento de liberdade menos insuportáveis. A seguinte passagem de *A Torre* refere-se ao "celão", cela coletiva de 80m², e às mudanças nele efetuadas:

> Nada mais natural. À medida que se adaptavam à Torre, as meninas iam organizando melhor o espaço. Na fase atual, tinham improvisado uma espécie de salinha dentro do celão, com direito a mesa formada por dois cavaletes e uma tábua, além de um banquinho e duas cadeiras. Havia também um sofazinho, vindo sabe-se lá de onde [...] (Villamêa, 2023a, p. 93).

Outro espaço descrito em *A Torre* é o dos banheiros instalados nas celas, em péssimas condições de uso e de higiene:

> A Torre era muito úmida. E os banheiros, além de úmidos, eram nojentos. Instalados nos fundos das celas, separavam-se delas por uma parede que alcançava o teto, aberta no centro. Não tinham porta. Bem diante da abertura que funcionava como entrada, na parede oposta, havia uma torneira. De um lado ficava o chuveiro. Do outro, a fossa (Villamêa, 2023a, p. 123).

Os estertores do Presídio Tiradentes e da "Torre das Donzelas", desativados em 18 de maio de 1973, são referenciados em *A Torre* a partir de objetos que as presas políticas deixaram no local:

> Quatro anos depois, pelo menos 132 mulheres haviam passado pela construção centenária. Além das lembranças e lições de vida, deixaram uma quantidade absurda de objetos: livros, discos de vinil, utensílios de cozinha, roupas, linhas de bordado, material de artesanato e panos que faziam as vezes de cortina divisória. Isso para não falar das caixas dos mais diversos tamanhos, usadas como se fossem gavetas de armário. Ninguém sabe que fim levaram esses pertences (Villamêa, 2023a, p. 225).

Por fim, em um dos paratextos finais de *A Torre*, o de "Agradecimentos" (Villamêa, 2023b, p. 233-234), datado de "fevereiro de 2023", a jornalista destaca o caráter memorialístico da obra, baseada nas entrevistas e em documentos:

> Reconstruir o dia a dia da Torre só foi possível porque mulheres e homens de muita fibra aceitaram revisitar o passado, mesmo com a memória permeada por emoções conflitantes. Lágrimas, risos, rancores, tristezas e alegrias se alternavam à medida que relembravam episódios, lamentavam a perda de detalhes que o tempo levou e se deparavam com documentos que encontrei nos arquivos da ditadura. A eles, o meu profundo agradecimento (Villamêa, 2023b, p. 233).

Reconstrução, revisitação do passado, lembrança, rememoração, lacunas de memória, consulta a documentação etc., nessa breve citação, condensam todo o procedimento complexo que resultou na composição de *A Torre*. As passagens aqui analisadas evidenciam que, embora não se trate de uma obra que reproduza testemunhos *stricto sensu* de mulheres, encarceradas entre 1969 e 1973 no Presídio Tiradentes como presas políticas, *A Torre* teve como fonte principal as entrevistas, portanto, relatos testemunhais, que foram integrados em uma dicção narrativa híbrida, que reúne elementos jornalísticos e romanescos. Sem dúvida, trata-se de uma obra dotada de "teor testemunhal" (Seligmann-Silva, 2008, p. 71).

A herança da ditadura e a sobrevivência da "Torre" em *A Torre* – à guisa de conclusão

Memória e testemunho da "Torre das Donzelas" se configuram como elementos de suma importância enquanto atos de resistência de mulheres que, em sua militância política, se opuseram a uma ditadura, cujos aparelhos repressores não pouparam esforços para intimidar, deter, encarcerar, silenciar ou assassinar dissidentes políticos. De acordo com o sociólogo Marcelo Siqueira Ridenti, "[a] militância feminina nas organizações de combate armado à ditadura, mesmo que não se revestisse de caráter especificamente feminista, foi um momento de avanço na liberação da mulher" (Ridenti, 1990, p. 113). Tal reflexão é corroborada pelas estatísticas que demonstram a participação de mulheres em ações contra o regime ditatorial. Conforme ressalta a historiadora Letícia Viana de Morais, a participação de mulheres no movimento estudantil e na luta armada contra a ditadura foi significativa, "pois totalizaram 18,3% da militância (num total de 2.112 pessoas, 387 eram mulheres)" (Morais, 2016, p. 14). Tal participação se deu em diversas organizações que operaram na clandestinidade, entre elas, a Ação Libertadora Nacional (ALN), a Ação Popular (AP), a Vanguarda Armada Revolucionária Palmares (VAR-Palmares), e a Vanguarda Popular Revolucionária (VPR). De maneira acurada, a historiadora ressalta também que "[a] história de vida dos que sobreviveram à ditadura passou a ser um importante instrumento para o conhecimento da experiência revolucionária na década de 1960 e das violações dos direitos humanos ocorridas no período pelo Estado brasileiro" (Morais, 2022, p. 23). Além disso, "[a] apropriação do feminino pela repressão no processo de tortura", ainda segundo a historiadora, fez com que as militantes políticas fossem vistas "como uma aberração social, o que influiu no modo de apropriação dos corpos na intensificação da violência sobre a condição feminina" (Morais, 2022, p. 24-25).

Não obstante a demolição do Presídio Tiradentes e, consequentemente, da "Torre", enquanto "lugares de memória", esses espaços sobrevivem e são atualizados nos atos de rememoração de homens e mulheres que lá foram encarcerados, dissidentes políticos que lutaram contra um regime que havia se instaurado autoritariamente no poder, sem que houvesse legitimidade e legalidade para isso. Não houve, portanto, a possibilidade de se construir um Memorial nos moldes daquele de Berlim, em que a Prisão de Hohenschönhausen, um dos centros de encarceramento de perseguidos políticos do regime do *Sozialistische Einheitspartei Deutschlands* (SED – Partido da Unidade Socialista da Alemanha) na antiga Alemanha Oriental, se transformou no *Gedenkstätte* – substantivo composto formado pelos termos *Gedenk*, do verbo *gedenken* (comemorar, rememorar junto), e *Stätte* (sítio, lugar). Todavia, restou um vestígio emblemático do que teria sido o Presídio Tiradentes: "um arco de pedra, que compunha o muro da detenção" (Neves, 2012, p. 4). Mais do que isso, ele era o "Pórtico de entrada do antigo Presídio Tiradentes" (Praxedes; Manso, 2020, p. 333), construído em 1930. A pedido do Sindicato dos Jornalistas Profissionais no Estado de São Paulo formulado em 11 de abril de 1985, o Conselho de Defesa do Patrimônio Histórico, Arqueológico, Artístico e Turístico do Estado de São Paulo (CONDEPHAAT) decidiu pelo tombamento do Arco de Pedra em 25 de outubro daquele ano, data que marcava os 10 anos da morte do jornalista Vladimir Herzog, garantindo sua preservação e o reconhecimento de seu valor histórico como patrimônio cultural de resistência à ditadura civil-militar no Brasil.

De acordo com Deborah Regina Leal Neves, "[a]lém da reparação simbólica produzida pelo ato, o tombamento de locais ligados a uma memória traumática torna público os efeitos de ditaduras, e pode ser instrumento relevante na defesa dos direitos humanos e dos valores democráticos" (Neves, 2014, p. 123). Se, por um lado, após seu tombamento em 1985, o Pórtico de Pedra do Presídio Tiradentes foi considerado um símbolo da passagem da ditadura para a democracia, por outro, ele não deixa de significar também um testemunho em pedra do ingresso e trânsito de homens e mulheres naquela instituição prisional, tanto na Era Vargas, quanto no período da ditadura civil-militar, até sua desativação em maio de 1973.

Recentemente, o escritor Julián Fuks publicou um texto em sua coluna do *Universo Online*, em que tece a seguinte reflexão sobre memória e trauma: "Sessenta anos é tempo demais para rememorar um trauma? Creio que não. Mas é certamente tempo demais para deixar que a violência oficial permaneça instaurada sobre nós, intocada por qualquer justiça e qualquer memória" (Fuks, 2024). Certamente, obras como *A Torre* mantêm esse tema na ordem do dia, para que a violência de Estado seja questionada, ontem e hoje.

Referências

AGAMBEN, Giorgio. *Homo Sacer*: o poder Soberano e a vida nua. Trad. Henrique Burigo, Belo Horizonte: UFMG, 2002.

CORDEIRO, Janaina Martins. Anos de chumbo ou anos de ouro? A memória social sobre o governo Médici. *Estudos Históricos,* Rio de Janeiro, v. 22, n. 43, p. 85-104, jan./jun. 2009. Disponível em: https://www.scielo.br/j/eh/a/CBJPzCHYdnpmDFMKrF4z5BC/abstract/?lang=pt . Acesso em: 30 mar. 2024.

CORNELSEN, Elcio Loureiro. Transpondo muros: escritas da violência na República Democrática Alemã. *Pandaemonium Germanicum*, São Paulo, n. 13, p. 25-57, 2009. Disponível em: https://www.revistas.usp.br/pg/article/view/74826. Acesso em: 06 abr. 2024.

COSTA, Robêni Baptista da. A cozinha enquanto peça de resistência. *In*: FREIRE, Alípio; ALMADA, Izaías; PONCE, J. A. de Granville (org.). *Tiradentes, um presídio da ditadura:* memórias de presos políticos. São Paulo: Scipione, 1997, p. 314-319.

DIDI-HUBERMAN, Georges. *O que vemos, o que nos olha*. trad. Paulo Neves, São Paulo: 34, 2010.

ESCOREL, Eduardo. 'Torre das Donzelas – alerta de um passado. *Piauí,* 25 set. 2019. Disponível em: https://piaui.folha.uol.com.br/torre-das-donzelas-alerta-de-um-passado-remoto/. Acesso em: 30 mar. 2024.

FIGUEIREDO, Eurídice. *A literatura como arquivo da ditadura brasileira.* Rio de Janeiro: 7Letras, 2017.

FIORIN, José. Luiz. *Elementos de Análise do Discurso*. 3. ed., São Paulo: Contexto/Edusp, 1992.

FISCHER, Sandra; VAZ, Aline. Paisagens anestésicas, espaços estéticos, convívios afetivos: 'Torre das Donzelas'. *Novos Olhares*, São Paulo, v. 11, n. 1, p. 7-15, jan./jun. 2022. DOI: Disponível em: https://www.revistas.usp.br/novosolhares/article/view/194703. Acesso em: 30 mar. 2024.

FOUCAULT, Michel. *Vigiar e punir*. trad. Raquel Ramalhete, Petrópolis, RJ: Vozes, 1987.

FORTI, Andrea Siqueira D'Alessandri. Agência de presos políticos: diferentes estratégias de resistência nos cárceres paulistas durante a ditadura militar. *In*: GALEANO, Diego; CORRÊA, Larissa Rosa; PIRES, Thula (org.). *De presos políticos a presos comuns*: estudos sobre experiências e narrativas de encarceramento. Rio de Janeiro: PUC-Rio, 2021, p. 193-223

FREIRE, Alípio; ALMADA, Izaías; PONCE, J. A. de Granville (org.). *Tiradentes, um presídio da ditadura*: memórias de presos políticos. São Paulo: Scipione, 1997.

FUKS, Julián. Sessenta anos do golpe: quando termina a escrita de um trauma? *Universo Online*, 30 mar. 2024. Disponível em: https://www.uol.com.br/ecoa/colunas/julian-fuks/2024/03/30/sessenta-anos-do-golpe-quando-termina-a-escrita-de-um-trauma.htm. Acesso em: 30 mar. 2024.

GALEANO, Diego; CORRÊA, Larissa Rosa; PIRES, Thula. Prefácio. *In*: GALEANO, Diego; CORRÊA, Larissa Rosa; PIRES, Thula (org.). *De presos políticos a presos comuns:* estudos sobre experiências e narrativas de encarceramento. Rio de Janeiro: Ed. PUC-Rio, 2021, p. 7-22.

GASPARI, Elio. *A ditadura escancarada*. São Paulo: Companhia das Letras, 2002.

MAIA, Dulce. A morte, as donzelas e a Canção dos Pescadores. In: FREIRE, Alípio; ALMADA, Izaías; PONCE, J. A. de Granville (org.). *Tiradentes, um presídio da ditadura:* memórias de presos políticos. São Paulo: Scipione, 1997, p. 96-107.

MATEUS, Cayon Renan Alves. Memórias de uma prisão: o Presídio Tiradentes entre a tênue linha do lembrar e do esquecer. *Revista Discente Ofícios de Clio. Pelotas*, vol. 6, n°. 11, p. 140-154, jul.-dez./ 2021. Disponível em: https://revistas.ufpel.edu.br/index.php/clio/article/view/1859 . Acesso em: 27. mar. 2024.

MENDES, Nossa luta não foi em vão. É a história. *In*: FREIRE, Alípio; ALMADA, Izaías; PONCE, J. A. de Granville (org.). *Tiradentes, um presídio da ditadura:* memórias de presos políticos. São Paulo: Scipione, 1997, p. 75-82.

MORAIS, Letícia Viana de. *Assim sobrevivemos*: narrativas de militantes presas políticas no Presídio Tiradentes (1969-1976). Dissertação de Mestrado. São Paulo: Faculdade de Filosofia, Letras e Ciências Humanas da USP, 2022. Disponível em: https://repositorio.usp.br/item/003148907 . Acesso em: 27 mar. 2024.

NEVES, Deborah Regina Leal. *A persistência do passado*: patrimônio e memoriais da ditadura em São Paulo e Buenos Aires. Dissertação de Mestrado em História Social. São Paulo: Faculdade de Filosofia, Letras e Ciências Humanas, da Universidade de São Paulo, 2014. Disponível em: https://www.teses.usp.br/teses/disponiveis/8/8138/tde-27062014-120128/pt-br.php . Acesso em: 30 mar. 2024.

NEVES, Deborah Regina Leal. Edifícios da(e) Repressão: a construção dos sentidos sociais através da patrimonialização – Maria Antônia, Arco Tiradentes, El Olimpo e Club Atlético. *Anais do XXI Encontro Estadual de História* – ANPUH-SP-Campinas, p.1-14, set. 2012. Disponível em: http://www.encontro2012.sp.anpuh.org/site/anaiscomplementares#D. Acesso em: 27 mar. 2024.

NOGUEIRA, Rose. Em corte seco. *In*: FREIRE, Alípio; ALMADA, Izaías; PONCE, J. A. de Granville (org.). *Tiradentes, um presídio da ditadura*: memórias de presos políticos. São Paulo: Scipione, 1997, p. 135-151.

NOREK, Ayssa Yamaguti. Cárcere, presas políticas e gênero: os casos do Instituto Penal Talavera Bruce e do Presídio Tiradentes (1968-1979). *In:* GALEANO, Diego; CORRÊA, Larissa Rosa; PIRES, Thula (org.). *De presos políticos a presos comuns*: estudos sobre experiências e narrativas de encarceramento. Rio de Janeiro: Ed. PUC-Rio, 2021, p. 127-155.

OLIVEIRA, Eleonora Menicucci. de. Reconstruindo práticas de liberdade. In: FREIRE, Alípio; ALMADA, Izaías; PONCE, J. A. de Granville (org.). *Tiradentes, um presídio da ditadura*: memórias de presos políticos. São Paulo: Scipione, 1997, p. 291-299.

OLIVEIRA, Priscila Sobrinho de. Um olhar para os presos comuns nas memórias dos presos políticos da Era Vargas. *In*: GALEANO, Diego; CORRÊA, Larissa Rosa; PIRES, Thula (org.). *De presos políticos a presos comuns*: estudos sobre experiências e narrativas de encarceramento. Rio de Janeiro: Ed. PUC-Rio, 2021, p. 61-92.

PRAXEDES, Vanda Lúcia; MANSO, Haydenée Gomes Soares. Torre das Donzelas: memórias das experiências de liberdade e resistência no cárcere. *Revista Temas em Educação,* João Pessoa/PB, v. 29, n. 2, p. 325-350, jun./jul. 2020. Disponível em: https://periodicos.ufpb.br/index.php/rteo/article/view/53027 . Acesso em: 30 mar. 2024.

PRESÍDIO Tiradentes será demolido. *Folha de S. Paulo,* Ano LI, n. 15.413, p. 1, 28 ago. 1971.

RIDENTI, Marcelo Siqueira. As mulheres na política brasileira: os anos de chumbo. *Tempo Social:* Revista de Sociologia da USP, São Paulo, v. 2, n. 2, p. 113-128, 2. sem. 1990. Disponível em: https://www.scielo.br/j/ts/a/QBnBNdHBv3pLJNdMWp4bL4k/. Acesso em: 30 mar. 2024.

SELIGMANN-SILVA, Márcio. Narrar o trauma: a questão de testemunho de catástrofes históricas. *Psicologia Clínica*, Rio de Janeiro, v. 20, n.1, p. 65-82, 2008. Disponível em: https://www.scielo.br/j/pc/a/5SBM8yKJG5TxK56Zv7FgDXS/?format=pdf&lang=pt. Acesso em: 26 abr. 2024.

SELIGMANN-SILVA, Márcio. 'Zeugnis' e 'Testimonio': um caso de intraduzibilidade entre conceitos. *Pandaemonium Germanicum*, São Paulo, n. 6, p. 67-83, 2002. Disponível em: https://www.revistas.usp.br/pg/article/view/64399. Acesso em: 26 abr. 2024.

SIPAHI, Rita. Em nome da rosa. *In*: FREIRE, Alípio; ALMADA, Izaías; PONCE, J. A. de Granville (org.). *Tiradentes, um presídio da ditadura*: memórias de presos políticos. São Paulo: Scipione, 1997, p. 181-189.

VILLAMÊA, Luiza. *A Torre*: O cotidiano de mulheres encarceradas pela ditadura. São Paulo: Companhia das Letras, 2023a. [coleção "Arquivos da Repressão no Brasil", coord. Heloisa M. Starling].

VILLAMÊA, Luiza. Agradecimentos. *In*: VILLAMÊA, Luiza. *A Torre:* O cotidiano de mulheres encarceradas pela ditadura. São Paulo: Companhia das Letras, 2023b. [coleção "Arquivos da Repressão no Brasil", coord. Heloisa M. Starling].

VILLAMÊA, Luiza. Prólogo. *In*: *A Torre*: O cotidiano de mulheres encarceradas pela ditadura. São Paulo: Companhia das Letras, 2023c, p. 9-12. [coleção "Arquivos da Repressão no Brasil", coord. Heloisa M. Starling]

A SUJEIÇÃO DO CORPO SUBVERSIVO: AUTORITARISMO, GÊNERO E SEXUALIDADE NO CONTO "A NEGRA ZULEIKA", DE BERNARDO KUCINSKI

Weverson Dadalto[1]

Autoritarismo e questões de gênero na literatura de Bernardo Kucinski

A obra de Bernardo Kucinski está predominantemente dedicada à apresentação do autoritarismo que persiste na sociedade brasileira e que se manifesta especialmente na violência da ditadura (1964-1985). O escritor aborda formas diversas de violência que vão além dos crimes brutais do regime militar, os quais incluem torturas, assassinatos e desaparecimentos de pessoas. Desde a estreia na ficção (*Mataram o presidente*, em 2010) até o livro mais recente (*O congresso dos desaparecidos*, de 2023), as narrativas de Kucinski mostram que os mesmos fundamentos socioeconômicos e políticos que possibilitaram o horror da ditadura seguem ainda sustentando opressões como a exploração econômica, a pobreza, o racismo e o machismo.[2] Ao contribuírem para a elaboração da memória da

---

1 Doutor em Letras pela Universidade Federal do Espírito Santo (Ufes). Professor do Instituto Federal de Educação, Ciência e Tecnologia do Espírito Santo (Ifes) – Campus Vitória. E-mail: weversondadalto@gmail.com.

2 Ao longo de décadas, em sua obra jornalística e acadêmica, Kucinski desenvolve a crítica do autoritarismo multifacetado, duradouro e sistemático no Brasil. Nesse sentido, merecem destaque *Pau de arara: a violência militar no Brasil*, publicado em coautoria com

ditadura, os romances e os contos de Kucinski encontram nessa época uma manifestação paradigmática da violência sistêmica que segue se renovando para manter estruturas fundantes de dominação. Conforme Lilia Schwarcz (2019), o autoritarismo excede práticas políticas de governos ditatoriais, pois está emaranhado na história brasileira e apresenta interseções entre problemas correlacionados e interdependentes, especialmente o racismo, o mandonismo, o patrimonialismo, a corrupção, a desigualdade social, a violência, o machismo, a misoginia e múltiplas intolerâncias.

Nesse contexto, questões de gênero e de sexualidade também demandam atenção na leitura da ficção de Kucinski, embora inicialmente pareçam secundárias. Antes de tudo, é notável que, em narrativas kucinskianas relevantes no conjunto da obra, as vítimas da violência frequentemente são mulheres. Em *K.*, um pai busca o corpo de sua filha, uma professora torturada, assassinada e desaparecida por agentes da repressão. Em *Alice* (Kucinski, 2014a), a mulher que intitula o romance é uma jovem pesquisadora, que tenta garantir respeito profissional em um ambiente universitário predominantemente masculino. Também em *Júlia* (2020), tanto a protagonista quanto sua mãe são vitimadas pelo estado de exceção: Maria do Rosário é torturada e assassinada e sua filha recém-nascida é clandestinamente entregue a uma adoção que depois lhe é ocultada. Em *A nova ordem* (2019), o machismo e a homofobia extremados aparecem intimamente associados ao poder de homens genocidas; nessa distopia, as personagens mulheres são caricaturas do papel de esposa submissa e reservada ao lar. Por outro lado, discursos opressores que associam a autoridade à masculinidade e à paternidade controladora geram angústia para os protagonistas de *K.* (2011) e de *Pretérito imperfeito* (2017): embora tentem resistir às imposições ideológicas do papel social do pai provedor responsável pela segurança da família, esses personagens sofrem culpa pela suposta negligência na proteção dos filhos, ou seja, sentem remorso por não terem desempenhado a suposta função que os discursos dominantes desarrazoadamente atribuem ao homem e ao pai.

Ítalo Tronca, em 1971; *Abertura: a história de uma crise*, de 1982; *A ditadura da dívida*, escrito com Sue Branford e editado em 1987; *Jornalistas e revolucionários: nos tempos da imprensa alternativa*, de 1991; e *Jornalismo econômico*, de 1996, entre muitos outros títulos. Para uma introdução à obra não literária e uma leitura do conjunto da ficção de Kucinski, remeto ao meu livro *Violência e autoritarismo na literatura testemunhal de Bernardo Kucinski* (Editora Polifonia, 2024).

Esses exemplos sugerem a hipótese, a ser investigada, de que agressões a corpos de mulheres, nos textos de Kucinski, apontam para aproximações complexas entre masculinidade e autoritarismo, bem como para dispositivos de manutenção de hierarquias opressivas relacionadas a gênero e sexualidade. A questão passa pela relação entre o regime político ditatorial e o reforço da masculinidade heterossexual normativa. Mais do que simultâneas, são duas formas de autoritarismo reciprocamente mantenedoras e sustentadoras: o ditador é uma imagem nacionalizada do pai macho e todo-poderoso, enquanto ao pai tradicional se atribui a expectativa do comportamento de um tirano doméstico.

Essas questões nem sempre aparecem explicitamente na ficção de Kucinski, mesmo que sejam tematizadas em vários textos e constituam a forma narrativa de conhecidos romances do autor (como *K.*, *Pretérito imperfeito* e *Júlia*). No que se refere à enganosa – e opressiva – identificação entre masculinidade, heterossexualidade e paternidade, há narrativas kucinskianas atravessadas por contradições e lacunas: ora criticam explicitamente o autoritarismo de gênero e a repressão de sexualidades desviantes da norma conservadora, ora reproduzem acriticamente discursos dominantes; ora negligenciam o debate, ora sugerem intuições pouco elaboradas. Tal problema se torna ainda mais relevante em textos que tratam da ditadura, nos quais ficam insinuados importantes pontos de contato entre autoritarismo político e dominação de gênero e sexualidade. Por exemplo, dezenas de contos de *A cicatriz e outras histórias* (2021) que apresentam a violência de agentes da repressão e a resistência de militantes da oposição – como "O crime do marinheiro", "As três Marias", "O oficial do dia" e "Recordações do casarão" – mal disfarçam o machismo e a homofobia dominantes tanto entre apoiadores quanto entre opositores do regime; o governo totalitário das distopias *A nova ordem* (2019) e *O colapso da nova ordem* (2022) relega as mulheres a segundo plano e inclui pessoas gays entre a população exterminável; a luta do pai para livrar o filho do vício em drogas em *Pretérito imperfeito* (2017) encena conflitos sobre papeis atribuídos ao homem.

Vale detalhar outros exemplos na literatura de Kucinski ao menos para evitar o risco das generalidades. Em *K.*, no capítulo "Um inventário de memórias", o pai observa antigos retratos e, depois de perceber "o quanto da vida dela ignorara e ainda ignorava", nota que "ali estão fotografias da sua filha sugerindo delicadeza e sensibilidade" (Kucinski, 2011, p. 113-117). Ao final do fragmento, explorando o discurso indireto livre, o narrador atribui considerações a K.: "Embora se percebesse também nessas fotografias a suave fragilidade da filha, ela parece uma mulher madura, plena, tem o semblante sereno de quem está vivendo um bom momento. Os cabelos amarrados para trás formavam um tufo discreto. Aparecia com elegância em todas essas fotografias" (Kucinski, 2011, p. 116-117). A caracterização da filha como delicada, sensível, frágil e elegante (atributos comumente associados ao estereótipo da feminilidade) é compreensível ao pai que lamenta sua perda; por outro lado, a imagem é incoerente com o motivo da trama: a mulher desaparecida é uma guerrilheira forte e corajosa que ousara integrar uma organização armada de resistência à ditadura militar. Ambas as descrições não são excludentes. Mas talvez o pai não pense assim, pois "sempre a vira como a filhinha sensível que lia poemas, que gostava muito de cinema e pouco de política"; ele chega a supor que ela entrou na luta armada só por causa do marido: "Mas a pergunta que realmente o afligiu era se a filha teria sido poupada caso o marido não fosse um revolucionário. Um dilema moral: deveria odiá-lo, por ter arrastado sua filha a uma morte estúpida, ou honrá-lo, por ter enriquecido sua vida?" (Kucinski, 2011, p. 46). Implícita está a pressuposição de que o homem, suposto responsável pela ação revolucionária, teria corrompido a feminilidade da filha.

Kucinski está atento ao problema manifestado no personagem K. e explicita sua preocupação crítica em *Os visitantes* (2016). No segundo episódio dessa narrativa metalinguística, intitulado "A recusa", uma amiga da mulher desaparecida transmite ao escritor ficcional a acusação de uma terceira amiga, ausente: "Só disse que você não a conhecia, até a desdenhava, todos na família a subestimavam, você, seu irmão, a cunhada, todos, até o pai, em parte" (Kucinski, 2016, p. 18). Depois de o narrador-escritor pedir explicação sobre a menção ao pai, ela continua: "Porque não passava pela cabeça dele que a filhinha querida e graciosa tivesse se transformado numa mulher política" (Kucinski, 2016, p. 18). A visitante enuncia inequivocamente o problema da perigosa identificação entre masculinidade e coragem, por um lado, e feminilidade e delicadeza, por outro. Além disso, ela escancara o preconceito de que ações políticas (ainda mais em luta armada) seriam tipicamente masculinas. Tanto a personagem visitante quanto o personagem escritor da novela autoficcional encenam conflitos conhecidos pelo próprio escritor Kucinski.

Outro exemplo é encontrado em uma sutil diferença entre sucessivas edições de *K.* Publicado inicialmente pela editora Expressão Popular (2011 e 2012), a partir da terceira edição (Cosac Naify, 2014) o livro sofreu alterações que foram mantidas depois (Companhia das Letras, 2016): por exemplo, o acréscimo do subtítulo "Relato de uma busca", a redução do texto da advertência inicial a apenas uma frase, a exclusão das ilustrações de Enio Squeff, a supressão e o acréscimo de notas de rodapé e várias mudanças pontuais no texto. Na edição revisada, é expressivo, para a questão de gênero, uma pequena supressão neste trecho do capítulo "Sorvedouro de pessoas": "K., pela primeira vez, ouvia alguém falar do Araguaia; ficou sabendo que muitos rapazes e até algumas moças tinham sido presos pelas forças armadas no meio da floresta amazônica e executados lá mesmo" (Kucinski, 2011, p. 26). Depois o trecho "e até algumas moças" é apagado: "K. pela primeira vez ouvia alguém falar do Araguaia; ficou sabendo que muitos rapazes tinham sido presos pelas Forças Armadas no meio da floresta amazônica e executados lá mesmo" (Kucinski, 2014b, p. 22; Kucinski, 2016, p. 24). O que significa esse detalhe? O termo *até* indica uma escala argumentativa, algo como: "1) a ditadura matou muita gente; 2) a ditadura foi cruel a ponto de exterminar jovens no meio de uma floresta; 3) a ditadura foi tão cruel que chegou a matar moças no meio de uma floresta". A execução de "moças" aumenta a surpresa do personagem porque parece majorar a gravidade dos crimes da ditadura. Mas, se é sabido que havia muitas mulheres atuantes na Guerrilha do Araguaia (Brasil, 2014, p. 707-712), não há razão para apartar as "moças" entre o grupo de vítimas a não ser certo pensamento machista de que guerrilhas não são "coisas de mulher". O apagamento dessa expressão nas edições mais recentes pode indicar um posicionamento autocrítico do escritor quanto às implicações da forma anterior da frase.

Um terceiro exemplo, entre muitos outros, se encontra no romance *Alice: não mais que de repente* (Kucinski, 2014a). A investigação sobre o assassinato da professora que intitula o romance (outra personagem ausente, sabidamente morta desde o início da narrativa, como a professora desaparecida de *K.*) é entremeada por diálogos sobre temas aparentemente alheios ao desvendamento do mistério, como o machismo nas universidades e a perseguição da ditadura a pesquisadores e intelectuais. A simultaneidade dos assuntos vincula dominação masculina, ditadura, misoginia, intolerância às diferenças, violência policial, corrupção e desigualdade de direitos: são faces interdependentes do autoritarismo estruturante das relações sociais no Brasil. Essa ideia roteiriza o diálogo entre o investigador Magno e a professora Heloíza. Ela relata problemas que a professora Alice tinha enfrentado no Instituto de Ciências Físicas da USP: "Podação, inveja, machismo" (Kucinski, 2014a, p. 75). Um pouco a seguir, ela generaliza: "É que os chefes são todos homens e forçam a colocação de seus nomes nos artigos. Também podam as mulheres sempre que têm oportunidade" (Kucinski, 2014a, p. 76). Páginas à frente, depois de mencionar casos de corrupção entre pesquisadores e se queixar das pressões para produtividade de artigos, ela explica a Magno que a ditadura mudou a universidade: "Ficou assim depois das cassações. Os militares expulsaram os melhores, os mais sérios e desprendidos" (Kucinski, 2014a, p. 82). Assim, partindo de uma questão interna de machismo no departamento, o diálogo chega a um efeito do autoritarismo: "Foi a sentença de morte da universidade. Na minha opinião, delegado, esse foi o maior estrago infligido ao nosso pobre país pela ditadura. As gerações seguintes abandonaram o pensamento crítico" (Kucinski, 2014a, p. 83). Imediatamente o círculo argumentativo se fecha quando Heloíza, ao explicar por que ela própria não foi perseguida, vincula a ditadura e a dominação de gênero: "Agora que o senhor perguntou, eu me dei conta de que até nas cassações houve desprezo pela mulher. Assim, de memória, não lembro de nenhuma cientista que tinha sido cassada. E foram mais de 300" (Kucinski, 2014a, p. 82).

Supreendentemente, mesmo depois desse diálogo esclarecedor com Heloíza, o delegado Magno reproduz um discurso altamente misógino e desumanizador quando descreve a pesquisadora Bárbara: "De fato, a mulher é gostosa, avalia Magno. Provocante. Tipo violão, cintura fina e seios generosos. Uma fêmea, antes de tudo. Uma reprodutora. Uma potranca, como diziam na Academia de Polícia. Bem, também é professora universitária, cientista, uma condição não exclui a outra" (Kucinski, 2014a, p. 151). A falta de mediação crítica na narração indicia a permanência da naturalização das hierarquias de gênero que privilegiam o homem heterossexual personificado no delegado.

No entanto, para evitar confusões, é preciso enfatizar que a afirmação de que problemas de gênero e sexualidade são pouco elaborados na ficção de Kucinski não significa nem que não são relevantes nem que o escritor não manifeste preocupação crítica a respeito. Mesmo que coloquem em primeiro plano a violência da repressão política, as narrativas de Kucinski apresentam discursos subjacentes que engendram e sustentam violências mais visíveis. A ditadura não existiria sem uma ampla rede de sustentação social e ideológica que demanda seu surgimento e apoia sua continuidade. Entre essas ideologias, as regulações de gênero e de sexualidade são fundamentais. Basta lembrar que um dos lemas conservadores mais repetidos da ditadura – "Deus, pátria e família" – expõe o moralismo opressor patriarcal, heteronormativo, misógino etc. Também é redundante mencionar como esse lema reaparece sempre que novas ondas de autoritarismo neofacista ganham força, como é o caso da ascensão da extrema-direita política e do letal fortalecimento do bolsonarismo no Brasil na última década.

Cabe desenvolver a crítica da abordagem do gênero e da sexualidade em testemunhos de vítimas de violência política justamente porque problemas de gênero aparecem de modo compreensivelmente pouco elaborado nos contextos em que a violência gravíssima é a da sanguinária repressão política. Aliás, por improvável coincidência, repressão é uma palavra muito frequente em debates sobre sexualidade. A aparente marginalidade das questões de gênero e de sexualidade em situações de autoritarismo extremo oportuniza a crítica justamente porque a manifestação da violência nesse sentido é apresentada sem ter passado antes por uma elaboração atenta. A discussão é difícil porque a barbárie parece diminuir a relevância da violência de gênero; o horror da repressão, da tortura e do desaparecimento faz parecer amena a imposição de normas de conduta sexual; a resistência à censura às atividades políticas parece mais urgente que a resistência à repressão das identidades desviantes da heteronormatividade masculina. Por outro lado, é justamente nesses casos que o machismo, a misoginia e a normatização conservadora da sexualidade surgem desavergonhadamente: enquanto vítimas da ditadura são caladas (pela censura, pela morte, pelo exílio...) ou gritam de dor (pela tortura, pela fome gerada por políticas econômicas mortíferas, pela exploração do trabalho...), são admitidas e até estimuladas a discriminação e a opressão de quaisquer identidades de gênero e comportamentos sexuais desviantes do padrão do homem heterossexual (significativamente muito bem representado por ditadores e torturadores).

Esse último argumento se apoia nas considerações que Marianne Hirsch propõe em *La generación de la posmemoria* (2021). Ao estudar testemunhos de sobreviventes e de descendentes de sobreviventes do Holocausto, Hirsch nota a predominância de narrativas produzidas por homens e o apagamento de vozes de mulheres em obras artísticas que tratam do genocídio nazista: a autora cita casos em que mulheres são afastadas do lugar de produtoras da história e relegadas ao papel de chorar ou de cantar (Hirsch, 2021, p. 23, 132). Por isso, a pesquisadora defende que é necessário adotar perspectivas de gênero e de sexualidade nos estudos do Holocausto para permitir que testemunhos de mulheres ressurjam e ressoem em um âmbito dominado majoritariamente por histórias masculinas e heteronormativas (Hirsch, 2021, p. 30). Segundo Hirsch (2021, p. 31), nos relatos de experiências traumáticas, o gênero é ora invisível, ora demasiadamente visível; às vezes torna o evento insuportável, outras o converte em um fetiche; o gênero participa na seleção de quais histórias são transmitidas e quais ficam esquecidas . Por isso, para a autora, leituras feministas e *queer* são necessárias inclusive quando problemas de gênero e de sexualidade parecem ter sido eliminados ou são invisíveis, já que tais perspectivas ampliam os limites de inteligibilidade para incluir experiências ainda não pensadas (Hirsch, 2021, p. 31). Nesse sentido, gênero e sexualidade são mais que temas de testemunho de vítimas da violência: constituem enquadramentos que determinam a visibilidade ou o apagamento das histórias contadas e atravessam a transmissão desses relatos.

As considerações de Hirsch (2021, p. 172) se mostram inequívocas quando ela demonstra como diversas publicações e obras artísticas sobre o Holocausto infantilizam ou feminizam as vítimas, enquanto os verdugos são hipermasculinizados . A aproximação das vítimas à imagem de crianças tira delas a masculinidade (um menino não é exatamente um homem), o que pode ser feito também pela efeminação dos homens vitimados e, por isso, vistos como frágeis e hipersensíveis (características que, como o protagonista de *K.* também expressa, frequentemente aparecem relacionadas às mulheres). Hirsch afirma ainda que a infantilização é estruturalmente uma figura da feminização, pois ambos os procedimentos constituem o afastamento da imagem do homem heterossexual e (por associação obviamente errada, mas lamentavelmente comum) corajoso, forte, vencedor: nos textos analisados por Hirsch, os algozes frequentemente são representados como o mal superlativamente fálico, mecanizado e sobre-humano (Hirsch, 2021, p. 185). A autora se declara consciente de que a tematização de questões de gênero no contexto do Holocausto é delicada; afinal, os nazistas perpetraram uma desumanização tão extrema que o extermínio total tiraria das vítimas qualquer marca de gênero e de sexualidade; por outro lado, ela insiste que as representações de masculinidade e de sexualidade são decisivas na transmissão da memória e que a análise do gênero é particularmente elucidativa precisamente quando ele está situado em segundo plano, quando parece ser elusivo ou invisível (Hirsch, 2021. p. 226 -227). Ou seja, para Hirsch (2021, p. 254), em contextos de violência extrema, a aparente irrelevância do gênero o torna ainda mais importante e significativo.

Tendo essas considerações em vista, este ensaio propõe uma leitura do conto "A negra Zuleika", de Kucinski, a partir de questionamentos sobre identidades e hierarquias de gênero e sexualidade. O conto integra o volume *Você vai voltar pra mim e outros contos* (Kucinski, 2014c), integralmente reeditado depois em *A cicactriz e outras histórias: (quase) todos os contos de B. Kucinski* (2021). A coletânea de 2014 reúne vinte e oito relatos curtos sobre os crimes praticados pela ditadura, bem como os efeitos e a memória dessa violência nos anos seguintes. São histórias de prisões, torturas, perseguições e traumas, mas também de resistência insistente e corajosa da oposição ao regime. Apenas um conto do volume não trata da ditadura no Brasil, e sim do fascismo em Portugal. Nesse texto aparentemente deslocado do conjunto, há uma chave elucidativa para a leitura da ficção kucinskiana em uma perspectiva de gênero. Trata-se do conto "História de uma gagueira", em que a aproximação é precisa e direta: "O pai era um Salazar caseiro" (Kucinski, 2014c, p. 144). A identificação pungente revela uma marca de outras narrativas kucinskianas, como as já citadas acima: a identificação opressiva entre masculinidade, paternidade e autoritarismo. Tal associação falaciosa, há muito tempo já desconstruída em estudos de gênero, ainda segue forte em muitas formações ideológicas e, por isso, demanda esclarecimento e resistência. Nesse sentido, a análise de "A negra Zuleika" contribui para a crítica da convergência entre o masculino, o heteronormativo e o autoritário.

Percival e a masculinidade abalada

A ditadura vitimou tanto homens quanto mulheres, heterossexuais ou homossexuais. Mas, para mulheres, a repressão política se soma ao machismo e à misoginia; para pessoas gays e lésbicas, a repressão heteronormativa se junta à repressão política em formas ainda mais terríveis de homofobia. Aliás, não é raro que a tortura contra homens heterossexuais explore violentamente a suposta dilaceração de sua masculinidade, por meio tanto de manipulações psicológicas quanto de suplícios corporais. O primeiro volume do relatório da Comissão Nacional da Verdade dedica todo um capítulo a numerosos e assustadores relatos de violência sexual e de gênero. A seção intitulada "A violência sexual e de gênero como instrumento de poder e dominação" começa assim:

> Inserida na lógica da tortura e estruturada na hierarquia de gênero e sexualidade, a violência sexual relatada por sobreviventes da ditadura militar constitui abuso de poder não apenas se considerarmos poder como a faculdade ou a possibilidade do agente estatal infligir sofrimento, mas também a permissão (explícita ou não) para fazê-lo. Foi assim que rotineiramente, nos espaços em que a tortura tornou-se um meio de exercício de poder e dominação total, a feminilidade e a masculinidade foram mobilizadas para perpetrar a violência, rompendo todos os limites da dignidade humana. Nesse espaço desempoderado, os perseguidos políticos tiveram seus corpos encaixados na condição de prisioneiras e prisioneiros. No exercício da violência, mulheres foram instaladas em *loci* de identidades femininas tidas como ilegítimas (prostituta, adúltera, esposa desviante de seu papel, mãe desvirtuada etc.), ao mesmo tempo que foram tratadas a partir de categorias construídas como masculinas: força e resistência físicas. Nesses mesmos espaços de violência absoluta, também foi possível feminilizar ou emascular homens (Brasil, 2014, p. 402).

No artigo "Violações dos direitos humanos das mulheres na ditadura", Maria Amélia de Almeida Teles (2017, p. 212) demonstra que as mulheres coercitivamente encaminhadas aos locais de tortura são submetidas a "crimes cometidos pelo emprego da violência de gênero, como os estupros, a violência sexual, os abortamentos forçados, entre outros", além de "crimes como sequestros, torturas, assassinatos e ocultamentos de cadáveres", que atingem todos os opositores.

A violência relacionada a gênero e sexualidade atravessa também as organizações de esquerda. Em "As mulheres na política brasileira: os anos de chumbo", Marcelo Siqueira Ridenti estuda a presença de mulheres na resistência à ditadura. Ele observa que, considerando-se a conjuntura sociocultural de uma época em que a política era dominada por homens, nos grupos armados é expressivo o número de mulheres, entre 15 e 20% do total (Ridenti, 1990, p. 114). Porém, elas são frequentemente afastadas das posições de comando e enfrentam comportamentos machistas de companheiros militantes (Ridenti, 1990, p. 118-121). Para o pesquisador, "a participação feminina era um avanço para a ruptura do estereótipo da mulher restrita ao espaço privado e doméstico, enquanto mãe, esposa, irmã e dona-de-casa, que vive em função do mundo masculino": "muitas mulheres tentavam romper, em diversos aspectos, com séculos de submissão ao entrarem para organizações clandestinas de extrema esquerda" (Ridenti, 1990, p. 114, 116).

No conto "A negra Zuleika", a confluência entre repressão de gênero e repressão política emerge em uma fala aparentemente ingênua do policial Freddy: "Diligência mais louca, prender subversivo em praia, ainda mais mulher, onde já se viu" (Kucinski, 2014c, p. 31). Não há razão explícita que explique por que o gênero da pessoa "subversiva" aumenta a perplexidade do agente do Estado: "ainda mais mulher". A ressalva do policial mostra que a política ditatorial frequentemente está associada a formas diversas de opressão de gênero. Esse conto mostra como os tentáculos do autoritarismo atuam poderosamente na vida quotidiana.

No conto, Zuleika, uma jovem negra que trabalha como babá, vai à praia com duas amigas. Ambas, também negras, são empregadas como cozinheiras no mesmo prédio em Copacabana. Nessa praia, Percival, homem rico, se incomoda com a presença da mulher, e, sob pretexto de ela estar cantando uma canção "subversiva" e "comunista", aciona a polícia para que seja presa. O policial Freddy inicialmente cumpre a ordem, mas depois explora a sensualidade de Zuleika, que assim se livra da prisão. Eles estabelecem um relacionamento regular, Zuleika engravida e dá à luz um menino. O mais velho entre seus quatro filhos toda semana espera Freddy no portão de sua casa, onde o policial atira duas latas de leite em pó através da janela da viatura.

Não há marcação explícita de tempo histórico no conto; o contexto geral do livro, a alusão à canção de Geraldo Vandré e a referência ao poder dos "milicos" levam a supor que a história narrada se passa durante o período da ditadura iniciada com o golpe de 1964. A perspectiva do narrador é indicada já na primeira frase: "Zuleika veio à praia a convite das amigas do prédio" (Kucinski, 2014c, p. 29): o dêitico "veio" sugere que o narrador fala do lugar que Percival quer segregar para homens heterossexuais, brancos e ricos. Essa marcação inicial elucida a elaboração das personagens, especialmente as mulheres, descritas de maneira a enfatizar a sensualidade de seu corpo e a diferença da cor de sua pele em relação ao tipo hegemônico naquele ambiente.

Percival, ao mandar prender Zuleika, identifica-se ele próprio à lei. Há uma indistinção entre seu interesse privado – seu incômodo preconceituoso – e um suposto interesse público relacionado à segurança nacional: "[...] essa crioula é comunista, veio provocar, é uma subversiva [...] (Kucinski, 2014c, p. 30). Sobre o corpo de Percival estão os signos do poder: as roupas e os acessórios caros, o sobrenome de "família ilustre", a amizade com "gente fina", a companhia do "figurão". Nesse caso, há uma identificação (e uma confusão absurda, mas lamentavelmente frequente) entre poder, riqueza e masculinidade, os quais se voltam contra o gênero, a raça, a classe e a ideologia política enquadrados como ameaçadores ou perigosos.

Assim, Percival reproduz na pequena escala ficcional o que se passa na conjuntura brasileira da época: a hegemonia das elites brancas e ricas, representadas quase exclusivamente por homens. Percival é um pequeno ditador em uma cena quotidiana. O poder do ditador do país tanto autoriza os atos tirânicos do homem comum quanto apoia-se neles: não haveria ditadura se não houvesse uma ampla base política na qual ela se sustenta. Aliás, a imagem comum da liderança máxima em ditaduras na história ocidental contemporânea é a do homem, o que já indicia a íntima relação entre autoritarismo político e supremacia masculina. Um dos aspectos comuns das práticas ditatoriais é a afirmação da masculinidade heterossexual, o que acarreta misoginia e perseguição a afetos homossexuais.

Não se trata de simples dominação de um grupo sobre os demais. A própria existência de grupos diferenciados no interior da sociedade – circunscritos por critérios de gênero, raça e classe social – é efeito de um poder que busca legitimar-se continuamente. A produção de diferenças é uma operação ideológica dos dominadores que, para a continuidade do privilégio e a normalização da violência, significam os corpos dominados por meio de sexo, de raça ou de classe, entre outros cortes. Essas diferenças são então naturalizadas para que o próprio poder seja justificado em nome de uma pretensa ordem natural primária e alheia à vontade dos dominadores. Ou seja, primeiro o poder produz a diferença para depois operacionalizá-la a seu favor. Embora frequentemente se levante a objeção de que a cor da pele ou a morfologia dos corpos masculinos e femininos sejam fatos empíricos, não se pode ignorar que tais diferenças são acessíveis apenas no interior do discurso e nunca fora dele: a percepção das diferenças corporais é mediada pela ideologia. Assim o corpo aparece na cultura sempre como signo. A significação é já exercício do poder.

No conto "A negra Zuleika", a separação dos personagens em grupos de homens e mulheres é encenada desde o início. As mulheres são apresentadas como empregadas em funções subalternizadas. Assim se estabelece a separação binária masculino/feminino e a assimetria de poder. Além disso, as características corporais e as cores dos biquínis são enfatizadas na descrição das mulheres, enquanto os homens são diferenciados prioritariamente pelas funções que exercem ou pelo comportamento social. O poder está associado ao grupo dos homens, e o sexo e o serviço doméstico ao grupo das mulheres. As mulheres são ainda marcadas pela cor de sua pele desde o título: Zuleika é negra "azulona", as amigas são "mulatas de tez café com leite" (Kucinski, 2014c, p. 29). Não há referência direta à cor da pele de Percival e de seus amigos, mas há uma generalização bastante elucidativa: "A areia da praia é toda branca, a praia é de brancos" (Kucinski, 2014c, p. 30). Fica metonimicamente vinculada a cor da praia e a cor majoritária de seus frequentadores, em uma espécie de naturalização falaciosa que sugere contiguidade entre a brancura da areia e a da pele das pessoas que estão sobre ela.

Em *Problemas de gênero: feminismo e subversão da identidade*, Judith Butler retoma um argumento de Monique Wittig, que afirma que "[...] a categoria do sexo é, sob as condições de heterossexualidade compulsória, sempre feminina (mantendo-se o masculino não marcado e, consequentemente, sinônimo do universal)" (Butler, 2018, p. 45). O conto oportuniza uma analogia: em uma sociedade profundamente racista, a cor de pele marcada é a negra; a pele branca é tomada como universal, regular, signo de autoridade e da consequente autorização para a ocupação excludente de certos lugares.

Entretanto, Percival é dominado pela lei que pensa dominar. Ele não é o representante legítimo da lei, mas é mais um efeito dela. Há, no texto, alguém mais poderoso que ele, o "figurão" que Percival não quer contrariar. O personagem é atravessado, por isso, pela insinuação de fracasso e frustração: está na praia para agradar o figurão, mas preferia o clube; na praia, se incomoda com o isopor de cerveja dos amigos ("coisa de farofeiro") porque não quer ser confundido com frequentadores importunos do ambiente; em vez de corresponder à expectativa de "apreciar o mulherio", manda "dar uma lição" na "negra abusada" (Kucinski, 2014c, p. 30).

Todos os personagens que têm ação direta na trama são nomeados, e até mesmo os filhos de Zuleika têm nome. Nesse sentido, é curiosa a falta de nome próprio para o "figurão". Designado por esse termo vago, o figurão pode simbolicamente aludir a alguma figura masculina que ocupe um lugar de poder: o chefe, o pai, o ditador, os ideais fantasísticos de masculinidade. No relato, Percival é interpelado por esse figurão e não arrisca desacatá-lo. Esse homem que domina Percival pode personificar um ideal abstrato e difuso de gênero e de autoridade.

"Mas o figurão insistiu, deixa de ser fresco, vamos lá tomar umas e apreciar o mulherio" (Kucinski, 2014c, p. 30). De acordo com o *Dicionário Houaiss da língua portuguesa*, o adjetivo "fresco" assume os seguintes significados quando caracteriza seres humanos: "bem-disposto; descansado, jovem"; "que ou quem é cheio de melindres; melindroso"; "que ou aquele que é efeminado; maricas". Também o *Dicionário Aurélio da Língua Portuguesa* registra para o termo "fresco" os seguintes sentidos possíveis no contexto do conto: "Vigoroso, forte, rijo, robusto"; "que ainda não se cansou; em boa disposição"; "faceiro, janota, taful" e "diz-se de homossexual masculino". A ambiguidade do termo é reforçada quando se leva em conta que Percival, solteiro aos 42 anos de idade, não aparenta boa disposição e ânimo descansado. Interessante ainda observar que Percival "só veste roupas de grife" e acessórios ligados à moda: Pierre Cardin, Lacoste, Ray-Ban... A preocupação com grifes não raramente é – preconceituosa e ilegitimamente – associada a certa cultura gay. Isso reforça a leitura dúbia da masculinidade do personagem ("deixa de ser fresco") a partir de modelos de inteligibilidade de gênero previamente estabelecidos naquele contexto sociocultural. É possível supor, portanto, que os colegas de Percival colocassem em dúvida a masculinidade dele, ou ao menos que ele próprio se preocupasse com essa possibilidade. Essa suposição é reforçada pela interpelação para "apreciar o mulherio" (Kucinski, 2014c, p. 30). Aqui, mais uma vez, é preciso lembrar que tanto os estudos críticos quanto os movimentos políticos há muito tempo já desconstruíram a identificação entre masculinidade e heterossexualidade; mesmo assim, o autoritarismo opressor opera para manter tal associação, que engendra confusão e sofrimento. É o que ocorre com os personagens do conto, afetados por essa operação ideológica que, embora absurda, segue produzindo identidades e desejos, bem como dominação e exclusão.

No parágrafo seguinte às descrições analisadas acima, "Percival percebe a negra naquele grupinho de mulheres mais à frente" (Kucinski, 2014c, p. 30). De acordo com as normas de inteligibilidade de gênero hegemônicas naquelas circunstâncias, caberia à "masculinidade" de Percival cantar ou assediar Zuleika; ela própria demonstra compreender isso quando, mais tarde, assim explica sua prisão: "foi cisma de algum filho da puta que mexeu comigo e eu não dei bola" (Kucinski, 2014c, p. 32).

Depois de verbalizar sua irritação diante da presença de Zuleika, Percival ouve a observação de que "a negra até que é bem apanhada" (Kucinski, 2014c, p. 30). Esse comentário provavelmente oculta um imperativo: "você deveria desejá-la, não rejeitar a presença dela". Ainda de acordo com o dicionário *Houaiss*, o adjetivo "bem-apanhado" significa "de boa estampa; bem-posto, bonito": uma mulher bem-apanhada é aquela que apresenta boa aparência. Para aqueles homens, Zuleika "até" que é bonita, mesmo privada de um dos principais signos da beleza, a brancura. Mas o verbo que dá origem ao termo, "apanhar", também lembra "pegar", "agarrar": Zuleika poderia, na perspectiva dos homens, ser tomada como objeto sexual. Por outro lado, "apanhar" remete ainda ao sentido de "capturar", "prender" e "ser espancado", e esse último rumo semântico é o escolhido por Percival. Frustrando o ideal que o figurão impõe sobre ele, Percival resolve assediar Zuleika recorrendo ao autoritarismo, provavelmente supondo provar assim sua "macheza".

Aparece, assim, uma hipótese: a masculinidade exaltada de Percival indica (e talvez compense) a rejeição da orientação homossexual (não necessariamente sua, talvez repudiada nos outros, talvez atribuída a si pelos outros). Judith Butler analisa uma ideia similar, proposta por Ferenczi e retomada por Joan Riviere: "[...] os homens homossexuais exageram sua heterossexualidade como 'defesa' contra sua homossexualidade" (Butler, 2018, p. 96). Butler questiona o que seria a forma "exagerada" de uma heterossexualidade exibida por um homem homossexual, e lembra que "os homens gays simplesmente podem não parecer muito diferentes de seus equivalentes heterossexuais" (Butler, 2018, p. 96). A seguir, acrescenta que o analista que formula a hipótese acima não revela uma característica sobre o homem analisado, e sim um modelo preconcebido de análise: "Essa falta de um estilo ou aparência abertamente diferenciadores só pode ser diagnosticada como 'defesa' sintomática porque o homem gay em questão não corresponde à ideia de homossexual que o analista formou e nutriu a partir de estereótipos culturais" (Butler, 2018, p. 96). Ou seja, Butler desvia o foco do homem que supostamente tenta disfarçar sua masculinidade para o analista que tenta ocultar (ou talvez mesmo ignore) seus próprios preconceitos.

Seria leviano afirmar que Percival deixa escapar sua homossexualidade por apresentar determinado comportamento supostamente típico de homens gays ou por não assediar as mulheres. Além disso, não se pode confundir o modelo de inteligibilidade de gênero (a masculinidade) e o desejo (a homossexualidade). Não há uma sequência causal entre masculinidade e heterossexualidade: é perfeitamente possível que um homem se exiba másculo e não seja heterossexual, e vice-versa. Mas o que é evidente para o leitor de hoje talvez não fosse tão claro para Percival e seus amigos. O conto mostra, ao menos no contexto da narrativa, como a afirmação da masculinidade culturalmente exige, por um lado, a correspondência a certos estilos de comportamento e de padronização do corpo, e, por outro, a orientação heterossexual do desejo. Como Percival pressente sua masculinidade abalada, sente a necessidade de afirmá-la ostensivamente, e sua resposta é a violenta misoginia, reforçada pela associação com o racismo.

De acordo com Butler (2018, p. 69),

> O gênero é a estilização repetida do corpo, um conjunto de atos repetidos no interior de uma estrutura reguladora altamente rígida, a qual se cristaliza no tempo para produzir a aparência de uma substância, de uma classe natural de ser. A genealogia política das ontologias do gênero, em sendo bem-sucedida, desconstruiria a aparência substantiva do gênero, desmembrando-a em seus atos constitutivos, e explicaria e localizaria esses atos no interior das estruturas compulsórias criadas pelas várias forças que policiam a aparência social do gênero.

No conto, a regulação do comportamento e o policiamento dos atos que criam a aparência de um "ser" homem (ou que a abalam) são aglutinadas no "figurão", mas se revelam também nos outros personagens masculinos. O incômodo que se manifesta entre eles e as exigências mútuas e contraditórias de correspondência a certa aparência imprecisa de masculinidade evidenciam a fragilidade dessa mesma aparência, a falsidade de uma essência de gênero anterior aos atos do sujeito e a consequente necessidade de iteração contínua das normas reguladoras dos atos constitutivos do gênero. Ainda de acordo com Butler (2018, p. 195), "[...] se o gênero é algo que a pessoa se torna — mas nunca pode ser —, então o próprio gênero é uma espécie de devir ou atividade, e não deve ser concebido como substantivo, como coisa substantiva ou marcador cultural estático, mas antes como uma ação incessante e repetida de algum tipo".

Não só a masculinidade, mas também a heterossexualidade é instável e contraditória. Em outro momento, Butler (2018, p. 211) afirma:

> O ideal de uma heterossexualidade coerente, que [Monique] Wittig descreve como a norma e padrão do contrato heterossexual, é um ideal impossível, um "fetiche", como ela mesma ressalta. Uma elaboração psicanalítica afirmaria que essa impossibilidade se denuncia em virtude da complexidade e resistência de uma sexualidade inconsciente que não é desde sempre heterossexual. Nesse sentido, a heterossexualidade apresenta posições sexuais normativas que são intrinsecamente impossíveis de incorporar, e a impossibilidade persistente do identificar-se plenamente e sem

> incoerências com essas posições a revela não só como lei compulsória, mas como comédia inevitável. Aliás, eu ofereceria essa visão da heterossexualidade como um sistema compulsório e uma comédia intrínseca, paródia constante de si mesma, como uma perspectiva gay/lésbica alternativa.

A impossibilidade de incorporar definitivamente a masculinidade ostensivamente heterossexual pode estar relacionada, no caso de Percival, à tentativa tragicômica de afirmação do poder e à manutenção da cadeia opressiva e regulatória. No conto, a raiva nascida da frustração do homem branco é alvejada no corpo da mulher negra.

Zuleika e a significação compulsória do corpo feminino

Na narração do conto, Zuleika está em tudo identificada ao estereótipo masculinista de mulher: por exemplo, é caracterizada pela maternidade, pelo corpo sexuado e objetificado para o desejo masculino, pelo trabalho doméstico. Sua identidade social se constitui na interseção de aspectos de gênero (mulher heterossexual), raça ("a pele é preto puro") e classe (pobre e moradora de periferia) (Kucinski, 2014c, p. 29). Uma leitura superficial do conto leva a supor que ela se submete resignadamente aos significados que são inscritos sobre seu corpo.

De acordo com Butler(2018, p. 21),

> Se alguém "é" uma mulher, isso certamente não é tudo o que esse alguém é; o termo não logra ser exaustivo, não porque os traços predefinidos de gênero da "pessoa" transcendam a parafernália específica de seu gênero, mas porque o gênero nem sempre se constituiu de maneira coerente ou consistente nos diferentes contextos históricos, e porque o gênero estabelece interseções com modalidades raciais, classistas, étnicas, sexuais e regionais de identidades discursivamente constituídas. Resulta que se tornou impossível separar a noção de "gênero" das interseções políticas e culturais em que invariavelmente ela é produzida e mantida.

Questionando as tentativas globalizantes de identificar uma economia falocêntrica universal, que atravessaria todos os distintos contextos culturais, inclusive os das culturas "primitivas" e "orientais", Butler alerta para o que ela chama de "gestos totalizantes do feminismo" (Butler, 2018, p. 37). Ela afirma que "[...] o gesto colonizador não é primária ou irredutivelmente masculinista. Ele pode operar para levar a cabo outras relações de subordinação heterossexista, racial e de classe, para citar apenas algumas" (Butler, 2018, p. 38). Nesse contexto, ela propõe a ideia, relevante para a análise do conto de Kucinski, de que nem a opressão de gênero nem qualquer outro tipo de violência pode reivindicar a centralidade ou a primazia nas relações de dominação, mas que essas formas de opressão devem ser consideradas em sua interseccionalidade:

> Claro que arrolar as variedades de opressão, como comecei a fazer, supõe sua coexistência descontínua e sequencial ao longo de um eixo horizontal que não descreve suas convergências no campo social. Um modelo vertical seria igualmente insuficiente; as opressões não podem ser sumariamente classificadas, relacionadas causalmente, e distribuídas entre planos pretensamente correspondentes ao que é "original" e ao que é "derivado". Certamente, o campo de poder em parte estruturado pelo gesto imperializante de apropriação dialética excede e abrange o eixo da diferença sexual, oferecendo um mapa de interseções diferenciais que não podem ser sumariamente hierarquizadas, nem nos termos do falocentrismo, nem nos de qualquer outro candidato à posição de "condição primária da opressão". Em vez de tática exclusiva das economias significantes masculinistas, a apropriação e a supressão dialéticas do Outro são uma tática entre muitas, centralmente empregada, é fato, mas não exclusivamente a serviço da expansão e da racionalização do domínio masculinista (Butler, 2018, p. 38).

Zuleika é subjugada por diferentes e intrincadas formas de opressão, que definem para ela um lugar (e uma identidade) na organização social. Diante disso, é tentador considerar que essas estruturas segregativas e subordinativas sejam incontornáveis pela agência do sujeito, o qual não seria mais que o produto das relações de poder que operam sobre si. No conto, Zuleika tenta resistir a essas forças, driblando-as. Resta saber se é possível ao sujeito agir livremente e constituir a própria identidade sob essa ordem opressiva ou se esse "sujeito" é ilusório por estar sempre deterministicamente assujeitado pelos discursos hegemônicos.

Nesse sentido, a maneira como o narrador apresenta a personagem é significativa. A primeira parte do conto repete insistentemente o nome de Zuleika, inclusive na abertura dos parágrafos, numa espécie de esforço de individuação que culmina em uma celebração otimista de sua capacidade de agir: "É com ela mesma, Zuleika faz e acontece" (Kucinski, 2014c, p. 29). Na segunda parte, seu nome já aparece acompanhado pelo adjetivo "negra", como no título. Trata-se de um termo restritivo, já que indica não apenas o que ela é, mas o que ela não é: não é branca, por isso, não poderia estar onde está. Na terceira parte, ela é reduzida a seu sexo e a sua cor: "Freddy sente no braço o roçar dos seios da negra" (Kucinski, 2014c, p. 31). Mesmo assim, seu nome continua sendo repetido, o que pode ser um índice do conflito entre a tentativa de afirmação da identidade e a submissão aos papeis compulsórios que ela exerce.

Zuleika não respeita a interdição simbólica e impõe seu corpo sobre a areia branca da praia: sua presença naquele lugar ameaça a ordem hegemônica e desestabiliza a branquitude dominante. Será depois acusada de subversiva sob pretexto de cantar uma canção de militância contra a ditadura, mas o primeiro ato de subversão que pratica consiste apenas em estar ali. "Quem resiste?", ela pergunta no primeiro parágrafo. E ela deveria resistir a quê? A ideia de resistência supõe uma ordem que delimita socialmente um espaço, o qual foi apropriado por grupos sociais dominantes para ser ocupado por quem carrega as marcas dessa elite: "A areia da praia é toda branca, a praia é de brancos" (Kucinski, 2014c, p. 30). E, de fato, o poder reagiu rapidamente: "A senhora está presa por perturbar a ordem pública e tentativa de subversão" (Kucinski, 2014c, p. 31).

Zuleika afirma a possibilidade de ter sido presa por não corresponder ao assédio de um homem. Essa hipótese acrescenta outro aspecto ao racismo operante: naquela formação discursiva, uma mulher deveria submeter-se à vontade do homem que a objetifica ou então suportar os resultados da insolência presumida. Um efeito da heterossexualidade compulsória: a intolerância masculina à resposta negativa de uma mulher é consequência da suposição de que a mulher é necessariamente um "ser-para-o-homem".

Mesmo sob tanta coerção, Zuleika age para driblar o poder e tenta apropriar-se do estereótipo a seu favor para livrar-se de uma prisão injusta e autoritária. O narrador faz crer que ela, ao ser presa, seduz o policial para evitar a delegacia. Seria cômodo, para o leitor, deixar-se também seduzir pela narração e argumentar que a relação sexual com o policial foi voluntária e consentida. Mas cabe relembrar que, desde a primeira linha, o narrador fala do lugar dos moradores do bairro nobre: "Zuleika *veio* à praia". De outra perspectiva, talvez fosse mais verossímil compreender que, naquele contexto asfixiante, Zuleika se resigna antecipadamente a uma violência sexual, que já prevê como inevitável, para evitar um sofrimento maior. Afinal, não se pode ignorar a discrepância entre as posições de poder ocupadas pelos personagens.

Em outro contexto, discutindo os esforços de coalisão para a definição da categoria "mulheres", Butler (2018, p. 40) afirma:

> A própria noção de "diálogo" é culturalmente específica e historicamente delimitada, e mesmo que uma das partes esteja certa de que a conversação está ocorrendo, a outra pode estar certa de que não. Em primeiro lugar, devemos questionar as relações de poder que condicionam e limitam as possibilidades dialógicas. De outro modo, o modelo dialógico corre o risco de degenerar num liberalismo que pressupõe que os diversos agentes do discurso ocupam iguais posições de poder e falam apoiados nas mesmas pressuposições sobre o que constitui "acordo" e "unidade", que seriam certamente os objetivos a serem perseguidos.

A crítica de Butler ao otimismo ingênuo sobre possibilidades de diálogo, adaptada à relação entre os personagens do conto, sugere o equívoco da ideia de acordo ou consentimento quando as relações de poder são tão assimétricas: um homem branco investido de força policial e de ordem de superiores *versus* uma mulher negra subalternizada em função de gênero, raça e classe, e ainda acusada de subversão comunista em plena ditadura militar. Não se pode falar em relação sexual consentida quando uma parte detém o poder de constranger e a outra parte está em óbvia situação de constrangimento.

Portanto, a personagem é muitas vezes vítima de múltiplas formas de violência: exclusão social, racismo, abuso de autoridade e abuso sexual, entre outras. Diante disso, nada lhe resta senão se apropriar de sua própria condição de vítima, em uma tentativa de alterar as circunstâncias e agir para interferir no rumo naturalizado dos acontecimentos. Assim, ela é explorada em emprego subalternizado, mas tenta se divertir na praia do bairro rico em que trabalha. É vítima de racismo, mas se apropria do estereótipo para aparentar sedução (afinal, ela é "bem apanhada"). É vítima de abuso sexual, mas daí tira sua liberdade, embora precária e provisória. É claro que isso não a torna menos vítima, mas a torna menos passiva e assujeitada, revelando uma agência que luta constantemente por virar o jogo do determinismo, subverter as normas instituídas, e, ao fazer isso, desvelar suas incoerências e injustiças.

O policial Freddy, por sua vez, assim como Percival, mesmo tendo a seu favor a possibilidade de fazer cumprir a lei, é também assujeitado por ela: basta observar como se queixa constrangido ao efetuar a prisão em uma praia, no sábado. Na verdade, ele personifica um poder ao qual também está submetido, e dentro do qual busca criar algum espaço de autonomia. Sua desobediência ambígua é subversiva quanto ao superior hierárquico e oportunista quanto ao seu inferior na escala social, no caso a mulher negra. Ele obedece apenas aparentemente à ordem, questionando a razoabilidade dos "milicos" "louquinhos", e depois estabelece uma outra ordem em que afirma sua própria masculinidade dominadora. Ou seja, ao sair da praia levando Zuleika, ele a um só tempo cumpre e descumpre a determinação dos seus superiores, tirando dela proveito próprio, mesmo que isso possivelmente implique desobediência ou crime de assédio sexual. Significativamente, no mesmo parágrafo em que Freddy pragueja contra seus superiores, também é descrito o "bigodinho aparado que considera irresistível às mulheres" (Kucinski, 2014c, p. 31), um signo paródico de sua confiança na própria masculinidade. Dessa maneira, o personagem desempenha o que entende ser seu papel de gênero.

Freddy precisa corresponder à "ficção cultural" que determina o que é "ser homem" em seu ambiente cultural. Ele performatiza, com seu corpo e suas atitudes, uma construção ideológica definidora da masculinidade heterossexual. Sobre a performatividade de gênero e a punibilidade das transgressões, Butler (2018, p. 241) afirma:

> Portanto, como estratégia de sobrevivência em sistemas compulsórios, o gênero é uma *performance* com consequências claramente punitivas. Os gêneros distintos são parte do que 'humaniza' os indivíduos na cultura contemporânea; de fato, habitualmente punimos os que não desempenham corretamente o seu gênero. Os vários atos de gênero criam a ideia de gênero, e sem esses atos não haveria gênero algum, pois não há nenhuma "essência" que ele expresse ou exteriorize, nem tampouco um ideal objetivo ao qual aspire, bem como não é um dado de realidade.

> Assim, o gênero é uma construção que oculta normalmente sua gênese; o acordo coletivo tácito de exercer, produzir e sustentar gêneros distintos e polarizados como ficções culturais é obscurecido pela credibilidade dessas produções — e pelas punições que penalizam a recusa a acreditar neles; a construção "obriga" nossa crença em sua necessidade e naturalidade. As possibilidades históricas materializadas por meio dos vários estilos corporais nada mais são do que ficções culturais punitivamente reguladas, alternadamente incorporadas e desviadas sob coação.

Estando do lado privilegiado da polarização de gênero, Freddy tira proveito da situação e é premiado pela injustiça cometida contra Zuleika. Enquanto isso, ela precisa se submeter às expectativas masculinas para evitar punições piores. Afinal, ela já experimentara o resultado de uma transgressão. Assim, Zuleika passa a corresponder à expectativa social violentamente imposta sobre a mulher negra, e faz isso simulando naturalidade, sem alarme, sob pena de sofrer uma violência ainda mais intensa (basta lembrar o que aconteceria com uma mulher acusada de ser "comunista" e "subversiva" em plena ditadura militar).

A última parte do conto direciona a atenção para Rodrigo, o filho de Zuleika e Freddy. Zuleika perturba também os sentidos estáveis e românticos geralmente relacionados à maternidade: são quatro filhos na adolescência, de pais diferentes e desconhecidos, deixados aos cuidados da avó. Quanto a Freddy, o fato de ele reduzir o exercício da paternidade à entrega semanal de latas de leite em pó através da janela da viatura policial faz a caricatura do pai provedor e autoritário. Nesse sentido, ele se diferencia pouco dos pais dos outros filhos de Zuleika, todos ausentes ou desconhecidos.

Extrapolando os limites do conto, seria interessante questionar qual é o pai que servirá de modelo de gênero para Rodrigo e para seus irmãos. Nesse sentido, várias outras perguntas poderiam ser colocadas: o menino Mário – que espera no portão as latas de leite atiradas pelo pai do irmão – formará para si quais sentidos de masculinidade? Qual é o papel da avó cuidadora na constituição de gênero das crianças? E qual é o impacto de ter vários irmãos, filhos de pais diferentes e de uma mãe adolescente, talvez provenientes da prostituição? Qual é a referência materna no conto: Zuleika ou avó Fortunata? Além disso, o fato de Zuleika trabalhar como babá e deixar seus próprios filhos com a avó revela a terrível disparidade de renda e de oportunidades, assim como de atenção e afeto nos diferentes grupos familiares; essa desigualdade tem alguma relevância na configuração dos estilos de gênero? Essas questões reforçam a crítica de Butler a certas concepções estruturalistas e binaristas da identificação de gênero:

> Em oposição à lei fundadora do Simbólico, que fixa identidades *a priori*, podemos reconsiderar a história das identificações constitutivas sem a pressuposição de uma lei fixa e fundadora. Embora a "universalidade" da lei paterna possa ser contestada nos círculos antropológicos, parece importante considerar que o *significado* por ela suportado, em qualquer contexto histórico dado, é menos unívoco e menos deterministicamente eficaz do que as explicações de Lacan parecem reconhecer. Deveria ser possível apresentar um esquema dos caminhos pelos quais toda uma constelação de identificações se conforma ou não aos padrões de integridade do gênero culturalmente impostos (Butler, 2018, p. 121-122).

No contexto social vivido por Zuleika e seus filhos, é difícil imaginar que os papeis de gênero não seguiriam reproduzindo a ordem masculinista hegemônica e que Rodrigo desenvolveria uma performatividade radicalmente distinta daquela normalização despreocupada encarnada por Freddy. Por outro lado, a própria heterogeneidade representada pela personagem é ameaçadora de uma ordem fixa e de sentido único. O corpo de Zuleika é ele mesmo um signo da diferença que ameaça a continuidade do poder e das estruturas falocêntricas: esse signo precisa, por isso, ser constantemente reprimido e ressignificado. Mesmo assim, ele segue perturbando a ordem vigente. A presença de Zuleika na praia – sua emergência no tecido social, a visibilidade de seu corpo – constitui uma subversão às estruturas hegemônicas.

Autoritarismo político e violência

No conto, o narrador relata: "Freddy estaciona o carro e Zuleika passa para o banco da frente, encosta-se nele, repousa a mão esquerda na perna direita do policial" (Kucinski, 2014c, p. 32). Considerando a linguagem extremamente econômica empregada em todo o conto, é possível supor que os adjetivos "esquerda" e "direita" seriam dispensáveis, uma vez que as posições que os personagens ocupam no espaço físico do carro são evidentes. Assim, a indicação dos adjetivos pode aludir à polarização política nas décadas de 1960 e 1970: Freddy representaria as forças policiais e militares ditatoriais de direita, por um lado, e a mulher representaria as forças populares submetidas ou os grupos políticos "subversivos" de esquerda. O verbo "repousar", no caso, poderia indicar uma rendição momentânea e estratégica diante de uma força inelutável. No conto, percebe-se como os efeitos de uma cultura autoritária, autorizada e naturalizada pelo governo ditatorial, alcançam os aspectos mais corriqueiros da vida social.

A ditadura militar não violenta apenas os presos, desaparecidos e torturados que fizeram oposição ao regime. Ela legitima a violência, o machismo, o racismo, o autoritarismo e a exploração econômica, formas de opressão inter-relacionadas e difusas na sociedade brasileira. Ao mesmo tempo, tira daí a sua força, já que uma ditadura política não se sustenta sem práticas e ideologias preexistentes. O estado de exceção só é possível porque organiza as formas de poder que alicerçam a própria formação da sociedade brasileira.

O conto de Kucinski, publicado em 2014, emprega verbos predominantemente no presente, o que confere ao texto um efeito de atualidade. Esse recurso pode ser lido como um alerta: processos similares aos narrados na ficção se repetem na sociedade brasileira contemporânea. Essa sociedade não considera seriamente a necessidade de elaboração do passado nem busca alterações significativas nas estruturas sociais das quais emergiu o governo autoritário. Marilena Chaui (2017, p. 174) sintetiza: "Não digo que periodicamente o Estado assume a feição autoritária e, sim, digo que a sociedade brasileira está organizada de tal modo, nela as relações sociais são de tal tipo que se trata de uma sociedade violenta enraizadamente autoritária". O desenvolvimento dessa ideia conduz Chaui (2017, p. 178) à seguinte constatação: "Os golpes de estado não são uma anomalia, mas a regra e consequência da estrutura da sociedade brasileira".

Na história recente do Brasil, o autoritarismo, que ganhou novo fôlego a partir das manifestações de 2013, continua crescendo depois do golpe jurídico-parlamentar de 2016 e da vitória eleitoral dos movimentos de extrema-direita e neofascistas em 2018. Nesse período, constata-se que o racismo, o machismo e o preconceito de gênero recuperam força e ganham novos contornos, embora suas raízes sejam profundas e suas práticas contínuas no decorrer da história do Brasil. Além disso, os crimes da ditadura militar continuam sendo negados, normalizados ou até elogiados por parte expressiva da população brasileira. Nesse contexto, o conjunto da ficção de Bernardo Kucinski, em vez de se limitar a um passado longínquo, alerta para a possibilidade de recrudescimento do autoritarismo e da violência, inseparáveis das diversas faces da opressão. O conto "A negra Zuleika" é expressivo dessa conjuntura social porque expõe aspectos recorrentes da violência constitutiva da sociedade brasileira. Essa violência se inscreve sobre os corpos, hierarquiza-os sob signos de gênero, de classe e de raça, e atua, assim, para a perpetuação das relações assimétricas de poder.

Referências

BRASIL. COMISSÃO NACIONAL DA VERDADE (CNV). *Relatório*. v. I. Brasília: CNV, 2014.

BUTLER, Judith. *Problemas de gênero:* feminismo e subversão da identidade. Tradução de Renato Aguiar. 16. ed. Rio de Janeiro: Civilização Brasileira, 2018.

CHAUI, Marilena. *Sobre a violência*. Belo Horizonte: Autêntica, 2017.

DADALTO, Weverson. *Violência e autoritarismo na literatura testemunhal de Bernardo Kucinski*. Balneário Gaivota/SC: Polifonia, 2024.

FERREIRA, Aurélio Buarque de Holanda. *Dicionário Aurélio da Língua Portuguesa*. 5. ed. Coordenação e edição de Marina Baird Ferreira e Margarida dos Anjos. Curitiba: Positivo, 2019. Aplicativo para iOS.

HIRSCH, Marianne. *La generación de la posmemoria*: escritura y cultura visual después del Holocausto. Tradução de Pilar Cáceres Casillas. 2. ed. Madri: Carpe Noctem: 2021.

HOUAISS, Antonio; VILLAR, Mauro de Salles. *Dicionário Houaiss da Língua Portuguesa*. Elaborado pelo Instituto Antônio Houaiss de Lexicografia e Banco de Dados da Língua Portuguesa S/C Ltda. Rio de Janeiro: Objetiva, 2009. CD-ROM.

KUCINSKI, Bernardo. *Abertura*: a história de uma crise. São Paulo: Brasil Debates, 1982.

KUCINSKI, Bernardo. *Mataram o presidente*. *In*: Jornal *ABCD Maior*. Edições 257, 259, 261, 263, 265, 267, 269, 271 e 273. São Bernardo do Campo, 26 out. 2010 a 22 dez. 2010.

KUCINSKI, Bernardo. *K*. São Paulo: Expressão Popular, 2011.

KUCINSKI, Bernardo. *Alice*: não mais que de repente. Rio de Janeiro: Rocco, 2014.

KUCINSKI, Bernardo. *K. – Relato de uma busca*. 3. ed. São Paulo: Cosac Naify, 2014.

KUCINSKI, Bernardo. *Você vai voltar pra mim e outros contos*. São Paulo: Cosac Naify, 2014.

KUCINSKI, Bernardo. *K – relato de uma busca*. 4. ed. São Paulo: Companhia das Letras, 2016.

KUCINSKI, Bernardo. *Os visitantes*. São Paulo: Companhia das Letras, 2016.

KUCINSKI, Bernardo. *Pretérito imperfeito*. São Paulo: Companhia das Letras, 2017.

KUCINSKI, Bernardo. *A nova ordem*. São Paulo: Alameda Editorial, 2019.

KUCINSKI, Bernardo. *Júlia*: nos campos conflagrados do Senhor. São Paulo: Alameda Editorial, 2020.

KUCINSKI, Bernardo. *A cicatriz e outras histórias*: (quase) todos os contos de B. Kucinski. São Paulo: Alameda Editorial, 2021.

KUCINSKI, Bernardo. *O colapso da nova ordem*: conforme relatado nas Crônicas do Fim do Mundo. São Paulo: Alameda Editorial, 2022.

KUCINSKI, Bernardo. *O congresso dos desaparecidos*. São Paulo: Alameda, 2023.

KUCINSKI, Bernardo; BRANFORD, Sue. *A ditadura da dívida*. São Paulo: Brasiliense, 1987.

RIDENTI, Marcelo Siqueira. As mulheres na política brasileira: os anos de chumbo. *Tempo social*, São Paulo, v. 2, n. 2, p. 113-128, 1990. Disponível em http://bit.ly/3JwDj3a. Acesso em 26 jul. 2023.

SCHWARCZ, Lilia Moritz. *Sobre o autoritarismo brasileiro*. São Paulo: Companhia das Letras, 2019.

TELES, Maria Amélia de Almeida. Violações dos direitos humanos das mulheres na ditadura. *In*:TELES, Maria Amélia de Almeida. *Breve história do feminismo no Brasil e outros ensaios*. São Paulo: Alameda Editorial, 2017. p. 211-240.

Enterrar os corpos, enterrar o legado da ditadura em páginas de literatura

Luciana Paiva Coronel [1]

Recordar é um ato ético, tem um valor ético em si mesmo e por si mesmo. A memória é, de forma dolorosa, a única relação que podemos ter com os mortos.

(Susan Sontag)

1 Doutora na área de Literatura Brasileira pela Universidade de São Paulo (USP). Professora associada do curso de Letras da Universidade Federal do Rio Grande e do Programa de Pós-Graduação em Letras/FURG. E-mail para contato: lu.paiva.coronel@gmail.com

Os 60 anos do Golpe de Estado de primeiro de abril, que ceifou a ordem democrática brasileira, abrindo feridas ainda não cicatrizadas no tecido social do país, convidam à reflexão sobre as raízes dos fracassos políticos que nos atormentam. No contexto desafiador de reconstrução em curso no Brasil, os esforços da sociedade civil organizada no campo político movem-se sobretudo na direção do enfrentamento da herança maldita da ditadura, que cobre todas as áreas da vida social nacional, na qual hábitos e práticas autoritárias foram assimilados através de uma reconciliação extorquida, como defendem Edson Teles e Vladimir Safatle em *O que resta da ditadura*: a exceção brasileira (2010). Nesse sentido, entidades, organizações, movimentos sociais e instituições acadêmicas brasileiras organizam atos, eventos, rodas de debate e palestras nas quais ecoam com insistência: "na história, silêncio nunca é uma opção, esquecer nunca é escolha, ignorar não é reconciliar, negligenciar não é mediar, apagar não é reconstruir, justiça não é vingança, compensação não é revide, equilíbrio não é mágoa. Memória é sinônimo de verdade".[2]

A literatura brasileira contemporânea parece efetivamente motivada a acionar os recursos da imaginação no sentido de configurar possibilidades estéticas de rememoração, articulando as sombras do passado a transformações políticas do presente. Os escritores que se dedicam ao tema dos desaparecidos políticos da ditadura civil-militar (1964-1985) contribuem de um modo muito específico, segundo se desenvolverá a seguir, para construir a memória do entulho autoritário que os vinte e um anos de autoritarismo nos legaram. Transformar o legado de violência recebido em legado de resistência parece ser a utopia em curso no meio literário. Dedicar atenção a algumas dessas obras parece ser um modo de somar forças à causa da democracia. Tal é a proposição contida nas próximas linhas deste ensaio.[3]

---

2 Discurso proferido por poeta nordestino na abertura de evento oficial do Ministério da Cultura no qual foi apresentado o "SUS da Cultura", projeto que garante direitos culturais no país, sancionado pelo Presidente Lula em 04/04/2024. Testemunho pessoal da autora.

3 O presente ensaio desdobra a apresentação "No rastro de Antígona: a luta pelo luto na cena literária brasileira contemporânea", apresentada em Aveiro, Portugal, no dia 23 de abril de 2024.

II

Metal algum pode cavar
mais fundo do que a pá da
palavra.

Hilda Hilst

A pá da palavra tem sido usada no espaço literário brasileiro contemporâneo para cavar em muitas páginas buracos imaginários nos quais alguns ficcionistas logram dar sepultura simbólica aos desaparecidos políticos da ditadura civil-militar. O gesto, que envolve as dimensões da política, da ética e do afeto, envolve também a dimensão da estética, porque variados são os caminhos que inventam autores e autoras que, imitando Antígona, confrontam a política de silêncio imposta pelo regime militar sobre seus crimes na transição democrática e afinal enterram em suas narrativas os mortos insepultos do arbítrio instaurado no Brasil a partir de 1° de abril de 1964. Por meio desta homenagem póstuma de sentido religioso, mesmo que secularizado, a literatura cumpre o dever de memória e exerce a reparação possível, aquela que está ao alcance da arte e da cultura realizar, que consiste em dar forma às perdas irremediáveis.

Uma vez que mantêm-se incólumes as muralhas erguidas pelas Forças Armadas Nacionais para esconder torturas, assassinatos, ocultações de cadáveres e também documentos, os escritores brasileiros contemporâneos que rendem homenagem póstuma aos que defenderam a democracia em tempos sombrios ousam desta forma acionar a memória impedida do passado nacional que, como um fantasma, não cessa de assombrar a vida política no tempo presente. Fazem jus estes a uma tradição que acompanha a literatura desde os primórdios de sua história, conforme entende Jeanne Marie Gagnebin no ensaio "O preço de uma reconciliação extorquida":

> Desde os poemas homéricos se celebra a necessidade humana de enterrar os mortos, de recolher os corpos dos guerreiros mortos, de não deixar nenhum cadáver sem sepultura adequada. Essa exigência é uma das fontes da poesia, que pode muito bem ser definida como um túmulo [do grego sêma, signo e túmulo], não de pedras, mas de palavras, segundo as belas análises de Jean Pierre Vernant[4] (Gagnebin in Teles, Safatle, 2010, p. 184).

4 Jean-Pierre Vernant, *L'individu, la mort, l'amour.* (Paris, Gallimard, 1989).

Nas páginas de uma série de narrativas brasileiras do século XXI, desdobra-se o imperativo civilizatório da criação poética através da composição de "túmulos de palavras" em espaços ficcionais nos quais os desaparecidos políticos, cuja corporeidade foi devassada e cujos restos mortais foram escondidos há cerca de cinquenta anos, podem afinal ser simbolizados e sua memória, recuperada e recomposta, pode ser honrada. Este artigo recortará deste universo de publicações[5], os romances *K – relato de uma busca* (2011)*[2014],* de Bernardo Kucinski, e *Antes do passado:* o silêncio que vem do Araguaia (2012), de Liniane Haag Brum, nos quais entende-se que os autores, através dos recursos próprios da ficção, tornem presente o sentido da ausência dos corpos e de informações oficiais sobre as circunstâncias das respectivas mortes.

Se a escrita da história já seria, segundo Michel de Certeau, um "rito de sepultamento" que expressa a vontade humana de honrar a memória dos mortos, opondo "à fragilidade da experiência singular a esperança de sua conservação na memória dos vivos" (Gagnebin in Teles; Safatle, 2010, p. 184), à escrita literária caberia, segundo proponho, a função específica de narrar as fraturas e lacunas do discurso histórico, exorcizando mortes cujo desenlace é ainda hoje em boa medida desconhecido pela coletividade, mas ficcionalizável pela literatura por meio do recurso à imaginação, não autorizada usualmente ao historiador.

Propõe-se que, através dos recursos próprios da ficção, a literatura possa tornar presente o sentido da ausência causado pelo desaparecimento, condição definida com precisão pela voz ficcional do personagem Rodriguez, de *O congresso dos desaparecidos,* publicação mais recente do escritor em estudo: "Mortos, somos impedidos de estar entre os vivos; insepultos, somos impedidos de estar entre os mortos" (Kucinski, 2023, p. 22). Cumprido o ritual simbólico, torna-se possível a despedida, na qual soldam-se as esferas privada e pública: "a escrita não fala do

---

5 Dentre as obras que abordam o tema, podem ser citadas *A revolta das vísceras* (1982)]2023], de Mariluce Moura, *O irmão alemão* (2014), de Chico Buarque, *Ainda estou aqui* (2015), de Marcelo Rubens Paiva, *Palavras cruzadas* (2015), de Guiomar de Gramont, *Mulheres que mordem* (2015), de Beatriz Leal, *Cabo de guerra* (2016), de Ivone Benedetti, *A noite da espera* (2017) e *Pontos de fuga* (2019), de Milton Hatoum, Sob os pés, meu corpo inteiro (2018), de Marcia Tiburi, *O corpo interminável* (2019), de Claudia Lage, *No fundo do oceano os animais invisíveis* (2020), de Anita Deak, *O congresso dos desaparecidos* (2023), de Bernardo Kucinski, entre outras.

passado senão para enterrá-lo. Ela é um túmulo no duplo sentido de que, através do mesmo texto, ela honra e elimina" (Certeau, 1982, p. 118).

Maria Zilda Cury, no artigo "Escritas do corpo ausente", evoca Antígona a partir de leitura da tragédia de Sófocles realizada por Jacques Derrida (2003) para apresentar um conjunto significativo de publicações recentes do sistema literário brasileiro que tratam do tema dos desaparecidos políticos da ditadura. Aproximando a circunstância trágica que se abate sobre a personagem mítica, impedida de prestar honras fúnebres ao pai Édipo, falecido em região distante, àquela que motiva a escrita destas obras, igualmente enraizadas no impedimento ao luto de familiares, a pesquisadora afirma:

> Muitas obras ficcionais brasileiras contemporâneas que enfocam a violência do período da ditadura civil-militar, que teve lugar no Brasil entre 1964 e 1985, centram-se na figura do desaparecido político ou a ele fazem referência. Nelas, tomam a cena, com dicções diferentes, corpos violentados pela tortura, o sofrimento das famílias violentadas pelo vazio do desaparecimento, pelo prolongamento infindável da dor da espera pela confirmação definitiva da morte que só a realidade do corpo poderia conferir. Romances [...] exibem essa ausência do corpo, a impossibilidade do luto, o sofrimento em *sursis*, em suspensão, ficcionalizados como traumas. Nessas [...] narrativas, a condição estranha do desaparecido político insiste em corporificar-se no texto, como uma forma de resistência ao esquecimento, como forma da "expressão do inexprimível" da situação traumática. esquecimento, como forma da 'expressão do inexprimível' da situação traumática" (Cury, 2020, p. 175).

Entendo, junto à Cury, que nas obras em estudo a ausência do corpo seja ficcionalizada como trauma em criações literárias empenhadas na representação da condição estranha do desaparecido, que corporifica-se nos dois textos selecionados, de acordo com a poética de cada autor. Os dois romances em foco são tomados aqui como figurações de uma inenarrável experiência cujo enfrentamento ficcional oferece oportunidade de elaboração.

III

Onde não existe túmulo, o trabalho de luto não se encerra.

Ruth Klüger.

As tramas dos romances em estudo entrelaçam elementos da história pessoal dos autores e da história política brasileira, circunstâncias e personagens comprovadamente existentes, trechos de reportagens de revistas, jornais e da televisão etc., que em *Antes do passado* são inseridos ao modo de uma colagem em várias páginas ou ainda referidos nos trechos narrativos de sua composição, e em *K – relato de uma busca,* ficcionalizados de modo mais distante, sem nomeação e a partir de alusão na maior parte dos casos. A feição resultante de ambos processos de criação é apresentada na síntese que, como uma espécie de advertência ao leitor, consta da abertura de *K – relato de uma busca:* "Tudo neste livro é invenção, mas quase tudo aconteceu" (Kucinski, 2014).

Em *Antes do Passado*: o silêncio que vem do Araguaia (2012), Liniane Haag Brum evoca a partir do presente a infância marcada pela ausência de Cilon Cunha Brum, desaparecido da Guerrilha do Araguaia (1971-1974). Sem que seu nome fosse mencionado, o tio "pairava no ar, estava sempre entre nós o tempo todo" (Brum, 2012, p. 22). Um véu de medo e segredo encobria a lembrança de Cilon: "Jamais perguntei uma só palavra sobre isso. O que sabia capturava no ar" (Brum, 2012, p. 23). A escritora e jornalista representa através da metáfora do ar a circunstância inominada do vazio, do oco misterioso que produz assombro incessante, decorrida da súbita desaparição inexplicada do irmão de seu pai, com quem estivera apenas uma vez com cerca de um mês de vida na cerimônia de seu batizado, ocorrido em 1971, quando Cilon já estava semiclandestino.

Trata-se, portanto, neste caso, de uma memória traumática herdada, que se impõe, demandando a elaboração ficcional da sobrinha e afilhada: "Se ele havia partido arriscando-se a ser preso, se correu todo esse perigo só pra me batizar, então chegara a hora de eu partir em busca dele" (Brum, 2012, p. 37). A partida de Liniane Haag Brum envolve inicialmente a realização de filmagens de entrevistas com pessoas que haviam conhecido Cilon na trajetória de resistência política empreendida. Através dos feixes de memória recolhidos para o documentário, "o lusco-fusco ia se desfazendo" (Brum, 2012, p. 37), a narradora relata. *Antes do passado* consiste, assim, em uma metanarrativa sobre os diversos caminhos formais buscados no enfrentamento das sombras herdadas do passado, nas quais a palavra penetra e, aos poucos, dilui a estranheza.

K – relato de uma busca, por sua vez, traz preâmbulo testemunhal intitulado "As cartas à destinatária inexistente", no qual o ficcionista e também jornalista Bernardo Kucinski, irmão de Ana Rosa Kucinski, militante da Aliança Libertadora Nacional (ALN), assume implicitamente a palavra, desencadeando a narrativa igualmente a partir do presente de sua enunciação, com data e local definidos, "São Paulo, 31 de dezembro de 2010". Nesta abertura, a presença fantasmática da irmã na cena familiar muitas décadas após o desaparecimento é revelada por meio da correspondência comercial que segue chegando à casa da família da militante sequestrada em 1974, quando o irmão tinha pouco menos de quarenta anos. Já contando com mais de setenta, o mesmo incide por meio de voz autoral na abertura do texto, como o fará em seu fechamento, manifestando ao leitor os motivos que presidem a criação literária que inicia:

> Sempre me emociono à vista de seu nome no envelope. E me pergunto: como é possível enviar reiteradamente cartas a quem inexiste há mais de três décadas? Sei que não há má-fé. Correio e banco ignoram que a destinatária já não existe; [...].
>
> É como se as cartas tivessem a intenção oculta de impedir que sua memória na nossa memória descanse. Como se além da morte desnecessária quisessem estragar a vida necessária, esta que não cessa e que nos demandam nossos filhos e netos (Kucinski, 2014, p. 8).

Ambos os casos, tanto a ausência da nomeação do desaparecido, como sua presença indevida, revelam impasses que se complementam na vida social brasileira contemporânea. No primeiro cenário, o silenciamento do nome em família aponta para a não elaboração da perda entre os que mais a sentiram: "Se tio Cilon nunca mais ia existir, por que continuava a existir além da carne, doendo além da dor, por que o sangue que não corria mais em suas veias continuava se coagulando nos veios da família?" (Brum, 2012, p. 29), indaga-se a narradora de *Antes do passado*. Um "coágulo" é uma imagem precisa para dar forma a esse estado de suspensão, à circunstância doméstica de impedimento de prosseguir o fluxo da vida diante da presença imaterial daquele que paira envolto em névoa sobre a casa, assombrando a família.

No segundo cenário, a incidência do nome da desaparecida na rotina familiar não permite supor tampouco a resolução de bloqueios psicológicos em seu meio íntimo, uma vez que o mesmo ali comparece através de divulgação publicitária aleatória à vontade dos parentes. Nesta narrativa, a presença do nome daquela que não mais existe no espaço marcado por sua prolongada ausência é o elemento que sinaliza para uma situação de impasse em relação à sua existência, desta vez não apenas no âmbito mais próximo, mas igualmente no contexto amplo da sociedade brasileira. A correspondência traz ofertas de bens e serviços que "ela teria mas não terá, tudo isso que quase não havia quando ela existia e que agora que ela não existe lhe é oferecido; inventário de perdas da perda de uma vida" (Kucinski, 2014, p. 8).

O enfoque nas perdas da própria irmã, identificadas com os bens e serviços de cujo usufruto a morte a privou, é raro no interior do romance, no qual a personagem é recorrentemente representada através das perdas que seu desaparecimento causou na vida dos que lhe queriam, as amigas, os familiares, sobretudo o pai. No trecho, o enquadramento narrativo recai sobre ela mesma, que comparece, desta forma, não através do vazio deixado, mas através do vazio sofrido, pautado pelas perdas sofridas em decorrência da perda da própria vida. No que diz respeito à conjuntura histórica da enunciação, parece não haver esperanças de superar a maldição que ronda as famílias de desaparecidos políticos, fadadas ao convívio prolongado com espectros:

> Sei que as cartas à destinatária ausente continuarão a chegar.
>
> O carteiro nunca saberá que a destinatária não existe; que foi sequestrada, torturada e assassinada pela ditadura militar. Assim como o ignorarão antes dele, o separador das cartas e todos do seu entorno. O nome no envelope selado e carimbado como a atestar autenticidade, será o registro tipográfico não de um lapso ou falha do computador, e sim de um mal de Alzheimer nacional. Sim, a permanência do seu nome no rol dos vivos será, paradoxalmente, produto do esquecimento coletivo do rol dos mortos (Kucinski, 2014, p. 9).

Colocar o nome dos desaparecidos no rol dos mortos parece ser a intencionalidade que orienta a atitude autoral em evidência, que se constitui partindo de um lugar de enunciação situado no presente, em franca reação ao "mal de Alzheimer" nacional. Para isso, faz-se necessário o sepultamento simbólico que fará cada ficcionista no respectivo texto, cada um a sua maneira. Em *Antes do passado*, a sobrinha e afilhada reconstrói o rastro da memória pública e privada do tio ao longo dos anos. Neste amplo arco temporal, não apenas seu nome será reiteradamente mencionado, como ainda sua letra será mostrada por meio de bilhetes manuscritos remetidos ao irmão, pai da autora, que são inseridos na composição da narrativa. A imagem de Cilon será inúmeras vezes exibida, em fotografia da capa da edição, que o traz adulto, e ainda em várias inserções internas que compõem o texto, mostrando-o na juventude e tenra infância.

Maria Zilda Cury, em "*Non habeas corpus*: direito ao corpo na ficção de Bernardo Kucinski", discute a esse respeito que "toda fotografia, como dizem vários estudiosos, faz um jogo fantasmático entre vida e morte, entre presença e ausência" (Cury, 2020b, p. 41), acrescentando ainda a vinculação entre "o familiar e o estranho" (Cury, 2020b, p. 41) como aspectos peculiares a este jogo. No interior de *Antes do passado*, as fotografias de Cilon fazem ver nas páginas aquele que não mais existe, assumindo de fato efeito espectral no leitor. Entendo que Liniane Haag Brum, como dever de memória, trate de presentificar com todos os detalhes possíveis o tio no corpo da escrita, na qual divulga seu nome, sua grafia e suas imagens.

Proponho que essa compilação de traços, visualmente expostos ou narrativamente descritos, compreenda um esforço de reconstituição da corporeidade do tio, devassada, destruída e escondida, no campo discursivo. Conforme analisa Maria Zilda Cury em "Memória e resistência: figurações da ditadura na literatura brasileira contemporânea", tratando de outro romance, há uma "ligação estreita entre o corpo físico e o corpo do texto" (Cury, 2020c, p. 66). Liniane Haag Brum demonstra grande engenhosidade nesse resgate de detalhes particulares do tio "encarnando" a palavra, fazendo-a, junto aos demais vestígios e fragmentos imagéticos recolhidos, instrumento de visibilidade do corpo do tio, ou "de seu estranho não-corpo de desaparecido político", no dizer de Cury. A escritora faz aparecer o desaparecido em suas páginas.

Se a estranha condição do desaparecido pode ser definida como a de "um corpo sem identidade e de uma identidade sem corpo" (Kucinski, 2023, p. 135), o procedimento da escritora reintegra o corpo e a identidade de Cilon no âmbito da representação literária. Nas páginas de *K*, diferentemente, a personagem desaparecida jamais é nomeada, dela constando apenas a inicial "A" como assinatura de carta dirigida a uma amiga. A solução formal adotada por Bernardo Kucinski para representar o vácuo do desaparecimento político parece ter sido incorporá-lo no âmbito da escrita, praticamente desaparecendo a irmã no interior da trama ficcional. Narrada por meio de uma focalização exterior, a trama atribui ao pai o protagonismo da história, na qual ela é invariavelmente referida apenas como "a filha".

Os parcos vestígios alcançáveis da personagem no texto, com exceção da carta referida, na qual incide sua voz, são narrados por meio da radicalização do recurso do distanciamento, que permite a Bernardo Kucinski fazer incidir em seu romance não apenas as vozes de personagens pertencentes ao âmbito próximo da mesma, mas ainda uma série de enunciações situadas no campo adversário. Trata-se de um delegado da repressão, sua amante, o "cachorro" infiltrado no movimento da resistência, extorsionários, informantes da polícia, a faxineira do centro de tortura.

Por meio de fragmentos sobrepostos de uma polifonia discursiva marcada pela abertura à alteridade, o fio narrativo da lenta agonia de K., narrada em focalização externa, é entrecortado por essa**s** vozes. O rastro da filha é, desta forma, apresentado em cenas enunciativas inseridas na estrutura de composição do romance paralelamente à narração do lento e irreversível desabar do protagonista. Este se exaure na busca de vestígios da mesma, sem jamais encontrar mais que pistas falsas e discursos enganosos, apresentados pelo narrador como oriundos de "um mundo de obscenidades e vilanias" (Kucinski, 2014, p. 20).

O leitor, por sua vez, tem acesso às informações que o pai perseguia sem sucesso, pois as pistas da filha de K. lhe são lançadas por meio das cenas que ocorrem atrás da muralha de silêncio que foi erguida para acobertar os crimes, onde somente o olhar do narrador, que tudo alcança, consegue chegar. No entanto, nem mesmo no interior destes quadros, o nome da filha é mencionado. Izabel

Maria Fonseca Vieira Sá interpreta essa solução formal em "Um livro em forma de lápide: testemunho e luto em *K – relato de uma busca*, de Bernardo Kucinski":

> A escolha por um gênero ficcional e o fato de os nomes de Meir Kucinski e Ana Rosa estarem reduzidos às letras K. e A, permitem uma abertura para o coletivo. A história poderia ser a de qualquer desaparecido político e a de qualquer familiar que empreendeu uma busca por seu afeto perdido. Kucinski é o poeta-testemunha, que canta não a glória dos heróis, mas a dor dos vencidos (Sá in Silva; Pivetta; Bittencourt, 2021, p. 162).

Nesta proposta ficcional, a personagem desaparecida é pouco individualizada. Não apenas ela não é referida pelo nome, como ainda são raras as circunstâncias nas quais seus traços físicos são recompostos no interior do romance. Se Liniane Brum em *Antes do passado* pretendeu preencher de todas as maneiras possíveis o rombo deixado pelo desaparecimento do tio com sinais variados da sua pessoa, ou de sua personalidade, é notória na confecção de *K – relato de uma busca* a exploração minuciosa deste rombo, que se prolonga em muitos rombos ao longo da busca do pai, ampliando-se da casa para o trabalho da filha, para a delegacia, para o Instituto Médico Legal (IML) e assim na sequência de sua busca infrutífera.

Conforme analisa Maria Zilda Cury em "Memória e resistência: figurações da ditadura na literatura brasileira contemporânea", há uma "ligação estreita entre o corpo físico e o corpo do texto" (Cury, 2020c, p. 66). Recorro à sua análise para discutir esse aspecto, entendendo que *K – relato de uma busca*, na diversidade de vozes e cenários ficcionais que reúne, oferece ao leitor um corpo reconstituído por fragmentos de uma história inacessível ao pai, em cujo percurso o corpo do texto ficcional incorpora o vácuo do desaparecimento, amplificando-o na sequência de seus passos inúteis. *Antes do passado*, por sua vez, apresenta reunião similar de lascas de discursos recolhidos, trazendo o corpo físico do tio para o corpo do texto de modo mais imediato e empírico, e também sua trajetória, reconstituída de forma similar no corpo do texto romanesco.

Na solução formal propriamente narrativa de Bernardo Kucinski, no entanto, fotografias são igualmente elementos importantes na busca empreendida pelo pai. O capítulo "Um inventário de memórias" é voltado à investigação das imagens fotográficas encontradas em desordem dentro de uma caixa, deixada atrás de livros, em estante do escritório do pai. O primeiro desconforto decorre da confirmação do que sentira diante do próprio desaparecimento da filha: ele ignorara, e ainda ignorava, boa parte de sua existência. Únicos vestígios da filha que lhe chegam às mãos, as imagens evocam a memória da filha ao pai que incansavelmente a buscava:

> K. ergue as fotografias uma a uma e as examina com vagar, vestígios preciosos, pedaços da vida da filha. [...]
>
> E só agora percebe, naqueles recortes de tempo e espaço, como a filha fora um ser frágil. *K.* nunca imaginou que fotografias pudessem suscitar sentimentos assim fortes. Algumas parecem até querer contar uma história. Para ele, isso só conseguiam Puchkin ou Sholem Aleichem, com a força das palavras. Fotografias, ele antes pensava, eram apenas registros de um episódio, a prova de que aquilo aconteceu, ou retratos de pessoas, um documento. No entanto, ali estão fotografias da sua filha sugerindo delicadeza e sensibilidade. Parecem captar a alma da filha.
>
> Sentiu um quê de fantasmagoria nas fotografias dela já morta, um estremecimento (Kucinski, 2014, p. 83).

Na atmosfera de suspeita de morte que rondava, as imagens da pessoa viva da filha causam perturbação no pai. As fotos oferecem-lhe a *mimesis* da construção narrativa do sentido: recortes de tempo e espaço que contam uma história. O pai, pouco habituado à linguagem visual, é desafiado a interpretá-las. Sobre o corpo da personagem, nada é dito, as fotografias parecem revelar a sua alma. É, portanto, em circunstância introspectiva que *K – relato de uma busca* apresenta traços particulares da desaparecida, apenas sugeridos, portanto impressões que assomam ao pai no presente da sua culpa, e não como reconstrução reparadora. Novamente, sinais remanescentes da filha provocam desestabilização no entorno mais próximo, evidenciando a desordem entre a vida e a morte que o desaparecimento provoca na rotina dos familiares.

Se as fotografias exibiram ao pai lampejos do que fora a filha, constituindo, como quer Ricardo Augusto Garro Silva, "objetos como inscrição da memória" (Silva in Taufer, Sanseverino, Daudt, 2023, p. 96), as primeiras pistas da personagem após não mais ter sido vista encontram-se fora do seu alcance, em quadro narrativo intitulado "A queda do ponto", que transcorre no aparelho em que ela e o marido, cujas identidades são apenas sugeridas no jogo de luz e sombras brilhantemente armado pelo ficcionista, vivenciam os estertores de sua resistência. Momentos dramáticos da renitente coragem final "do casal", desconhecidos por todos, são então descerrados pelo olhar do narrador onisciente criado pela imaginação ficcional que preside a construção do romance:

> Lá fora a vida segue como sempre: o produto interno bruto a crescer; as mulheres a fazer compras, os meninos, a brincar; mendigos, a suplicar; e namorados, a se beijar. O casal pode tentar a sobrevivência, para retomar a luta depois, em outras condições, em outros termos. Mas não. A última tarefa de ambos é a inserção da pequena cápsula de cianureto num vão entre dentes. Há tempos firmaram a jura de não se deixarem pegar vivos, para não entregar companheiros sob tortura. As cápsulas de cianureto não estão no manual de conduta (Kucinski, 2014, p. 18).

A notícia da posse de veneno da parte dos militantes em situação de nítida consciência de derrota constitui elemento ficcional essencial da trama armada por Bernardo Kucinski. Outros discursos ficcionais, como este, portam indícios da personagem, permitindo ao leitor de *K – relato de uma busca* recompor sua trajetória após o desaparecimento a partir de enunciações situadas em diferentes espaços e tempos que dão certo ordenamento fictício a seus passos após cair no que o escritor figura como "um sorvedouro de pessoas" (Kucinski, 2014, p. 11): "era como se volatilizassem" (Kucinski, 2014, p. 14). O quadro que apresenta a voz do sequestrador dos "subversivos" é interessante nesse sentido:

> O que fazer com a cadela? Com o casal tudo deu certo, do jeito que o chefe gosta, sem deixar rastro, sem testemunha, nada, serviço limpo, nem na casa entramos, para não correr risco com vizinhos, casa muito colada nas outras; pegamos os dois no beco, de surpresa; uma sorte, aquela saída lateral do parque, meio escondida, quando os dois se deram conta, já estavam dentro do carro e de saco na cabeça, só a cadela latiu, mas já era tarde. Agora essa maldita cadela, filha da puta, não para de incomodar.

> Baleia, nome besta para uma cadelinha miúda e peluda pra caralho. De onde é que tiraram esse nome? Chequei com o Lima se era isso mesmo. Ele garantiu que era e ainda falou: como está no informe – o filho da puta quis tirar um sarro (Kucinski, 2014, p. 41).

Vozes enunciadoras como esta, que revela os detalhes do momento da captura do casal, presumidamente a filha desaparecida e seu marido, também guerrilheiro e dirigente da organização de que faziam parte, são reunidas na composição de *K – relato de uma busca*, que as agrega como peças avulsas de um quebra-cabeça que mimetiza o labirinto das arbitrariedades da ditadura a cujo conhecimento o protagonista, na cartografia de sua desorientação, jamais chegará a alcançar, mas o leitor sim. Da mesma forma, *Antes do passado* pode ser visto como romance-mosaico multifacetado em inúmeros fragmentos de diferentes texturas, como apontado anteriormente.

Roberto Vecchi, no artigo "O passado subtraído da desaparição forçada: Araguaia como palimpsesto", interpreta tal método de composição, baseado na recolha de histórias, fragmentos, contos avulsos, como a forma mais pertinente de representação do fenômeno assombroso do desaparecimento. Segundo o pesquisador, uma possível homogeneidade narrativa não seria apenas inviável nesse contexto, mas mesmo que tentada desmoronaria "nos restos de qualquer unidade ideal, sob o impacto *fraturante* da experiência traumática" (Vecchi, 2014, p. 144). Sua interpretação da forma não uniforme dos romances em estudo mostra-se afim à leitura de Maria Zilda Cury acima apresentada, que aproxima o corpo físico do corpo do texto nas circunstâncias narrativas em discussão (Cury, 2020b).

A forma fraturada de *K – relato de uma busca* compreende fragmentos justapostos de uma história ficcional; no caso de *Antes do passado*, agrega fragmentos de uma história e igualmente de um corpo, mostrando-se recurso eficiente de representação literária de desaparecidos. A investigação exaustiva pelo familiar sumido, tema central das narrativas, é mimetizada, assim, em sua forma, reveladora de uma compilação dos restos e sobras, que recompõem como é possível a memória de um passado no seu todo interdito. Segundo Márcio

Seligmann-Silva propõe em *Testemunho da Shoah e literatura,* a forma ilumina a circunstância narrativa em evidência:

> A incapacidade de incorporar em uma cadeia contínua as imagens "vivas", "exatas" também marca a memória dos traumatizados. A tradução desses "nós de memória" — desses momentos encapsulados ou enterrados em uma cripta, [...] para falarmos com Abraham e Torok3[6] — é o objetivo da terapia. O testemunho também é de certo modo uma tentativa de reunir os fragmentos do "passado" (que não passa) dando um nexo e um con*texto* aos mesmos (Seligmann-Silva, 2009).

Da reunião de estilhaços de uma vida subtraída em mistério, recolhidos ou inventados, resulta a memória esburacada possível do familiar que cumpre recompor e tornar patrimônio comum de memória, herança de futuro. A arquitetura que agrega essas partes desunidas constitui em cada uma das narrativas o túmulo possível que cada escritor ergueu com palavras para homenagear e abrigar. As obras em estudo parecem elaborar ficcionalmente a situação traumática que seria discutida no posfácio de *O congresso dos desaparecidos* (Kucinski, 2023), intitulado "Desaparecer, verbo transitivo", no qual se lê: "No desaparecimento, não há um corte, um antes e um depois, e sim um hiato, um longo intervalo de tempo que não se sabe o que é, um enigma, um ponto de interrogação entre o existir e o não existir, criado para encobrir um crime terrível" (Kucinski, 2023, p. 136).

Julga-se que seja exatamente para propiciar a devida separação ficcional entre as condições da vida e da morte, que se apresentam borradas em suas existências, que escrevam os dois autores. O modo como cada um sedimentará no texto essa demarcação será analisado mais especificamente na próxima parte deste ensaio.

6 Cf. N. Abraham e M. Torok, *Cryptonymie — Le verbier de l'homme aux loups*, Paris, 1976.

IV

Pode a palavra vencer a morte?

Tessa Moura Lacerda

Em *Antes do passado*, o capítulo intitulado "Liturgia" (Brum, 2012, p. 129) exibe tentativa da família de Liniane Haag Brum no sentido de estabelecer alguma forma de demarcação entre o mundo dos mortos e dos vivos a partir dos elementos de que dispunha. Há nele apenas a imagem do convite para missa de 20° ano de desaparecimento de Cilon publicado em jornais do Rio Grande do Sul em 06 de agosto de 1991, revelando que a morte social foi tomada pela família como o ponto final de que carecia para uma primeira e insuficiente datação da sua partida.

A cerimônia religiosa confirma o entendimento do historiador Pierre Nora de que não há memória espontânea, fazendo-se necessária a criação de "lugares de memória", como celebrações em torno de aniversários, elogios fúnebres etc., no sentido da preservação da lembrança de quem não mais está (Nora *apud* Figueiredo, 2017, p. 26). A quebra na expectativa social quanto ao formato do anúncio, devida inicialmente ao uso da palavra "desaparecimento" no lugar de "morte", desdobra-se na inserção de texto que expõe a fratura ao mesmo tempo privada e social: "Cilon viveu pouco, mas intensamente. Um dia, ele foi morto. Certamente um dia foi sepultado em algum local deste país. Fazem [sic] 20 anos e até agora seus familiares não sabem nem quando, nem onde......." (Brum, 2012, p. 129).

A participação pública da celebração em memória de Cilon Cunha Brum compreende em seu próprio corpo textual a inscrição de uma memória ceifada. As reticências ao final do texto sugerem o não fechamento da prolongada espera por notícias. Inserida como elemento de composição do romance, publicado em 2012, a imagem em primeiro lugar atualiza o conteúdo após o transcurso de mais vinte e um anos sem informações oficiais do paradeiro dos restos mortais do guerrilheiro, totalizando-se quarenta e um anos à ocasião. Eurídice Figueiredo, no estudo, *A literatura como arquivo da ditadura,* entende que, "se ao longo da narrativa já há essas homenagens que ritualizam a revisitação de sua vida, o próprio livro é um epitáfio para o desaparecido cujo corpo nunca foi encontrado" (Figueiredo, 2017, p. 92), consideração que este artigo acolhe e procura desenvolver, tomando o convite como símbolo metonímico da liturgia que o livro, no seu todo, realiza.

K – relato de uma busca, de sua parte, tematiza a necessidade de lápides para realizar a despedida dos mortos em algumas cenas do enredo. O capítulo "Livros e expropriação", por exemplo, traz personagem não nomeado no qual é possível reconhecer o perfil físico e pessoal de Wilson Silva, dirigente da organização Aliança Libertadora Nacional (ALN), marido da irmã do escritor e com ela desaparecido: o maxilar projetado para fora, sugerindo determinação e intransigência, e a firmeza ideológica: "sua paixão pela revolução só tinha paralelo no amor pelos livros" (Kucinski, 2014, p. 34). Lê-se no trecho que seu maior patrimônio era uma vasta biblioteca cujo acervo fora composto através de roubos realizados por convicção revolucionária e não por necessidade:

> Tempos depois, capturado e desaparecido pelos militares, deixou, como único bem, a biblioteca revolucionária de mais de dois mil tomos, a maioria expropriados. Curiosamente, na primeira página de todos eles assinara, em letras firmes e rápidas, seu nome por extenso e data da expropriação.
>
> Queria demarcar uma posse? Não. Não faz sentido. Talvez soubesse, isso sim, e desde sempre, que os livros seriam os únicos vestígios de sua vocação revolucionária, pequenas lápides de um túmulo até hoje inexistente (Kucinski, 2014, p. 35).

É o olhar do narrador onisciente que atribui às assinaturas presentes à primeira página dos livros a função de lápides, chegando a presumir a intencionalidade do gesto. Diante do perigo que sabia correr, o personagem poderia ter desejado deixar vestígios de sua rebeldia contestadora para a posteridade, chega a supor. Entende-se que o próprio autor, ao preencher o vazio do desaparecimento de Wilson Silva com traços de seu corpo e de sua personalidade, cumpra o dever de memória em relação ao amigo e cunhado identificado com o ideário que mobilizou a geração à qual ele próprio pertenceu.

O sentido de herança proposto por Jacques Derrida, relacionado à responsabilidade, mostra-se pertinente no contexto da leitura aqui proposta. Para o filósofo "a herança não é jamais dada, é sempre uma tarefa. Permanece diante de nós tão incontestavelmente que, antes mesmo de querê-la ou recusá-la, somos herdeiros, e herdeiros enlutados, como todos os herdeiros" (Derrida, 1994, p. 78). Bernardo Kucinski, na condição de herdeiro sobrevivente, assume a tarefa que a herança recebida exige fazendo da palavra literária instrumento de partilha do legado do homem a quem o narrador chama, em raro flagrante de demonstração afetiva, de "nosso personagem" (Kucinski, 2014, p. 34).

O capítulo "Os desamparados", narrado pelo pai do desaparecido, estende a homenagem fúnebre que o romance realiza ao "homem que roubava livros". O quadro narrativo importa ainda por apresentar o ponto de vista do sogro sobre a namorada do filho, a filha de K., que, segundo o enunciador, também estava sempre "de livro na mão". As honras fúnebres são prestadas neste contexto narrativo ao casal conjuntamente, fazendo jus à parceria que mantinham no âmbito político e igualmente afetivo. Mais uma vez, em *K – relato de uma busca*, o rastro da memória da filha desaparecida é reconstruído através de um distanciamento narrativo, provindo neste caso do ponto de vista do homem rude encantado pelos modos delicados da nora:

> ela tão educada, encantou até os vizinhos, era um alegramento [...] não era só ele, a família toda ela acarinhava, digo de verdade e do coração; se quiser, eu paro. [...] a verdade verdadeira é essa, não tinha quem não gostasse dela... se o senhor quiser, eu paro de contar. [...] sua filha dizia que se não tinha dor, era pra parar de tomar, ela entendia, bacharel e tudo, mas da aspirina eu entendo mais (Kucinski, 2014, p. 62-3).

Em meio à homenagem ficcional a Wilson Silva, Bernardo Kucinski insere o elogio à personagem da "namorada" daquele, que representa no enredo a própria irmã, honrando também ali a sua memória e assim desdobrando o percurso narrativo que lhe permitirá ao final realizar a derradeira etapa da despedida simbólica da mesma. No romance, o escritor ficcionaliza ainda a necessidade de proceder uma cisão entre o mundo dos vivos e o dos mortos no capítulo "A *matzeivá*", que aborda a urgência do pai em erguer uma lápide para a filha ao se completar um ano de sua perda, conforme preceito da religião judaica: "A falta da lápide equivale a dizer que ela não existiu e isso não era verdade: ela existiu, tornou-se adulta, desenvolveu uma personalidade, criou o seu mundo, formou-se na universidade, casou-se" (Kucinski, 2014, p. 58).

Entende-se que o sentido de lápide presida a prática escritural de Kucinski, interpretação oferecida por Eurídice Figueiredo no já referido estudo *A literatura como arquivo da ditadura brasileira* (2017), no qual a crítica pondera: "Se o pai não conseguiu fazer nenhum tipo de ritual para a filha, o livro *K.* pode ser interpretado como uma *kaddish* para a irmã morta, uma oração fúnebre que ajuda a fazer a passagem do mundo dos vivos ao mundo dos mortos (Figueiredo, 2017, p. 138).[7]Esse é o entendimento que este artigo persegue, acrescentando a extensão da oração fúnebre ao cunhado.

Liniane Brum, por sua vez, constrói no espaço epistolar que entrecorta o romance cenário privilegiado para recompor o corpo, a personalidade e fragmentos da história de Cilon Cunha Brum na intimidade das trocas afetivas estabelecidas com a avó. Por meio das cartas enviadas das diversas cidades que compõem o roteiro das viagens que realiza em busca de rastros do tio (São Paulo, Brasília, Xambioá), entre os anos de 2005 e 2011, a neta leva à matriarca notícias, reflexões e sobretudo alento. Evidencia-se nessas correspondências o teor de epitáfio que a narrativa no seu todo institui:

> São Paulo, 25 de maio de 2006.
> Vó,
>
> Fiquei pensando que seu filho foi um homem que sonhou, vó.
>
> [...]
>
> O oitavo filho da dona Lóia e do seu Lino era quieto, mas tinha um temperamento forte e explosivo. O gremista adorava futebol. Jogava mal, mas batia bem. Parecia um índio, explicou o pai. Porque tinha o cabelo liso e escorregadio. [...]
>
> Foi tão bom poder recordar o tio Cilon desse modo. Por isso trouxe, para compartilhar com a senhora, esses traços tão conhecidos seus e perdidos no doer. [...] Mas queria tanto que a gente pudesse parar de se condoer.

7 *Kaddish*: prece por uma desaparecida (2018) é o título da obra escrita como homenagem a Ana Rosa Kucinski pela jornalista Ana Castro, pesquisadora sobre repressão e memória.

> Por isso trago para a senhora notícias dessas viagens em que vou registrando as pessoas e as marcas do tio Cilon nelas (Brum, 2012, p. 55-57).

A recordação do tio por meio da reconstrução de traços de sua figura busca contribuir para que a dor compartilhada em família possa estancar. Trata-se de uma escrita de travessia, ao final da qual a narradora pretende chegar ao outro lado do sofrimento através do sepultamento que a narrativa encerra. Táscia Oliveira Souza, em "A literatura como epitáfio e o trauma do desaparecimento transmitido como herança", afirma que "essas cartas podem ser interpretadas como um processo de ficcionalização, uma vez que a avó nunca as recebeu, mas também podem ser entendidas como uma necessidade de quebrar o silêncio da família sobre o assunto" (Souza, 2016, p. 6202-6203).

Atribuo às cartas natureza ficcional, dado que a avó já era falecida à altura de sua escrita, entendendo que no espaço destas o silêncio familiar seja quebrado e o filho, recomposto, possa ser simbolicamente depositado junto à mãe, cuja morte deu-se em meio à espera e ao que tudo indica devido a essa espera. O sentido de herança proposto por Jacques Derrida anteriormente apresentado confirma-se no caso de *Antes do passado,* uma vez que Liniane assume na condução narrativa do romance a responsabilidade que a herança implica. Considero que a mesma cumpra o dever de memória que lhe cabe, buscando de todas as formas possíveis preencher simbolicamente o vazio do desaparecimento por meio da corporificação do desaparecido nas páginas do romance, e que, no âmbito particular das cartas, encarregue-se de fazer cumprir a justiça que está ao alcance da ficção realizar, restituindo o corpo do filho à mãe que tanto o esperou:

> Vó, sinceramente, esse espaço tão nosso que foge até mesmo da minha compreensão, esse tempo antes do passado vai ser sempre o lugar de tio Cilon. O recanto dele, íntegro e inteiro. Um lar onde passamos a limpo sua vida e feições. Nosso canto de polir palavras com panos plácidos e puros.
>
> E ponto (Brum, 2012, p. 260).

O recanto do tio é o espaço íntimo compartilhado entre neta e avó fora do tempo histórico, é "antes do passado", um espaço no qual a memória que está atrás é "passada a limpo" no presente com vistas a ser alcançada no futuro. Nesta última morada, vida e feições de Cilon Cunha Brum são reconstituídas por meio de palavras polidas com os panos puros que não puderam limpar seu corpo ferido e morto. E assim a história termina. O túmulo de palavras erguido pela neta constitui um lar para aconchegar o tio, desaparecido. Liniane Cunha Brum mostra-se no texto a herdeira motivada a superar a "espectografia" do passado. Jacques Derrida, no estudo já referido, comenta a esse respeito:

> Se me apresto a falar longamente de fantasmas, de herança e gerações, de gerações de fantasmas, ou seja. De certos outros que não estão presentes, nem presentemente vivos, nem para nós, nem em nós, nem fora de nós, é em nome da justiça. Da justiça onde ela ainda não está, ainda não está presente. Aí onde ela não está mais, entenda-se aí onde ela não está mais presente e aí onde ela nunca será nunca, não mais do que a lei, redutível ao direito (Derrida, 1994, p. 11).

A literatura pode, como se viu, remendar os vazios da história, produzindo reparações simbólicas para perdas irremediáveis a que a justiça no país ainda não atendeu. Bernardo Kucinski também vai colocar um ponto final na história até então aberta da irmã por meio da fantasia ficcional. Será Jesuína, faxineira da Casa da Morte (Petrópolis) e também informante, que fará o relato de sua morte dentro do emaranhado de vozes sobrepostas que constitui o corpo reconstituído do romance. O capítulo "Terapia" traz a personagem em consulta à qual fora encaminhada em razão de distúrbios nervosos decorrentes da rotina de trabalho em cenário que continha ganchos de açougue, "pedaços de gente. Braços, pernas cortadas. Sangue, muito sangue" (Kucinski, 2014, p. 93). Ela conta à psicóloga que era enviada às celas dos prisioneiros políticos em busca de informações a serem repassadas aos delegados:

> Me colocaram na cela dela, sem falar nada, e eu tentei puxar conversa. Ela me disse o nome dela e depois não falou mais nada. Disse o nome completo, acho que completo, mas eu só guardei metade, era um nome complicado. Disse assim recitado como quem sabe que vai morrer e quer deixar o nome, para os outros saberem.

> [...]
>
> Depois o Fleury chegou, já de noite. Ele me chamou e perguntou da moça e eu disse que nada, que só falou o nome e depois ficou muda [...] aí ele mandou me colocarem de volta.
>
> De madrugada chegou o doutor Leonardo. Lá de baixo eu adivinhei que era o médico e avisei baixinho, quando vem o médico é porque vão maltratar, fazer coisa ruim. Logo depois vieram buscar ela. Foi aí que ela de repente meteu um dedo na boca e fez assim como quem mastiga forte e daí a alguns segundos começou a se contorcer.
>
> Disseram que ela tomou veneno, que tinha veneno na boca, pronto para engolir. O Fleury naquela noite ficou louco (Kucinski, 2014, p. 89).

Este é o final ficcional da personagem de nome difícil, que o leitor identifica como sendo Ana Rosa Kucinski na sinfonia de vozes e silêncios que constitui o romance. O relato do suicídio, através do qual a personagem assume a autoria da própria morte, impedindo seus algozes de torturá-la, é feito por meio de um deslocamento enunciativo que, segundo Maria Zilda Cury desenvolve em "Memória e resistência: figurações da ditadura na literatura brasileira contemporânea" (Cury, 2020c), atenua a real tragicidade da morte. Me valho de sua leitura quanto ao "movimento ficcional" empreendido por Bernardo Kucinski para cumprir as honras fúnebres familiares à distância e por meio da invenção do final honroso do qual julga ser a irmã merecedora.

Para Maria Zilda Cury, "a cena relatada pela faxineira para alívio do trauma pode ser lida como metonímia do processo de escrita do romance" (Cury, 2020c, p. 62). A estudiosa complementa, desta forma, a leitura oferecida por Eurídice Figueiredo (2017) no estudo fundante várias vezes citado neste artigo, dando ênfase à carpintaria literária que viabiliza a Kucinski realizar em seu texto a homenagem fúnebre à irmã desaparecida: "Pode-se então fazer nesse processo de reunião e de reconstituição de restos, uma aproximação entre os ritos funerários, como aponta Figueiredo, e os ritos de uma escritura que procura reconstituir o corpo do texto" (Cury, 2020c, p. 65). Essa leitura ilumina o percurso que o presente artigo procurou seguir, aproximando o rito de construção dos textos literários em foco ao rito funerário que no seu todo exercem ao sedimentar a memória dos desaparecidos na materialidade de sua composição narrativa.

O desenlace da vida de Ana Rosa Kucinski não ocorreu no processo histórico brasileiro, segundo se sabe atualmente, da forma como foi enunciada no romance do irmão Bernardo. Tampouco a avó de Liniane Haag Brum recebeu nas cartas que a neta lhe enviou o corpo simbólico restituído do filho Cilon. A fim de discutir as soluções narrativas de ambos os autores, retoma-se a consideração de Alfredo Bosi acerca da força de resistência contida na criação literária: "É nesse horizonte que o espaço literário sendo lugar da fantasia consegue ser o lugar da verdade mais exigente." (Bosi, 1996, p. 27). A literatura, a partir do olhar do eminente crítico paulista, afirma-se resistente no âmbito temático não apenas devido à recuperação de lembranças relacionadas ao terreno do vivido, mas, principalmente, pelo resgate "do que é [ou foi] calado" (Bosi, 1996, p. 27). Os dois autores em estudo dão forma em sua prosa de ficção justo ao que foi calado, colocando assim um fim em histórias que perduravam em estado de suspensão, assombrando o presente.

V

consolaciôn/memoria/
triste tal vez/pero ya no tristeza/dolor
tal vez/pero memoria/consolaciôn/abrigo
suavidad de los dîas o lomo
donde descansa el corazôn salvaje.

Juan Gelman

A literatura oferece, conforme se pretendeu evidenciar, espaço de acolhida final aos desaparecidos, seres desalojados de qualquer remanso, convertendo-se em abrigo, "lombo" ou "lombada" onde seu coração selvagem pode descansar. O enterro simbólico forjado com palavras nas páginas de cada prosa ficcional permite que a memória dos mortos siga viva entre os que sobreviveram e possa ser legada aos que virão. E ainda, conforme Michel de Certeau propõe, cria perspectivas de futuro à sociedade que, narrando o passado, abre espaço próprio a um presente distinto do tempo que já transcorreu:

> Por um lado, no sentido etnológico e quase religioso do termo, escrita representa o papel de *um rito de sepultamento [un rite d'enterrement];* ela exorciza a morte introduzindo-a no discurso. Por outro lado, tem uma função *simbolizadora*; permite a uma sociedade situar-se, dando-lhe na linguagem, um passado, e abrindo assim um espaço próprio para o presente (Certeau *apud* Gagnebin in Safatle; Teles, 2010, p.184).

Cumprida a função ritual do texto literário, exorcizada a morte e assimilado o passado no gesto em que a pá da palavra de cada escritor cavou e alcançou cobrir, ainda que tenuemente, ao modo de Antígona, os corpos de seus desaparecidos, resta ainda o vazio: "O dano é infinito e irreparável" (Vidal, 2015, p. 59). *Antes do passado* figura a necessidade intransponível e renitente da família Brum de ritualizar a despedida real de seu ente querido. A escritora, ao final de seu romance constata o quanto a restituição que realizou no ofício escritural é ínfima e incapaz de cumprir a função pretendida: o capítulo "Aguardar", composto apenas da imagem de uma lápide com a inscrição "Esta sepultura aguarda o corpo de..." (Brum, 2012, p. 243) é revelador da persistência do buraco na memória familiar e social.

Figura 1 - Fotografia do álbum familiar (p. 243).

Fonte: Arquivo pessoal da autora.

Em *K – relato de uma busca*, o último capítulo, intitulado "*Post scriptum*", retoma a abertura do romance, sendo igualmente narrado pela voz ficcional do autor e situado no mesmo tempo e espaço: "São Paulo 31 de dezembro de 2010" (Kucinski, 2014, p. 120). A estrutura da narrativa mostra-se desta forma circular, dando ao leitor a sensação de que tudo está como antes de o fio narrativo ter sido puxado. Do mesmo modo que em *Antes do passado,* em *K – relato de uma busca,* a cova é exibida aberta ao final, sugerindo que o tempo volta atrás com a confirmação da suspeita inicial de que pistas falsas do paradeiro de Ana Rosa seguiriam sendo enviadas para cansar e desmoralizar a família: "Esse telefonema" – conclui – feito por uma suposta turista brasileira residente no Canadá, "veio do sistema repressivo, ainda articulado" (Kucinski, 2014, p. 120).

Os dois romances representam, assim, o próprio fracasso na empreitada discursiva voltada ao sepultamento dos desaparecidos da ditadura: nenhum expediente ficcional repara a perda ou restitui o corpo e a história. A reparação simbólica que motivou a criação ficcional de vários autores da cena literária brasileira contemporânea é tudo que pode a arte fazer diante do desastre histórico do desaparecimento político. Não se pode, de qualquer forma, atribuir à literatura função redentora. Paloma Vidal, crítica e escritora argentina radicada no Brasil, alerta para esse risco no artigo "Literatura e reparação: um percurso":

> É fundamental evitar essa sedução. Entender que o trabalho simbólico de memória tem um papel central, mas que ele não substitui o trabalho efetivo realizado no plano jurídico. [...] Entender que esse papel é central porque, [...] como bem assinalou Roberto Vecchi, mesmo havendo alguma reparação, ela se ergue sobre o fundo de uma falta terrível, de um vazio, do irreparável, do irrestituível, sendo aí onde a literatura é efetivamente muito útil, como *prática*, como *mise en action*, como o 'repertório notável de recursos expressivos' (Vidal, 2015, p. 64).

No interior dos textos literários analisados, diante da ausência de corpos e de informações sobre os sequestros criminosos que sumiram com cidadãos e cidadãs brasileiras, lançando familiares e o conjunto da sociedade no limbo de uma suspensão interminável, a literatura mostra sua potência, oferecendo repertório riquíssimo de recursos expressivos: corporificou o jovem Cilon Cunha Brum em páginas da sobrinha nas quais seu corpo e sua memória foram encarnados e narrados; representou o trauma da desaparição forçada de Ana Rosa Kucinski, cuja ausência foi mimetizada e cuja memória foi honrada, junto a de seu marido Wilson Silva, nas páginas do romance do irmão.

Fica, no entanto, em aberto a sequência do processo, que requer que a Justiça seja feita e os agentes responsáveis pelas graves violações de direitos durante o período ditatorial, criminalizados. Este ensaio pretendeu discutir narrativas brasileiras contemporâneas que buscaram transmutar a herança da morte ditadura em legado de vida, enterrando os corpos dos desaparecidos, com vistas a enterrar o legado da ditadura, ou ao menos parte dele, a fim de que amanhã possa ser outro dia para todos os brasileiros.

Referências

BOSI, Alfredo. Narrativa e resistência. *Itinerários*, Araraquara, n.10, 1996, p. 11-27.

BRUM, Liniane Haag. *Antes do Passado*: o silêncio que vem do Araguaia. Porto Alegre: Arquipélago, 2012.

CASTRO, Ana. *Kaddish*: prece por uma desaparecida. Belo Horizonte: Letramento, 2018.

CERTEAU, Michel de. *A escrita da História*. Rio de Janeiro: Forense-Universitária, 1982.

CURY, Maria Zilda. Escritas do corpo ausente. *In*: WALTY, Ivete Lara, MOREIRA. Therezinha Taborda. *Violência e escrita literária*. Belo Horizonte: PUC-Minas, 2020 (e-book), p. 170-188.

CURY, Maria Zilda. *Non habeas corpus*: direito ao corpo na ficção de Bernardo Kucinski. *In:* GOMES, Gínia. *Narrativas brasileiras contemporâneas*. Porto Alegre: Polifonia, 2020b, p. 39-62.

CURY, Maria Zilda. Memória e resistência: figurações da ditadura na literatura brasileira contemporânea. *In:* OLIVEIRA, Rejane Pivetta de, THOMAZ, Paulo C. *Literatura e ditadura*. Porto Alegre: Zouk, 2020c, p. 59-72.

DERRIDA, Jacques. *Da hospitalidade*. Tradução Antônio Romane. São Paulo: Escuta, 2003.

DERRIDA, Jacques. *Espectros de Marx: o estado da dívida, o trabalho do luto e a nova Internacional*. Tradução Ana Maria Skinner. Rio de Janeiro: Relume-Dumará, 1994.

FIGUEIREDO, Eurídice. *A literatura como arquivo da ditadura brasileira*. Rio de Janeiro: 7 Letras, 2017.

GAGNEBIN, Jeanne Marie. O preço de uma reconciliação extorquida. *In*: TELES, Edson; SAFATLE, Vladimir (org.). *O que resta da ditadura*: a exceção brasileira. São Paulo: Boitempo, 2010. - (Estado de sítio).

KUCINSKI, Bernardo. *K. – Relato de uma busca*. São Paulo: Cosac Naify, 2014.

KUCINSKI, Bernardo. *O congresso dos desaparecidos*. Drama em prosa. São Paulo: Alameda, 2023.

RICOEUR, Paul. *Lembrança, memória e esquecimento*. Tradução Alain François [*et al.*]. Campinas: Editora da Unicamp, 2008.

SÁ, Izabel Maria Fonseca Vieira. Um livro em forma de lápide: testemunho e luto em *K – relato de uma busca*, de Bernardo Kucinski *In*: SILVA, Douglas Rosa da; PIVETTA, Rejane, BITTENCOURT; Rita Lenira. *Literatura, modos de resistir* [recurso eletrônico]. Porto Alegre: Class, 2021, p. 149-163. Disponível em: https://abralic.org.br/downloads/publicacoes/2020-2021/ABRALIC-eixo-3-volume-2-literatura-modos-de-resistir.pdf Acesso em 13. jan. 2024.

SELIGMANN-SILVA, Márcio. Testemunho da Shoah e literatura. *In*: X JORNADA INTERDISCIPLINAR SOBRE O ENSINO DA HISTÓRIA DO HOLOCAUSTO, 2009, São Paulo. Palestra. São Paulo: Brasil. Disponível em: https://texsituras.files.wordpress.com/201. Acesso em 13. jan. 2024.

SOUZA,Táscia, A literatura como epitáfio e o trauma do desaparecimento transmitido como herança. *In*: XV *Encontro Abralic*, Rio de Janeiro 2016. Disponível em https://abralic.org.br/anais/arquivos/2016_1491572291.pdf. Acesso em 13. jan. 2024.

SILVA, Ricardo Augusto Garro. Ele roubava livros: objetos como inscrição da memória em K. – Relato de uma busca. *In:* TAUFER, Adauto Locatelli; SANSEVERINO, Antonio Marcos Vieira; DAUDT, Marianna I. *Literatura, história e memória* [recurso eletrônico]. Porto Alegre: Bestiário, 2023, p. 88-101.

TELES, Edson, SAFATLE, Vladimir (org.). *O que resta da ditadura*: a exceção brasileira. São Paulo: Boitempo, 2010. (Estado de sítio).

VERNANT, Jean-Pierre. *L'individu, la mort, l'amour*. Paris, Gallimard, 1989.

VIDAL, Paloma. *Literatura e reparação: um percurso*. *Lua Nova*, n. 96, São Paulo, 2015, pp. 55-70.

VECCHI, Roberto. O passado subtraído da desaparição forçada: Araguaia como palimpsesto. *Estudos de Literatura Brasileira Contemporânea*, n. 43, Brasília, 2014, pp. 133-49.

AUTORES PRESENTES

MARIA ZILDA FERREIRA CURY

Graduada em Letras (Português, Inglês e Alemão) pela Universidade de São Paulo (1975), Mestra em Estudos Literários: Literatura Brasileira, pela Universidade Federal de Minas Gerais (1981) e Doutora em Literatura Brasileira pela Universidade de São Paulo (1988). Pós-doutorado pela Sorbonne Nouvelle-Paris III (1999).Pós-doutorado na Universidade Federal Fluminense. Professora Titular de Teoria da Literatura pela UFMG . Atualmente é professora associada de Literatura Brasileira da Universidade Federal de Minas Gerais. Coordenou o projeto de pesquisa "Intelectuais e vida pública: mediações e migrações", financiado pelo CNPq a que seu projeto individual de pesquisa -"Imigrantes na literatura"- encontrava-se vinculado. Participou, como pesquisadora, no projeto de pesquisa "Topografias da cultura: representação, espaço e memória" coordenado pela Profa. Dra. Sara del Carmen Rojo vinculado ao Convênio UFMG/ Università degli Studi di Bologna. Participou como pesquisadora do Projeto Linguagem e Pensamento, coordenado pelo Prof. Dr. Piero Eyben. Faz parte do GT Literatura Brasileira Contemporânea da ANPOLL. Desenvolveu o Projeto de pesquisa Vertentes da ficção brasileira contemporânea, financiado pelo CNPq. Tem experiência na área de Letras, com ênfase em Literatura Brasileira Contemporânea e Literatura Comparada. Coordenadora do Programa de Pós-Graduação em Letras : Estudos Literários da UFMG (2018-2020) Coordenadora do Projeto de Pesquisa Espaços da Literatura Contemporânea (projeto subcoordenado pelas Profas. Dras. Sandra Goulart Almeida e Ana Maria Chiarinni). Pesquisadora do Projeto de Pesquisa Poéticas e Políticas da Memória na Literatura Contemporânea coordenado pelas Profas. Dras Rejane Pivetta de Oliveira e Luciana Paiva Coronel. Autora de vários livros e ensaios no país e no exterior.

FABÍOLA PADILHA

Professora associada de teoria da literatura e literaturas de língua portuguesa da Universidade Federal do Espírito Santo. Possui graduação em Letras-Português e em Artes Plásticas pela Universidade Federal do Espírito Santo, mestrado em Letras: Estudos Literários pela Universidade Federal do Espírito Santo e doutorado em Letras: Estudos Literários pela Universidade Federal de

Minas Gerais. Realizou estágio pós-doutoral na USP (2017/2018), sob a supervisão de Jaime Ginzburg, e na UFMG (2023), sob a supervisão de Maria Zilda Ferreira Cury. Dedica-se a pesquisar a literatura brasileira contemporânea em sua interface com a história, com especial interesse em obras centradas em eventos-limite, como ditaduras e Holocausto. Participa dos seguintes grupos de pesquisa: Poéticas e políticas da memória (UFRGS) e Ficcionalidades (Ufes). Coordena os projetos de pesquisa Literatura testemunhal e história: convergências e Literatura brasileira contemporânea e violência de gênero em tempos de ditadura militar. Integra o projeto Memorial Poético dos Anos de Chumbo, o Núcleo de Pesquisa em Literatura Moderna e Contemporânea (Nupesq) e o Núcleo de Estudos em Transculturação, Identidade e Reconhecimento (Netir).

Cimara Valim de Melo

Professora do Instituto Federal de Educação, Ciência e Tecnologia do Rio Grande do Sul (IFRS) com Doutorado em Letras pela Universidade Federal do Rio Grande do Sul (UFRGS). Possui Pós-Doutorado em estudos literários realizado junto à School of Modern Languages, University of Bristol (2024) e ao King's Brazil Institute, Kings College London (2013-2014). Suas pesquisas são direcionadas à literatura brasileira contemporânea, com ênfase na representação de deslocamentos e processos transnacionais, estudos decoloniais e indígenas, bem como literatura brasileira em tradução para a língua inglesa e relações entre literatura e ensino. É autora de *O lugar do romance na literatura brasileira contemporânea* (Annablume, 2013) e *Literatura & outras artes em Evidência* (IFRS, 2022); organizadora de *Literatura brasileira & contemporaneidade: uma perspectiva transnacional* (Metamorfose, 2019) e coorganizadora de *Migração e diversidade cultural na narrativa brasileira contemporânea* (Zouk, 2021) e *Literatura contemporânea de autoria feminina: trajetórias e transgressões* (Zouk, 2023). Dentre seus artigos mais relevantes, estão "Mapping Brazilian Literature Translated into English" (*Modern Languages Open*, 2017) e "A literatura brasileira contemporânea como espaço ao pensamento decolonial: um olhar a partir de prêmios literários e fluxos tradutórios" (*Bulletin of Contemporary Hispanic Studies*, 2023). É líder do Grupo de Pesquisa Língua, Literatura e Ensino (IFRS/CNPq) e membro do Grupo de Pesquisa Poéticas e Políticas da Memória na Literatura Contemporânea (UFRGS/CNPq).

Rejane Pivetta de Oliveira

Professora da graduação e do Programa de Pós-Graduação em Letras da Universidade Federal do Rio Grande do Sul, UFRGS; mestre e doutora em Teoria da Literatura pela Pontifícia Universidade Católica do Rio Grande do Sul; estágio pós-doutoral na Universidade de Santiago de Compostela (Bolsa CAPES). Atuou como professora do Programa de Pós-Graduação em Letras da Universidade de Passo Fundo, UPF; como professora da graduação e da pós--graduação em Letras da UniRitter, onde exerceu os cargos de coordenadora do Mestrado e do Doutorado em Letras (associação UniRitter/UCS) e coordenadora da Editora UniRitter. Líder do Grupo de Pesquisa Poéticas e políticas da memória na literatura contemporânea (UFRGS/CNPq); Membro do grupo de pesquisa GALABRA (USC/Galiza) e do Grupo de Pesquisa Estudos de Literatura Brasileira Contemporânea (UnB/CNPq); do GT Literatura Brasileira Contemporânea, da ANPOLL. É organização do livro *Literatura para pensar e intervir no mundo* (Editora UniRitter, 2013) e co-organizadora dos livros *Sobre alguns temas em Walter Benjamin* (Editora UniRitter, 2015) e *Literatura e Ditadura* (Zouk, 2020). Tem interesse nos seguintes temas de pesquisa: antropofagia e crítica decolonial; culturas marginais; literatura brasileira contemporânea e ditadura. Professora visitante na Brown University (bolsa CAPES, outubro a dezembro de 2024) e bolsista de Produtividade do CNPq.

Claudia Luiza Caimi

Professora associada no Departamento de Linguística, Filologia e Teoria Literária e nos programas de Pós-Graduação em Letras, na linha de pesquisa Teoria, crítica e comparatismo e no programa de Pós-graduação em Psicologia Social e Institucional, na linha de pesquisa Clínica, subjetividade e política, na Universidade Federal do Rio Grande do Sul – UFRGS, Brasil. Graduada em Letras pela Universidade de Ijui. Mestre e doutora em Letras/Teoria da Literatura, pela Pontifícia Universidade Católica do Rio Grande do Sul – PUC/RS, Brasil. Pós-doutorado no Centro de Estudos Comparatistas, na linha Memória, Testemunho, Esquecimento, na Universidade de Lisboa. Coordenadora do grupo de pesquisa Narrativa, memória e política - UFRGS; Pesquisadora no projeto de pesquisa Poéticas e Políticas da Memória na Literatura Contemporânea,

CNPq, coordenado pelas Profas. Dras Rejane Pivetta de Oliveira e Luciana Paiva Coronel. Organizadora de livros como *Sobre alguns temas em Walter Benjamin* (Editora UniRitter, 2015) e *Imagens do fora*: um arquivo da loucura (Sulina, 2018) e publicações em livros e revistas que versam sobre o tema memória e política.

Gínia Maria Gomes

Professora titular de Literatura Brasileira na Universidade Federal do Rio Grande do Sul. Realizou mestrado (1992) e doutorado (1999) em Letras pelo PPG-Letras da Universidade Federal do Rio Grande do Sul e estágio pós-doutoral pela Université Sorbonne Nouvelle - Paris 3 (2009 e 2019-2020). Tem experiência na área de Letras, sobretudo em Literatura Brasileira Contemporânea, com ênfase em romance e ditadura. É membro do Grupo de Pesquisa Poéticas e Políticas da Memória na Literatura Contemporânea coordenado pelas Profas. Dras Rejane Pivetta de Oliveira e Luciana Paiva Coronel. Organizadora dos livros *(Des)contextos da narrativa brasileira contemporânea* (URI, 2017), *Alteridades em trânsito: estética e representação na narrativa brasileira do século XXI* (Metamorfose, 2018), *Mobilidade e resistência na literatura brasileira contemporânea* (Polifonia, 2020), *Narrativas brasileira contemporâneas: memórias da ditadura* (Polifonia, 2020), *Vozes da resistência: ecos ditatoriais na literatura brasileira do século XXI* (Polifonia, 2021) e coorganizadora de *Ficção brasileira no século XXI: pluralidade e diversidade* (Makunaima, 2023).

Jaime Ginzburg

Professor Titular de Literatura Brasileira na Universidade de São Paulo. Desenvolve atualmente o projeto de pesquisa "Formas do tempo", com bolsa de produtividade de pesquisa do CNPq. Atualmente coordena o Grupo de pesquisa Literatura e cinema no Brasil contemporâneo. Possui graduação em Licenciatura em Letras - Português pela Universidade Federal do Rio Grande do Sul (1988), mestrado em Literatura Brasileira pela Universidade de São Paulo (1993) e doutorado em Letras pela Universidade Federal do Rio Grande do Sul (1997). Realizou Pós-doutorado em Estudos Literários na UFMG (2009-2010). Atuou como docente na Universidade Federal de Santa Maria (1994-2002) e na Universidade Federal do Espírito Santo (2002-2003). Atuou como professor visitante na UFMG, na UNESP, na University of Minnesota, na Universitat Bielefeld e na Universitá di Bologna. Atuou como Rio Branco Chair in International Relations, no Kings College, em Londres, entre fevereiro de 2015 e janeiro de 2016, desenvolvendo o projeto de pesquisa Culture and violence: Politics and Society in Brazilian and British film. Em 2010, defendeu tese de livre-docência em Literatura Brasileira na FFLCH-USP, abordando relações entre a literatura brasileira e regimes autoritários, examinando o período do Estado Novo e a Ditadura militar. É pesquisador do CNPq desde 2000, tendo desenvolvido projetos sobre "Literatura e Autoritarismo", "Violência e forma" e "O narrador na literatura brasileira contemporânea". Participante do The Maria Sibylla Merian Center for Advanced Latin American Studies in the Humanities and Social Sciences (CALAS), como pesquisador colaborador, dentro da linha de pesquisa "Transitions between violence and peace in Latin America", entre 2020 e 2021. Participante do Projeto "Construction, déconstruction, reconstruction de la mémoire collective des événements traumatiques : l'exemple de la France et du Brésil", de 2014 a 2016, um projeto de cooperação entre Université de Lyon (França) e USP, com coordenação da Profa. Dra. Sandra Nitrini. Participante do Projeto "Social Performance Cultural trauma and Reestablishing Solid Sovereignities", liderado pela Trinity College Dublin (Irlanda), coordenado, na USP, pela Profa. Laura Izarra, de 2014 a 2017. Publicou "Crítica em tempos de violência" (2012), que recebeu o Prêmio Jabuti em Teoria e Crítica Literária, "Literatura, violência e melancolia" (2013) e "Violência e paz. Notas sobre Heli e Bacurau" (2023).

Daniel Reizinger Bonomo

Professor Adjunto de Literatura Brasileira na Faculdade de Letras e no Programa de Pós-Graduação em Estudos Literários da Universidade Federal de Minas Gerais (FALE/Pós-Lit-UFMG). Mestrado e doutorado em Língua e Literatura Alemã pela Faculdade de Filosofia, Letras e Ciências Humanas da Universidade de São Paulo (FFLCH-USP), com estágio na Universidade de Leipzig, Alemanha. Membro integrado ao Instituto de Estudos de Literatura e Tradição da Universidade Nova de Lisboa (IELT-NOVA). Editor na revista Pandaemonium Germanicum (FFLCH-USP). Autor de Impaciência do Conhecimento: Aproximações aos Sonâmbulos de Hermann Broch (FFLCH-USP, 2015) e coorganizador de Aberto para balanço: Ensaios de Revisão Crítica do Modernismo Brasileiro (Fino Traço, 2022). Estágios de pós-doutorado na Universidade Estadual de Campinas (UNICAMP) e na Universidade NOVA de Lisboa (NOVA) com o projeto "Aborrecimento e Romance" (FAPESP), e na Universidade Humboldt em Berlim (HU) e na Universidade Federal do Rio de Janeiro (UFRJ) com o projeto "Ficção na Era Bolsonaro: Representação Literária da Crise Democrática Brasileira" (CAPES).

Monica Fernanda Rodrigues Gama

Professora de Teoria da Literatura e Literatura Brasileira no Departamento de Letras e no Programa de Pós-Graduação em Letras: Estudos da Linguagem da Universidade Federal de Ouro Preto (Delet/Posletras/UFOP). Mestrado em Língua e Literatura Francesa e doutorado em Literatura Brasileira pela Universidade de São Paulo (FFLCH/USP). Foi bolsista como pesquisadora residente da Fundação Biblioteca Nacional com projeto sobre o acervo da Livraria José Olympio Editora. Estágios de pós-doutorado na Universidade Federal de Minas Gerais (FALE/Pós-Lit-UFMG) e na Sorbonne Université com o projeto *A ficção romanesca do diário: autor suposto e escrita em ato na literatura brasileira* Coordenadora do Programa de Pós-Graduação em Letras: Estudos da Linguagem. Integrante dos Grupos de Pesquisa (CNPq) Espaços da literatura contemporânea (UFMG) e Criação e Crítica (USP), assim como do GT de Crítica Genética da Anpoll. Tendo estudado a expressão da autoria em Guimarães Rosa em pesquisas na pós-graduação, desenvolve atualmente estudos em torno da autoria na escrita de si, sobretudo na ficção contemporânea.

Eurídice Figueiredo

Possui Graduação em Letras, Mestrado e Doutorado em Letras Neolatinas pela UFRJ e Pós-doutorado Sênior pela UFMG . Atualmente é professora associada aposentada da Universidade Federal Fluminense atuando no Programa de Pós-Graduação em Estudos de Literatura. Foi professora visitante na Université du Québec à Montréal (Canadá), Università degli Studi di Napoli l'Orientale (Itália) e Université de Rennes (França). Criou e coordenou o GT "Relações literárias interamericanas" (2000-2004). Publicou os livros: *Mulheres contra a ditadura*: escrever é (também) uma forma de resistência (Zouk, 2024), *A nebulosa do (auto)biográfico:* vidas vividas, vidas escritas (Zouk, 2022), *Janelas para o mundo*; literatura comparada ou autores estrangeiros que você precisa conhecer (com Anna Faedrich, EdUFF,

2022), *Por uma crítica feminista:* leituras transversais de escritoras brasileiras (Zouk, 2020), *A literatura como arquivo da ditadura brasileira* (7letras, 2017), *Mulheres ao espelho:* autobiografia, ficção, autoficção (EdUERJ, 2013), *Representações de etnicidade:* perspectivas interamericanas de literatura e cultura (7Letras, 2010), *Construções de identidades pós-coloniais na literatura antilhana* (EdUFF, 1998).

Cristiane da Silva Alves

Licenciada, Mestre e Doutora em Letras pela Universidade Federal do Rio Grande do Sul (UFRGS). Também é graduada em Ciências Jurídicas e Sociais pela Universidade do Vale do Rio dos Sinos (UNISINOS). Realizou estágio de Pós-doutorado (PNPD-CAPES/MEC) junto ao Programa de Pós-graduação em Letras da UFRGS, com o projeto de pesquisa "Mulheres velhas: seus lugares e papeis na literatura brasileira do início do século XXI". Foi Professora Visitante no Instituto Federal de Educação, Ciência e Tecnologia do Rio Grande do Sul (IFRS), campus Canoas (2022-2024). Foi Professora Substituta no Instituto de Letras da UFRGS, no setor de Literatura Brasileira (2010-2011 / 2017-2018). Atuou como Professora de Português como Língua Adicional no Projeto de Extensão Programa de Português para Estrangeiros do Instituto de Letras da UFRGS (2012-2013). É membro do Grupo de Pesquisa Poéticas e políticas da memória na literatura contemporânea (UFRGS/CNPq) e do Grupo de Pesquisa Língua, Literatura e Ensino (IFRS/CNPq). É autora de capítulos publicados nos livros *Tendências críticas contemporâneas* (Bestiário / Class, 2023), *Ficção brasileira no século XXI: pluralidade e diversidade* (Makunaima, 2023), *O corpo-cronômetro: As temporalidades do corpo na literatura brasileira* (Frank & Timme, 2023), *Olhares sobre o envelhecimento: Estudos interdisciplinares* (CDA/Universidade da Madeira, 2021), *Vozes da resistência: ecos ditatoriais na literatura brasileira do século XXI* (Polifonia, 2021), *Mobilidade e resistência na literatura brasileira contemporânea* (Polifonia, 2020), *Narrativas brasileiras contemporâneas: memórias da repressão* (Polifonia, 2020), entre outros.

Dayane de Oliveira Gonçalves

Licenciada em Letras (Língua Portuguesa) (2017) e bacharela em Estudos Literários (2019) pela Universidade Federal de Ouro Preto. Mestre em Letras pelo

Programa de Pós-Graduação em Letras – Estudos da Linguagem da Universidade Federal de Ouro Preto (Posletras/UFOP), com a dissertação *Poética ficcional de Milton Hatoum em Relato de um certo Oriente, Dois irmãos e Cinzas do Norte* defendida na linha de pesquisa Literatura, Memória e Cultura. Atualmente é doutoranda no Programa de Pós-Graduação em Letras: Estudos Literários da Universidade Federal de Minas Gerais (Pós-Lit/UFMG) – área de concentração Literatura Brasileira e linha de pesquisa Literatura, História e Memória Cultural –, no qual desenvolve a tese *O preço de uma reconciliação extorquida: a ditadura permanente em O Corpo Interminável, de Claudia Lage, e na Trilogia Infernal, de Micheliny Verunschk.* Integra o Projeto de Pesquisa Espaços da Literatura Contemporânea (CNPq), coordenado pela Prof. Dra. Maria Zilda Cury e subcoordenado pelas Profas. Dras. Sandra Goulart Almeida e Ana Maria Chiarinni.

ELCIO LOUREIRO CORNELSEN

É Professor Titular da Faculdade de Letras da UFMG, Doutor em Estudos Germanísticos pela Freie Universität Berlin, na Alemanha (1999), com Pós-Doutorado em Estudos Organizacionais, pela Fundação Getúlio Vargas (2005), em Teoria e História Literária, pela Unicamp (2010), e em História Comparada, pela UFRJ (2018). Docente credenciado junto ao Programa de Pós-Graduação em Letras: Estudos Literários (PÓSLIT/FALE/UFMG; desde 2001) e ao Programa de Pós-Graduação Interdisciplinar em Estudos do Lazer, da Escola de Educação Física, Fisioterapia e Terapia Ocupacional (PPGIEL/EEFFTO/UFMG; desde 2013). Membro do Grupo Integrado de Pesquisa Literatura e Autoritarismo, do Instituto de Artes e Letras da UFSM, desde sua fundação em 2000. Foi membro do Núcleo Walter Benjamin (FALE/UFMG) de 2006 a 2016, e do Núcleo de Estudos de Guerra e Literatura (NEGUE; FALE/UFMG), de 2009 a 2023. Desde 1994, é membro da Internationale Alfred Döblin-Gesellschaft, sociedade literária que se dedica a estudos da vida e da obra do escritor alemão Alfred Döblin. Desde 2016, é Membro Associado do CREPAL – Centre de Recherches sur le Pays Lusophones, da Université Sorbonne Nouvelle, de Paris, França. Entre outras obras, coorganizou os seguintes títulos: *Literatura e guerra* (2010), *Imagem e memória* (2012), *Limiares e passagens em Walter Benjamin* (2010), *Literatura e Cinema de Resistência: novos olhares sobre a memória* (2013), *Em torno da imagem e da memória* (2016), *Memórias da Segunda*

Guerra Mundial: imagens, testemunhos e ficções (2018) e *Vida em tempos sombrios – narrativas de Franz Kafka* (2024). É Bolsista de Produtividade em Pesquisa do CNPq – Conselho Nacional de Desenvolvimento Científico e Tecnológico.

Weverson Dadalto

É licenciado em Língua Portuguesa e Literatura de Língua Portuguesa pela Universidade Federal do Espírito Santo (2007), mestre em Letras pela mesma Universidade (2010) e doutor em Letras (Estudos Literários), também pela Ufes. Dedica-se especialmente ao estudo de literatura brasileira contemporânea. Atuou como professor e coordenador do curso de Licenciatura em Letras da Faculdade Saberes - Vitória ES. Atualmente é professor do Ifes - Instituto Federal de Educação, Ciência e Tecnologia do Espírito Santo, Campus Vitória. No ensino superior, leciona disciplinas relacionadas a estudos literários e literatura brasileira. Em 2024, publicou o livro *Violência e autoritarismo na literatura testemunhal de Bernardo Kucinski* (Editora Polifonia).

Luciana Paiva Coronel

Doutora em Literatura Brasileira pela Universidade de São Paulo (USP/2004), pós-doutora junto à Università degli Studi di Genova (Itália-2014/15), com a supervisão de Roberto Francavilla (bolsista CAPES) e junto à Universidade Federal de Minas Gerais (UFMG- 2020/21), com a supervisão de Maria Zilda Cury. Vice-líder do grupo de pesquisa Poéticas e políticas da memória (CNPq), participante do Projeto de Pesquisa Espaços da Literatura Contemporânea (CNPq), coordenado pela Prof. Dra. Maria Zilda Cury e subcoordenado pelas Profas. Dras. Sandra Goulart Almeida e Ana Maria Chiarinni, e também do GT Literatura Brasileira Contemporânea da ANPOLL. Professora da área de Literatura Brasileira na Universidade Federal do Rio Grande (FURG) e no Programa de Pós-Graduação em Letras/FURG, área de concentração História da Literatura. Tem experiência nas áreas de História e Letras, atuando principalmente nos seguintes temas, dentro da literatura brasileira contemporânea, memória, trauma, escrita de mulheres e ditadura.

Alameda nas redes sociais:
Site: www.alamedaeditorial.com.br
Facebook.com/alamedaeditorial/
Twitter.com/editoraalameda
Instagram.com/editora_alameda/

Esta obra foi impressa em São Paulo na primavera de 2024. No texto foi utilizada a fonte Bembo (OTF) em corpo 10,25 e entrelinha de 15, 75 pontos.